Stollen, Schnee und Sensenmann

Die Herausgeberin

Teresa Pütz, geboren 1985 in Saarburg, studierte Germanistik, Medien- und Politikwissenschaften in Trier und Lissabon. Sie arbeitet in der Verlagsbranche und lebt in München.

Teresa Pütz

Stollen, Schnee und Sensenmann

24 Weihnachtskrimis von Flensburg bis zum Wörthersee

Weltbild

Besuchen Sie uns im Internet:
www.weltbild.de

Genehmigte Lizenzausgabe für Weltbild GmbH & Co. KG,
Werner-von-Siemens-Straße 1, 86159 Augsburg

Ein Imprint der Verlagsgruppe Droemer Knaur GmbH & Co. KG, München
Umschlaggestaltung: Atelier Seidel – Verlagsgrafik, Teising
Umschlagmotiv: www.istockphoto.com (© Dmytro Beridze)
Satz: Datagroup int. SRL, Timisoara
Druck und Bindung: GGP Media GmbH, Pößneck
Printed in the EU
ISBN 978-3-95973-901-6

2021 2020 2019 2018
Die letzte Jahreszahl gibt die aktuelle Lizenzausgabe an.

Inhaltsverzeichnis

Leise tröpfelt das Blut,
still und starr steht dir gut,
purpurrot glänzet der Wald:
Fürchte dich, dein Tod kommt bald …

Thomas Kastura

1

Bei Aufguss Mord

Fränkische Schweiz

Autorenvita

Thomas Kastura, geboren 1966 in Bamberg, lebt ebendort und arbeitet seit 1996 als Autor für den Bayerischen Rundfunk. Er veröffentlichte zahlreiche Erzählungen, Jugendbücher und Kriminalromane, u. a. *Der vierte Mörder* (Platz 1 auf der Krimi-Welt-Bestenliste). 2010 erschien *Das geheime Kind,* der dritte Band in der Reihe um Kommissar Klemens Raupach im Droemer Verlag, 2012 *Drei Morde zu wenig. Brandeisen & Küps ermitteln* sowie zuletzt der Jugendthriller *Please identify!* im Arena Verlag.

Ein Schweißtropfen rann über den Nasenrücken von Kommissar Küps. Er rann und rann, Millimeter für Millimeter. Über Poren und Äderchen, Talgdrüsen und Nervenendigungen. Über einen kleinen Leberfleck. Endlich erreichte er die Nasenspitze, die im Falle des Kommissars weniger eine Spitze war als vielmehr die Wölbung eines knollenförmigen Riechkolbens. Der Tropfen blieb dort hängen und schien zu überlegen, ob er herunterfallen sollte.

Staatsanwalt Brandeisen beobachtete ihn gebannt. Er musste an das Pechtropfenexperiment von Brisbane, Australien, denken. Dabei handelte es sich um einen Langzeitversuch zur Erforschung des Fließverhaltens von Pech. Seit 1930 hatten sich insgesamt acht Tropfen der zähen, teerartigen Substanz abgelöst, zuletzt am 28. November 2000. Geradezu fieberhaft erwartete die Fachwelt den neunten fallenden Tropfen.

Küps verharrte regungslos, sein Bierbauch fühlte sich an wie ein Fesselballon. In der Feuersauna betrug die Temperatur 95 Grad. Jede Bewegung zu viel konnte Kollaps und Schlimmeres auslösen.

Es war der 23. Dezember. Ein ungewöhnlich krimineller Advent hatte die Nerven des Ermittlerduos fast zerrüttet. Wer in Bamberg schnell noch einen Mord oder zumindest eine Körperverletzung mit Todesfolge begehen wollte, bevor das alte Jahr zu Ende ging, war unter seinem Stein hervorgekrochen und in Aktion getreten. Doch Brandeisen wusste, dass sie aus dem Gröbsten noch lange nicht heraus waren. Weihnachten bot reichlich Anlass, den familiären

Genpool ein wenig zu dezimieren. Nach dem Auspacken der Geschenke kam es in Franken häufig zu Disputen, die mit dem Hausbeil oder der Kettensäge ausgetragen wurden – getreu dem Sprichwort: Alte Schuh' verwirft man leicht, alte Sitte schwerlich weicht.

Deshalb waren Brandeisen und Küps zur Therme Obernsees gefahren: um vor den Feiertagen die Akkus aufzuladen. Das Wellnessparadies lag in der Nähe von Hollfeld, tief in der Fränkischen Schweiz, und verfügte über sage und schreibe sieben verschiedene Schwitzräume. Die beiden hatten klassisch mit der Finnischen Sauna »Silentium« begonnen. Nach einer Ruhephase waren sie in die Blockhaus-Sauna gegangen. Dann hatten sie ihre geplagten Leiber für eine Weile ins Sole-Sprudelbecken gesenkt. Den Abschluss sollte die sogenannte Feuersauna bilden. In der Mitte des kreisförmigen Raumes loderte ein Kaminfeuer, durch schmale Fenster konnte man die Hügellandschaft der Umgebung sehen. An diesem Vormittag war in Obernsees wenig los, Entspannung pur.

Der Schweißtropfen hing immer noch an der Nase des Kommissars. Brandeisen hingegen transpirierte nur verhalten. Er maß fast zwei Meter und war ganz gut in Form. Aufgrund seiner durch die Hitze geröteten Haut ähnelte er einem Flamingo. Aus den Augenwinkeln nahm er die anderen Saunagäste wahr, die sich in den letzten Minuten zu ihnen gesellt hatten.

Sie waren vorwiegend weiblich. Als überzeugter Junggeselle konnte er den offen zur Schau gestellten Brüsten und Schamteilen wenig abgewinnen. Er wunderte sich jedoch über eine neue Mode, die überhandnahm wie der Holzeinschlag im Regenwald: die Totalenthaarung des Intimbereichs.

»Schauen Sie mal nach rechts«, raunte er seinem alten Freund zu.

Küps schwieg und schwitzte.

»Lila Handtuch …« Damit meinte er eine junge Dame, die sich nackt auf der obersten Saunabank ausgestreckt hatte und ihre Epilationsergebnisse ungeniert präsentierte. Vielleicht war sie auf der Suche nach einem Heiratskandidaten. Oder feierte sie nur ihre Weiblichkeit?

Einen Meter daneben unterhielt sich ein mittelaltes Pärchen auf Englisch. Auch hier hatte der Rasierapparat gerodet, was zu roden war. Bei Männern sah es besonders grotesk aus. Dem Staatsanwalt fiel eine Natur-Doku ein, die Babyferkel kurz nach der Geburt gezeigt hatte.

»Hier geht es zu wie auf dem Bauernmarkt«, flüsterte er.

Der Kommissar kämpfte stumm mit dem Kreislauf. Glücklicherweise saß in seinem Sehkreis nur ein Geschöpf, das sich mit einem Handtuch von der Größe eines Schiffssegels verhüllt hatte. Langes, feuchtes Haar hing der Frau ins Gesicht, sie starrte ins Leere. Ganzkörperentblößung schien ihre Sache nicht zu sein.

Zum 76. oder 77. Mal blickte Küps auf die Sanduhr in der Hoffnung, dass er seine Viertelstunde Höllenqualen endlich abgesessen hatte. Plötzlich wurde die Tür aufgerissen. Ein Mitarbeiter der Therme, erkennbar an Polohemd, Shorts und Sandalen, stürmte herein.

»Die sind alle tot!«, keuchte er aufgebracht. »Überall Leichen!«

»Was sagen Sie da?«, fragte Brandeisen.

»In der Biersauna …« Der Mann konnte sich kaum auf den Beinen halten. Er wurde von einem Hustenanfall geschüttelt. »Ein Massaker! Polizei!«

Der Schweißtropfen des Kommissars fiel herunter – und hinterließ einen großen Fleck auf dem Holzboden. Die hereinströmende kalte Luft weckte die Lebensgeister. »Kripo Bamberg«, brummte Küps. »Immer mit der Ruhe.«

Eigentlich waren Brandeisen und Küps in Obernsees gar nicht zuständig. Aber da sie nichts Besseres zu tun hatten, konnten sie zumindest den Tatort besichtigen. Sie schlüpften in ihre Bademäntel.

Die übrigen Gäste der Feuersauna wollten schleunigst das Weite suchen. Brandeisen brachte sie zusammen mit anderen beunruhigten Gästen zur Rezeption. Dort ordnete er an, dass die Ausgänge bis auf weiteres verschlossen werden mussten und niemand das Thermengelände wegen dringenden Mordverdachts verlassen durfte. Er verständigte die Bayreuther Kollegen und rief einen Krankenwagen.

Küps ließ sich unterdessen von dem geschockten Mann zur Biersauna führen und nahm die Personalien auf.

»Rüdiger Seiß, Fachangestellter für Bäderbetriebe. Ich arbeite hier schon seit meiner Ausbildung, aber so was ist mir noch nie passiert. Heiliges Blechla!«

Die Tür zur Biersauna stand offen. Der Kommissar scheuchte ein paar hartnäckige Schaulustige weg und warf einen Blick hinein. »Massaker« stimmte. Hier hatten nicht weniger als fünf Personen das Zeitliche gesegnet.

Küps zählte vier nackte Leichen, drei davon weiblich, jung – und überaus ansehnlich, wie er trotz der gebotenen Pietät konstatierte. Sie mussten eng beieinandergesessen haben, denn ihre Körper wirkten so, als seien sie einträchtig darniedergesunken. Bei Nummer vier handelte es sich um einen kleinen Dicken. Er hatte eine ähnliche Statur wie Küps und lag auf dem Bauch, ein paar Meter von den Nymphen entfernt. Das fünfte Todesopfer war angezogen: ein weiterer Thermenmitarbeiter, direkt neben dem Saunaofen. Seine Finger umklammerten ein weißes Handtuch.

»Das ist der Nüsslein Michel«, erklärte Seiß mit heiserer Stimme, »unser neuer Aufgießer. Ich hab noch kontrollieren wollen, ob er alles zur Zufriedenheit gemacht hat. Und dann steh ich vor diesem Friedhof.«

»Sie bleiben hier.« Küps zog seine Adiletten aus und betrat den Tatort barfüßig, um ihn so wenig wie möglich zu kontaminieren. Er fühlte Nüssleins Puls – nichts. Die drei Schönheiten hatten ebenfalls ihre letzten Atemzüge getan. Und dem Dicken hing die Zunge so effektvoll aus dem Mund, dass auch bei ihm keinerlei Zweifel bestand. »Die schauen aus, als wären sie erstickt.«

Brandeisen stieß hinzu und machte sich ein Bild von der Lage. »Ich glaube, wir stehen hier vor einem kriminalistischen Rätsel.« Er klatschte freudig in die Hände. »War der Aufguss zu heiß?«

»Blödsinn.« Seiß räusperte sich vernehmlich. »Daran ist noch niemand gestorben, jedenfalls nicht bei uns. Das war kein Unfall.«

»Aber anscheinend hat es diese armen Teufel alle gleichzeitig erwischt …« Küps ging in die Hocke und untersuchte den Bottich, den Nüsslein für seinen letzten Aufguss benutzt hatte. Die Flüssigkeit roch nach Rauchbier – wie die gesamte Sauna. »Was ist da drin? Schlenkerla?«

Das »Schlenkerla« war eine Bamberger Traditionsbrauerei, als deren Spezialität ein dunkles Märzenbier galt. Der rauchige Geschmack entstand, indem das Malz über brennendem Buchenholz gedarrt wurde.

»Laut Aufgussplan war Rauchbier um elf Uhr an der Reihe«, sagte Brandeisen. »Ist das überhaupt gesund?«

Seiß fühlte sich in seinem Element. »Das Mischungsverhältnis beträgt eins zu neun. Neun Teile Wasser, ein Teil Bier. Dadurch entsteht ein Geruch nach gebackenem Brot und Schinken. Unsere Gäste lieben das.«

»Der Bottich muss ins Labor«, sagte Küps. »Vielleicht wurde da noch mehr zugesetzt als Rauchbier. Zum Beispiel ein geruchloses Gift, das die Atemwege angreift. Wir können von Glück sagen, dass es durch die offene Tür zu einem Luftaustausch gekommen ist.« Ein besorgter Blick zu Seiß. »Wahrscheinlich haben Sie was abgekriegt. Sie müssen sofort in ärztliche Behandlung.«

»Der Krankenwagen trifft bald ein. Bleiben Sie solange an der frischen Luft.« Brandeisen dirigierte Seiß zu einer Liegestuhlgruppe im Freien, der Kommissar folgte ihnen.

Von der Terrasse bot sich ihnen eine herrliche Aussicht, die lästigen Zuschauer hatten sich verzogen. Sie nahmen Platz, legten die Füße hoch und genossen die kühle Brise, während die Leichen in das erste Verwesungsstadium eintraten. Die Ermittlung begann.

»Fünf Tote«, meinte Küps. »Das hat sich gelohnt.«

»Fragt sich nur, wer von den fünfen das eigentliche Ziel war. Oder glauben Sie, die hatten alle eine Gemeinsamkeit, aufgrund derer sie sterben mussten? Zeugen in einem Mordfall? Erben eines großen Vermögens?«

»Für den Anfang würde es reichen, wenn sie sich einfach nur kannten.«

»Wir müssten erst einmal die Identität der Opfer feststellen. Aber das überlassen wir lieber den Kollegen.« Der Staatsanwalt machte eine seiner rhetorischen Pausen. »Ich wage nämlich schon jetzt zu behaupten, dass wir es hier mit einem Kollateralverbrechen zu tun haben. Einer der fünf sollte hier ins Jenseits befördert werden, der Rest war nur zur falschen Zeit am falschen Ort.«

Küps kannte den besserwisserischen Tonfall des Staatsanwalts nur allzu gut. »Sie haben doch schon einen Verdacht. Raus mit der Sprache!«

»Ist Ihnen an dem Adipösen etwas aufgefallen?«

»Dem Adi-was?«

»Lesen Sie keine Zeitung?«

»Das Lokalblatt, und da auch nur den Sport.«

»Aber Sie sind doch gut katholisch?«

»Was soll das nun wieder heißen?« Küps ging nur noch an Weihnachten in die Kirche, und zwar in die Mitternachtsmesse – die er jedoch meist in seinem Fernsehsessel verschlief.

»Der Dicke ist kein Geringerer als Monsignore Pirmin Löffelsterz, päpstlicher Visitator und Sonderermittler. Er sollte im Auftrag des Vatikans die Finanzen des Erzbistums Bamberg überprüfen und Fälle von Verschwendungssucht aufdecken. Sein Foto ging durch die Presse.«

»Das ist ja hochbrisant!« Der Kommissar verarbeitete diese Information. Mit dem Klerus hatte er sich schon lange nicht mehr angelegt. Schaudernd erinnerte er sich an seine letzte Beichte im zarten Alter von 14 Jahren, als ihn ein Karmelitenpater wegen ein paar harmloser Prügeleien und der Lektüre einschlägiger Hochglanzmagazine zusammengestaucht hatte. Die daraus resultierende seelische Erschütterung hatte ihn einst in den Polizeidienst und in die Ehe getrieben. Ergab sich hier eine Gelegenheit, es den Schwarzröcken heimzuzahlen? »Und was machte dieser ... Monsignore in Obernsees?«

»Saunen«, gab Brandeisen knapp zurück. »In Kirchenkreisen ein überaus beliebter Zeitvertreib nach dem Motto ›Nicht anfassen, nur gucken‹.«

»Das hätte er doch auch in Bamberg haben können.«

»Dort war er inzwischen aber zu prominent. In Obernsees konnte er eher sein Inkognito wahren. Aus dem gleichen Grund sind *wir* doch hier. Oder meinen Sie, ich zeige mich im Bambados, unserem bei Jung und Alt beliebten Familienbad, unbekleidet?«

»Auch wieder wahr.«

Der Staatsanwalt nickte begütigend. »Sicher wollen Sie meine Ausgangshypothese hören ...«

»Dann legen Sie mal los.« Küps seufzte.

»Löffelsterz ist bei seinen Nachforschungen auf etwas gestoßen, das dem Domberg gar nicht in den Kram passte. Schauen Sie sich allein die Bauprojekte aus der jüngsten Vergangenheit an. Das neue erzbischöfliche Archiv – ein Protzbau! Das Priesterseminar – braucht niemand mehr in dieser Dimension, aber kostspielig renoviert. Und das ist bestimmt nur die Spitze des Eisbergs. Bei dem letzten Börsencrash hat die Kirche wahrscheinlich Millionen in den Sand gesetzt. Von den Unterhaltszahlungen für diverse illegitime Kinder ganz zu schweigen.«

»Na und? Das fällt doch alles unter laufende Kosten.«

»Der Monsignore wurde einigen Leuten zu unbequem. Wer weiß, was er alles herausgefunden hat? Ich sage nur: Hexenverbrennungen. Wenn der Bischof Wiedergutmachung leisten müsste für all die Flammentode und Enteignungen, die durch seine Vorgänger vor 400 Jahren veranlasst wurden, ginge das richtig ins Geld.«

»Zum Beispiel durch den Bau eines Hexenmuseums, das wäre das mindeste.«

»Und den Tatort haben Sie ja selber gesehen. Löffelsterz starb in einer öffentlichen Sauna, in Gesellschaft dreier nackter Sexgöttinnen. Das gibt Gerede und diskreditiert ihn zusätzlich.«

Küps geriet ins Grübeln. »Damit hätten wir ein Motiv. Aber wie wurde der Monsignore umgebracht? Und wer hat es getan?«

»Das Wie ist einfach«, schaltete sich Seiß ein, der sich mittlerweile erholt hatte. »Unten neben der Rezeption des Saunabereichs gibt es einen Teamraum, der ist nie abgeschlossen. Da stehen Kanister für die Aufgüsse bereit, mit entsprechenden Aufklebern. Könnte doch sein, dass jemand den Rauchbier-Aufguss durch einen vergifteten ausgetauscht hat.«

»Und dieser Jemand hat im Vorhinein gewusst, dass Löffelsterz den Aufguss um elf mitmacht?«, fragte der Kommissar ungläubig.

»Ich hab den Mann schon oft hier gesehen. Der hatte feste Gewohnheiten.« In Seiß erwachte der Detektiv. »Außerdem könnte der Täter quasi in letzter Sekunde zugeschlagen haben. Er hat beobachtet, wie Löffelsterz in die Biersauna ging, ist dann schnell runter in den Teamraum und hat seinen Giftkanister plaziert, bevor ihn Nüsslein für den Aufguss mitgenommen hat.«

»Bravo, mein Lieber«, applaudierte Brandeisen. »Wenn Sie sich beruflich verändern wollen, hätte ich einen Job für Sie.«

Seiß errötete. »Man hält nur die Augen offen.«

»Und wer soll es gewesen sein?«, fragte Küps. »Die Schaulustigen aus dem Ruhebereich, die ich weggeschickt habe?«

Der Staatsanwalt spitzte die Lippen. »Ohne sie zu befragen, nehme ich an.«

»Dazu war keine Zeit vor der Tatortbegehung.«

Brandeisen erhob sich aus seinem Liegestuhl und schnürte den Bademantel enger. »Der oder die Mörder hielten sich ganz in der Nähe auf. Vielleicht sogar in der Feuersauna ...«

Weiter kam er nicht. Der Geschäftsführer der Therme stieg die Stufen zum erhöhten Biersaunabereich herauf. »Was um Himmels willen ist hier los?«

Küps zeigte ihm die Toten und erklärte nur so viel wie unbedingt nötig.

»Scheußliche Sache.«

»Wir stecken gerade mitten in der Fallanalyse«, mahnte der Staatsanwalt.

»Aber die Leute sind total aus dem Häuschen. Die spielen mir noch verrückt!«

»Sorgen Sie bitte dafür, dass sich alle Saunagäste zur Vernehmung bereithalten. Geben Sie Freigetränke aus, das hat noch jeden Franken gefügig gemacht.« Brandeisen schickte den Mann zusammen mit Seiß weg. »Wir verlassen uns auf Sie!«, rief er ihnen hinterher.

Ein winterlicher Windstoß machte den beiden Gesetzeshütern bewusst, dass es untenrum etwas kühl wurde. Bibbernd begaben sie sich wieder in die Feuersauna und ließen die Tür offen stehen, um nicht ein weiteres Mal gesotten zu werden.

»Na dann«, fing der Kommissar an. »Wer steckt hinter diesem Fünffach-Mord? Würde mich nicht wundern, wenn Sie schon eine Anklage parat hätten.«

Brandeisen machte eine raumgreifende Geste, als wollte er die Personen, die hier bis vor kurzem noch geschwitzt hatten, heraufbeschwören. »Gehen wir die Verdächtigen durch. Das lila Handtuch. Typ Femme fatale, möglicherweise die Vertraute eines Domkapitulars, der den Monsignore auf eigene Rechnung über den Jordan schicken wollte.«

»Wer so aussieht, lässt sich doch nicht mit den Weihrauchschwenkern ein«, wandte Küps ein. »Das wäre ja die pure Verschwendung.«

»So? Dann haben Sie die Vorzüge der jungen Dame also bemerkt? Standen Sie vorhin nicht kurz vor dem Hirntod?«

»Aber blind bin ich noch nicht. Weiter.«

»Das mittelalte Pärchen. Kam mir gut eingespielt vor. Die sprachen Englisch.«

»Und?«

»Nehmen wir mal an, dass konservative Kreise im Vatikan etwas gegen Löffelsterz haben. Die greifen doch gern auf ehemalige CIA-Agenten oder Opus-Dei-Leute zurück. Zwei Auftragskiller, das wäre eine todsichere Lösung. Einer beobachtet den Aufgießer, während sich der andere um das Gift kümmert.«

»Nette Verschwörungstheorie. Sie mögen's wohl *ganz* groß?« Küps lächelte nachsichtig. »Bleibt noch die Frau, die sich in ihr Badetuch gewickelt hat wie in eine Burka. Die ist *meine* Favoritin.«

»Warum?«

»Es könnte doch jemanden geben, der sich seit langem zu unserem Monsignore hingezogen fühlt. So ein Schwesterlein, das ihm auf Schritt und Tritt folgt? Dadurch erklärt sich ihre Schamhaftigkeit. In Wahrheit ist sie eine Art Todesnonne. Sie erträgt es nicht, dass Sankt Pirmin mit nackten Weibern Umgang hat. Zurückgewiesene Liebe. Manche Frauen macht das zu Furien.«

»Schauen Sie immer noch diese Billig-DVDs mit dem gesammelten Kitsch der Neuzeit?«

»Man muss doch auf dem Laufenden bleiben!«

Bleiernes Schweigen folgte. Wenn's ans Spekulieren ging, konnten sich Brandeisen und Küps mit den durchgeknalltesten Thrillerautoren messen. Doch momentan wussten sie nicht weiter.

Die Sirene eines Krankenwagens ertönte. Bald würden auch die Rivalen der Bayreuther Polizei eintreffen. Viel Zeit blieb ihnen nicht mehr, den Fall zu lösen.

»Schauen wir uns noch mal die Leichen an«, schlug Brandeisen vor. »Das hilft immer.«

»Von mir aus.«

Erneut gingen sie in die Biersauna. Durch eine Fensterfront fielen nunmehr Sonnenstrahlen herein – mit einem erstaunlichen optischen Effekt, was die drei toten Fräuleins betraf.

Es war, als umhülle Marmorschmelz die Idealmaße des dahingegangenen Trios und brachte wohlgeformte Schultern,

Taillen, Brüste, Gesäße und Schöße erst jetzt angemessen zur Geltung. Nun war Brandeisen gewiss kein Freund der Nekrophilie. Doch was sich hier zu einem finalen Fest der Sinne übereinandergelagert hatte, hingegossen, verschwendet an den Sensenmann, weckte seinen Kunstsinn. Er kannte seinen Lovis Corinth und erst recht seinen Raffael. »Drei Grazien!«, entfuhr es ihm in Anspielung auf die berühmten Gemälde gleichen Titels. »Was für ein Jammer! Vanitas vanitatum.«

»Behalten Sie Ihre lateinischen Sauereien für sich«, knurrte Küps, der selber an sich halten musste, er war ja kein Mönch.

Plötzlich erschien Rüdiger Seiß in der Tür. Er hatte das Mädchen von der Rezeption im Schlepptau.

»Wissen Sie, wer die drei sind?«, fragte er aufgeregt.

Brandeisen und Küps tauschten verständnislose Blicke.

Das Mädchen stellte sich in fränkischer Diktion als »die Daddjana« vor. Sie entfaltete eine kostenlose, reich bebilderte Zeitschrift. Die Postille war nicht das Papier wert, auf dem sie gedruckt wurde. Sie bestand nur aus Fotos regionaler Möchtegern-Prominenz und Werbung. »Ich hab mir gleich gedenkt, dass ich die Lüschla kenn«, sagte Tatjana. »Da, schaun S' her.«

Aus dem Heft ging Folgendes hervor. Bei den drei weiblichen Todesopfern handelte es sich um

1. die amtierende Miss Volksfest Bayreuth
2. das aktuelle »Sandmadla« der Bamberger Sandkirchweih
3. Miss Oberfranken 2013.

Alle waren in der engeren Auswahl für die »Miss Franken Classic« gewesen, ein begehrter Titel, der in Nürnberg verliehen wurde, mitten in der Metropole.

Der Kommissar blätterte die Zeitschrift durch und stieß auf ein verräterisches Foto. Bei der letzten Miss-Oberfranken-Wahl waren auch die Zweit- und Drittplazierten abgebildet. Eines dieser Bikini-Wesen war die Frau mit dem lila Handtuch. Sie hieß Susi Erlwein. »Die wollte ihre Konkurrentinnen beseitigen«, dämmerte es ihm, »weil sie bei den Schönheitswettbewerben ausgestochen wurde.«

»Möglich.«

»Darauf verwette ich meine Adiletten!«

Brandeisen vertiefte sich ebenfalls in die Fotostrecken des Klatschmagazins. Schon der Blick des Enthaarungswunders, mit dem sie noch vor einer Stunde die Feuersauna geteilt hatten, schrie nach Rache und Mord. »Sie liegen richtig, Küps«, gab er schließlich zu. »Wir haben eine Hauptverdächtige.«

Nach kurzer Beratung wurde Susi Erlwein in die Feuersauna zitiert. Sie hatte immer noch ihren Bademantel an, der so lila wie ihr Handtuch war, und lächelte, als würde sie dafür bezahlt. »Sie suchen Zeugen, oder? Sorry, ich hab nix gesehen.«

Der Staatsanwalt taxierte sie schweigend. Hier hatte sich wohl Bauernschläue mit totaler Skrupellosigkeit gepaart, eine gar nicht so seltene Kombination. »Sagt Ihnen der Name Pirmin Löffelsterz etwas?«

»Häh?«

Küps erläuterte den Bekanntheitsgrad des Monsignore. Davon hatte die Erlwein wie erwartet keinen blassen Schimmer und lächelte eine Spur breiter.

Doch die ersten Fragen des Ermittlergespanns sollten sie nur in Sicherheit wiegen. »Wann haben Sie sich zuletzt mit

Herrn Nüsslein getroffen?«, wollte Brandeisen plötzlich wissen.

»Mit ... dem Michel?«, kam es zögerlich zurück.

»Vielleicht in einer Diskothek?«

»Kann schon sein. Er ist aber nicht mein Freund! Wir haben uns nur zufällig kennengelernt.«

Brandeisen nickte. Das war die Bestätigung. Susi hatte mit Nüsslein angebändelt, um sich Zugang zum Teamraum zu verschaffen. Welch dunkle Freuden mochte sie aufgeboten haben, damit ihr der wackere Aufgießer ins Netz ging?

»Und mit wem sind Sie wirklich liiert, wenn ich fragen darf?«

»Mit ... niemand!«

Küps hielt ihr die Zeitschrift hin. Auf einer Doppelseite war Susi Erlwein nicht nur mit einer der ermordeten Frauen abgebildet, sondern auch Arm in Arm mit einem bekannten Bamberger Ex-Apotheker und Botox-Dealer. Für den musste es ein Leichtes gewesen sein, ein Atemgift wie Sarin, Tabun oder Ähnliches zu beschaffen. Oder hatte er es selbst hergestellt?

»Und mal ehrlich«, sagte Brandeisen und spielte seinen letzten Trumpf aus. »Die drei verblichenen Damen sind doch viel hübscher als Sie.«

»Hübscher? Wie ich? Diese hässlichen Menscher?«, platzte es aus der Erlwein heraus. »Nie und nimmer. Jetzt werd *ich* die ›Miss Franken Classic‹!«

Da war sie, die Fratze der Eitelkeit. Wenn es darum ging, als die Schönste weit und breit zu gelten, ließ sogar eine mit allen Wassern und Peeling-Gelen gewaschene Übeltäterin ihre Maske fallen.

»Haben Sie eigentlich Handschuhe getragen, als Sie den vergifteten Aufguss im Teamraum deponiert haben?«, fragte Küps.

»Klar! So Aids-Dinger aus'm Verbandskasten, die machen keine Fingerabdrücke.« Susi schlug die Hand vor den Mund, sie hatte sich verraten. »Mist!«

»Das nehme ich als Geständnis«, sagte Brandeisen. Mit Erlweins Bauernschläue schien es doch nicht so weit her zu sein, wenn sie sogar Küps auf den Leim ging. Suggestivfragen! Das Bobby-Car der Kriminalistik.

Inzwischen waren die Bayreuther Kollegen eingetroffen. Küps übergab ihnen die Mörderin. »Dass ihr *auch* schon da seid? Der Fall ist gelöst.«

»Jetzt komm ich bestimmt in die Talkshows«, meinte die Erlwein noch, während sie abgeführt wurde.

»Falsch. Jetzt kommen Sie in den Knast«, korrigierte Brandeisen. »Obwohl Talkshows vermutlich die härtere Strafe wären. Bei Ihnen hieße das: öffentliche Hinrichtung.«

Die beiden Ermittler erstatteten den Polizisten aus der Bezirkshauptstadt Bericht. Dann gingen sie erhobenen Hauptes duschen, zogen sich um und überließen alle weiteren Formalitäten den düpierten Hilfstruppen. Wieder einmal hatten sie für Recht und Ordnung gesorgt und das Verbrechen in seine Schranken gewiesen. Franken war ein bisschen sicherer geworden.

Auf der Rückfahrt nach Bamberg kehrten sie in Lohndorf ein, in einem Gasthof, der für die Größe seiner Fleischportionen bekannt war.

Brandeisen betrachtete den Schaum seines gut eingeschenkten Landbieres. »Vor die Tugend haben die Götter den Schweiß gesetzt.«

»Und hinter die Sauna das Schnitzel«, ergänzte Küps.

Sie stießen an und tranken, ihr Durst war gewaltig.

Der Staatsanwalt kam ins Sinnieren. »Von einem Kirchenskandal müssen wir uns wohl verabschieden.«

»Schade.«

»Wie gern hätte ich all die kleinen und großen Heuchler des Bistums einbestellt und einer peinlichen Befragung unterzogen! Der gesamte Domberg vor Gericht – das wäre mein Hochamt geworden. *J'accuse!*«

»Bestimmt haben die noch ein paar Leichen im Keller.«

»Leider sieht es so aus, als habe der Monsignore einfach das Pech gehabt, mit den Zielpersonen eine Sauna zu teilen.«

»Sein Tod kommt gewissen Kreisen sicher sehr gelegen«, gab der Kommissar zu bedenken.

»Zumindest wird die Presse unangenehme Fragen stellen. Der Bischof wird im Dreieck springen, und der Vatikan wird *not amused* sein. Vielleicht schlägt ja einem Geistlichen das Gewissen, und er packt aus?«

»Vorschlag«, sagte Küps, beflügelt vom Bier. »Wir halten die Information, dass die Mörderin bereits gefasst ist, noch eine Weile zurück. Dauert sowieso eine Ewigkeit, bis die Bayreuther Schlafkappen unsere Ermittlung überprüft und alles gegengecheckt haben, von der Spurensicherung ganz zu schweigen. In der Zwischenzeit lassen wir die Pfaffen schmoren.«

»Oder schwitzen.«

»Oder beides, wie in der Sauna.«

Brandeisen verkniff sich ein Lächeln. »Stehen Sie etwa mit Satan im Bunde?«

Küps trank sein Bier in einem Zug aus und deutete auf das leere Glas. »Ich kann hexen.«

»Frohe Weihnachten!«

»Selber.«

Christiane Franke

2

Adalbert, der Dodenbidder

Ostfriesland

Autorenvita

Christiane Franke, geboren 1963, lebt in Wilhelmshaven an der Nordseeküste, wo auch ihre bislang acht Romane und ein Teil ihrer kriminellen Kurzgeschichten spielen; für den anderen Teil reist sie gern quer durch die Weltgeschichte. Sie ist Herausgeberin von Anthologien, war 2003 für den Deutschen Kurzkrimipreis nominiert und erhielt für 2011 das Stipendium der Insel Juist »Tatort Töwerland«. Sie ist Dozentin für Kreatives Schreiben.

Mehr über die Autorin unter www.christianefranke.de.

»Ich sorg dafür, dass Vadder vernünftig im Sarg zu liegen kommt.« Vetter Heino sieht Adalbert mit ernster Miene an. Adalbert nickt und räuspert sich.

»Ich …«, fängt er an.

»Lass man gut sein, Vetter. Du musst das nicht für mich tun. Is' ja mein Vadder. Du kannst aber seine Aufgabe als Dodenbidder übernehmen. Kann er ja nu nich mehr selber machen.« Heino guckt bekümmert. »Brauchst bestimmt keine große Überredungskunst, um die sechs *Sargdragers* zusammenzukriegen. Da wollen ihm bestimmt alle diese letzte Ehre erweisen. Kannst sagen, dass ich das mit dem Waschen und Einkleiden allein hinkriege. Vielleicht hilfst du mir anschließend, ihn in den Sarg zu hieven?«

Eigentlich ist Adalbert ja zum Skatspielen gekommen, aber statt dass die Karten auf dem Tisch liegen und Schmalzbrote vorbereitet sind, hat Heino ihn mit der Nachricht empfangen, dass Johann im Laufe des Nachmittags gestorben sei. Tot hat er im Sessel gehangen, als Heino eintraf, und im Fernsehen lief »buten un binnen« auf N3.

»Muss wohl ein Infarkt gewesen sein«, vermutet Heino traurig. »Er hatte ja schon lange Probleme mit dem Herzen. Aber dennoch ist er damit einundneunzig geworden.«

Noch immer stehen sie im Schlafzimmer und blicken auf den Toten, den sie gemeinsam aus der Stube hierhergetragen haben. Der alte Dorfarzt Josef untersucht ihn gerade. Eigentlich praktiziert Josef ja nicht mehr, aber irgendjemand muss den Totenschein schließlich ausstellen, wo doch die Straßen nicht passierbar sind und deswegen kein anderer Arzt nach Ostermoor kommen kann.

»Jaja, ein Infarkt«, bestätigt Josef, drückt sich die Hand ins schmerzende Kreuz und kommt langsam wieder hoch. Er steckt das Stethoskop in seine abgegriffene lederne Arzttasche. »War ja mit zu rechnen, dass er irgendwann am Herzen stirbt.«

»Nu gibt's erst mal was zum Aufwärmen.« Heino dreht sich um. Wie gut, dass heute Skatabend ist, sonst wäre Johanns Ableben womöglich ein paar Tage nicht aufgefallen. Seit Gerda tot ist, muss er ja allein zurechtkommen.

Adalbert und Josef folgen Heino in die Stube, wo sein Vetter aus dem antiken Buffet aus Mahagoni-Holz drei Schnapsgläser und die Buddel Korn holt. Großzügig gießt er ein.

»Auf meinen Vadder. Auf Johann Jürgensen. Möge der Herrgott seinen Spaß an dem ollen Sturkopp haben. Prost.«

»Prost.«

Alle drei leeren das Glas in einem Zug. Man stößt nicht an unter solchen Umständen. Da gibt es klare Regeln.

Umständlich kramt Josef ein Formular aus seiner Tasche. Und die Brille. »Ach nee, das war das Falsche«, sagt er mehr zu sich, als er das Gestell auf der Nase hat, und sucht nach dem richtigen. Er ist ein wenig eitel, obwohl er den grünen Star hat. Den hat er aber zu spät bemerkt, kann jetzt auf einem Auge fast gar nichts sehen, und auf dem anderen wird es auch immer schlechter. Mit krakeliger Schrift füllt Josef den Bogen aus.

Johann hat sich keinen guten Termin zum Sterben ausgesucht, denkt Adalbert. So kurz vor Weihnachten. Und bei diesem Wetter. Seit Wochen ist das Thermometer nicht mehr über minus sechs Grad Celsius geklettert, und seit drei Tagen peitschen Schneestürme über Ostfriesland. Manches Haus ist auf der Ostseite unter riesigen Schneewehen versteckt. Die malerischen Küstenhäfen sind zugefroren, und die Presse der gesamten ostfriesischen Halbinsel ist sich einig: So was hat es das letzte Mal bei der Schneekatastrophe im Februar 1979 gegeben. Zwar wird die Tageszeitung seit drei Tagen nicht mehr nach Ostermoor geliefert, weil die Straßen nicht passierbar sind, aber das Internet funktioniert, und Adalbert bringt sich natürlich regelmäßig auf den aktuellen Stand.

»Meinst du wirklich, ich soll von Haus zu Haus gehen und Johanns Tod verkünden?« Adalbert fühlt sich ein wenig unsicher in seinem nigelnagelneuen Amt als Dodenbidder. So richtig kennt er sich mit den hiesigen Gepflogenheiten nicht mehr aus, schließlich wohnt er erst seit kurzem wieder im Dorf. Hilke wollte ja lieber ein Häuschen in Rastede, weil sie da nah bei ihren ehemaligen Kollegen aus dem Krankenhaus und dicht an ihrem Lieblingsrestaurant ist. Aber das Leben in Rastede ist teurer als das in Ostermoor, und so hat Adalbert sich für sein Heimatdorf entschieden. Hilke hat seine Gründe zwar eingesehen, jammert aber nun seit knapp einer Woche, wie es denn werden soll, wenn sich das Wetter nicht bessert. Sie habe kaum noch Lebensmittelvorräte und überhaupt, die Weihnachtsgeschenke müsste sie noch besorgen, und wie denn bei solchen Straßenverhältnissen die Kinder zu den Feiertagen herfinden sollen, und was sie kochen soll, wenn es im Dorf nicht mal einen vernünftigen Supermarkt gibt und alles abgeschnitten wie in Sibirien ist.

So ungern Adalbert es sich eingesteht, vielleicht war es wirklich ein Fehler, in sein Geburtsdorf zurückzukehren. Da nützen die niedrigen Lebenshaltungskosten nichts, wenn Hilke schlecht gelaunt ist. Ständig wirft sie ihm vor, das Dorfleben zu glorifizieren, und verdreht die Augen, wenn seine Mutter vom Tag seiner Geburt erzählt. Für Adalbert selbst hat das was Romantisches. An einem tief verschneiten Freitag Anfang Dezember wurde er in der Kate nebenan geboren. Vor siebenundfünfzig Jahren. Der Sturm hatte die Schneeflocken um das kleine Haus getrieben und die Schreie der Mutter im Wind zerstreut, während sein Vadder es vorzog, beim Skatspiel mit Onkel Johann und Schwager Edo auf die Nachricht der Hebamme zu warten. Heinrich Jürgensen ist bannig stolz auf seinen Erstgeborenen gewesen und hat ihm den Namen des preußischen Prinzen Adalbert verpasst, obgleich seine Frau lieber einen ostfriesischen Otto an ihre Brust gedrückt hätte.

»Na klar. Von Haus zu Haus und erzählst, dass Vadder gestorben ist«, bestätigt Heino und reißt ihn damit aus seinen Gedanken. »So hat er das auch immer gemacht, und so ist es Tradition. Du lädst die Nachbarn ein. Heut in drei Tagen ist Beerdigung, und wer möchte, kann übermorgen Abend zum *Upwiesen* kommen.«

Daran kann Adalbert sich noch aus seiner Kinderzeit erinnern. Damals fand er es spaßig, dass alle um den offenen Sarg bei einer Tasse Tee zusammensaßen und plauderten, als könne der Tote noch am Gespräch teilnehmen. Ja, in Ostfriesland gehört der Tod eben noch mit zum Leben. Dennoch hat Adalbert Zweifel, ob das mit der Beerdigung auch hinhaut.

Heino gießt noch einmal ein. »Prost.«

»Prost.« Adalbert merkt, dass seine Stimme zögerlich klingt. Mit leisem Klirren landen die leeren Gläser auf dem niedrigen Couchtisch aus Glas, auf dem der Adventskranz auf einem goldfarbenen runden Teller mit Sternenausschnitten steht. Drei der roten Stumpenkerzen sind schon angebrannt. Engelshaar und goldlackierte Tannenzapfen zieren ihn. Hilke würde Zustände kriegen, wenn sie diesen Kranz sähe.

»Lass dir ruhig Zeit dabei«, sagt Heino. »Die Nachbarn laden dich auf einen Tee ein, und du erzählst ihnen von Vaddern. Und dass er ganz friedlich in seinem Fernsehsessel gestorben ist.« Er füllt die Gläser ein drittes Mal. »Den Pastor musst du auch einladen. Und notier dir, wer von den Frauen den Teekuchen backt. Lieber drei als nur einen. Die Leute haben immer ordentlich Appetit bei der Teetafel.«

»Is gut.« Adalbert sieht seinen Vetter bedröppelt an. Eine Frage hat er dennoch: »Sag mal, wenn kein Bestatter hier rauskommen kann, wo willst du denn für Onkel Johann einen Sarg herkriegen?« Einen Tischler gibt's in Ostermoor nämlich schon lange nicht mehr, wie Adalbert weiß. Einen Bäcker auch nicht, aber der Schlachter ist noch da, morgens backt er als Nebengeschäft frische Brötchen auf, und einmal in der Woche ist Markt.

Sein Vetter blickt ihn nachsichtig an. »Man merkt, dass du lange weg gewesen bist«, sagt er. »Es ist nicht der erste harte Winter, der uns trifft. Darum haben wir in der Sakristei für solche Zwecke stets ein paar Särge auf Vorrat.« Bei diesen Worten schleicht sich ein verschmitztes Lächeln auf Heinos Gesicht. »Sieht ja keiner beim Gottesdienst. Und immer zu Beginn des Winters heben wir vorsorglich zwei Gräber aus. Damit wir unsere Toten beerdigen können, falls der Boden gefroren ist. So wie jetzt.«

Josef blickt vom Formular hoch und nickt. »Genau.«

Adalbert schluckt. Er hätte wirklich besser mit Hilke nach Rastede ziehen sollen. Doch er hat gedacht, in Ostermoor passiert nichts, außer dass der Hahn nachmittags um vier kräht statt morgens um sechs. Aber kaum ist der Laster des Umzugsunternehmens fort, setzt ein Schneesturm ein, und sein Onkel stirbt. Hilke sieht das bestimmt als schlechtes Omen. Hat sie vielleicht gar nicht so unrecht. Langsam beschleicht Adalbert der Verdacht, dass er mehr auf die Eingebungen und Gefühle seiner Frau hören sollte.

»Prost«, sagt Heino. Wie gut, dass Adalbert heute Mittag eine zweite Portion Grünkohl gegessen hat. Hilke kocht ihn mit Gänseschmalz, Zwiebeln und Hafergrütze; das Fleisch legt sie zum Garen obenauf. Schmeckt bannig gut. Das Fett, das beim Kochen in den Kohl gesickert ist, saugt wohl den Alkohol auf, jedenfalls spürt Adalbert maximal einen einzigen Korn.

»Für mich nicht mehr. Danke. Ich muss mal wohin, und dann will ich auch los«, sagt er, als Heino die Flasche schon wieder in der Hand hat. Im Aufstehen fasst Adalbert kurz an seine Hosentasche. Ja, das Smartphone ist drinnen. Vielleicht sollte er noch einmal ein Foto machen. »Für mich auch keinen mehr, ich muss auch los«, sagt Josef und erhebt sich schwerfällig.

Nachdem er seinen schwarzen Anzug angezogen und den Zylinder von Onkel Johann aufgesetzt hat, beginnt Adalbert seinen Rundgang bei Meta Harms, der Nachbarin zur Linken. Meta ist zehn Jahre jünger als Johann. Adalbert erinnert sich, dass sie schon eine Kittelschürze trug, als er noch ein Kind war. In ihrem kleinen Häuschen hat er das Gefühl, als sei die Zeit stehengeblieben, obwohl sie eine flotte Frisur trägt, die sie jünger aussehen lässt. Als er damals weggegangen ist, waren ihre Haare schon von grauen Fäden durchsetzt. Allerdings zu einem Knoten am Hinterkopf aufgesteckt.

»Ach, min Jung«, lamentiert sie, als er im Windfang den Schnee von seiner Jacke abgeklopft hat, »muss denn der olle Sturkopp ausgerechnet so kurz vor Weihnachten sterben? Aber er hat ja schon immer gern alles durcheinandergebracht. Nun komm man erst mal rin in die gute Stube.« In ihrer gemütlichen Wohnküche sitzen sie vor einer Tasse Ostfriesentee. Mit Kluntje und Wulkje, ganz wie es sich gehört. Auch in dieser Küche steht ein Adventskranz. Meta zündet die Kerzen mit einem langen Kaminstreichholz an. »Nein, nein, nein. Dass er ausgerechnet jetzt sterben muss. Ausgerechnet jetzt.« Neugierig schiebt sie ihr Kinn vor, auf dem weiße Barthaare sprießen. »Sah es heute wieder so unordentlich bei ihm aus? Der ließ ja alles fallen, wenn der vom Feld ins Haus kam. Schon Gerda hat sich regelmäßig darüber aufgeregt, dass sie nur deshalb Rückenprobleme hätte, weil sie ständig hinter Johann herräumen musste.« Meta verzieht das Gesicht, reckt den Hals und lehnt sich kopfschüttelnd zurück. »Wenn ich bei ihm drüben war, hab ich auch alles aufgehoben. Und ordentlich weggepackt.

Hab mit ihm geschimpft, dass er nicht so hart schuften soll. Er hätte den Hof längst auf Heino überschreiben müssen. Dann wäre Heino bestimmt auch schon verheiratet, und Johann hätte sich an Enkelkindern erfreuen können. Aber Johann hat einen diebischen Spaß dran gehabt, seinen Sohn wie einen Knecht zu behandeln. Und jetzt ... Aber egal.« Meta seufzt. »Seinen letzten Streich kann er Heino ja nun nicht mehr spielen.«

»Nee. Nun gehört der Hof ja Heino«, sagt Adalbert, dem es nicht gefällt, dass Meta über seinen gerade verstorbenen Onkel herzieht. Er kennt Johann nur als zwar etwas kauzigen, aber humorvollen Mann. »Was war das denn für ein Streich?«, fragt er trotzdem.

»Johann wollte mich heiraten. Das wollte er Heino an Heiligabend verkünden.« Meta sieht ganz ernst aus, als sie das sagt.

»Du machst jetzt 'nen Scherz«, vermutet Adalbert, obwohl er sich das fast nicht vorstellen kann, so traurig wie sie ist.

»Nee, nee, das stimmt schon. Ich krieg ja nicht so viel Rente, und Johann hat gemeint, dann hab ich wenigstens noch 'n büschen was dazu, wenn er mal stirbt. Er hat mir seit Gerdas Tod jeden Monat was gegeben. Und er hat gesagt, wenn's sonst einfach wegfällt, kann ich ja auch seine Rente kriegen.«

Adalbert ist baff. Da hat er gedacht, in Ostermoor passiert nichts, und dann ist es hier doller als in der Großstadt. »Wie ist das denn nun, backst du einen Teekuchen?«

»Natürlich. Und noch 'nen Quarkstollen. Mit Rosinen drin und Mandeln. Is' schließlich bald Weihnachten. Johann hat den immer so gern gegessen.«

Am Ende seiner Dodenbidder-Runde hat Adalbert vier Teekuchen-Zusagen, fünf weitere Korn getrunken, siebzehn Nachbarn wollen zum Upwiesen kommen, und die sechs Sargdragers hat er auch. Neben seinem eigenen Vater wollen Edo vom Nachbarhof, Frerich Freksen, Schlachter Hinrich, der Ortspolizist Reemt Freese, der immer behauptet, er sei kein einfacher Polizist, sondern ein Kommissar, und natürlich Adalbert selbst diese Aufgabe übernehmen.

Der Pastor macht sich gleich Notizen für die Andacht, die er bei der Gelegenheit als Abschied von Johann halten will.

»Eine Andacht? Beim Upwiesen?«

»Das ist Tradition, aber das Tröstelbier gibt's erst bei der Teetafel.«

»Aha.« Adalbert merkt, dass er wirklich kein richtiger Ostfriese mehr ist, denn er kennt sich überhaupt nicht aus. Aber vielleicht war er noch zu jung, als er die letzte Beerdigung in Ostermoor miterlebt hat.

»Magst 'nen Korn?« Der Pastor hat die Flasche schon in der Hand.

Adalbert schüttelt den Kopf. Inzwischen spürt er den Alkohol doch im Blut, Hilkes Grünkohl hin oder her.

»Jaja, das Herz«, sagt der Pastor und genehmigt sich einen Doppelten und gleich noch einen Einfachen hinterher. »War wohl alles ein büschen viel Aufregung für Johann in der letzten Zeit.«

»Wieso? Was war denn los?« Da hat Heino ja gar nichts von erzählt. Aber vielleicht denkt man an solche Dinge auch nicht, wenn man seinen Vadder tot im Sessel findet.

»Na, die Regionalplanung hat ausgerechnet Johanns Land als Vorrangfläche für einen Windpark bestimmt. Mann, das war eine Aufregung im Dorf. Und Johann war vielleicht sauer. Der wollte kein solch modernes Zeug auf seinen Äckern, der wollte, dass alles so bleibt, wie es ist. Frerich Freksen hingegen, der Sohn vom alten Ubbo, der hätte sein Land liebend gern für einen Windpark hergegeben. Johann hat gewettert, Frerich sei nur zu faul zum Arbeiten, deshalb wolle er die neuen Windmühlen. Johann hätte nichts dagegen gehabt, wenn Frerich die Dinger auf sein Land gestellt hätte. Aber das ging eben nicht, und das hat ihm wohl den Rest gegeben. Armer Kerl. Hätte er mal nach Gerdas Tod den Grund auf Heino überschrieben. Dann hätte er sich mit alldem gar nicht rumärgern müssen. Dann hätte er vielleicht mit Meta noch ein paar schicke Kreuzfahrten machen und seinen Lebensabend genießen können.« Der Pastor hebt das Schnapsglas, diesmal ist nur ein Einfacher drin. »Auf deine letzte Reise, Johann«, sagt er und spült den Korn hinunter.

»Mit Meta«, wiederholt Adalbert nachdenklich.

»Na ja.« Der Geistliche zwinkert ihm zu. »Johann war ein stattlicher Mann. Auch mit Anfang neunzig noch. Und Meta eine bodenständige Frau. Wenn man sie mal ohne Kittelschürze sieht ...«

Hilke hat das Feuer im Kachelofen entfacht, als Adalbert nach Hause kommt. Die Teekanne mit der ostfriesischen Rose steht auf dem Tisch, daneben ein Teller mit Schmalzbroten. Drei dicke rote Stumpenkerzen brennen auf dem Adventskranz. Hätte Adalbert in den vergangenen knapp dreißig Ehejahren nach einer Erklärung dafür gesucht, weshalb er Hilke liebt, so wäre dieser Empfang einer der Gründe gewesen.

Leicht angeschickert vom vielen Korn und angefüllt von den vielen Gesprächen um seinen Onkel, lässt er sich in den dunkelroten Ohrensessel fallen und berichtet. Aufmerksam hört Hilke ihm zu.

Das Teegeschirr steht auf der großen Truhe im Wohnzimmer, die gefüllten Porzellankannen werden auf Stövchen warm gehalten. Wo sonst der Couchtisch steht, liegt nun Johann im Sarg. Friedlich sieht er aus. Heino hat ihm sein schönstes Hemd angezogen und die schwarze Krawatte. Dem Anlass entsprechend. Man legt zu einer Beerdigung keinen farbenfrohen Schlips an, hat Heino gesagt, nicht mal zu seiner eigenen. Darüber hat Adalbert noch nie nachgedacht, aber es stimmt natürlich, eine schwarze Krawatte sieht würdiger aus. Die roten Pünktchen, die ihm schon vorgestern aufgefallen sind, kann man immer noch in Johanns Gesicht sehen.

»Seit wann hatte er eigentlich die Allergie?«, fragt Adalbert seinen Vetter. »Ist ja blöd, sich im hohen Alter noch mit so was rumplagen zu müssen.«

»Der hatte keine Allergie.«

Einige der Klappstühle, die sie über die rutschigen Schneestraßen vom Gemeindehaus herübergetragen haben, stehen um den Sarg herum, andere lehnen an der Wand. Jeder, der Johann die Ehre erweisen möchte, kriegt auch einen Sitzplatz.

Adalbert beobachtet Heino. Der wirkt gelassen und kein bisschen traurig. Kein Wunder, er erbt ja jetzt den Hof.

Das Geschnatter der Anwesenden beim Upwiesen erinnert Adalbert an die Schar der Gänse, die er im letzten Frühjahr in Dangast gesehen hat. Richtig lebhaft geht es rund um Johanns Sarg zu. »Weißt du noch, wie Johann ...«, beginnen viele Sätze, und beinahe hat Adalbert das Gefühl, sein Onkel wäre mittenmang in dieser netten Runde. Er selbst sitzt neben Reemt, dem Dorfpolizisten, mit dem er auf seiner Dodenbidder-Runde lange geschnackt hat. Hilke und Meta kümmern sich um den Tee, und sowieso hilft jeder mit, als seien sie nicht nur eine Dorfgemeinschaft, sondern eine große Familie.

Immer noch ist der Wind eisig, aber zumindest hat es aufgehört zu schneien, als Adalbert und Hilke dick vermummt auf die alte Kirche mit den gotischen Fenstern zulaufen. Das Gotteshaus bildet den Mittelpunkt des Friedhofes und wurde auf einer Warf errichtet. Nachbarn kommen ihnen entgegen, schließen sich dem Trauerzug an. Ein schwerer Weg liegt vor ihnen. Den Sarg haben Adalbert und die anderen fünf Sargträger schon am frühen Vormittag in die Kirche geschafft, in deren Altarraum sich bereits die Weihnachtskrippe und auch ein festlich geschmückter Tannenbaum befinden. Zwei Tage noch bis Heiligabend.

Der Pastor hält eine Trauerpredigt, die bei allen gut ankommt, und trotz der Kälte tragen die Sargdragers Johann nach der Aussegnung dreimal um den Friedhof. Gegen den Uhrzeigersinn. Dem Teufel entgegen. Ganz wie es der Tradition entspricht. Die ganze Zeit über läuten die Kirchenglocken, so dass auch jene, die krank sind oder wegen der vereisten Straßen den Weg in die Kirche nicht gewagt haben, in Gedanken dabei sein können.

»Ich geh schon mal vor«, raunt Meta Adalbert zu, als die Kondolenzbezeugungen am Grab stattfinden, »kümmer mich um den Butterkuchen und mach das Tröstelbier warm. Dann ist alles fertig, wenn ihr gleich kommt.«

Adalbert nickt und beobachtet seinen Vetter, der gefasst die Beileidsbekundungen entgegennimmt. Frerich Freksen wirft Heino einen neidvollen Blick zu. Das scheint ihm zu gefallen, denn prompt erhellt ein kleines Lächeln das Gesicht seines Vetters.

Der Butterkuchen schmeckt. Adalbert liebt dieses trockene, mit Zucker und Mandeln belegte Blechkuchenbackwerk, das warme Tröstelbier hingegen, in dem Brotstücke schwimmen, ist nicht so sein Fall, doch die Trauergäste langen ordentlich zu. Erneut machen Anekdoten über Johann die Runde, aber man wendet sich auch wieder dem Leben zu.

»Wird denn jetzt der Windpark auf deinem Grund gebaut?«, fragt Frerich, und sein Blick ist nicht mehr nur neidisch, sondern auch ein bisschen lauernd. Er hat wohl immer noch nicht die Hoffnung aufgegeben, selbst die Windanlagen aufstellen zu können.

»Selbstverständlich«, gibt Heino aufgeräumt als Antwort. »Man darf sich dem Fortschritt nicht verschließen. Jeder muss seinen Beitrag zur Energiewende leisten.«

»Hört, hört«, sagt Edo, der mal wieder an seinem Hörgerät rumfummelt. Wahrscheinlich hat er gar nicht mitgekriegt, dass sein Neffe jetzt das umsetzen will, was sein Bruder auf gar keinen Fall zugelassen hätte.

Nach zwei Stunden sind alle Anekdoten erzählt, Kuchen, Tee und Tröstelbier geleert, und die Gäste verabschieden sich.

»Kopp hoch«, sagt Schlachter Hinrich, als er geht. Er klopft Heino auf die Schulter, Meta gibt ihm mit einem lauten Schniefen die Hand; die ostfriesische Verabschiedung fällt so aus, wie die Ostfriesen sind. Wortkarg, aber herzlich.

Nur Reemt und Adalbert bleiben zurück.

»Wollt ihr noch 'nen Korn?«, fragt Heino, der sichtlich erleichtert ist, die Teestunde hinter sich gebracht zu haben. Er holt die Flasche aus dem Buffet.

Reemt und Adalbert schütteln den Kopf.

»Ich muss jetzt leider dienstlich werden«, sagt Reemt mit leichtem Bedauern in der Stimme, »aber ich habe zumindest so lange gewartet, bis die Gäste fort waren.«

»Was ist denn los?« Heino kneift die Augen zusammen, und eine steile Falte teilt seine Stirn.

»Ich muss dich mitnehmen«, antwortet Reemt. »Du bist des Mordes an deinem Vater verdächtig. Ich muss dich bei mir im Gästezimmer einschließen, bis das Tauwetter einsetzt und wir nach Wittmund zum Kommissariat fahren können.«

»Was ist das denn für 'n Unsinn?« Heino lacht schrill. »Wir haben meinen Vater gerade beerdigt, und nun behauptest du, ich hätte ihn umgebracht? Da sieht man mal wieder, warum du es nicht zu Höherem als einem einfachen Dorfpolizisten gebracht hast.«

»Kommissar«, korrigiert Reemt ungerührt.

»Ach, ist doch wurscht! Wie willst du das denn beweisen?«

In diesem Augenblick fühlt sich Adalbert ziemlich unwohl, doch es nützt nichts, nun muss er Farbe bekennen.

»Mir kam das mit den roten Pünktchen merkwürdig vor«, gibt er zu. »Hilke hat da nämlich neulich mal was von erzählt. Das war an ihrem letzten Arbeitstag in Oldenburg. Und darum hab ich Onkel Johanns Lider angehoben. Da waren auch die Punkte. Und im Mund auch. Da hab ich eben mit dem Handy Fotos gemacht, als du Edo zur Tür gebracht hast. Und die hab ich Hilke gezeigt. Die hat gesagt, das sieht aus wie Tod durch Ersticken.«

»Du dummer Hund.«

Adalbert guckt schuldbewusst drein, aber eigentlich müsste sich ja Heino schuldig fühlen.

»Adalbert hat mir die Bilder geschickt«, erklärt Reemt. »Und die in der Rechtsmedizin in Oldenburg vermuten das Gleiche wie er. Eigentlich hätte ich dich schon vorgestern verhaften müssen, aber Adalbert bat mich, bis nach der Teestunde zu warten. Konntest ja sowieso nich' weg bei dem Wetter.«

»Ha!«, ruft Heino jetzt. »Damit hättet ihr eher kommen müssen. Nun ist Vaddern beerdigt, und ihr werdet ihn ja wohl nicht exhumieren wollen.«

»Brauchen wir nicht«, erklärt Reemt nachsichtig. »Wir haben den Sarg zwar ins Grab senken und jeden sein Schäufelchen Erde draufwerfen lassen, aber weiter ist keine Erde ins Grab gekommen. Auch die Sargbänder waren noch dran. Während wir hier reden, ist der Sarg längst wieder oben. Wir haben mit dem Schlachter gesprochen, Hinrich stellt uns seinen Kühlraum so lange zur Verfügung, bis die Straßen wieder passierbar sind. Nee, nee,

nee, Heino«, sagt Reemt bedauernd, »warum konntest du nicht warten, bis dein Vater von allein stirbt?«

»Der olle Sturkopp!«, bricht es aus Heino heraus. »Der wollte die Windkraftanlagen ums Verrecken nicht, dabei bringen die uns pro Jahr vierzigtausend Euro! Pro Stück!« Heino versucht es im beschwörenden Tonfall. »Reemt, Vadder war einundneunzig. Nu häng doch die Sache nicht an die große Glocke. Ihr beiden, Adalbert und du, ihr kriegt auch was ab. Jeder zehntausend. Pro Jahr. Was haltet ihr davon?«

Reemt schüttelt den Kopf. »Keine Chance.«

Auch Adalbert verneint.

Schließlich ist er der Erbe des Jürgensschen Landbesitzes und damit derjenige, der die hohen Summen kassiert, wenn sein Vetter für den Mord an Onkel Johann im Gefängnis sitzt. Ja, es war fast so etwas wie Gottes Fügung, dass Hilke und er nicht nach Rastede, sondern nach Ostermoor gezogen sind.

Petra Busch

3

Der Taubenpflücker

Freiburg

Autorenvita

Petra Busch, geboren 1967, ist Kriminalschriftstellerin und Texterin für internationale Kunden aus Wissenschaft, Technik und Kultur. Für ihren Kriminalroman *Schweig still, mein Kind,* der 2010 bei Knaur erschienen ist, erhielt die promovierte Mediävistin den Friedrich-Glauser-Preis und das Bloody Cover für das beste Debüt des Jahres. Nach *Mein wirst du bleiben* und *Zeig mir den Tod* erscheint 2015 der Thriller *Das Lächeln des Bösen.* Die Autorin lebt im Nordschwarzwald und hat dort schon so manche Taube von ihren Fußfesseln befreit.

Mehr Infos über die Autorin unter www.petra-busch.de.

Dieter Weber schloss das Gartentörchen seines Jägerzaunes. Die braune Aktentasche klemmte fest unter seinem Arm. Nicht wegen des nasskalten Novembermorgens. Nein. Die Geste machte ihn wichtig, wenn er genau sechs Minuten später in die Straßenbahn einstieg, sie kurz vor sieben Uhr am Siegesdenkmal verließ und kurz darauf im dritten Stock des Alten Rathauses durch das Amt für Bürgerservice schritt. Dort verschwand er für vier Minuten in der Herrentoilette. Zog den Kamm durch sein lichtes Haar und kontrollierte den Sitz der Krawatte und Manschettenknöpfe. Mit straffen Schultern setzte er sich anschließend auf seinen gepolsterten Drehstuhl am Beratungsplatz 3 und drückte mit dem linken Daumen den schwarzen Knopf. Auf der digitalen Anzeigetafel über dem Wartebereich leuchtete groß und rot die *01* auf. Fast immer war er der Erste, der Punkt sieben Uhr für die Belange der Bürger bereit war.

Platz 3 lag ganz hinten in dem großen Raum. Weber fühlte sich in seinem Winkel wohl. Der Raum besaß Stuckdecken und Kassettentüren, und durch die Sprossenfenster überblickte er die Plätze 1 und 2, an denen Monika Ruff und Günther Hensler saßen, eine Teil der Altstadt samt ihren gepflegten Fassaden, dem alten Kreuzgang, der Martinskirche und dem Münsterturm und das Treiben auf dem Rathausplatz.

Ein schlaksiger Mann mit Schnauzbart nahm gegenüber von ihm Platz. Er roch nach Zigarettenrauch. Weber schüttelte sich innerlich. »Ich brauch so 'n runden Aufkleber für die Windschutzscheibe.« Der Mann nuschelte.

»Sie meinen eine Feinstaubplakette?«

»So ’n grünes Ding eben zum In-die-Stadt-Reinfahren.«

»Ob das grün wird, sehen wir noch.« Weber zog das Antragsformular aus der Schublade. »Fahrzeugschein, bitte. Oder Zulassungsbescheinigung Teil I.«

Vor dem Fenster gurrte eine Taube.

Der Mann hob eine Augenbraue. »Hab ich nich bei. Is ’n Jaguar Roadster Kompressor, Baujahr zweitausenddreizehn. Reicht das nich?«

Weber starrte den Typen an. Dumm wie Stroh, aber Kohle wie Heu. Er wollte gar nicht wissen, wie der zu so einem Wagen kam. »Nein. Ich brauche die Papiere.«

»Fuck Bürokratie.« Er erhob sich und ging grußlos.

Die Taube gurrte lauter. Aus dem Augenwinkel sah Weber den Schatten ihres Flügelschlags vor dem grau verhangenen Himmel. Sie rührte sich nicht vom Fleck.

Feinstaub! Auf den schoben die Linken den Verfall der historischen Stadtfassaden. Weber, der neben seinem Job auch für die Konservativen im Stadtrat saß, wusste es besser. Die Tauben waren es. Ihr Kot!

»Guuuh, guuuh«, kam es leise vom Fenster, als habe das Tier seine Gedanken gelesen.

Vor fast zehn Jahren schon war Webers penibel ausgearbeiteter Antrag zum Schutz der Gebäude angenommen worden. Von wegen teure Spezialverputze, regelmäßige Reinigung und Bausubstanzkontrolle! Diese Umweltspinner hatten keinerlei Gespür fürs Geld! Die Umsetzung von Webers Vorschlag hatte einmalig 6503 Euro gekostet. Keine Folgebelastungen. Man hatte ihm auf die Schulter geklopft.

Während Dieter Weber die Wartenummer *09* aufblinken ließ, fiel sein Blick auf den gepflasterten Platz. Die ersten Buden für den Weihnachtsmarkt wurden herangekarrt. Am 23. November! Die Leute gingen geduckt gegen den kalten Wind. Auf einer der Bänke rund um den Brunnen und zu Füßen des Berthold-Schwarz-Denkmals saß die Alte. Sie trug eine dicke graue Jacke. So grau wie der Großteil der Tauben, die zu ihren Füßen nach irgendetwas pickten.

Weber konzentrierte sich auf das nächste Formular. Verlängerung Anwohnerparkausweis Bezirk H.

Um 11.30 Uhr gingen Monika Ruff und Günther Hensler plaudernd in die Mittagspause. Er nickte ihnen zu, öffnete die Schnappverschlüsse seiner Aktentasche und plazierte die Vesperbox in der Mitte seines Schreibtisches. Davor breitete er eine Serviette aus.

Das Gurren wurde leiser.

Weber biss in sein Salamibrot. Die Taube ließ er nicht aus den Augen. Eine zweite kam, steckte den Kopf mit der ersten zusammen, schnäbelte mit ihr, gurrte laut und langgezogen. Fast hätte Weber sich die Ohren zugehalten. Doch dann flog die zweite wieder weg.

Er tupfte sich sorgfältig den Mund ab, wusch sich in der Herrentoilette die Hände und schrieb seine Einkaufsliste: *Knoblauch, Möhren, Zuckerschoten, Wildfond, Johannisbeergelee rot.*

Den weiteren Tag verbrachte er mit Auskünften, Anträgen, Volltrotteln und der Vorfreude auf den Abend. Um 15.30 Uhr verabschiedeten sich Ruff und Hensler. Weber wünschte einen angenehmen Feierabend und wartete, bis die Tür ins Schloss fiel. Dann öffnete er seine Aktentasche erneut, zog die Latexhandschuhe heraus und trat ans Fenster.

Die Alte trieb sich noch immer da unten herum. Tief herabgebeugt stand sie zwischen den leeren Holzbuden und ließ irgendetwas zu Boden fallen.

Sofort kamen Tauben angeflattert und pickten um sie herum. Ein paar Kinder beobachteten sie aus einigem Abstand. Er hatte die Gören schon öfter gesehen. Zwei Mädchen, ein Junge. Von hier oben sah er die rote und die pinkfarbene Mütze und den blauen Schal zwischen den Spitzbögen des Kreuzganges.

Plötzlich griff die Alte mitten in die Tauben. Sie stoben davon, doch eine hielt sie in den Händen, als sie sich aufrichtete. Die Kinder traten zu ihr.

Weber schüttelte sich und streifte die Handschuhe über. »Guuuuh, guuuh«, schrie die Taube auf dem Sims laut. Noch immer hatte sie sich nicht gerührt, und die zweite, die alle paar Minuten nach der ersten gesehen hatte, flog aufgeregt in einigen Metern Entfernung herum. Weber bedauerte die Alte. Er hatte es wesentlich einfacher als sie. Er musste nur das Fenster öffnen.

Die Alte winkte herauf. Er hob die Hand. Die Luft war feucht und kalt.

Im Sommer letzten Jahres war sie einmal hier oben aufgetaucht. War ohne Wartenummer an Ruff und Hensler vorbeimarschiert und vor Weber stehen geblieben. »Schön haben Sie es hier oben.« Sie war noch knochiger, als er vermutet hatte. Ihr silbernes Haar war überraschend gepflegt und zu einem sauberen Knoten hochgesteckt. Sie hatte sich umgewandt und war ans Fenster getreten. »Tolle Aussicht auch.« Weber erkannte einen kleinen Buckel unter der gelb geblümten Sommerbluse. Wollte sie ihm sein Geschäft vermiesen? Oder sich mit ihm zusammentun? »Und alles so fein sauber, nicht wahr?« Sie hatte sich ihm wieder zugewandt. Weber hatte seine Krawatte geradegerückt und die Blicke, die Ruff und Hensler ihm zuwarfen, geflissentlich übersehen. Wortlos war die Alte gegangen.

Jetzt streckte er den Arm aus. »Mein Spießbraten!« Mit einem geübten Ruck zog er die Taube von den Spießen, die aus den Fenstersimsen hervorstachen. Sekunden später erstarb das Gurren.

Webers Antrag zur Fassadenerhaltung war perfekt gewesen. Was für die Stadt eine kostengünstige Taubenabwehr war, sparte ihm rund drei bis vier Mal pro Woche 4,97 Euro beim Abendessen. Zog er seine dreißig Urlaubstage ab, blieben satte 834,96 Euro im Jahr. Bis zur Rente in zweieinhalb Jahren würde er 11 271,96 Euro gespart haben.

Dieter Weber legte die Taube mit dem blutigen Gefieder in die Vesperbox, streifte die Handschuhe ab und beeilte sich, nach Hause in sein Reihenmittelhaus zu kommen.

Schon am ersten Morgen, nachdem die Metallspieße und hauchfeinen Netze rund um die Häuser angebracht worden waren, hatte sich eine dunkelgraue Taube direkt vor seinem Fenster aufgespießt. Stundenlang hing sie dort, flatterte wie verrückt, gurrte erst rauh und laut, später glucksend und leise, und als er am Nachmittag das Fenster öffnete, schlug sie nur noch träge mit den Flügeln. Aus ihrem Hals ragte das Ende eines dünnen Spießes hervor. Nur eine Armlänge entfernt hing ein Tier im Netz, direkt neben der Puttenfigur, auf der es offenbar hatte landen wollen.

Da war Weber auf die Idee gekommen – erfreut und überrascht vom Zusatzertrag seines Gebäudeschutzkonzeptes.

Weber schloss leise die Haustür von innen, hängte die Schlüssel an den Haken im Flur und stellte die Aktentasche auf die Küchenarbeitsplatte. Dann zog er die Latexhandschuhe wieder an, nahm die Taube aus der Box und rupfte sie vom Hals abwärts. Dabei stellte er sich vor, wie die Alte in der engen Küche einer heruntergekommenen Sozialwohnung dasselbe tat. Kaum aber würde sie eine solche Delikatesse zubereiten wie er. *Edeltaube auf Julienne von Möhren und Zuckerschoten.* Er hackte dem nackten Tier den Kopf ab.

Seit ihm der erste Spießbraten so überraschend zugeflogen war, blieb Weber täglich ein paar Minuten länger im Büro. Keine Frau, keine Kinder, hatte er den Kollegen erklärt, die irgendwann nachgefragt hatten, ob er nicht mehr nach Hause wolle. Ruff hatte mit den Schultern gezuckt und Hensler »kein Wunder« gemurmelt. Wenn der wüsste! Weber kochte den Rot- und Portwein ein, gab Wildfond zu, schmeckte mit Johannisbeergelee, Senf und Balsamicoessig ab und band die Soße mit Butter.

Anfangs hatte er die Tauben einfach in seine Vesperbox gepackt, auch wenn sie noch lebten, und ihnen zu Hause den Hals umgedreht. Das Knacken war ekelhaft gewesen. Noch ekelhafter aber war die Zappelei der Tiere. Es klang wie ein Trampeln oder Stampfen. Kaum dass er in der Straßenbahn saß, hatten sie in der Box Radau gemacht, sogar die, die er für so gut wie tot gehalten hatte. Die Leute hatten auf seine Aktentasche gestarrt, dann in sein Gesicht, einige hatten den Kopf geschüttelt. So war er dazu übergegangen, die Tauben mit dem Brieföffner in der Herrentoilette des Bürgerbüros zu erlösen.

Weber blanchierte die Zuckerschoten, erhitzte Olivenöl mit Rosmarin und Knoblauch und setzte die fächerförmig aufgeschnittene Taubenbrust auf das Gemüse.

Am nächsten Morgen karrten die ersten Händler Engelsfiguren, Lebkuchen und kitschige bunte Kugeln zu den Holzbuden. Noch ehe Weber die Glaseingangstür des Alten Rathauses erreicht hatte, packte jemand ihn am Ärmel. Er fuhr herum. Die Alte!

»Frieden!«, krächzte sie.

Fast fiel ihm die Aktentasche zu Boden. »Guten Morgen«, sagte er steif und trat direkt vor die Glastür, die sich mit einem leisen Zischen aufschob. Die Alte war offenbar nicht mehr ganz klar im Kopf.

Sie folgte ihm in das Gebäude. »Freiheit für Tiere!«

»Frieden? Freiheit? Das sagen *Sie*, Sie Taubenfängerin!«, raunte er und sah seine Kollegin auf das Gebäude zukommen.

»Tauben sind Friedenssymbole. Mit Recht! Sie tun keinem etwas.«

Arme Irre! Er eilte zum Fahrstuhl. Sie blieb dicht hinter ihm. »Warum dieser Hass?«, schnarrte sie in sein Ohr.

Frau Ruff kam durch die Glastür. Weber machte kehrt, hastete zum Treppenhaus und nahm immer zwei Stufen auf einmal. Keuchend kam er im dritten Stock an, als Ruff gerade aus dem Fahrstuhl stieg. Er machte den Rücken gerade.

»Ärger?« Monika Ruff zwinkerte.

»Nein, nein, alles gut.« Er eilte in die Herrentoilette und stützte die Hände auf den Waschbeckenrand. Was wollte dieses alte Weib? Er blickte in den Spiegel. Einen unscheinbaren, rosagesichtigen Beamten verraten? Ihn erpressen? Auf seiner Stirn glitzerten Schweißtropfen. Mit einem Papierhandtuch tupfte er sie ab. Aus dem Bürgerbüro hörte er Stimmen. Ruff begrüßte Hensler. Weber zupfte die Hemdsärmel zurecht und ging betont gelassen zu seinem Platz.

Der Fenstersims saß voller Tauben. Es waren ältere Tiere, denn nur die wussten, wie sie sich trotz der tödlichen Spieße noch irgendwo hinquetschen konnten. Die jungen spießten sich viel häufiger auf. Das war praktisch, denn sie schmeckten saftiger. Mindestens zehn Tiere pressten sich jetzt zwischen Spieße und Fensterscheibe, fast stapelten sie sich. Eine schwarze Taube sah herein, als wolle sie ihn verhöhnen. Ein Gurren begann. »Arme Vögel«, sagte Frau Ruff und stellte ein Kerzchen mit Zweig auf seinen Tisch. Diese Dekoriererei machte sie jedes Jahr im gesamten Amt.

»Bitte?«

»Na, sie leben da in der Kälte, finden nichts zu essen, und nirgends können sie sich noch hinsetzen.«

Fing die Ruff jetzt auch noch an? War das schon der Weihnachtswahnsinn? Er nickte und brummelte ein »Mhm«. Die ersten Leute kamen in den Warteraum. Rasch ließ er den Daumen auf die schwarze Taste sausen, und die Nummern *01* und *02* leuchteten auf. Ruff ging an ihren Platz.

Die schwarze Taube starrte ihn an.

In der Mittagspause kaute er unruhig auf seinem Brot herum. Das Gurren machte ihn nervös, und die Taube glotzte unentwegt. »Haut ab!« Weber stand auf und klopfte von innen gegen die Scheibe. Die Tiere blieben sitzen.

Unten auf dem Rathausplatz erkannte er Ruff und Hensler an einem Stehtisch. Die Fressbuden waren offenbar schon geöffnet. An den Häusern ringsum war sein Werk zu bewundern. Kein Mauervorsprung, keine Nische ohne Spieße. Keine Fassade ohne Netze. Alles war geschützt: die Figuren des Neuen und die Zinnen des Alten Rathauses, die Uhr des Kirchturmes und die Betonwände der Ladengeschäfte und Banken. Riesige, hocheffiziente Fallen.

Dünn.

Unsichtbar.

Tödlich.

Alle auf seine Initiative hin angebracht.

Stadtverwaltung, Pfarrer und Eigentümer waren je selbst für ihre Gebäude verantwortlich. Aber er, Weber, war der Vorreiter für alle gewesen! Er reckte das Kinn, doch sein Stolz, eben wiedererstarkt, erstarb sofort wieder, als sein Blick zurück auf das Treiben unter ihm fiel: Die Alte gesellte sich zu Ruff und Hensler! Und nur wenige Schritte von ihr entfernt blitzten die rote und die pinkfarbene Mütze im Getümmel auf. Der Junge mit dem blauen Schal zeigte herauf, zu ihm, Weber! Frau Ruff beugte sich zu dem Mädchen mit der roten Mütze und blickte dann auch nach oben.

»Haut ab!«, zischte Weber erneut, und dieses Mal meinte er nicht die Vögel.

»Guuuh, guuuh«, sagte die schwarze Taube und pickte gegen die Scheibe. *Klack, klack.* Weber wandte sich ab.

An diesem Tag verließ er das Büro gemeinsam mit den Kollegen. Die schwarze Taube saß noch auf dem Sims. Doch sie gurrte nicht mehr.

»Doch noch auf den Geschmack gekommen?« Ruff zwinkerte Weber zu, als dieser am nächsten Tag zusammen mit ihr und Hensler auf dem Rathausplatz Mittagspause machte. Es roch nach ranzigem Fett und Pommes.

»Man kann's ja mal versuchen.« Er lächelte Ruff an und winkte der Alten zu, die wie immer neben dem Brunnen stand, ein Gewusel bunter Tauben zu ihren Füßen. Sie würde ihren Braten schnell gefangen haben.

Ruff beugte sich verschwörerisch zu ihm. »Sie sind doch nur wegen Ihrer Freundin mit uns hier.«

»Sie Spaßvogel!«

Die Tauben flatterten aufgeregt umher, als die Alte eine Handvoll Brotkrumen vor ihre Füße warf.

»Weber, Sie können ja richtig witzig sein! Bratwurst?« Hensler schlug ihm hart auf die Schulter, so dass Weber einen Schritt nach vorn stolperte, und ging zu einer der Buden. Nachdem er die fetttriefende Bratwurst hinuntergewürgt hatte, zogen die anderen zum Glühweinstand weiter. Weber schlenderte möglichst desinteressiert durch die Menschenmenge Richtung Brunnen.

»Da oben hängt eine im Netz.« Die Alte nickte zu seinem Bürofenster hinauf.

»Sollen wir sie teilen?« Er steckte die Hände in die Hosentaschen seiner gefütterten Bundfaltenhose. Die Tauben flogen auf, eine streifte seinen Arm, und er spürte den kalten Luftzug auf seinem Gesicht.

Die Falten in ihrem Gesicht wirkten härter als noch vor einigen Tagen. »Sie verstehen nichts.«

»Oh doch! Sie wollen an meinem Geschäft teilhaben. Es ist Ihnen peinlich, auf der Straße Ihr Essen fangen zu müssen.«

»Haben Sie in ihre Augen gesehen, wenn sie vor Ihrem Fenster sitzen?«

Oh ja, das hatte er. Er nickte.

»Und was haben Sie gesehen?« Sie warf neue Brotkrumen und flüsterte: »Bewegen Sie sich nicht.« Sofort kamen die Tauben zurück.

Weber wusste nicht, was er antworten sollte, und während er überlegte, bückte sie sich wie in Zeitlupe. Verharrte gekrümmt. Und griff dann blitzschnell in das Gewusel aus bunten Federn.

»Wie bereiten Sie sie denn zu?«, fragte er, erleichtert, dass er vom Thema ablenken konnte.

Sie richtete sich auf, in den Händen eine dicke braune Taube. Sie hielt sie ihm direkt vors Gesicht. Das Tier zuckte mit dem Kopf, und da sah er es: Die Füße des Vogels waren völlig deformiert. Dazwischen spannten sich fast unsichtbar Nylonfäden. Weber schluckte.

»Mit Pinzette und Schere«, gab die Alte zurück. »Ich entferne die Verschnürungen. Dann gibt's ein paar Tage Kamillenbäder und Heilsalben. Und zum Aufpäppeln Hanfsamen und gehackte Erdnüsse.«

Er starrte auf die verkrüppelten Zehen. Dick und rot, einige schwarz, zitterten sie direkt vor seinen Augen. »Aber ...«

»Ist Ihnen das noch nie aufgefallen?«

»Na ja, ein- oder zweimal saß so eine da oben. Was ...?«

»Die Fäden Ihrer Netze graben sich bis auf die Knochen. Weil kein Blut fließt, schwillt das Gewebe bis zum Platzen an, alles vereitert.« Sie trat samt der Taube so dicht an ihn heran, dass er ihren Atem an seinem Hals spürte. »Ohne Hilfe stirbt das Gewebe am lebenden Tier ab. Später fallen Zehen ab oder der ganze Fuß. Oder beide Füße.« Sie nahm die Taube herunter und strich ihr liebevoll über das Gefieder. »Wissen Sie, wie sich das anfühlt«, fuhr sie gleichzeitig fort, »wenn sie nur noch aus Schmerzen bestehen? Wenn sie obendrein fast verhungert sind, weil sie versuchen, sich trotz Höllenschmerzen fortzubewegen, und doch nicht mal ein Krümelchen abbekommen, weil andere immer schneller sind?«

Weber machte den Mund auf und zu.

»Die Qualen dauern oft Monate. Einige kann ich rechtzeitig fangen und von den Fäden befreien. Das bedeutet erneute Höllenqualen, wenn dann die Durchblutung einsetzt.«

»Deswegen Kamillenbäder und Salbe«, stieß Weber leise hervor, obwohl er es gar nicht wollte.

Sie nickte, und in ihren Augen glaubte er eine tiefe Liebe zu den Tauben zu erkennen.

»Nur wenige kann ich retten. Millionen verenden jedes Jahr qualvoll in den Städten oder quälen sich auf Stümpfen durch die Betonmoloche. Und die Leute treten noch nach ihnen. Warum nur, warum?«

Aus dem Augenwinkel sah Weber die Kinder heranschlendern. Sie stellten sich hinter die Alte wie eine Wand.

Rote Mütze. Pinkfarbene Mütze. Blauer Schal. Ein Mädchen hielt einen leeren Schuhkarton in der einen und den Deckel in der anderen Hand.

Die Alte setzte die Taube hinein. »Du wirst nie wieder Schmerzen haben und nie wieder hungern, meine Kleine.« Das zweite Mädchen legte die Hände um das Tier, wahrscheinlich, damit es nicht davonflog. Die Alte zog eine Spritze ohne Nadel aus der Tasche und gab der Taube etwas in den Schnabel.

Sie schienen ein eingespieltes Team zu sein. Weber wollte etwas sagen, doch wieder ging sein Mund stumm auf und zu.

»Das ist nur Wasser. Gegen den Schock. Sonst stampfen sie vor Todesangst. Selbst mit diesen Füßen!«

Wasser. Stampfen. Todesangst. Webers Gedanken rasten. »Sie ... Sie essen sie gar nicht?«, platzte das Offensichtliche aus ihm heraus.

»Die Taubenabwehrsysteme waren doch Ihre Idee?« Sie untersuchte den einen Taubenfuß mit bloßen Händen. »Sie wissen ja, wie das mit dem Aufspießen und Verfangen geht, nicht wahr? Wissen Sie auch, dass Tauben der Reflex fehlt, die Fesseln wegzupicken – falls sie sich aus den Netzen befreien können?« Sie untersuchte den zweiten Fuß. »Wir gehen zum Tierarzt, das sieht böse aus. Das kann ich nicht allein versorgen.«

»Sie holen sich tausend Krankheiten«, stieß Weber hervor.

Das Mädchen, das den Karton hielt, sah ihn voller Abscheu aus großen blauen Augen an.

»Glauben Sie nicht jeden Quatsch«, sagte die Alte. Das

Mädchen schloss den Deckel des Schuhkartons. »Tauben sind genauso gesund oder krank wie jeder Wellensittich. Können Sie gern im Gesundheitsministerium nachfragen. Oder beim Institut für Risikobewertung, Verbraucherschutz und Veterinärmedizin.« Jetzt sah sie Weber direkt an. »Sagen Sie bloß, Sie informieren sich nicht darüber, was Sie essen?«

Kälte kroch Weber in den Kragen und setzte sich zwischen seine Schultern.

»Oder bringen Sie sie etwa zum Tierarzt, wenn Sie sie da oben rauspflücken?«

Die Kälte kroch die Wirbelsäule hinab. Er war ruiniert. Bestimmt hatte sie alles schon Ruff und Hensler erzählt.

Die Kinder standen reglos.

»Stadttauben sind Nachfahren der Felsentauben. *Wir* haben sie domestiziert. Und als Dank verwehren wir ihnen all das, was sie als einzigen Ersatz für ihren natürlichen Lebensraum haben, nämlich die Häuserfassaden.« Sie umfasste mit einer Armbewegung die Häuser um den Platz herum. »Wo sollen sie denn hin? Wovon leben? Sie haben nur dreihundert Meter Aktionsradius. Sie sind verwilderte Haustiere. Sie fliegen nicht auf die Felder raus und holen dort Futter.« Ihre Wangen wurden rot, so erhitzt war sie von ihrer Rede.

Weber fühlte sich immer blasser werden. »Aber ihr Kot verätzt …«

»Hören Sie doch mit dem nachgekauten Unsinn auf!« Sie stampfte, als wolle sie ihre Solidarität mit den Tauben beweisen. »Jeder Regen wäscht das runter. Diese Gerüchte sind einfach nur dumm. Der einzige Kot, der ätzt, ist der von unterernährten Tauben. Der ist grünlich schleimig, haben Sie garantiert schon oft hier gesehen.« Ihre Augen blitzten ihn an, und dann krächzte sie voller Sarkasmus: »Wie wäre es noch mit einem Fütterungsverbot? Damit die brütenden Tauben langsam verhungern? Dann hätten Sie haufenweise tote Küken in den Nestern und den Verwesungsgestank vor Ihrem Bürofenster. *Die* sind die einzigen Krankheitserreger. Aber die wollen Sie natürlich nicht essen.«

Einige Passanten blieben stehen, und ein Kreis bildete sich um die kleine Gruppe.

»Aber es werden immer mehr Tauben und ...«, versuchte Weber es, während die Kälte bis zu seinem Steißbein und weiter in seine Eingeweide kroch.

»Stimmt das echt mit den toten Füßen?«, rief ein Kind, und ein Mann sagte: »Ja. Und dass Tauben keine Krankheiten übertragen, stimmt auch. Ich bin Tierarzt.«

»Ratten der Lüfte, nutzloses Pack«, schrie jemand.

»Bitte.« Die Alte sah Dieter Weber mit feuchten Augen an. »Tauben tun niemandem etwas. Setzen Sie sich für ihre Rettung ein. Sie haben die Netze durchgesetzt, jetzt helfen Sie!«

Weber erblickte Hensler und Ruff in der umstehenden Menschenmenge. Seine Kollegin hatte die Hände um ein Glühweinglas gelegt und presste die Lippen aufeinander. Weber zitterte, äußerlich und innerlich. Die Taube vor seinem Fenster, das Weinen der Alten, die Leute und die Kinder hier ... Es war zu viel! »Wie ... Was kann ich tun?«

»Taubenhäuser bauen. Für regelmäßige Fütterung dort sorgen. Die Eier durch Gipseier tauschen. Andere Städte machen es doch vor! Es funktioniert! Und die Parks mit den Häusern sehen toll aus!«

Taubenhäuser? Gipseier? »Ich bin Verwaltungsbeamter.«

Das Getuschel verstummte. Gefühlte tausend Augenpaare starrten Weber an. »Du bist auch im Stadtrat«, sagte der Junge mit dem blauen Schal, und im nächsten Moment durchschnitt ein klägliches »Guuuh« die betretene Stille. Alle hoben den Kopf zu der roten Fassade hinauf und zu Webers Bürofenster. Wie alles war es goldumrandet. Die Taube flatterte und gurrte, rief nach Rettung, und da stimmten die Kinder in ihr Rufen ein: »Taubenpflücker, Taubenpflücker«, und sie zeigten mit den Fingern auf ihn.

Eine Woche vor Weihnachten ging Weber wieder ins Büro. Die Stadt lag unter einer dicken Schneedecke, und auf dem Weihnachtsmarkt drehte sich das Karussell zu fröhlich quäkender Musik. Die Alte war nicht da. Auch die Kinder nicht und keine Tauben. Ruff und Hensler waren wie immer. Sagten nichts, was den Vorfall mit der Alten und den Tauben betraf.

Drei Wochen hatte er das Haus nicht verlassen, außer, um sich krankschreiben zu lassen. Er hatte sich von Tütensuppe und Filterkaffee ernährt. Hatte auf dem grünen Sofa gesessen, abwesend durch die Fernsehkanäle gezappt und versucht, die Tränen der Alten, die blutroten Gefieder, die eitrig gelben und todesschwarzen Füßchen, die Kinderschreie und Ruffs betroffenes Gesicht aus seinem Kopf zu verbannen. Alles sein Werk. Er musste etwas tun. All das beenden. Ein für alle Mal!

Mittags ging er jetzt immer mit den Kollegen auf den Rathausplatz hinab. Aß eine Kleinigkeit mit ihnen, schlenderte dann umher und suchte die Alte. An Heiligabend fand er sie. Es war Mittag, er hatte schon Feierabend, ein kleiner Urlaub stand bevor.

Die Alte saß abseits des Trubels auf einer Bank, eine Schuhschachtel auf dem Schoß. Weber setzte sich zu ihr. »Ich lasse die Netze entfernen. Ich beantrage Taubenhäuser.«

»Wirklich?« Ein leises »Guh, guh«, drang aus der Schachtel.

»Guh, guh«, ahmte er die Taube nach und beugte sich etwas nach vorn, um seine ehrlichen Absichten zu unterstreichen.

»Sie ist krank. Die Kinder haben sie mir gegeben. Sie haben sie Rosa getauft.«

Er sah sich um. Keine rote Mütze. Keine pinkfarbene Mütze. Kein blauer Schal. Er atmete auf. »Also, was sagen Sie?«

»Sie sind ein guter Mensch!« Ihr Atem malte kleine Wölkchen in die Luft.

Weber lächelte. »Das hat noch nie jemand zu mir gesagt.«

»Guuuh.«

»Sie klingt nicht gut.« Die Alte hob den Deckel einen Spaltbreit von der Schachtel. Weber schaute zusammen mit ihr hinein. Talggeruch schlug ihm entgegen. Die Taube saß im Eck, auf den Boden gedrückt, die Flügel lagen ausgebreitet neben ihr. »Sie stirbt«, schluchzte die Alte. »Und heute ist kein Tierarzt da.«

»Gibt's keinen Notdienst?« Er sprang auf.

»Bis ich dort wäre ...« Sie schniefte. In der Schachtel war es jetzt still. »Rosa?«, flüsterte sie. »Rosa?« Dann schob sie mit dem Zeigefinger die Augen der Taube zu. »Ich kann sie nicht einmal begraben, es ist alles gefroren. Ich habe keine Kraft mehr, um die harte Erde aufzugraben.«

Weber hätte am liebsten in die Hände geklatscht. Ein schöneres Weihnachtsgeschenk hatte er sich kaum zu erhoffen gewagt. »Ich habe auch einen Garten. Nur ganz klein, einen Vorgarten, aber wenn Sie wollen ... Ich könnte sie bei mir beerdigen.«

Sie fuhr sich mit dem schmutzigen Ärmel übers Gesicht. »Das würden Sie tun?«

»Natürlich! Sie haben mir gezeigt, was für wunderbare Tiere Tauben sind. Und was sie für schreckliche Schmerzen ertragen müssen. Wollen Sie mitkommen?«

Sie nickte und strich über Rosas Gefieder.

Zusammen gingen sie zur Straßenbahnhaltestelle am Siegesdenkmal. Immer wieder sah Weber sich um. Menschen überall, bepackt mit riesigen Tüten. Keine Bekannten. Keine Kinder. An der mehrspurigen Straßenkreuzung walzte ihnen der Gestank nach Abgasen und Staub entgegen, und für eine Sekunde glaubte er, auf der Verkehrsinsel, hinter einem Bus, eine rote und pinkfarbene Mütze im Gedränge zu erkennen. Doch als sie dort ankamen, sah er nur die silbernen Haare der Alten, die tränenfeuchten Äuglein und faltigen Wangen. »Darf ich?« Er nahm ihr die Schuhschachtel ab. Schon kündigten ein schrilles Klingeln und ein kühler Luftzug die einfahrende Straßenbahn an.

Nur ein dumpfer Schlag und ein leises Knirschen waren zu hören. »Ruhe sanft samt deinen Viechern«, murmelte er und wischte sich die Hand an der Hose ab.

Weber pfiff vor sich hin, zerkleinerte die Petersilie mit dem Wiegemesser und hackte die Erdnüsse klein. *Zum Aufpäppeln Hanfsamen und gehackte Erdnüsse.* »Na, was sagst du dazu, Rosa?« Ein Weihnachtsbraten, der einen Namen trug. Und wie der duftete!

Die Bauchkrämpfe kamen ganz plötzlich. Mitten beim Essen. Sein Todeskampf dauerte nur wenige Minuten.

Webers Traueranzeige erschien an Silvester, direkt neben ihrer. Darunter ein Bericht über drei Kinder, die nach dem tragischen Unfalltod der betagten Frau ihr Werk fortführten. Der Stadtrat hatte als spontane Ehrung drei Taubenhäuser für die Kinder bewilligt. Eines davon würde beim Rathaus stehen. Im Frühjahr kämen weitere hinzu.

»Hat dein Vater eigentlich nichts gemerkt?«, fragte das Mädchen mit der roten Mütze den Jungen mit dem blauen Schal, als der Sarg der alten Frau in die Grube hinuntergelassen wurde.

Der Junge grinste. »Der hat Mama beim Frühstück den Bericht über unser Taubenprojekt vorgelesen. Total stolz beide. An der Stelle, wo steht, dass ein Mann seit Jahren tote Tauben gegessen und dann daran gestorben ist, hat Mama sich am Müsli verschluckt.«

Die Mädchen kicherten. Der Pfarrer las aus der Bibel vor.

»Und bei der Stelle, an der steht, dass die Taube Opfer eines Rattengiftanschlags war und der Typ deswegen auch, hat sie zu Papa gesagt, dass sie dieses Giftzeug nicht mehr im Haus haben will! Er ist in die Garage und wollte es wegwerfen. Aber er hat's nicht gefunden.«

Wieder kicherten die Mädchen, jetzt lauter, und der Pfarrer warf ihnen böse Blicke zu und schloss die Bibel.

Artig blickten sie mit ernsten Gesichtern in die Grube hinab. »Sie hätte uns nie geglaubt, dass der Taubenpflücker sie töten will«, wisperte der Junge.

»Sie war so gutgläubig«, flüsterte das Mädchen mit der pinkfarbenen Mütze. »Sie hat echt gedacht, der setzt sich für sie ein, wenn sie ihm erzählt, wie die Tauben leiden.«

»Sie hatte ja uns.«

»Nur schade um Rosa. Aber sie rettet mit ihrem Tod alle Freunde.« Das Mädchen mit der roten Mütze warf eine Schaufel Erde auf den Sarg. Dumpf schlugen kalter Lehm und Steine unten auf.

Dann zogen die Kinder davon.

***

Editorische Notiz

Das Amt für Bürgerservice wurde frei in das Alte Rathaus verlegt. Die Geschichte beruht auf dem Leben und Wirken einer realen Taubenschützerin – die selbstverständlich noch lebt und die ich einige Tage begleiten konnte. Ihre Arbeit ist zutiefst beeindruckend – der Krieg gegen die Friedensvögel dagegen ein Zeichen mangelnden Wissens und Mitgefühls. Ich wünsche der Initiatorin so vieler vorbildlicher

Taubenschutzprojekte, mir und vor allem den sanftmütigen Vögeln, dass unsere Städte ihnen Taubenhäuser schenken. Sie ermöglichen ein friedliches und geschütztes Miteinander – nicht nur zu Weihnachten.

Petra Busch, im Mai 2014

Jean Bagnol

4

Alarm im Gänsestall.
Ein tierisches Weihnachten

Glückstadt

Autorenvita

Jean Bagnol ist das Pseudonym des Schriftsteller-Ehepaares Nina George und Jens »Jo« Kramer. Die Spiegel-Bestsellerautorin George und der Ethnologe, Ex-Pilot und Schriftsteller Kramer sind seit 2006 verheiratet und veröffentlichten bisher unter ihren Klarnamen sowie fünf Pseudonymen 29 Solowerke. *Commissaire Mazan und die Erben des Marquis* ist der Auftakt einer gemeinsamen Provence-Krimiserie des Schriftsteller-Ehepaares bei Knaur. George und Kramer leben abwechselnd in Hamburg und in der Bretagne.

Mehr Infos über Jean Bagnol unter www.jeanbagnol.com.

Der Kerl ist nicht echt. Ein ganz falscher Hund. Muss daran liegen, dass er ein schlechtes Karma hat. Ja, er lässt seine Stimme schnurren, tut so, als wenn er ganz sanft wäre. Aber damit kann er mich nicht täuschen. Und erst sein Geruch! Irgend so ein ekliges Rasierwasser, süß und aufdringlich. Wahrscheinlich will er damit den widerlichen Geruch seines Körpers überdecken. Das mag ja bei Menschen funktionieren, aber nicht bei mir.

»Unsere Bank muss ihr Kapital realisieren.« Der Kerl tippt auf die Papiere, die vor ihm auf dem Küchentisch liegen. »Das verstehen Sie doch, Herr Bachmann?«

Nee, das versteht der Herr Bachmann nicht. Herr Bachmann ist Udo, mein etwas minderbemittelter Menschenkumpel. Ist ohnehin nicht gerade eine Frohnatur, der Udo. Hängt auch mit seinem Karma zusammen, keine Frage. Jedenfalls guckt er, als wenn er am liebsten losheulen würde. Kein Wunder, es geht ja auch um Geld. Bei dem Thema drehen die Menschen immer durch. Mir macht das schon mal gar nichts. Ich bin Buddhist. Buddha war nämlich in Wirklichkeit eine Katze. Also, natürlich bevor er Buddha wurde. Sie wissen schon, Wiedergeburt und so. Auf jeden Fall, so cool wie der war, muss der vorher eine Katze gewesen sein.

»Sie haben seit einem Jahr keine Rate mehr zurückgezahlt, Herr Bachmann. Das geht doch nicht. Sie haben damals gesagt, dass Sie Gänse züchten wollen.«

»Hab ich ja auch.«

Also, ich bin supercool. Ich liege hier so in meiner Katzenecke. Kann mich keiner sehen, schon gar nicht dieser falsche Stinker. Und na ja, ich denke so über das Leben nach, die Existenz, und was das alles soll. Da lass ich mich doch von diesem Stinkerarschloch nicht aus der Ruhe bringen.

»Ja aber jetzt, kurz vor Weihnachten, da muss das Geschäft doch brummen. Alle Leute wollen Gänsebraten oder Gänserillette. Und die Restaurants sind geradezu verrückt nach guten Tieren. Haben Sie denn keine Tiere zu verkaufen?«

Och, jede Menge, aber der Udo will ja nicht.

»Die sind noch nicht so weit.«

Das Problem mit Udo ist, dass er es nicht schafft, auch nur eine einzige Gans zu schlachten. Wenn Udo mich mit einer Maus erwischt, versucht er, sie wiederzubeleben.

»Nach fast drei Jahren?«

Er selber ist Vegetarier. Genau genommen isst er meinem Futter das Futter weg.

»Na ja, das muss ja auch alles richtig gemacht werden. So 'ne Gans ist schon ein besonderes Tier.«

Keine Ahnung, wie er auf die Idee gekommen ist, Gänse zu züchten.

»Herr Bachmann, wir müssen jetzt realisieren.«

Was meint diese niedere Wiedergeburt bloß mit *realisieren?*

»Wenn Sie nicht binnen drei Tagen Ihre Schulden bei unserer Bank begleichen ...«

Höre ich da ein drohendes Grollen in dem falschen Sound seiner Stimme?

»... dann sind wir gezwungen ...«

Bleib jetzt ganz cool, Udo. Der will dich nur provozieren.

»... den Hof in die Auktion zu geben.«

Aha! Ist das alles? Was heißt das überhaupt, »in die Auktion«?

»Weihnachten sind Sie hier raus.«

Wie? Wer?

»Mitsamt Ihren überalterten Gänsen.«

Überaltert? Hihi, das muss ich Hanne erzählen.

»Und all dem anderen Kroppzeug.«

Kroppzeug?

»Wir haben einen Investor, der hier eine Hühnerfarm errichten will.«

Moment mal.

»Der schlachtet zwei Millionen Hähnchen im Jahr.«

Zwei Millionen ... Ich komme aus meiner Katzenecke hervor.

»Das macht einen Umsatz von ... nanu, was ist das denn für ein hübscher kleiner Kerl?«

»Das ist Paulchen.«

»Ein schwarzer Kater mit weißen Söckchen, wie niedlich. Aber was ist denn das?«

»NEIN! Sagen Sie es nicht.«

Was? Was soll der Kerl nicht sagen?

»Aber hören Sie, das ist doch total ungewöhnlich, diese Gesichtszeichnung.«

Oh nein, komm mir nicht auf die Tour. Und jetzt beugt er sich auch noch zu mir.

»Paulchen mag das gar nicht, wenn man ihn darauf anspricht.«

Worauf anspricht?

»Aber das ist doch nur eine Katze. Und die sieht aus wie ...«

Was? Wie sehe ich aus?

»Bitte, Paulchen ist wirklich sehr empfindlich in dieser Sache ...«

Will der mich etwa anfassen?

»Das ist ja lustig. Dieses Gesicht! Haha. Na, komm mal her, du komischer ...«

NEIN! *Fauch!*

»Auaaah!«

***

Okay, das war jetzt nicht wirklich buddhistisch reagiert. Aber wenn einer über mein Gesicht zu quatschen anfängt, dann kriege ich echt schlechte Laune. Ich meine, kann ich da was für?

Immerhin ist der Typ weg. Nachdem Udo ihm die Hand verbunden hat. Da war seine Stimme nicht mehr sanft. Und jetzt weiß ich auch, was er vorhat: Er will uns unser Zuhause nehmen! Udo ist zu blöd, um das zu verhindern. Also muss ich etwas unternehmen. Als Erstes werde ich den Hofrat einberufen.

Ich schleiche durch die Katzenklappe nach draußen. Es wird bereits dunkel. Und es hat auch wieder geschneit. Aber nur eine Pfote hoch. Drüben vom Stall höre ich das Geschnatter der Gänse. Gänse schnattern ziemlich viel, aber meist reden sie dabei nur dummes Zeug. So Sachen wie: *Das ist aber ein schönes Futter.* Hanne ist da eine Ausnahme, deswegen ist sie ja auch die Chefin im Gänsestall. Allerdings hat Hanne so ihre Allüren.

Rasch über den Hof, zack auf die Regentonne und durch

das kaputte Fenster rein. Das wird der Udo in diesem Leben auch nicht mehr reparieren.

Sofort geht das Gezischel los. Über zweihundert gut genährte, prächtig entwickelte Gänse haben allesamt vergessen, dass ich beinah jeden Tag hier reinschneie, und machen erst mal Alarm. Ich springe auf die Futterkiste, besinne mich auf meine friedfertig-buddhistische Gesinnung und fange an, mich gemächlich zu putzen.

Als die blöden Viecher sich beruhigt haben und wieder leise schnatternd hin und her laufen – *schönes Futter, schönes Futter* –, halte ich nach Hanne Ausschau. Ich brauche nicht lange zu suchen. Sie steht auf einem Bein in der Ecke, der Kopf hängt traurig herab. Und da weiß ich: Es hat sie voll erwischt. Hanne hat ihre Weihnachtsdepression.

Um nicht die anderen Gänse wieder aufzuscheuchen, husche ich an der Stallwand entlang. Dabei überlege ich, wie ich sie aus ihrem Blues rausholen soll. Mir fällt aber nichts ein. Immerhin hebt sie den Kopf, als ich bei ihr bin.

»Es ist so weit, nicht wahr, Paulchen? Sie kommen mich holen.«

»Quatsch, Hanne, keiner kommt dich holen.«

»Sie werden mir den Kopf abschlagen und mich ausbluten lassen.«

»Nein, Hanne, ganz sicher ...«

»Dann übergießen sie mich mit heißem Wasser, damit sie mir die Federn rausreißen können.«

»Udo würde nie ...«

»Dann machen sie Gänsebraten aus mir.«

»Hör doch mal, ich muss dir ...«

»Drei Stunden im Backofen, bei 225 Grad.«

»Hanne, letztes Weihnachten hat dich auch niemand gebraten.«

»Aber diesmal kommen sie mich holen. Ich weiß es, ich weiß es ganz genau.«

Ich beschließe, sie weiterreden zu lassen. Das ist manchmal das Einzige, was hilft. Als sie im letzten Winter durchhing, habe ich versucht, sie mit der Reinkarnationslehre zu trösten. Das ging völlig schief. »Dann braten sie mich ja zweimal«, hatte sie entsetzt ausgerufen.

Hanne ist mittlerweile bei den verschiedenen Füllungen für Gänsebraten angelangt. Es ist wirklich erstaunlich, wie viele Rezepte sie kennt. Ich frage mich manchmal, wo sie die herhat. Irgendwann schaffe ich es, ihre Aufmerksamkeit auf unser aktuelles Problem zu lenken. Das zeigt sofortige Wirkung.

»Sie wollen uns rausschmeißen?«

»Jo.«

»Aber wo soll ich dann meine Depression bekommen?«

Wie ich schon sagte, die Hanne hat so ihre Allüren. Aber wenn es um den Hof geht, ist auf sie Verlass. Sie flattert mit den Flügeln, zischt einmal kräftig und verkündet – ganz wieder die resolute Gänsedame: »Wir müssen mit Isidora reden.«

Das sehe ich auch so.

***

Isidora wohnt auf dem Dachboden des alten Schuppens, der hinter dem Stall steht. Udo hat da jede Menge Krempel drin, aber auf dem Dachboden ist er schon lange nicht mehr gewesen. Die Treppe ist ziemlich wackelig, und die Dielenbretter sind teilweise morsch. Wer da durchkracht, wird ziemlich blöd gucken. Für Isidora ist das kein Problem, die kann fliegen.

»Hey, Isi«, rufe ich am Fuß der Treppe, um uns anzukündigen.

»Huhu«, macht sie erschrocken, und dann schaut ihr weißes Eulengesicht mit den großen runden Augen über den Treppenabsatz.

»Hallo, Paulchen, hast du mir eine Maus mitgebracht?«

Isidora ist schon etwas älter, und leider sieht sie im Dunkeln nicht mehr so gut. Das ist natürlich blöd für eine Eule, weil die ja normalerweise nachts jagen. Nachdem sie ein paar Mal beim Fliegen gegen Bäume geknallt war, hat sie ihre nächtlichen Aktivitäten ziemlich eingeschränkt. Darum füttere ich sie immer ein bisschen mit durch.

»Ne, Isi, komm mal runter. Wir haben ein Problem.«

Also erzähle ich noch einmal die Geschichte von dem stinkenden Bankmann. Aber bei Isi muss ich aufpassen, dass ich sie nicht mit zu vielen Details füttere, sie ist nämlich schon etwas tüttelig und kriegt dann die Dinge durcheinander. Diesmal aber kommt sie gleich auf den Punkt: »Was heißt denn *realisieren?«*

»Dass er Geld will. Viel Geld.«

»Und Olaf hat keins?«

»Udo, er heißt Udo, Isidora.«

»Wer denn?«

Manchmal frage ich mich schon, ob wir die richtige Zusammensetzung im Hofrat haben. Aber als echter Buddhist nehme ich die Welt, wie sie ist.

»Die Aufgabe ist ganz klar«, erkläre ich, »wir müssen einen Weg finden, wie Udo der Bank ganz viel Geld geben kann, und zwar schnell.«

Das lässt die beiden erst mal verstummen. Isidora dreht den Kopf um hundertachtzig Grad nach hinten. Das macht sie manchmal, um anzugeben. Funktioniert aber nicht, das kann ich nämlich auch.

Hanne nimmt ebenfalls ihre Denkerpose ein, das heißt, sie hebt ein Bein an. Ich gähne einmal herzhaft und fange an, mich zu putzen.

»Also«, meint Hanne irgendwann, »es gibt da so eine Geschichte von einer Henne, die goldene Eier legt.«

»Ach ja«, frage ich. »Und wo finden wir das famose Tier?«

»Na ja, das ist eigentlich nur ein Märchen.«

Hanne erstaunt mich immer wieder, sie kennt nicht nur jede Menge Kochrezepte, sondern hat anscheinend auch Märchen gelesen.

»Willst du der Bank etwa ein Märchen erzählen?«, fragt Isidora, die ihren Kopf wieder in Startposition gebracht hatte.

»Nein, aber die Menschen sind Gewohnheitstiere, und diese Geschichte haben alle schon mal gehört. Wenn sie jetzt eine Gans mit goldenen Eiern sehen, glauben sie es bestimmt.«

»Aha, und wo willst du die goldenen Eier hernehmen?«, frage ich.

»Es sind eben keine echten goldenen Eier.«

»Du willst die Bank bescheißen?«

»Hast du ein Problem damit?«

Nee, habe ich nicht. Hanne schlägt also vor, normale

Gänseeier zu nehmen und die golden anzumalen. Ich frage sie, wer von uns dreien den Pinsel halten soll. Sie zeigt auf meinen Schwanz, ich zeige ihr den Vogel. Wir diskutieren eine Weile über das Werkzeug, bis Isidora fragt, wo wir denn goldene Farbe herbekommen sollen. An diesem Punkt stockt das Gespräch. Dann stellt Isidora die eine Frage, die den Plan endgültig killt: »Weiß einer von euch, wie goldene Farbe aussieht?«

Das ist das Ende des Märchens mit den goldenen Eiern, denn sowohl Isidora als auch Hanne sind farbenblind. Und ich, na ja, um eine Maus zu fangen, muss ich auch nicht wissen, welche Farbe sie hat.

Wir nehmen alle drei wieder unsere Denkerpose ein.

Schließlich tut Isi einen schweren Seufzer und wendet uns wieder ihr weißes Eulengesicht zu.

»Wir könnten doch schauen, ob ein Ei aus meinem Gelege ein goldenes ist.«

Scheiße!

Hanne und ich tauschen einen verstohlenen Blick. Wir denken das Gleiche: Wie kommen wir von dem Thema wieder weg?

Dass Isidora nachtblind ist, herrje, damit kommen wir klar. Auch ihre Vergesslichkeit ist für einen Buddhisten nicht schlimm. Aber ihr Gelege!

Isidora kann schon seit einigen Jahren keine Eier mehr legen. Darunter leidet sie sehr. Irgendwann hat sie angefangen, sich ein Gelege zusammenzuklauen. Erst holte sie sich ein paar Gänseeier. Daraufhin schritt Hanne energisch ein. Isidora versuchte es bei anderen Vögeln. Die waren auch nicht so richtig begeistert. Daraufhin ging sie in die Hühnerställe und durchsuchte sogar Häuser. Sie war schon völlig verzweifelt, als eines Tages eine wundersame Rettung geschah. Überall in den Gärten lagen auf einmal Eier herum. Von dem menschlichen Kult des Osterfestes hatte Isidora noch nie gehört. Für sie war es wie eine göttliche Fügung. Im Nu hatte sie ihr Gelege voll. Nun bestand dieses Gelege aber aus gekochten Eiern. Oder Schokoladeneiern. Oder Marzipaneiern. Es bestand nicht die geringste Chance, dass irgendeinem dieser Eier jemals ein Küken entschlüpfen würde. Schon gar kein Eulenküken. Das aber verdross Isidora keineswegs. Sie brütete. Und brütete. Und brütete.

Und die Eier alterten. Und faulten. Und stanken.

Isidoras Gelege ist eine Ansammlung von Abscheulichkeiten. Aber sie liebt es mit der ganzen Inbrunst einer Mutter. Wir haben es nie geschafft, ihr die Wahrheit zu sagen.

»Och nö«, meint Hanne.

»Du, lass mal.« Ich beginne bereits den strategischen Rückzug einzuleiten. Hanne steigt voll drauf ein.

»Wir sollten alle noch mal eine Nacht drüber schlafen.«

»Und ihr meint nicht, dass ...«, versucht Isidora es erneut.

»Wir treffen uns morgen bei Tagesanbruch«, entscheide ich.

»Ja gut«, sagt Hanne, »ich muss mal nach den Gänsen schauen.«

»Und ich ... äh ... nach Olaf. Nein, ich meine natürlich Udo.«

»Wir können jederzeit ...«

»Tschüss, Isi.«

»Tschüss, Schwester.«

Draußen macht Hanne: »Puuh!«

Wir schauen über den Hof mit seiner Puderzuckerdecke. Oben knistert ein wacher Sternenhimmel.

»Es sieht nicht gut aus, Hanne.«

»Ich weiß, Paulchen.«

***

Der knisternde Sternenhimmel wacht auch über Glückstadt, an dessen Rand der Gänsehof von Udo Bachmann liegt. Das bemerken die Glückstädter aber kaum noch. Ebenso wenig wie Udo, der zu diesem Zeitpunkt im »Gasthaus Kleiner Heinrich« sein drittes Bier trinkt. Udo will seinen Kummer ertränken. Dass ihn ein paar lauernde Augen dabei beobachten, merkt er nicht.

»Wir brauchen endlich Geld«, sagt der Mann drei Tische weiter zu seinem Gegenüber, »ganz viel Geld.«

Vor den beiden Männern stehen zwei Gläser mit einem Rest schalen Biers. Sie wagen es nicht, den Rest zu trinken, weil dann die Bedienung kommen könnte, um ihnen neues Bier anzubieten. Das aber können sich die beiden nicht leisten. Es handelt sich um die zwei Dorfgauner, Fuchs und Wolfi.

Sie heißen eigentlich Danny Fuchs und Olaf Wolf, aber jeder nennt sie Fuchs und Wolfi. Und jeder weiß, dass sie Gauner sind. Nur Udo nicht.

»Haste gehört, was ich gesacht hab?«, fragt Wolfi seinen Kumpel.

»Ja«, knurrt Fuchs, ohne Udo aus den Augen zu lassen.

»Was hab ich denn gesacht?«

Fuchs wendet Wolfi sein spitzes Fuchsgesicht zu.

»Dass wir sehr viel Geld brauchen, du Blödmann.«

»Blödmann habe ich nicht gesacht.«

»Ich weiß längst, wie wir zu einem schönen Haufen Geld kommen können, Blödmann.«

»Echt? Wie denn?«

»Hör zu, Blödmann, du weißt doch, dass bald Weihnachten ist?«

»Ja und? Willst du den Weihnachtsmann überfallen?«

»Den ... sag mal, du glaubst doch nicht etwa noch an den Weihnachtsmann?«

»Na logo. Wo kommen denn sonst die Geschenke für all die Kinderchen her?«

Fuchs fasste sich genervt an die Schläfen. »Hör zu, Blödmann, Weihnachten heißt, dass die Leute viel fressen wollen.«

»Ach ja? Ich dachte, Weihnachten ist wegen die Kinders und die Geschenke und ...«

»Schnauze!«

Dann erklärt Fuchs Blödmann Wolfi seinen Plan. Was wollen die Leute Weihnachten fressen? Na, Gänse. Da seien sie ganz verrückt nach und zahlten jeden Preis. Und der Udo hätte einen ganzen Stall voller Gänse, wäre aber zu blöd, die zu verkaufen. »Die klauen wir.«

»Wie schaffen wir die denn weg? Sollen wir die etwa tragen?«

Wolfi hat es nicht so mit dem Arbeiten.

»Quatsch, ist doch alles da, Mensch.«

Sie müssten vorher dem Udo seinen Lkw klauen.

»Dann eine Gans nach der anderen, Kopf ab und hinten ruff.«

»Das wird dem Udo aber gar nicht passen.«

Jetzt kommt Fuchs zu dem delikaten Teil seines Plans. Sie müssten vorher den Udo besoffen machen. Dann schaffen sie ihn nach Hause, so ganz die guten Kumpels. Und da können sie sich gleich alle Schlüssel schnappen.

»Und morgen sind wir reich.«

Das gefällt dem Wolfi. Dann aber kratzt er sich am Kopf.

»Und was machen wir noch mal zuerst?«

Fuchs verdreht die Augen, nimmt sein Bierglas und steht auf.

»Saufen«, sagt er.

Wolfis Gesicht hellt sich schlagartig auf.

***

Irgendetwas stimmt nicht. So etwas spüre ich, da habe ich einen Sinn für. Es ist mitten in der Nacht, und Udo ist noch nicht wieder zurück. Das ist noch nie vorgekommen. Unruhig laufe ich durch das Haus, dann wieder nach draußen. Nichts! Wo steckt der bloß?

Aber was ist das? Da kommen Männer. Sie wanken und halten sich aneinander fest. Nein, jetzt sehe ich, dass zwei von ihnen, ein dicker und ein hässlicher, einen anderen in der Mitte haben, den sie beinah tragen. Aber ... das ist ja Udo! Und wie die alle stinken. Da ist etwas faul. Ich gehe sofort in Deckung.

»Boah, ist der Kerl schwer.«

»Weil er völlig hinüber ist. Gut so, dann kriegt er auch nicht mit, dass wir hier alles ausräumen.«

Das sind Diebe, die wollen Udo beklauen. Aber was glauben die zu finden? Udo hat doch nichts.

»Wie viele Gänse sollen wir mitnehmen?«

»Alle. Morgen kassieren wir dafür.«

Wie bitte? Gänse.

»Okay, Kopp ab und ruff auf den Lkw.«

»Jetzt mach schon.«

Verdammt. Die wollen die Gänse umlegen. Und als Braten verkaufen, bei 225 Grad. Hanne, du hattest recht.

Während die beiden Gangster Udo ins Haus schleppen, flitze ich los. Natürlich werden die Gänse wach, als ich in den Stall springe, und fangen sofort an zu zischen und zu flattern. Aber diesmal habe ich keine Zeit für den Blödsinn. Ich renne mitten durch das aufgeschreckte Federvieh, weiche geschickt so manchem vorschnellenden Schnabel aus und knalle beinah gegen Hannes Bauch. Die gerät auf ihrem einen Bein ins Wanken, blinzelt mich verschlafen an, und ehe ihr auch nur einfällt, dass sie eigentlich depressiv ist, rufe ich: »Hanne, da sind Diebe, die wollen euch alle umbringen.«

»Was ... wer ... ist schon Weihnachten?«

Ich mache es auf die brutale Tour.

»Zweihundert Gänse, ausgeweidet, gerupft im Backofen bei 225 Grad. Du wirst die erste sein. Jetzt.«

Hanne ist schlagartig wach, von Depression keine Spur. Ich erkläre ihr in knappen Worten, was los ist. Sie flattert vor Schreck mit den Flügeln. Das macht die anderen noch nervöser.

»Hanne«, sage ich, »du musst hier sofort für Ruhe sorgen.« Ich erkläre ihr meinen Plan.

»Und du glaubst, dass das funktioniert?«

»Yeah, Schwester, das funktioniert.«

Das hoffe ich zumindest. Wenn nicht, steht uns allen eine baldige Wiedergeburt bevor.

Während die Generalin des Gänsestalles für Ruhe in ihrer Truppe sorgt, sprinte ich zurück durchs Fenster nach draußen und dann zum alten Schuppen.

»Isidora!«, rufe ich, während ich schon die wackeligen Stufen hochspringe.

»Huuh!«, macht Isidora, verliert das Gleichgewicht und fällt rückwärts von ihrem Dachbalken. Glücklicherweise kann sie sich gerade noch abfangen und landet zwar holperig, aber sicher auf den Beinen.

»Wer ist da?«, fragt sie ängstlich und tappt verwirrt umher.

Ich beruhige sie, erkläre die Lage und was sie tun soll.

»Angreifen«, stammelt sie, »aber wie soll ich sie denn im Dunkeln finden?«

»Die haben bestimmt Licht dabei. Das sind Menschen, die sehen im Dunkeln noch weniger als du.«

»Wirklich? Aber ich weiß nicht, ob ich mich das traue.«

Also pushe ich sie erst mal. Dass sie ein Raubvogel ist, mit spitzem Schnabel und scharfen Krallen, und dass sie im Dunkeln furchterregend aussieht.

»Wer? Ich?«

Ich bin mir nicht sicher, ob ich das richtige Team für diese Aktion habe, doch für Zweifel ist keine Zeit mehr. Durch ein Loch in der Bretterwand sehe ich zwei Gestalten mit Taschenlampen über den Hof zum Stall gehen.

»Mach dich bereit, Isi«, raune ich dem furchterregenden Raubvogel zu.

»Ohgottohgott«, meint die aufgeregt, »wo ist denn die Treppenluke?«

Die beiden machen sich am Tor des Stalls zu schaffen. Ich bete, dass Hanne ihre Truppe im Griff hat.

Das Tor schwingt auf ... und in einem schnatternden und flatternden weißen Schwall stürmen die Gänse – Hanne vorweg – nach draußen.

Die Männer rudern mit den Armen, versuchen die Gänse aufzuhalten, die Lichtkegel der beiden Taschenlampen zucken chaotisch durch die Luft.

»Hey, verdammt!« – »Pass auf!« – »Halt sie doch auf, du Blödmann!« – »Wie denn, du Schlauberger?«

Zweihundert Gänse, von denen jede mindestens fünf Kilo wiegt, machen ein Kampfgewicht von über einer Tonne. So etwas hält man nicht dadurch auf, dass man ein bisschen mit den Armen herumfuchtelt.

Erst versuchen sie einzelne Tiere zu packen, aber damit erreichen sie natürlich nicht viel.

»Wir müssen sie zusammenhalten!«, ruft der mit der hässlichen Visage. Darauf hatte ich gehofft.

Während Hanne ihre Gänse unter viel Geflatter und Radau zum Schuppen führt und die beiden Männer hinterherlaufen, mache ich mich bereit. Isidora tippelt noch immer nervös auf den Dielen herum, also führe ich das alte Mädchen zur Treppe.

»Wenn die bösen Männer reinkommen, gibt es auch Licht. Dann müssen wir angreifen.«

»Ohgottohgott«, ruft der furchterregende Raubvogel.

Mir ist klar, dass jetzt die kritische Phase meines Plans kommt. Der sieht vor, dass die Gänse mit ihrer Masse die Flügeltür des Schuppens aufdrücken und alle hereinstürmen. Die beiden Männer wären bestimmt froh, dass alle

Viecher hier drin waren, und würden die Tür hinter sich schließen. Daraufhin käme Isis Einsatz. Mit weit ausgebreiteten Schwingen und unheimlichen Huhu-Rufen sollte sie sich auf die Männer stürzen. Natürlich könnte sie sich nur um einen kümmern, dem anderen wollte ich auf den Kopf springen. So ein paar scharfe Katzenkrallen im Gesicht können einen ganz schön verrückt machen. Vor allem, wenn sie in die Nähe der Augen kommen. Als Nächstes sollten die Gänse auf ein Kommando von Hanne von Flucht auf Angriff umschalten.

Also der erste Teil des Plans klappte noch ganz gut.

Die Gänse stoßen das Tor auf und stürmen in den Schuppen, die Männer mit ihren Taschenlampen hinterher.

»Hah, jetzt haben wir sie!«, ruft der Hässliche, und kurz durchzuckt mich der Gedanke, dass die beiden, wenn alles gut liefe, bald mit einem ganz miesen Karma auf die Reise gehen würden.

»Los jetzt«, sage ich zu Isi.

Isi huhut, rührt sich aber nicht vom Fleck.

»Nun, mach schon, Isi!«

»Huhu!«

Einer der Männer hat sie wohl trotz des Geschnatters gehört und zielt mit der Taschenlampe auf Isi. Die zuckt vor dem grellen Licht zurück. »Hu, ich bin blind.«

Die Sache droht zu kippen. Ich muss handeln. Also schubse ich Isi die Treppe runter.

»Huuh«, macht die erschrocken und breitet die Flügel aus. Doch statt sich auf die Männer zu stürzen, eiert sie völlig orientierungslos im Schuppen umher.

»Was ist das denn für 'ne Gans?«, ruft der Dicke.

Isi schafft gerade noch die Kurve, bevor sie gegen die Wand kracht, und zieht in einem wackeligen Tiefflug über die Köpfe der Gänse hinweg. Das aktiviert in deren Köpfen irgendein Urzeitprogramm mit fliegenden Raubsauriern und versetzt sie in helle Panik. Binnen Sekunden ist der ganze Raum ein einziges Durcheinander von flatternden, hysterischen Körpern. Der Lärm ist ohrenbetäubend, Federn fliegen durch die Luft. Die Männer suchen sich in Sicherheit zu bringen und entdecken die Treppe.

Scheiße!

Natürlich könnte ich immer noch einem ins Gesicht springen, aber ohne Isi und die Gänse ist das eine reine Kamikazenummer. Ich renne von der Treppe weg. Suche ein Versteck, schnell. Aber – oh Gott – was ist das für ein Gestank? Da begreife ich: Isidoras Gelege.

Ich muss woandershin. Doch schon tauchen die Köpfe in der Bodenluke auf. Keine Chance. Ich beschließe, den Gestank zu meinem Vorteil zu nutzen. Dem Nest würden sich die beiden ganz bestimmt nicht nähern. Ich überwinde meinen Ekel und verberge mich hinter dem Nest. Es ist die Hölle!

»Was war das denn für ein verdammter Mist?«, schimpft der Hässliche.

»Kopp ab und ruff auf den Lkw, haste gesacht. Toller Plan.«

»Halt du doch deine blöde Schnauze.«

Die Lichtkegel der Taschenlampen zucken über den Dachboden.

»Wo sind wir hier?«

Der Lichtschein huscht durch die Ecke, in der ich mich verstecke, erfasst kurz das Nest und gleitet weiter. Schon will ich aufatmen, als der Hässliche ausruft: »Hey, warte mal. Leuchte noch mal in die Ecke da.«

Verdammt!

Der Lichtkegel kommt zurück, bleibt genau auf mich gerichtet.

»Ey, was ist das denn?«

Wie kann das sein? Wieso können die mich sehen? Ich mache mich noch kleiner.

Die Schritte nähern sich. Ich kann nichts sehen, weil die Taschenlampe mir genau ins Gesicht scheint. Ich muss aber hier raus. Flucht. Nur wohin?

»Das darf doch nicht wahr sein«, sagt einer der Männer.

In meinem Kopf rasen die Gedanken.

»Mensch, Wolfi, ich glaube, jetzt sind wir richtig reich.«

Was redet der da? Bekommt man für Katzenbraten so viel Geld? Ich habe da ja keine Ahnung von, aber irgendwie ...

»Hey, da sitzt ja eine Katze.«

Äh ...

»Guck mal, wie die aussieht.«

Was soll das denn jetzt?

»Das ist ja irre. Dieser schwarze Fleck an der Schnauze ...«

Schwarzer Fleck? Das ist kein schwarzer Fleck. Vorsicht, was du sagst, du dreckige Missgeburt.

Eine Hand taucht im Licht auf. Greift der etwa nach mir?

»Hahaha, der sieht ja aus wie ...«

NEIN!

Ich springe, rote Wut vor den Augen. Meine Krallen zerfetzen das Fleisch an der Hand. Die Schweinegeburt kreischt und schnellt zurück. Dabei knallt sein Kopf gegen den anderen. Durch das Rauschen meiner Wut höre ich das Knirschen einer brechenden Nase. Dessen Besitzer gurgelt dumpf. In diesem Moment höre ich einen neuen Laut, furchterregend und süß zugleich.

»HUHU!«

Majestätische weiße Schwingen tauchen hinter den Männern auf. Zornige Eulenaugen blitzen in Isidoras bleichem Raubvogelkopf.

»MEIN GELEGE!«, schreit sie und stürzt sich mit Krallen und hackendem Schnabel auf die Männer.

Die weichen in blankem Entsetzen zurück, stoßen kreischend zusammen. Klammern sich aneinander fest und fallen krachend zu Boden. Das machen die Dielen nicht mehr mit.

Mit einem trockenen Knallen brechen sie, und die Männer stürzen mit rudernden Armen und Beinen nach unten. Unten stieben die immer noch hysterischen Gänse auseinander, so dass erst der Hässliche auf den Betonboden knallt – PLUFF – und dann der Dicke auf ihn rauf – WUMPF!

Der Hässliche macht: »Pfffh.« Der Dicke: »Orrgh.«

Dann liegen sie still aufeinander, mit ausgebreiteten Armen. Isi und ich spähen vorsichtig über den Rand des Loches. Die beiden rühren sich nicht.

»Sind die tot, hu?«

Das werden wir nie erfahren. Denn jetzt endlich schafft es Hanne, ihre Truppe in Stellung zu bringen. Isidora und ich schauen von oben zu, wie sich zweihundert harte Gänseschnäbel auf die Räuber stürzen.

»Das wird ein Scheißkarma«, sage ich.

»Huhu.«

***

Es ist das schönste Weihnachtsfest von allen. Udo hat den geschmückten Tannenbaum im Gänsestall aufgestellt, und alle kriegen Extrafutter. Isidora ist auch gekommen, aber sie ist noch etwas scheu und hat den Kopf nach hinten gedreht. Wir hatten ganz schön Mühe, sie davon zu überzeugen, sich von einem ihrer Eier zu trennen. Aber es ist dieses Ei, das den Hof gerettet hat.

Ich verstehe das alles nicht so ganz, aber anscheinend gab es tatsächlich eine Gans, die goldene Eier gelegt hat. Wir kennen sogar ihren Namen, der ist ein bisschen komisch. Hanne meint, der wäre französisch, und hat mir beigebracht, wie man ihn ausspricht: Fa-ber-gé!

Diese Fabergé war aber wohl ein bisschen dämlich, jedenfalls hat sie sechs ihrer Eier verloren. Tja und das Ei in Isis Gelege war eines von diesen sechs. Weiß der Teufel, wo sie das gefunden hat. Hanne meinte nur, auch eine halbblinde Eule findet mal ein goldenes Ei.

Na ja, mir soll das recht sein. Ich kann jetzt wieder in Ruhe über das Leben und die Existenz nachdenken. Und darüber, ob Buddha ... Was? Sie da. Ja, Sie! Was gucken Sie denn so? Gucken Sie etwa auf meine Schnauze? Ob da ein Fleck ...? Das ist kein Fleck. Und sagen Sie bloß nicht, dass ich aussehe wie dieser ...

Alexandra Richter

5

Eine schaurige Adventsgeschichte

Hamburg

Autorenvita

Alexandra Richter ist Diplom-Ingenieurin für Verfahrenstechnik und weiß, wie aus Erdöl Benzin oder Antifaltencreme gemacht wird. Mit ihrem Mann und ihren Söhnen lebt sie im buntesten Viertel Hamburgs und ist immer mit Stift und Notizblock unterwegs. Zusammen mit Linda Conrads hat sie bei Knaur den Kriminalroman *Dreck muss weg* mit dem ungleichen Ermittlerpaar Kalle Bärwolff und Marga Terbeek geschrieben, der in Hamburg und Ostfriesland spielt.

Der Atemhauch des Scharfrichters dampft in der kalten Luft. Er sieht auf und bittet Gott um seinen Segen. Wolkenlos ist der Himmel über dem Hof des Untersuchungsgefängnisses am Holstenglacis. In der Ferne hört er die Glocke von St. Michaelis läuten. Es ist acht Uhr am 2. Februar 1905, als er die Stahlstange dreht und die Sperre löst. Nicht einmal eine Sekunde später trennt das Fallbeil den Kopf vom Körper der Elisabeth Wiese.

***

Vierzig Meter ragt das Gerüst in die Höhe. In zwei Jahren zum Nikolaustag soll der zentrale Hamburger Hauptbahnhof endlich fertig sein. Auf den angrenzenden Straßen staut sich Droschke an Droschke. Auch immer mehr Automobile sorgen für Lärm in der Stadt. Die Straßenbahn fährt am Deutschen Schauspielhaus vorbei die Kirchenallee hinunter und biegt dann rechts ein auf die Lange Reihe. Es quietscht fürchterlich in der Kurve. Gretchen Krämer schließt die Augen. Müde, unendlich müde ist sie. Das Leben war schon einmal schöner. Seinen letzten Brief hat er aus Sansibar abgesendet. Sie weiß nicht, wo er jetzt ist und wie es ihm geht. Und er weiß nicht, dass sie seine Tochter geboren hat. Gretchen will nicht länger auf ihn warten. Aber viel schlimmer ist, dass das Geld nicht für zwei reicht. Und niemand ist da, der auf Luise aufpasst, wenn Gretchen arbeiten muss. Sie kann nicht immerzu ihre Freundin Klara darum bitten. An der Haltestelle Gurlittstraße steigt sie aus. Auf dem

Kopfsteinpflaster hat sich eine Eisschicht gebildet. Sie spürt den kalten Nebel auf ihren Wangen, und sie riecht den Qualm, der aus den Schornsteinen aufsteigt und die Luft verpestet. Gretchen hustet. Ihre Zunge ist belegt. Im Hals kratzt es. Hinsetzen. Ausruhen. Füße hoch und sich bedienen lassen. Eine gute Partie machen. Mit einem Kind? Aussichtslos. Nichts wünscht sie sich mehr, als in geordneten Verhältnissen zu leben – und schlafen, endlich wieder ausschlafen. Sanft drückt sie den Säugling an sich. Aus der Wolldecke schaut nur das Mützchen hervor. Gretchens Augen brennen. *Nu bloß nich wedder anfangen zu flennen!*

Ein alter Mann zieht eine Holzkarre hinter sich her, auf der er Tannengrün transportiert. In ein paar Tagen ist der erste Advent. Nun laufen die Tränen doch über. Vom Selbstmitleid wird man nicht satt. Seit Luise da ist, ist Gretchen andauernd zu spät dran. Auch zur Arbeit ist sie diese Woche schon wieder zu spät gekommen. Die Frau Oberin hat mit dem Finger gedroht: »Bis tief inne Nacht aufn Swutsch gehen und morgens nich aus den Federn kommen.« Sie weiß nichts von Luise. Gretchen hat gelogen, bevor die Schande rund geworden ist unter den Röcken. Die Frau Oberin glaubt, Gretchen habe einer einsamen Verwandten auf Amrum beim Sterben beigestanden. Auch Notlügen haben kurze Beine. Irgendwann komme alles heraus, und dann werde Gretchen in der Gosse landen, sagt Klara.

Erstmalig im Angebot – Adventskalender! Öffnen Sie 24 Türchen und lassen Sie sich überraschen. Gretchen reißt sich los vom Schaufenster der Buchhandlung Anna Kirschbaum.

Die Geschäfte, der Trubel, die Cafés auf dem Jungfernstieg oder das Hansa-Theater auf dem Steindamm, dort sollen Clowns, Muskelmänner, musizierende Tiere und die wunderschöne Tänzerin Cléo de Mérode auftreten. Gretchen hat sie auf einem Plakat gesehen. Herrje, es gibt so viel zu entdecken. Da vorne, endlich, da wartet die Freundin und winkt. Gretchen hebt den Arm. »Klara!« Vor der Fleischerei Lange Reihe Nummer 71 sind sie verabredet. Klara sagt, der Mann von ihrer Chefin heiße überall einfach nur »Der schöne Wilhelm«. Ein komischer Name für einen Schlachtermeister, findet Gretchen.

»Gib mal Luischen her.« Klara streckt Gretchen die Arme entgegen. »Die Decke ist doch viel zu dünn!«

Aber Gretchen schüttelt den Kopf. »Gleich kannst du sie halten. Gleich.«

»Schau, die Anzeige hat mir die Chefin aus dem Generalanzeiger ausgeschnitten. Elisabeth Wiese vermittelt Kinder an Leute, die sich mit der Pflegschaft etwas dazuverdienen.« Klara nimmt Gretchens Hand. »Komm. Wilhelminenstraße 23, Parterre links auf St. Pauli. Da müssen wir hin.«

***

Das Treppenhaus ist duster. Es mieft nach Kohlsuppe. Klara klopft an die Wohnungstür der Wiese. Sofort öffnet sie, als habe sie die ganze Zeit dahintergestanden und durch das Guckloch gespäht. Wie eine Hexe sieht sie aus. Die dunklen Haare in der Mitte gescheitelt und hinten zu einem Dutt aufgesteckt, fleischige Ohrläppchen, durchbohrt von goldenen Ohrsteckern. Die Warze auf der Oberlippe ist groß wie eine Erbse. »Haben Sie Geld?« Gichthände greifen nach der Börse.

Gretchen weiß, dass es die Gicht ist. Sie ist Schwesternschülerin im Polizeikrankenhaus an der Seewartenstraße.

»Haben Sie Geld?«

Klara öffnet die Börse und gibt Elisabeth Wiese hundert Mark. »Bitte sehr, das ist für die Vermittlung. Und das«, Klara holt einen weiteren Geldschein hervor. »Das ist das Kostgeld für Dezember.«

Gretchen presst die Lippen zusammen. *So lange gespart und nu ist alles futsch.*

»Wohin werden Sie Luischen geben?«

Wenigstens Klara hat noch alle Tassen im Oberstübchen beisammen. Gretchen bringt kein Wort heraus. Sobald sie den Mund aufmachen würde, müsste sie Galle spucken.

»Buxtehude. Ich brauche dann noch die Geburtsurkunde und die Abmeldung nach Buxtehude.«

Klara dreht sich zu Gretchen um. »Hast du die Geburtsurkunde dabei?«

Gretchen schüttelt den Kopf. Klara wendet sich wieder der Wiese zu. »Die Geburtsurkunde reiche ich Ihnen morgen nach.«

»Dann ist genug palavert. Geben Sie mir das Kind. Mir pressiert's.«

***

Im Stadthaus, dem Sitz der Hamburger Polizeibehörde, reibt Kriminaloberkommissar Janne Bärwolff die Handflächen aneinander. Er friert, obwohl er eine warme Weste unter der Uniformjacke trägt. Die erste Adventskerze brennt. Janne hat es gerne gemütlich. »Nu mal sutje mit den jungen Gäulen. In der Weihnachtszeit steht die Stadt koppeister«, hat Janne zu Staatsanwalt Dr. Hollender gesagt in der morgendlichen Besprechung, doch der kann über niveaulose Späße nicht lachen. Pfeffersack! Janne runzelt die Stirn und zwirbelt an seinem Schnurrbart, während er in der Ermittlungsakte von Elisabeth Wiese die Seiten noch einmal von vorne liest. Den Fall hat er vom Kollegen Schubert geerbt. Schubert ist krank zu Hause wie immer, wenn die Temperaturen unter null Grad sinken. Janne nimmt einen Schluck Pfefferminztee und schiebt sich ein Stück Weihnachtsklöben in den Mund. Nach dem Bärwolffschen Familienrezept mit viel Butter, Zucker und dicken Rosinen selbst gebacken. Schmeckt ganz passabel. Noch hat Janne keine Frau gefunden, die besser backen und kochen kann als seine Mutter. Gott hab sie selig.

Dammi noch mol. Konzentration! So dann, Elisabeth Wiese ist also 49 Jahre alt. Sie darf ihren Beruf als Hebamme nicht mehr ausüben, weil sie nachweislich Abtreibungen vorgenommen hat. Mit der Stricknadel. Janne atmet aus. Das Kerzenlicht flackert. Aber ist es ihr zuzutrauen, unschuldige Kinder ermordet zu haben? Ihre eigene Tochter namens Paula Berkelfeldt, außerehelich, Alter zwanzig Jahre, soll sie auf St. Pauli zur Straßenprostitution gezwungen haben. Paula befindet sich im Polizeikrankenhaus auf der geschlossenen Abteilung zu ihrer eigenen Sicherheit. Sie hat eine Selbsttötung versucht. Erstaunlich, einen Ehemann hat die Wiese auch abbekommen. Schubert hat das in der Akte mit einem Ausrufezeichen versehen. Es ist der Kesselschmied Heinrich Wiese. Den hat sie vergeblich versucht zu vergiften. Herrschaftszeiten! Eine solche üble Schauergeschichte ist Janne in seinen zehn Dienstjahren nicht untergekommen.

***

Die Frau Oberin hat Gretchen beauftragt, sich um das arme Püppi zu kümmern. Gretchen stellt einen Teller heiße Hühnersuppe auf das Tablett und geht den Flur hinunter zum Krankenzimmer des Fräulein Berkelfeldt. Wie Cléo, die Tänzerin, sieht sie aus. Gretchen bleibt der Mund offen stehen. Das schmale Gesicht ist umrahmt von langen Haaren, blass und unendlich traurig sieht das Fräulein aus. Gretchen ist auch traurig. Es tut gut, nicht alleine traurig zu sein. »Ich bin Schwester Gretchen und bringe Ihnen das Mittagessen.« Gretchen stellt das Tablett auf den Tisch.

Das Fräulein schlingt die Suppe hinunter. Brühe tropft vom Kinn auf das Nachthemd. Die Beine sind nackt, und unter der Haut kann Gretchen die blauen Adern sehen. »Wie geht es Ihnen?«

Das Fräulein erstarrt. Nur der Löffel bebt. »Nicht so gut.« Der Löffel taucht wieder in die Suppe und von da in den Mund und so fort.

»Möchten Sie ein Stück Klöben zum Nachmittagstee?«

Sie schüttelt den Kopf. An der Tür klopft es. Das Fräulein versteckt sich ängstlich hinter Gretchen. »Ja, bitte.« Gretchens Hand drückt hinter dem Rücken die Hand des Fräulein Berkelfeldt.

»Entschuldigen Sie bitte die Störung.« Ein stattlicher Mann Anfang dreißig in einer schicken Polizeiuniform betritt das Krankenzimmer. »Mein Name ist Janne Bärwolff. Ich bin Kriminaloberkommissar im Stadthaus und würde Fräulein Berkelfeldt gerne einige Fragen stellen. Ist das möglich?« »Das habe ich bereits getan, Schwester ...«

»Gretchen.«

»Schwester Gretchen. Aber wenn Sie meinen, dass es jetzt ungünstig ist, dann komme ich in einer Stunde wieder.«

Er hat grüne Augen mit bernsteinfarbenen Sprenkeln in der Iris. Gretchen wird es ganz blümerant im Magen.

***

Vom Polizeikrankenhaus sind es nur wenige Minuten zu Fuß bis zum Viertel um St. Michaelis. Eine steife Brise pfeift auf der Brücke. Janne Bärwolff stellt den Kragen der Uniformjacke hoch. Er kann die Schwimmdocks von Blohm & Voss sehen, hört die dumpfen Schläge der Nietenhämmer. Schneeflocken setzen sich auf Jannes Haarschopf und den Schnurrbart nieder. Janne senkt die Stimme. »Von draußen, vom Walde komm ich her!« Die lütten Bangbüxen rennen kreischend davon. Staatsanwalt Dr. Hollender hat ihn beauftragt, Elisabeth Wieses Ehemann ausfindig zu machen. Der Kesselschmied trieb sich bekanntermaßen in den Spelunken am Hafen herum.

»Nu bringen Sie mol Licht in das Kuddelmuddel in Schuberts Akte.« Mit diesen Worten hat ihn der Staatsanwalt hinaus in die Kälte entlassen. Janne hasst es, herumkommandiert zu werden. Unter seinen Schuhen knirscht der graue Neuschnee. Die Flocken haben die Luft blitzsauber gewaschen. Eine Wohltat für die Lungen, da muss man einfach laut singen: »Oh du mein Lutsch-bon-bon, Pfef-ferminz eins a, al-le, die so la-chen, ma-chen sit-ta-ta!« In Gedanken ist er ganz woanders. Das Fräulein Gretchen gefällt ihm. Sehr sogar. Seine Schritte werden schneller. Sich in den engen Gassen am Hafen herumzudrücken ist Jannes Sache nicht. Sein großer Bruder hat sich in einer der heruntergekommenen Kneipen im Eichholz mit dem Kommabazillus angesteckt. Eine halbe Ewigkeit ist Harri jetzt schon tot. Mutter ist am Heiligen Abend darauf an gebrochenem Herzen gestorben, und Vater folgte ihr im Februar 1894. Er kam ums Leben, als bei der Probefahrt des Linienschiffes SMS Brandenburg im Maschinenraum ein Dampfrohr platzte. Jannes Augen tränen. Vom Wind.

Dammi noch mol!

Es ist sein Recht, glücklich sein zu dürfen. Mit ausgebreiteten Armen nimmt er Anlauf und glitscht den Kuhberg hinunter. »Sit-ta-ta-ti-ral-la-la.«

***

Staatsanwalt Dr. Hollender ist ein strebsamer Jungspund. Obwohl er fast zwei Meter vom Scheitel bis zur Sohle misst, leidet er an Minderwertigkeitskomplexen. Mit seinem Pferdegebiss will fürwahr niemand tauschen. Janne klopft an und steht gleich darauf im Büro des Staatsanwalts, ohne sein »Herein« abzuwarten. Mürrisch blickt der von seiner Lektüre auf und deutet mit der Hand an, dass Janne sich setzen möge. Dr. Hollender verschränkt die Arme und lehnt sich zurück. »Nun, was haben Sie von dem Gatten der Elisabeth Wiese herausgefunden, Kriminalkommissar Bärwolff?«

»Oberkommissar. Der Mann ist ein Säufer.«

»Na, na, keine vorschnellen Konklusionen, wenn ich bitten darf.«

»Heinrich Wiese war ziemlich angetütert, und das am frühen Nachmittage.« Janne denkt an Schwester Gretchen. Ob er es wagen soll, sie ins Hansa-Theater einzuladen?

»Was gibt es zum Amüsieren?«

»Nichts. Seine Angetraute beschreibt er als mannstolles Weibsbild ohne Charakter. Am meisten täten ihm die armen Würmchen leid, die sie an lichtscheues Pack verscheuere.«

»Namen?«

»Keine, die wir nicht schon kennen.«

Staatsanwalt Dr. Hollender blättert in der Akte. »Wilhelm Karl Klotsche, geboren am 19. Oktober 1902, Franz Sommer, geboren vor nun schon fast genau zwei Jahren am 23. Dezember 1902, Bertha Blanck, geboren am 26. Februar 1903, Peter Schultheiß, geboren am 1. Juli 1903.«

»Jawohl. Heinrich Wiese beschuldigt seine Frau, den unehelichen Sohn ihrer Tochter Paula Berkelfeldt gleich nach der Geburt erstickt und im Küchenofen verbrannt zu haben.«

»Gütiger Gott im Himmel! Hat er Anzeige erstattet?«

»Nein. Er wollte, hat es sich aber anders überlegt aus Angst.«

»Aus Angst?«

»Vor seiner Frau.«

»Was kann ein Weib – und sei es ein noch so abscheuliches Exemplar wie Elisabeth Wiese – denn bitte schön gegen ein gestandenes Mannsbild ausrichten?«

»Elisabeth Wiese ist auch mir wenig sympathisch, trotzdem lasse ich mich nicht dazu herab, voreilig zu verurteilen, bevor alle sachdienlichen Hinweise gesammelt und auf ihren Wahrheitsgehalt überprüft worden sind.«

»Was erlauben Sie sich!« Dr. Hollender springt auf. Die Hände auf dem Rücken gefaltet, schreitet er auf und ab, bleibt schließlich am Fenster stehen und sieht hinaus. Große Schneeflocken taumeln vom Himmel. Das Licht der Gaslaternen dringt kaum noch durch.

Ein Ruck geht durch die Bohnenstange. »Haftbefehl ist beantragt. Ich gehe davon aus, dass der Richter meinem Ansinnen nachkommen wird. Dieses gemeingefährliche Weibsbild darf nicht länger ihr blutrünstiges Unwesen treiben. Nicht unter meinen Augen! Morgen in aller Frühe lassen Sie sich den Ofen zeigen.«

Janne ist schon fast zur Tür hinaus, als der Staatsanwalt ihm hinterherruft: »Wie geht es dem Fräulein Berkelfeldt?«

»Sie war noch nicht vernehmungsfähig.«

»Dann versuchen Sie es noch mal. Und kommen Sie mir nicht mit dumm Tüch.«

***

Paula Berkelfeldt hat Gretchen das Herz ausgeschüttet. Fieberphantasien? Vorsichtshalber hat Gretchen gemessen, aber die Quecksilbersäule hat nicht einmal erhöhte Temperatur angezeigt. Paulas Neugeborenes ist angeblich von seiner Großmutter ertränkt worden. Das ist unfassbar grausam. So etwas würde eine Großmutter doch niemals tun.

Gretchens Luise lebt. Gretchen weiß nicht, wo und nicht bei wem, aber Luise lebt, daran glaubt Gretchen fest, fester geht nicht. Sie will Luise zurückhaben. Eine Rabenmutter sei sie, hat Klara Gretchen vorgeworfen, weil sie Luise weggegeben hat. Klara hat die Wahrheit ausgesprochen, es gibt kein Vertun, Gretchen ist eine Rabenmutter von der allerschlimmsten Sorte! Es geschieht ihr recht, dass der Schnee hoch liegt. Sie fühlt die Zehen nicht mehr. Ihre Beine wollen sich ausruhen. Nicht jetzt. Später. Weiter.

Es ist wie verhext. Sie findet die Wilhelminenstraße nicht mehr. Ganz bregenklöterig ist sie schon. Im Schneegestöber sieht alles gleich aus. Furchtbar unsittlich geht es auf St. Pauli zu. Blaugefrorene Frauen lehnen in den Hauseingängen. Ihre Mäntel sind aufgeknöpft, und darunter sieht Gretchen ... nackte Schenkel. Allen Mut nimmt sie zusammen. »Wilhelminenstraße?«

Die Frau neigt den Kopf. »Da rechts rein.« Ihr heiseres Gelächter wird vom Husten erstickt.

Nummer 23 war es. Im Treppenhaus ist wieder der Kohlsuppenmief. Und noch ein anderer, widerlicher Gestank. Die Tür im Parterre steht sperrangelweit offen. Stimmen kommen aus der Wohnung. Gretchen nähert sich auf Zehenspitzen. Gepolter – huch! Mit der Stiefelspitze ist sie gegen eine leere Milchkanne getreten.

»Schwester Gretchen!«

»Herr Kriminaloberkommissar!«

Janne Bärwolff fühlt, wie er rot wird. *Oha, oha!* »Was führt Sie hierher, Schwester Gretchen?«

»Ist die Frau Wiese zu sprechen? Ich will meine Luise zurückhaben.«

Hinter Janne rülpst einer, dem Gretchen im Dunkeln lieber nicht begegnen möchte. »Die hat sich aus dem Staub gemacht, Frollein, bevor der Udl sie ins Untersuchungsgefängnis stecken konnte. Fürchtet euch, sie wird das Morden nicht lassen, ich schwöre, so wahr ich Heinrich Wiese heiße.«

»Das tut jetzt patuh nichts zur Sache, Herr Wiese. Melden Sie sich morgen in der Polizeibehörde im Stadthaus bei mir. Sie müssen das Protokoll noch unterschreiben.« Janne schiebt Gretchen aus der Wohnung hinaus.

»Was ... Was hat das zu bedeuten?« Vor Gretchens Augen wird es schwarze Nacht.

***

Eine Wolldecke um die Schultern gewickelt, sitzt Gretchen im Schwesternzimmer. An nichts Gescheites kann sie mehr denken. Seit Tagen ist nur Schmerz überall. An jenem Abend, den fürchterlichen Gestank im Treppenhaus in der Wilhelminenstraße 23 auf St. Pauli hat Gretchen immer noch in der Nase, ist sie in die Arme von Kriminaloberkommissar Janne Bärwolff gestürzt. So sagt er. Sie sei einfach umgekippt. Wie unschicklich! An nichts erinnert sich Gretchen, an gar nichts, nur an den Gestank. Der Notarzt sei gekommen und habe ihr Beruhigungsmittel eingeflößt. Gretchen würde den Kriminaloberkommissar zu gerne fragen, ob es etwas Neues von Luise gibt, aber sie traut sich nicht. Die Ungewissheit wird jede Stunde weniger. Gretchen hat keinen Funken Hoffnung mehr. Wieso hat Klara sich nicht mehr blicken lassen? Klara findet, der Herr Kommissar gucke Gretchen immer so komisch an, als ob er verliebt in sie wäre, so gucke er, hat Klara gesagt. Gretchens Unschuld sei ja nun schon verloren, und deswegen werde sie kein Ehrenmann mehr wollen, also als anständige Gattin nicht mehr wollen, sondern nur, um die Wollust zu befriedigen. Gretchen ist es völlig schnuppe, wie der Kriminaloberkommissar guckt. Soll er. Gott hat ihr Luise anvertraut, und Gretchen hat Luises Leben auf dem Gewissen. Geldnot. Das ist nicht der Grund gewesen. In Wahrheit wollte Gretchen endlich wieder ausschlafen.

***

Noch in der Nacht, als Gretchen in Ohnmacht gefallen ist, hat Kriminaloberkommissar Janne Bärwolff den Staatsanwalt Dr. Hollender aus dem Bett klingeln lassen von einem Polizeiwachtmeister in der Telefonzentrale, die im Keller des Stadthauses rund um die Uhr besetzt ist. Eine Stunde später treffen sich der Staatsanwalt und der Kriminaloberkommissar in Jannes Büro. Weder der eine noch der andere hat den Mantel abgelegt. Das Thermometer, am Außenrahmen des Fensters windgeschützt angebracht, zeigt minus 15 Grad Celsius an. Das große Stadthaus liegt im Dunkeln. Die Adventskerze spendet Schummerlicht. Der Rosinenklöben in der Dose auf dem Schreibtisch bleibt unberührt. Die Männer schweigen, warten, warten wohl auf ein Wunder, warten wie kleine Buttjes auf den Weihnachtsmann, der ihnen den Glauben zurückgibt an das Gute im Menschen, das am Ende über das Böse siegen wird. Sämtliche Indizien, alle Vernehmungsprotokolle sind sie noch einmal durchgegangen. Paula Berkelfeldt hat die Aussage ihres Stiefvaters Heinrich Wiese im Wesentlichen bestätigt. Am Ofen fehlen Schamottsteine oder weisen aufgrund großer Hitzeentwicklung tiefe Risse auf. Davon hat Janne sich persönlich überzeugt. Nachbarn berichten von einem eigentümlichen Gestank wie nach verbrannten Haaren und verbrannter Haut, der seit mindestens zwei Jahren immer wieder aus der Wohnung der Wiese käme. Janne hat es auch gerochen. Jetzt macht er sich Vorwürfe. Den Fall Wiese hat er unterschätzt.

»Das wird Ihnen nie wieder passieren, Kriminaloberkommissar Bärwolff. Nur unsere Besten dürfen auch mal Fehler machen.«

Janne spürt, wie die Tränen aufsteigen. Er kann sie nicht zurückhalten. Den weichlichen Wesenszug hat er seiner Mutter zu verdanken. Dr. Hollender reicht ihm ein Taschentuch.

»Danke.«

»Kopf hoch, mein Freund.«

Janne nickt. Die Worte des Staatsanwalts sind ihm ein Trost, aber gleichzeitig fühlt Janne sich wie das allerletzte Dreckschwein. »Entschuldigen Sie mein schlechtes Benehmen.«

»Frieden.« Dr. Hollender reicht Janne die Hand, und Janne schlägt ein. »Frieden.«

Keiner der Männer, die in diesem Moment beim Licht der fast heruntergebrannten Adventskerze im Stadthaus zusammensitzen, hat es ausgesprochen. Doch der furchtbare

Verdacht steht im Raum wie der leibhaftige Satan persönlich. Ist Luise Krämer das sechste Opfer der mutmaßlichen Serienmörderin Elisabeth Wiese? Und wohin ist die Wiese so spurlos verschwunden? Als es klopft, fahren sie beide hoch von ihren Stühlen.

»Herein!«, ruft Dr. Hollender.

Die Tür öffnet sich, das Scharnier quiekt. Eine Hutkrempe. Das Gesicht darunter versinkt in einem Schal, der nur die rotgefrorene Nase freigibt und die geschwollenen Tränensäcke. Klara spürt einen sanften Schubs, und drin steht sie im Büro. Hinter ihr ihre Chefin.

»Wen haben wir denn da?« Dr. Hollender neigt den Kopf. »Bitte treten Sie ein, die Damen.«

»Guten Morgen. Entschuldigen Sie bitte, dass wir ohne Termin kommen. Albers, Johanna Albers, mein Name. Meine Angestellte Fräulein Klara Kruse möchte eine Aussage machen.«

Klara spricht leise. »Ich habe nach und nach insgesamt hundertfünfzig Mark aus der Ladenkasse entwendet und damit Luischen von Elisabeth Wiese zurückgekauft, heimlich ...« Klara verstummt.

»An der prekären Geschichte fühle ich mich nicht ganz unschuldig.« Johanna Albers legt Klara die Hand auf die Schulter. »Schließlich war ich es, die Klara auf die Anzeige von Elisabeth Wiese aufmerksam gemacht hat.«

»Warum haben Sie Fräulein Krämer nicht eingeweiht, Sie sind doch Freundinnen?« Janne Bärwolff schaut Klara tief ins schlechte Gewissen.

»Ich ... ich bin eifersüchtig gewesen, als Gretchen mir beichtete, sie sei in anderen Umständen. Es ist ungerecht!«

***

Die Sonne geht auf, Luischen schläft ein. Die halbe Nacht hat Janne den süßen Schreihals durch die Wohnung getragen und an die vergangenen Wochen zurückgedacht. Am zweiten Advent hat er Gretchen den Adventskalender aus dem Buchladen von Anna Kirschbaum geschenkt und um ihre Hand angehalten. Statt einer Antwort gibt Gretchen ihm einen Brief, abgestempelt am Kap der Guten Hoffnung. »Willst du mich immer noch heiraten, Janne Bärwolff?«

»Ich will.«

Gretchen hat den Brief zerrissen und dann hat sie »Ich will dich auch heiraten« gesagt und ihn geküsst. Oha, oha! An Heiligabend ist sie mit Luise und einer Weihnachtsgans von Frau Albers bei ihm eingezogen. Janne überquert mit dem Kinderwagen den Rademachergang. Seefahrer aus Sandstein schmücken die Rotklinkerfassaden der Häuser. In der dritten Etage öffnet Gretchen das Küchenfenster und wirft ihm eine Kusshand hinunter. Sein Gretchen! Die Glocken von St. Michaelis läuten. Es ist acht Uhr. Vom Holstenglacis fliegt krächzend eine Krähe über die Dächer. Das Kalenderblatt in Gretchens Händen nimmt ein Windzug mit auf Reisen. *Donnerstag. 2. Februar 1905. Scheint zu Lichtmess die Sonne heiß, gibt's noch sehr viel Schnee und Eis.*

Su Turhan

6

Noel Baba

München

Autorenvita

Su Turhan, geboren 1966 in Istanbul, aufgewachsen in Niederbayern, arbeitet als Regisseur, Drehbuchautor und Schriftsteller. Ausgezeichnet mit dem Deutschen Kurzfilmpreis in Silber, schrieb und inszenierte er seinen Kinofilm »Ayla«, der auf dem renommierten Max-Ophüls-Festival uraufgeführt wurde und zahlreiche Preise gewann, u. a. den Publikumspreis in New York und Siena. Nach *Kommissar Pascha* und *Bierleichen* ist *Kruzitürken* der neueste Fall seines deutsch-türkischen Ermittlers. Su Turhan lebt mit Familie in München.

Der Winter, der mit mehr kaltem Wind als Schnee aufwartete, setzte Gabriele Anhalt zu. Die 46-jährige Kriminalhauptkommissarin fror an dem Tatort in dem zu weiten Jogginganzug wie ein durchlöcherter Sack Kartoffeln in einem sibirischen Keller. Mit dem unvorteilhaften Vergleich bestrafte sie sich moralisch für den Unfall, der sich kurz vorher ereignet hatte.

Bei dem Nordic-Walking-Treffen ihrer Gruppe an den Isarauen war sie von einem Polizeibeamten aufgestöbert worden. Weil es schnell gehen musste, bot ihr der drahtige Jungspund von der Fahrradpolizei an, sie auf dem Gepäckträger mitzunehmen. War ja nicht weit von der Tierparkbrücke bis zum Deutschen Museum, wo eine Leiche gefunden worden war. Gemütlich an der hübsch ausgebauten Fahrradautobahn entlanggestrampelt, mit der Trillerpfeife statt Martinshorn den Weg freigepfiffen. Luft hatte er in seiner durchtrainierten Lunge genug. Und weit war es wirklich nicht. Der engagierte Fahrradpolizist hatte jedoch die rund einhundert Kilogramm zusätzlichen Transportgewichts unterschätzt, zudem die mögliche verheerende Auswirkung von Nordic-Walking-Stöcken im hinteren Speichenrad nicht bedacht. Hauptkommissarin Anhalt sah sich nach dem saublöden Sturz gezwungen, mit dem Funkgerät des verletzten Kollegen den Notarzt zu rufen. Den Gedanken, selbst auf das Einsatzmittel aufzusteigen, ließ sie nach der Begutachtung des Schadens wieder fallen und bestellte gleich einen Streifenwagen mit.

»Haben wir was Brauchbares, oder kann ich nach Hause duschen?«, fragte sie in die Runde ihrer Kollegen, die sich bereits am Tatort tummelten und allesamt eine Schnute zogen. Kurz vor dem Weihnachtsfest hatte niemand Lust auf Arbeit. Außerdem wollte sie raus aus dem vermaledeiten Jogginganzug, der ihre überflüssigen Kilos unschön betonte. Ein absoluter Fehlkauf.

»Schauen Sie mal«, rief da einer der Spurensicherer und deutete auf einen Rauschebart, der sich im Gebüsch direkt am Flussufer verfangen hatte. »Meinen Sie, der gehört zum Opfer?«

Gabriele Anhalt ließ ihren Blick vom Toten hinüber zu dem Kollegen wandern. Dann mühte sie ihren Kopf zurück zu dem rotgekleideten Mann am Boden vor ihr. »Wem sonst? Oder siehst du hier weit und breit einen anderen Weihnachtsmann, dem der Bart fehlt«, rief sie zurück.

Sie schob ihr Oberteil etwas nach unten, kratzte sich das blonde Haar unter der Wollmütze, kniete nieder und bekreuzigte sich als gute Katholikin mit Blick auf den aufgeschlitzten Hals des Weihnachtsmannes, dessen aufgerissene Augen in den trüben Münchner Nachmittagshimmel starrten.

***

Ohne Ehemann ließ sich das Weihnachtsfest schneller organisieren, stellte Anhalt am nächsten Morgen wieder einmal fest. Einer Eingebung folgend, durchschritt sie mit zusammengepressten Augen die Verkaufsfläche mit Reihen von Weihnachtsbäumen. Der Baum mit den Nadeln, die am gefälligsten den Handflächen schmeichelten, gewann den Wettbewerb. Eine vermurkste Tanne, die das Fest der

Liebe und Geschenke ohne sie nie erlebt hätte. Sie drückte dem Verkäufer, der sie mit einem Meter siebzig Körpergröße um einen halben Kopf überragte, einen Zehner extra in die Hand, damit er das armselige Stück Weihnachtsglück zu ihr nach Hause in die Hohenzollernstraße brachte. Vierter Stock. Ohne Aufzug. Eine tägliche Herausforderung für die seit dem Ableben ihres Mannes alleinstehende und an Gewicht fast täglich zunehmende Kriminalhauptkommissarin. Im Anschluss kaufte sie aus reiner Sentimentalität, weil ihr verstorbener Ehemann sich das immer gewünscht hatte, eine in Niederbayern gebürtige Gans auf dem Elisabethmarkt und erledigte die restlichen Einkäufe. Zurück zu Hause klingelte sie im Erdgeschoss. Der Junge, der dort wohnte, hatte sie mit einem trächtigen Walross verglichen und war von den Eltern für die Beleidigung dazu verdonnert worden, ihr ein halbes Jahr behilflich zu sein. Seit sie ihm fünfzig Cent pro Tasche in die Hand drückte, war sie in den Augen des Jungen kein Walross mehr, sondern ein tapferes Schlachtross, das im Krieg gegen das Verbrechen in München für Gerechtigkeit sorgte. Sobald alle Einkäufe verstaut waren, genehmigte sie sich ein zweites Frühstück, überflog dabei die in der Nacht zusammengetragenen Ermittlungsnotizen und begab sich mit dem von ihrem Mann geerbten 1er BMW ins Präsidium.

In der Einsatzbesprechung mit ihren Mitarbeitern hielt sie sich zunächst zurück, dann jedoch, als ihr die Bewertung der Faktenlage zu lapidar wurde, ging sie dazwischen. Mit Sanftmut in der Stimme sagte sie: »Männer, ihr wisst doch: Manchmal ist weniger mehr. Nicht so kompliziert kombinieren. Das Opfer ist türkischer Staatsbürger, geboren in Demre. Denkt mal nach! Bin gleich wieder bei euch.«

Fragende Gesichter folgten der gewichtigen Chefin bis nach draußen. Kurz darauf trat sie mit einer Bäckereitüte in der Hand zurück. »Also, was sagt uns Demre? Das ist ein ganz besonderer Ort.«

Sie holte eine Breze aus der Tüte, riss ein Stück ab und steckte es in den Mund. Dann reichte sie die Tüte weiter an die Kollegen. Die beiden bedienten sich und begannen zu kauen. Es dauerte eine ganze Weile, bis Hugo Feldner, Anhalts engster Mitarbeiter und Freund, sich zu Wort meldete. Er hatte etwas Teigiges an sich. Körper als auch Gesicht brachten seine Vorliebe für billigen Wein und bayerische Hausmannskost zum Ausdruck.

»Komm, Gabi«, raunte Feldner, »wir sind bei keiner Quizshow. Sag schon, was das soll mit Demre? Konntest nicht schlafen? Hast wieder die Nacht durchgearbeitet?«

Anhalt kam seit dem Tod ihres Mannes mit vier Stunden Schlaf aus. Das bereitete ihr keine Probleme. Die Erinnerung an den letzten gemeinsamen Urlaub mit ihrem Anderl aber ließen ihre Worte schwermütig erscheinen: »Ich war mit meinem Mann in Antalya, als es anfing, ihm schlechtzugehen. Demre ist nicht weit weg. Wir haben einen Tagesausflug unternommen. War zu heiß, aber hochinteressant. Vor allem für mich. Der Anderl hat sich die meiste Zeit in der eiskalten Sankt-Nikolaus-Kirche verkrochen. Demre ist unter dem früheren Namen Myra bekannt, da wo der heilige Nikolaus als Bischof gewirkt hat und gestorben ist.«

Feldner erhob Einspruch. »Heißt es. Ob es so war, weiß nur der liebe Gott.«

»Von mir aus, Hugo. Trotzdem macht mich das stutzig, dass der ermordete Weihnachtsmann aus Myra stammt.«

»Wie sollen wir denn diese Erkenntnis in die Ermittlungsarbeit einbringen, Frau Hauptkommissarin?«, fragte der zweite, jüngere Kollege namens Jürgen Mok. Der Junggeselle wider Willen hatte gescheiteltes braunes Haar. Sein Wesen bestach durch Durchschnittlichkeit bis unter die Fingerspitzen. Ohne direkten Familienanschluss in der Landeshauptstadt war er wie Anhalt und Feldner, dem Single aus Überzeugung, mit dem Dienst in der Vorweihnachtszeit betraut worden.

»Das weiß ich noch nicht«, meinte seine Chefin und forderte Mok auf, die Fakten zusammenzufassen, die sie aus lauter Langeweile beim Fernsehschauen am Abend zuvor längst verinnerlicht hatte.

Mok ließ das letzte Stück Breze im Mund verschwinden. »Definitiv ein Tötungsdelikt, kein Raubmord, auch wenn es den Anschein hat, als wäre das Opfer durchsucht worden. Die Hosentaschen waren umgestülpt. Das Kostüm zur Seite geschoben. Zeugen: bislang keine. Nach unserer Besprechung geht der Zeugenaufruf online. Besonderes Merkmal: das Tattoo im Genick. Ein verkünstelter Bischofsstab, wenn ich mich nicht täusche.« Er blickte in die Unterlagen. »Geldbörse mit Ausweis befand sich in der Gesäßtasche unter der Hose des Kostüms. Letzteres scheint Massenware zu sein, kriegst du an jeder Ecke zur Weihnachtszeit. An Bargeld hatte er hundertsechzig Euro in Scheinen und einiges an Münzen. Auffällig ist der hohe Anteil an italienischen Euros. Wird aber nachvollziehbar wegen einer Mautstellenquittung von der Brennerautobahn und …«, er schob den Beweismittelbeutel mit Schnipseln Papier in die Tischmitte, »... das war um den Leichnam herum gelegen. Offenbar ein Stück eines zerrissenen Flyers. Die Abbildung darauf könnte eine Kirche sein. Oder haben Sie schon mehr herausgefunden?«, wandte er sich an die Hauptkommissarin, die sich die Beweismittel, auch wenn es gegen die Dienstvorschriften verstieß, mit nach Hause genommen hatte.

»Später, mach erst mal weiter«, erwiderte Anhalt.

Mok konzentrierte sich wieder. »Es ist sehr wahrscheinlich, dass das Opfer vor kurzem in Italien war. Die Suche nach einem Auto und Mietwagen läuft. Hotelbuchungen haben wir schon durchgeforstet. Unter seinem Namen gibt es keine Einträge. Ich probier's, ob ich das richtig ausspreche, ist allerdings fraglich. Er heißt Zafer Simitci ...«

Da ertönte von der Türschwelle der Nachhall einer Frauenstimme, die den Namen in den Ohren der Ermittler richtiger aussprach als Kollege Mok. Blondierte Haarspitzen lugten unter dem Kopftuch der Putzfrau hervor, den Besenstiel hielt sie wie ein Zepter in der Hand und lächelte dabei gewinnend. Sie wollte wieder ihrer Arbeit nachgehen, doch die Hauptkommissarin hielt sie auf.

»Kommen Sie, setzen Sie sich einen Moment«, bat sie und ging der Reinigungskraft entgegen. »Vielleicht können Sie uns helfen.«

Ohne zu zögern, nahm die Frau Hugo Feldner gegenüber Platz und reichte dem Mann die Hand, von dem sie glaubte, dass er das Sagen hatte.

»Wie kann ich helfen?«, fragte sie aufgeregt, als wäre sie gerade zum Undercover-Dienst rekrutiert worden.

»Chefin«, meinte Feldner nur und deutete auf Anhalt, die behutsam ihren schweren Körper neben die in ihren Augen magersüchtige Frau plazierte.

»Ich war nicht immer so dick. Liegt an der Schilddrüse«, meinte sie freundlich. »Ich wollte Sie was fragen. Wie heißt noch mal Weihnachtsmann auf Türkisch?«

»*Noel Baba.* Hat in der Türkei aber nichts Religiöses. Vor allem bringt er Süßigkeiten für Kinder, wie im Fasching«, erklärte sie und zog, um zu zeigen, für höhere Aufgaben berufen zu sein, das Kopftuch ab.

»Genau, jetzt erinnere ich mich wieder. Noel Baba. Danke.«

»Was? Das war es schon?«, fragte die Putzfrau enttäuscht.

Anhalt kam plötzlich ein Gedanke, sie griff nach ihren Notizen von der Nacht. »Würden Sie für mich einen Anruf tätigen? Ich denke, es ist besser, jemand, der Türkisch kann, macht das.«

»Kein Problem«, erwiderte die blondierte Frau selbstbewusst und räusperte sich. »Ist mir eine große Ehre.«

Als die Putzfrau das Telefonat beendet hatte und nach kräftigem Händeschütteln gegangen war, warf Feldner die Frage in den Raum, die zu beantworten nun anstand. »Warum, zum Teufel, wird einem als Weihnachtsmann verkleideten türkischen Hausmeister aus Myra der Hals aufgeschlitzt?«

»Das können wir seinen Schwager fragen«, meinte Mok. »Er hat eben in der Zentrale angerufen.«

***

Anhalt und Feldner fegte durch den Luftzug der sich automatisch öffnenden Tür ein penetranter und süßlicher Duft aus Nikotin, Schokolade und Honig entgegen. Sie betraten das Internetcafé mit angeschlossenem Shisha-Raum in der Rosenheimer Straße.

»Wie kommen Sie darauf, dass der Ermordete Ihr Schwager ist? Seinen Namen haben wir der Presse nicht mitgeteilt«, fragte Feldner an der Theke, nachdem sie sich dem Ladenbesitzer ausgewiesen hatten. Anhalt wärmte sich die Hände an einem Teeglas, das ihr angeboten wurde.

»Zafer war verrückt«, meinte der untersetzte Mann mit Brille und ergrauten Haaren.

»Verrückt also?«, wiederholte Feldner. »Wie genau verrückt?«

»Gaga wegen Noel Baba, was sonst? Ich habe ein Foto vom Tatort in einer türkischen Zeitung gesehen. Wie viele Weihnachtsmänner nehmen ihre Aufgabe so ernst und lassen sich ein albernes Tattoo ins Genick stechen? So was tut doch weh, oder?«

Der verkünstelte Bischofsstab, erinnerten sich die Beamten. »Er war Hausmeister im Sankt-Nikolaus-Museum in Demre«, steuerte dann Anhalt bei. Das Telefonat der Putzfrau mit dem Museum hatte sich rentiert.

»Das stimmt. Für einen Hungerlohn hat er dort gearbeitet, um dem heiligen Nikolaus nahe zu sein. Er war auch Mitglied in mehreren Nikolausvereinen auf der ganzen Welt. Sie sollten seine Wohnung in Demre sehen!«

»Hat er Urlaub bei Ihnen gemacht?«

»Nein, wieso? Er ist Familie. Er kommt jedes zweite Jahr zu Weihnachten zu Besuch.«

»Und fährt einfach so nach Italien?«

»Er wollte nach Bari, glaube ich. Dass ich ihm das Auto gegeben habe, hat er nur seiner Schwester zu verdanken. Er ist der Jüngere, sie hat ihn von klein auf bemuttert.«

»Wissen Sie denn, was er da wollte?«

»Keine Ahnung, aber es muss irgendetwas mit den verdammten Gebeinen von dem Nikolaus zu tun haben. Er hat gefaselt, dass er dem türkischen Volk zu seinem Recht verhelfen wird.« Er seufzte und wischte sich durch das Gesicht. »Armer Zafer. Er war aufgeregt wie eine Jungfrau vor der Hochzeitsnacht. Meinen Sie, ich bekomme meinen Mercedes wieder?«

»Sie scheinen über seinen Tod ja nicht sonderlich zu trauern«, stellte Feldner fest, dem wie Anhalt klar war, dass beim Opfer kein Autoschlüssel gefunden worden war.

»Ich habe Zafers Schwester geheiratet, nicht ihn«, verdeutlichte der Schwager seine Einstellung.

»Wo ist sie überhaupt?«, fragte Feldner.

»Meine Frau? In der Türkei mit den Kindern. Schulferien. Hauptsache weit weg von dem Weihnachtswahnsinn hier in München.«

»Ach ja, natürlich«, täuschte Anhalt Verständnis vor. »Noch mal zu Bari. Irgendeine Idee, was Ihr Schwager da genau vorhatte?«

»Absolut keine Idee. Was ist jetzt mit meinem Auto?«

»Darum kümmern wir uns, keine Sorge«, versprach Anhalt. »Noch irgendetwas, was Ihnen aufgefallen ist?«

»Ja, doch, bevor er losgefahren ist, hat er nach einer türkischen Bank in der Nähe gefragt. Ich bin Geschäftsmann, ich traue nur deutschen Banken, konnte ihm also nicht weiterhelfen.«

Anhalt tauschte mit Feldner einen Blick aus. »Was ich nicht ganz verstehe. Ihrem Schwager lag der heilige Nikolaus offenbar sehr am Herzen. Warum trug er dann ein Weihnachtskostüm, das mit dem wahren Nikolaus gar nichts zu tun hat?«, wollte Anhalt wissen.

»Sie meinen das rot-weiße? Die Coca-Cola-Ausgabe? Das hat er immer angezogen, wenn er hier bei uns war. In Demre ist er das ganze Jahr über als Sankt Nikolaus im maßgeschneiderten Bischofskostüm herumgelaufen. Auf die Weise kam er mit den Leuten ins Gespräch und konnte von den guten Taten seines Idols erzählen. In Deutschland hätte man ihn in diesem Aufzug für verrückt gehalten. War er ja auch. Meine Frau und die Kinder durften ihn nur mit Noel Baba ansprechen.«

»Gut, vielen Dank für Ihre Hilfe. Was wir noch brauchen, sind die Aufnahmen von der Überwachungskamera an der Eingangstür, und ich müsste kurz ins Internet«, sagte Anhalt, der etwas in den Sinn kam, was sie nachsehen wollte.

»Suchen Sie sich einen Platz aus. Geht aufs Haus, wenn Sie versprechen, meinen Mercedes zu finden. Die Kamera an der Eingangstür ist nicht echt. Tut mir leid. War billiger und hat denselben Effekt wie eine richtige. Nämlich keinen. Erst heute Morgen war wieder so ein Typ da.«

»Was für ein Typ?«, fragte Feldner interessiert nach.

»So ein Trainingsanzugsdepp war das. Kroate vielleicht oder Bosnier. Goldkette mit Kreuz um Hals und Handgelenk. Hat seinen Drecksjeep direkt auf dem Bürgersteig vor dem Eingang geparkt und ist hereinmarschiert, als wäre das sein Geschäft.«

»Und was wollte er?«, formulierte Feldner vorsichtig und blickte sich zu seiner Chefin um, die an einem Computer Platz genommen hatte.

»Wenn ich das wüsste. Kein Wort hat er gesagt. Sah auch nicht aus, als würde er Deutsch können. Hat sich nur dumm umgesehen, als würde er jemanden suchen, und ist wieder abgehauen.«

***

Die Suche nach dem Mercedes des Schwagers überließ Anhalt Mok im Büro und beauftragte ihn gleichzeitig, eine Liste türkischer Banken in der Nähe des Internetcafés zusammenzustellen. Dann lud sie ihren Freund und Kollegen zu einem Glühwein auf dem nahe gelegenen Weihnachtsmarkt am Weißenburger Platz ein. Unter einem Wärmestrahler war die Kälte erträglich, die Menschen zogen auf der Jagd nach Geschenken in Scharen vorüber. Auch wenn es bei der weihnachtlichen Besinnlichkeitsbeschallung aus den Lautsprechern der Buden und Stände schwerfiel, hingen Anhalt und Feldner ihren Gedanken nach.

»Wäre ja in der Zeitung gestanden, oder, wenn da was gewesen wäre in Bari?«, fragte Anhalt mit erhobener Stimme im Kampf gegen das Lärmbombardement um sie herum.

»Glaubst du?«, fragte Feldner skeptisch zurück.

»Vielleicht auch nicht. Wäre wahrscheinlich schlecht für das Image«, gab ihm Anhalt zögernd recht. »Ist gerade Hochsaison in Sachen Nikolaus. Als ich mit meinem Anderl in Demre war, ging es sogar im Sommer hoch her. Pilger aus der ganzen Welt. Wahnsinnig viele Russen ...«

»Russen?«, unterbrach Feldner.

»Ja, Nikolaus ist der Schutzheilige der orthodoxen Kirche.«

»Wusste ich nicht«, gab er nachdenklich von sich und bestellte einen zweiten Glühwein.

»Du runzelst die Stirn«, bemerkte Anhalt und schob ein Vanillekipferl in den Mund. »Erzähl schon.«

»Im Obduktionsbericht steht, dass das Opfer von hinten gepackt und mit einem einzigen, sauberen Schnitt ermordet wurde. Das macht kein Normalbürger mit durchschnittlicher krimineller Energie. Verstehst?«

»Russenmafia? Oder was meinst du?«

»Je blöder die Klischees, desto wahrer sind sie doch oft, oder? Der Bosnier oder Kroate, den sein Schwager beschrieben hat, könnte genauso gut Russe sein. Wenn der Nikolaus den Russen so wichtig ist und der Tote, rein spekulativ, in Bari die heiligen Gebeine gestohlen hat ...«

»... hätten wir ein Motiv.«

»Genau.«

»Mein lieber Hugo. Glaubst du im Ernst, unser toter Noel Baba hat aus einer bewachten Basilika einfach so die Reliquie gestohlen? Trink aus, wir haben eine Verabredung.«

***

Eisiger Wind umspielte die kahlen Äste des Busches. Der Fundort der Leiche lag einige Meter entfernt vom Fußweg, parallel zum Fahrradweg an der Isar entlang. Der Jungwirt eines nahe gelegenen Szenelokals, der sich an dem Busch erleichtern wollte, war im Vollrausch über die Leiche gestolpert und hatte erst in einem sozialen Netzwerk ein Handyfoto veröffentlicht, dann den Notruf verständigt.

Gabriele Anhalt, die ihren winddurchlässigen Mantel fester an sich zog, wartete am Tatort. Feldner hüpfte in einer Parkajacke von einem Fuß auf den anderen. Nach einer Weile hielt ein Taxi an der Straße. Ein Mann mit ernstem, braungebranntem Gesicht entstieg dem Fahrzeug. Eine Aktenmappe klemmte zwischen den glänzend weißen Zähnen, um die Handschuhe überziehen zu können. Der maßgeschneiderte Anzug unter dem dunkelblauen Mantel wirkte wie eine zweite Haut an seinem Körper.

»Schön, dass Sie sich Zeit nehmen, Dr. Pozzo«, begrüßte Anhalt den Herrn, der ihr mit seinem italienischen Schick auf Anhieb sympathisch war. Die Aktenmappe hatte er nun unter dem Arm.

»Es ist kalt. Warum hier und nicht im Büro?«, fragte er und schüttelte beiläufig die Hand der Kommissarin. Feldners Handy klingelte just in diesem Moment, und der Polizist zog sich entschuldigend zurück.

»Kommen Sie«, sagte sie, ohne auf seinen Vorwurf einzugehen, und ging vor zu der Fundstelle. »Hier lag die Leiche, und das haben wir bei ihm gefunden.«

Dr. Pozzo nahm den Beweisbeutel entgegen und schob mit den ledernen Handschuhen die Papierschnipsel hin und her. »Was soll das sein?«

»Ich hoffte, Sie hätten eine Antwort darauf. Ist das nicht eine Kirche? Eine italienische? Sie sind doch Kirchenhistoriker an der Uni.«

Anhalt holte aus ihrer Jackentasche ein DIN-A4-Blatt. Darauf waren die farbkopierten Papierschnipsel so zusammengefügt, wie sie es beim Zusammensetzen in der Nacht zuvor für sinnvoll erachtet hatte. Ein Stück Fassade konnte sie zusammensetzen, ein Eingangsportal war ansatzweise zu erkennen. »Vielleicht geht es damit besser?«

Nun hellte sich das Gesicht des Historikers auf. »Aber ja, natürlich. Das ist die Basilika San Nicola, die Wallfahrtskirche in Bari.«

»Mit den Gebeinen des heiligen Nikolaus«, ergänzte Anhalt.

»Den im elften Jahrhundert vor den herannahenden Türken sichergestellten Gebeinen aus Myra. Eine kostbare Reliquie.«

»Von italienischen Seeräubern im Auftrag der Handelsstadt Bari geraubte Reliquie«, verbesserte Anhalt, »Touristen und Wallfahrer bringen bis heute Geld in die Stadt«.

Dr. Pozzo hob überrascht eine Augenbraue. »Ich sehe, Sie haben sich informiert. Ja, so weit der Streit zwischen Rom und Ankara in Kürze. Aber was hat das mit Ihrem toten Weihnachtsmann zu tun?«

»Er war Angestellter des Sankt-Nikolaus-Museums in Demre.«

»Ah ja?«, erwiderte er erstaunt. »Ein Kollege?«

»Nein, das nicht gerade. Herr Simitci war dort eine Art Hausmeister.«

»Tatsächlich?«, kommentierte der Kirchenhistoriker und blickte über die Isar. »Was kann ich noch für Sie tun, Frau Kommissarin?«

»Mir erklären, was Sie als Experte der italienischen Kommission auf den türkischen Anspruch auf Rückführung der gestohlenen Gebeine nach Demre entgegnen.«

»Jetzt verstehe ich, weshalb Sie gerade mich geholt haben.« Dr. Pozzo lachte auf und rieb sich die Hände warm. »Das türkische Ansinnen ist, diplomatisch gesprochen, nachvollziehbar, aber vollkommen absurd. Die Gebeine liegen seit Jahrhunderten in der Basilika, die zu Ehren des Heiligen erbaut wurde. Die Gläubigen haben ein Recht, die Reliquie zu sehen und zu ihr zu beten. Der türkische Staat will die Gebeine zurück, um sie hinter Hochsicherheitsglas eines Museums zu stecken.«

»Verstehe«, antwortete Anhalt knapp. »Unser Toter war der Auffassung, dass die Gläubigen in Demre nicht vor einem leeren Grab beten sollten.«

»War er denn Christ?«

»Spielt das eine Rolle?«

Der Kirchenhistoriker gab sich mit einem Lächeln geschlagen und schwieg.

»Er war übrigens in Bari«, setzte Anhalt die Mischung aus Verhör und Gespräch fort.

»Das sind um die Weihnachtszeit viele.«

»Kannten Sie den Mann vielleicht?«

»Nein, ich kannte ihn nicht.«

»Gut, das war es dann. Vielen Dank noch mal fürs Kommen.«

»Mehr wollten Sie nicht? Das hätten wir genauso gut im Büro oder per Mail erledigen können.«

»Ach, wissen Sie«, schnaufte Anhalt auf. »Ich bin so viele Stunden am Tag hinter dem Schreibtisch. Da bin ich froh, wenn ich hinauskomme. Tatorte sind wie ein Arbeitsplatz für mich.«

Dr. Pozzo nickte zum Abschied. Die Mühe, ihre Erklärung zu kommentierten, ersparte er sich.

Feldner kam seiner Chefin entgegen, als ein Pfiff ertönte und sich beide umdrehten. »Ich dachte, unser Mok hockt im Büro«, meinte Feldner überrascht.

Mit Kapuzenmantel und übergezogenen Plastikhandschuhen wartete der Oberpfälzer Junggeselle etwa fünfzig Meter entfernt an der Straße. Der gesuchte Mercedes stand ordentlich abgestellt in einer Parkbucht.

»Der Wagen ist offen. Der Schlüssel steckt«, rief er den herannahenden Kollegen entgegen.

»Wie kommt's?«, fragte Anhalt anerkennend.

»Oberpfälzer Polizeischule«, lächelte er stolz. »Die Spurensicherer sind verständigt. Brauchen aber noch.«

Anhalt und Feldner begutachteten durch die Fenster den gepflegten Innenraum. Vom Augenschein her war nichts Verdächtiges zu entdecken. Anhalt ging um den Wagen herum und nickte Mok zu, den Kofferraum zu öffnen. Auch dort fand sich nichts Verdächtiges. Dann bat sie ihn, die Fahrertür mit den Plastikhandschuhen zu öffnen, und besah sich Fahrersitz und Beifahrersitz genauer.

»Warum hat er den Schlüssel stecken lassen?«, fragte sie ihre Kollegen.

»Vielleicht musste er pieseln?«, meinte Feldner und sah sich um. Der Busch lockte einladend, da er etwas abseits von der Straße lag.

Die Hauptkommissarin wollte gerade um den Wagen

gehen, als sie bemerkte, wie ein grauer Jeep auf Höhe der Fundstelle der Leiche langsamer wurde und stehen blieb.

»Versteckt euch«, wies sie ihre Mitarbeiter mit unterdrückter Stimme an und huschte, um selbst nicht gesehen zu werden, in den Wagen. Feldner und Mok duckten sich hinter der Karosserie. Die drei Beamten beobachten, wie ein Mann in Trainingsanzug und dicker Lederjacke aus dem Jeep stieg. Er versuchte erst gar nicht, unauffällig zu sein, sondern durchkämmte mit gebeugtem Oberkörper systematisch das Terrain um den Busch herum.

Im nächsten Augenblick stakste Feldner schon wutentbrannt in die Richtung des Mannes.

»Stehen bleiben, Polizei«, schrie er. »Was suchen Sie da?«

Aufgeschreckt von den Schreien, sprang der verdächtige Mann in den Jeep und versuchte, da ihm auf der Fahrbahn Feldner entgegenkam, im Rückwärtsgang in der Einbahnstraße Reißaus zu nehmen. Ein Lastwagen, der gerade von der Seitenstraße abbog, versperrte ihm aber den Fluchtweg. Links und rechts standen parkende Autos, es war kein Entkommen. Der Mann hatte keine andere Chance, als vorwärts sein Glück zu versuchen. Mit durchdrehenden Reifen bewegte sich der Jeep nun auf Feldner zu, der im Angesicht des heransausenden Fahrzeugs plötzlich wie angewurzelt stehen blieb. Mok hatte in der Zwischenzeit reagiert und war auf dem Bürgersteig dem Jeep entgegengerannt. Noch immer starr vor Angst bemerkte Feldner kaum, wie sein Kollege Mok mit einem gezielten Schuss einen der vorderen Reifen des auf Hochtouren jaulenden Jeeps durchlöcherte – knapp bevor er Feldner zu Tode rammte. Der Wagen kam ins Schleudern und streifte mehrere Fahrzeuge.

Als der Tatverdächtige leicht verletzt mit erhobenen Händen aus dem Wagen stieg, kam die Hauptkommissarin hinzu. Sie hatte ein Taschentuch in der Hand, auf dem eine Schatulle lag, flach wie ein Zigarettenetui.

»Das hat wohl Ihr Opfer beim Aussteigen im Auto verloren. Haben Sie das gesucht?«, fragte sie mit gütiger Stimme den Mann, der von Feldner und Mok gerade Handschellen verpasst bekam. Der Angesprochene erblickte die kyrillischen Zeichen auf der Schatulle. Gleichzeitig bekreuzigte er sich gegen den Widerstand der Beamten und ging mit gesenktem Kopf in die Knie. Was er mit Inbrunst auf Russisch betete, verstanden die Beamten nicht.

***

Nach dem Ende der Weihnachtsferien waren die Flugpreise rapide gesunken. Hauptkommissarin Gabriele Anhalt wartete mit einer Tüte Kaubonbons im Schoß auf den Einstieg in die Maschine nach Antalya.

Die langwierigen Verhöre hatte sie in ihrer freundlichen, aber bestimmten Art hinter sich gebracht. Die Beweislage war klar und erdrückend. Das Messer, mit dem Noel Baba am Isarufer ermordet wurde, befand sich im Besitz des überführten und geständigen russischen Auftragsmörders. Er entpuppte sich als Angestellter eines auf orthodoxe Pilger spezialisierten Nobelhotels in Bari. Die verantwortlichen Hintermänner waren nicht aus ihm herauszubringen. Wenigstens gestand der Täter, dass er Noel Baba von Bari bis München gefolgt war. Mehrere Versuche, ihn zu stellen, missglückten, weil er bei den zwei Pausen, die er auf der

Autofahrt machte, ständig von Menschen umgeben war. Erst als er sich am Busch an der Isar erleichterte, hatte er für wenige Sekunden keine Zeugen zu befürchten. Im festen Glauben, er trage das aus der San-Nicola-Basilika entwendete Diebesgut am Körper, habe er mit ihm kurzen Prozess gemacht.

Den aufwendigen Labortest, den auf Bitten der Hauptkommissarin Dr. Pozzo in die Wege leitete, zeigte zweifelsfrei die Echtheit der Knochensplitter, die Anhalt im Auto gefunden hatte. Ungeklärt blieb, wie Zafer Simitci in den Besitz von zwölf Gramm Oberschenkelknochen des heiligen Nikolaus kommen konnte. Anhaltspunkte lieferten türkische Ermittler in einem Briefwechsel, der in der Wohnung des Getöteten in Demre auftauchte. Simitci war im regen Austausch mit einer anonymen Person gewesen, die möglicherweise ein Küster aus der San-Nicola-Basilika sein konnte. Offenbar zeigte Simitcis Mittelsmann Verständnis dafür, dass der selbsternannte Noel Baba dafür kämpfte, Gläubigen und Pilgern, die nach Demre kamen, zumindest teilweise das Anrecht auf ihren von italienischen Piraten geraubten Heiligen zuzugestehen.

Die Durchsage zum Boarding erfüllte den Wartebereich. Anhalt schob sich das letzte Kaubonbon in den Mund. Dann kontrollierte sie in ihrer Handtasche die silberne Schatulle und dachte an den entbrannten Rechtsstreit um die zwölf Gramm Nikolaus-Knochen. Sie betete, dass die italienischen und türkischen Juristen sich lange Zeit ließen, am besten bis nach ihrer Pensionierung, um zu klären, ob die Knochen in der Asservatenkammer des Münchner Polizeipräsidiums zurück nach Bari oder heim nach Demre sollten.

Gleichzeitig dachte sie an den schönen Weihnachtsabend mit ihren Kollegen Feldner und Mok, die sie nach der erfolgreichen Ermittlung zu sich eingeladen hatte. Es war spät geworden, als sie selbst auf die Schnapsidee mit der Kurierreise nach Antalya gekommen war, das hundert Kilometer von Demre entfernt lag.

Sie reihte sich in die Schlange für die Kontrolle der Boardkarten ein. Ein Kind vor ihr ließ sie auflächeln. Es drückte ein Stoffschmusetier an sich. Eine lustige Gans, ganz weich, ganz ohne Knochen. Ganz anders wie eine mit Äpfeln gefüllte niederbayerische Weihnachtsgans, deren Knochen ihr verstorbener Ehemann für sein Leben gern abgeknabbert hatte.

Die Hauptkommissarin bestieg das Flugzeug. Sie hätte jetzt gerne ihren Anderl an ihrer Seite gehabt, der eigentlich Aydin hieß und in der Türkei geboren war.

Helene Henke

7

Ein Toter hing am Ponzelar

Krefeld

Autorenvita

Helene Henke, geboren 1964, hat erst nach zwei verschiedenen Berufsausbildungen ihre wahre Leidenschaft entdeckt: das Schreiben. Nach ersten Romanveröffentlichungen im Sieben Verlag ist die Autorin mit *Totenmaske,* ihrem Serienauftakt um Deutschlands jüngste Bestatterin, bei Droemer erfolgreich. Die Autorin ist verheiratet und lebt mit ihrem Mann und ihren beiden Söhnen in Krefeld.

Lily von der Layen hatte ihr eigenes Schlafzimmer, weil sie sich nicht mehr daran erinnerte, dass sie Falks Ehefrau war. Wie jeden Morgen lenkte er seinen Rollstuhl hinüber in das gegenüberliegende Zimmer der Seniorenresidenz *Wintersglück* und harrte an der Schwelle eine Weile aus. Sie saß still da und blickte aus dem Fenster auf den parkähnlichen Innenhof, aus deren Mitte eine dominante Tanne ihren säulenförmigen Stamm bis zur Dachrinne hinaufstreckte. Im Hintergrund erklangen aus dem Radio die hellen Stimmen eines Kinderchors.

Stille Nacht, heilige Nacht, alles schläft, einsam wacht nur das traute hochheilige Paar …

Ein einfallender Sonnenstrahl ließ die feinen Härchen an Lilys Nacken schimmern wie Silberstaub. Zwischen ihrem Daumen und Zeigefinger massierte sie sachte ihr Ohrläppchen. Die Perlenstecker hatte Falk ihr vor über dreißig Jahren zur Silberhochzeit geschenkt. Seither hatte sie sie nie abgelegt, so dass sie nicht verloren gingen, wie all die Geschenke in den Jahren darauf. Ihre Krankheit war schleichend gekommen und folgte keiner bestimmbaren Regel. An die meisten Dinge erinnerte sie sich nicht, an manche schon. Der jugendliche Zauber in ihren Augen, wenn sie ihn anlächelte, erinnerte ihn daran, dass sie trotz ihrer fünfundsiebzig Jahre für ihn seine süße Lily blieb. Nie hatte das Gefühl nachgelassen, sie beschützen zu wollen, nachdem er sie in den Nachkriegswirren vor dem Krefelder Rathausplatz gefunden hatte. Ein verängstigtes, abgemagertes Mädchen, dessen Gesicht nur aus Augen zu bestehen schien.

Er hatte sich ihrer angenommen, ohne je zu erfahren, was ihr widerfahren war. Sie heirateten 1957, da war Lily gerade mal neunzehn und er Mitte dreißig. Seine Freunde klopften ihm gönnerhaft auf die Schulter, angesichts des beträchtlichen Altersunterschieds. Doch hinter seinem Rücken wurde gespöttelt über das kleine Flüchtlingsmädchen und den so viel älteren Krüppel mit dem Gehstock, der sich als Diplomat verdingte. Sie sei nur auf sein Geld aus und würde ihn ohnehin um Jahrzehnte überleben. Falk war das egal. Für ihn war Lily keine Trophäe, und sein Vermögen hätte er ihr, ohne zu zögern, übertragen. Es bedeutete ihm nichts, und allen Unkenrufen zum Trotz blieb seine junge Frau an seiner Seite.

Eigentlich wollte er nach dem Krieg die Seidenmanufaktur seines Vaters übernehmen und in Ruhe seinem Gewerbe nachgehen. Es sollte doch genügen, seine Jugend für den Krieg hergegeben zu haben. Doch für den damals 23-jährigen Russland-Rückkehrer hatte sich die Gelegenheit einer Anstellung als Diplomat für die alliierten Besatzer ergeben. Eine Entscheidung, die sich letztlich als richtig erwiesen hatte. Die Samt-und-Seiden-Stadt entsprach schon bald nur noch durch historische Dokumente ihrem blumigen Namen. Die Industrialisierung hatte auch in Krefeld Einzug gehalten, immer mehr Webstühle standen still. Der Wandel der Zeit hatte seinen Lauf genommen. Nur noch ein Denkmal und ein paar historische Bücher zeugten vom einstigen Glanz einer weit zurückliegenden Tradition.

Falk seufzte tief und rieb sich den schmerzenden Oberschenkel, in dem die Narben einer Kriegsverletzung tobten.

Belasten konnte er das verletzte Bein nie wieder, dafür musste das gesunde doppelte Arbeit leisten. Lily fand ihn immer ausgesprochen stattlich, wenn er mit seinem verzierten Gehstock daherkam. Irgendwann hatte er es ihr geglaubt und sein Schicksal angenommen. Doch das überbeanspruchte Bein versagte im Laufe der Jahre seinen Dienst und fesselte ihn an den Rollstuhl. Es gab Momente, in denen er Lily um ihren vitalen Körper beneidete, über den sie sich ebenso wenig Gedanken machte wie um den Rest in ihrem Leben. Sie war glücklich, weil sie es nicht anders wusste. Ihm hingegen kroch das Alter durch die Gelenke und nagte an seinen Knochen wie eine gierige Ratte. Sein Verstand funktionierte präzise wie ein Uhrwerk und verbildlichte auf nicht immer leicht erträgliche Weise jedes nur erdenkliche Zukunftsszenarium. Ja, manchmal wäre es ihm lieber, der Verfall hätte in seinem Kopf angefangen.

Lily drehte sich herum und erstrahlte bei seinem Anblick.

»Guten Morgen, Herr …?«

»Ich bin es, Falk. Guten Morgen, meine Liebe.« Falk betätigte die Räder seines Rollstuhls und hielt neben ihr am Fenster.

Lily blinzelte. »Sie sind ein Freund, nicht wahr?«

Er lächelte. Bis zum Mittag würde sie ihn siezen, danach kehrte regelmäßig eine Erinnerung dessen zurück, was eine über fünfzig Jahre anhaltende Ehe ausmachte.

»Ich bin ein Freund.« Er legte seine Hand auf die ihre.

Sie ließ ihn gewähren. Ihr Körper hatte andere Erinnerungen gespeichert als ihr Geist.

»Schauen Sie, Falk. Sein Ärmchen ist abgebrochen.« Lily hielt ihm eine filigrane Engelsfigur hin.

Dabei bedachte sie ihn mit dem Blick eines Kindes, dessen Lieblingsspielzeug zerbrochen war, es aber dennoch keinen Grund zum Weinen gab, weil Papa es reparieren würde.

Erst jetzt fiel sein Blick auf die hölzerne Truhe, aus der zwischen hervorquellender Packwatte rotgoldener Christbaumschmuck hervorlugte.

Weihnachten bedeutete für Falk allenfalls eine angemessene Zeit zum Sterben. Der festliche Rahmen stimmte einfach, um zu Grabe getragen zu werden. Für Lily war es eines der wenigen Ereignisse, die niemals aus ihrem Gedächtnis zu verschwinden schienen. Es war ihr Fest, welches sie stets mit äußerster Hingabe zelebrierte. Früher hatte er ihr zuliebe die gemeinsame Villa im Forstwald mit Lichterketten und Tannengirlanden verziert. Der Christbaum in der Halle durfte unter keinen Umständen kleiner als drei Meter sein, damit er bis zur oberen Etage hinaufragte. Der Heilige Abend wurde regelmäßig mit Freunden und Verwandten im aufwendigen Rahmen gefeiert. Lily liebte das Weihnachtsfest. Irgendwann schien sie nur noch für diese Zeit zu leben, in der sich sogar der Schleier des Vergessens von ihr abzuheben schien. Gleichermaßen überfiel sie eine tiefe Lethargie, wenn sich im Januar karge Eintönigkeit über den Vorgarten legte und aus dem Haus die Lichtersterne verschwunden waren. Woraufhin Lily immer öfter im Haus verschwand, weil sie sich in dem weitläufigen Anwesen verlief. Nachdem Falk sie eines Tages, nach stundenlanger Suche, völlig aufgelöst neben einem Treppenabsatz im Seitenflügel aufgefunden hatte, fasste er den

Entschluss, die Villa zu verkaufen und zusammen mit seiner Frau in die Seniorenresidenz am Krefelder Hauptbahnhof zu ziehen. Mit zweiundneunzig Jahren musste er einsehen, dass er nicht mehr in der körperlichen Verfassung war, Lily vor allen Gefahren zu schützen. Sie geriet außer sich, als er ihr gegenüber sein Vorhaben andeutete, erklärte sich aber zu einem Besichtigungstermin bereit.

Falk blickte aus dem Fenster hinauf zur stattlichen Tanne, die mit ihren breiten und vollen Ästen einen Großteil des Innenparks ausfüllte. Während der Baum im Sommer kühlende Schatten spendete, erfreuten sich die Bewohner auch in der kargen Jahreszeit seiner immergrünen Erscheinung. Zu Weihnachten ließ die Heimleitung den Baum aufwendig schmücken, wobei eine beleuchtete Sternschnuppe unmittelbar vor Lilys Fenster angebracht wurde. Dort harrte sie oft stundenlang mit seliger Miene aus, um sich am Lichterglanz zu erquicken. Falk konnte sich wiederholt nicht des Eindrucks verwehren, es diesem Baum zu verdanken, dass seine Frau überhaupt mit ihm in die Seniorenresidenz eingezogen war.

Behutsam nahm er ihr die Keramikfigur aus der Hand und betrachtete die beschädigte Stelle unter dem winzigen roten Umhang. »Das lässt sich mit einem Tropfen Sekundenkleber richten.«

Sie lächelte, und er hätte ihr gerne einen Kuss auf die Wange gehaucht. Doch das hätte sie zu dieser frühen Stunde verwirrt.

Stattdessen sah er Lily dabei zu, wie sie mit einem feinen Pinsel ihre Weihnachtsfiguren von imaginärem Staub befreite. Ihr Profil hielt ihn gefangen wie ein Gemälde. Das Klopfen an der Tür nahm er erst wahr, als Henriette mit einem vernehmlichen Räuspern auf sich aufmerksam machte.

»Kommen Sie beide gleich in den Saal zum Adventskaffee?«, fragte die pausbäckige Frau.

Lily stand von ihrem Stuhl auf und wandte sich um. »Sagen Sie, warum ist der Christbaum noch nicht geschmückt?«

Es war keine Frage, sondern eine Aufforderung wie jene, mit denen Lily in der Vergangenheit ihre Hausangestellten mit Nachdruck an deren Aufgaben erinnert hatte. Sie hielt die Mitbewohner der Residenz für Dienstpersonal und machte dabei nicht mal halt vor Herrn Brücker, dem Heimleiter.

Falk war einer der Investoren von *Wintersglück* und schmunzelte regelmäßig, wenn Brücker mit Lily einen Disput über weitere Haushaltskürzungen austrug, bei dem ihr sanftherrischer Tonfall keinen Zweifel daran zuließ, dass sie ihn für ihren Butler hielt. Der Anstand versagte es Brücker, sich gegen Lily zu behaupten. Die geplanten Kürzungen setzte er dennoch durch, was zu einem kaum noch vertretbaren Personalmangel in der Residenz geführt hatte.

Henriette gab sich nicht weniger verblüfft und blickte fragend zu Falk hinüber.

»Der Baum wird sicher rechtzeitig zum Fest in gewohnter Pracht erstrahlen«, beruhigte Falk seine Frau und wandte sich zu Henriette. »Selbstverständlich werden wir gleich zu Ihnen stoßen.«

Nachdem Lily sich zurechtgemacht hatte, holte Falk sie in ihrem Zimmer ab.

»Du solltest den Rollstuhl hierlassen und deinen Gehstock benutzen. Der Weg ist nicht allzu weit«, schlug sie ihm vor.

Sie erinnerte sich daran, dass Falk an schmerzfreien Tagen durchaus ein paar Schritte gehen konnte. Doch diese sporadischen Momente kamen, wann sie wollten, und entzogen sich gänzlich Falks Einfluss.

»Heute fühle ich mich unpässlich. Tut mir leid, meine Liebe.«

»Kein Grund, sich zu entschuldigen«, erwiderte Lily und küsste ihn auf die Stirn. »Du hast ja mich.«

Sie schob ihn zum Aufzug, der sie in den Gemeinschaftsraum im unteren Geschoss bringen würde. Während sie warteten, vernahm Falk entfernte Motorengeräusche, dessen Richtung er nicht bestimmen konnte. Eine seltsame Zeit für Straßenarbeiten, so kurz vor Weihnachten.

Im Aufenthaltsraum war Lily schnell umgeben von Mitbewohnern, die sich um sie scharten und eifrig ihre mitgebrachten Christbaumkugeln präsentierten. Es war zur Tradition geworden, die hohe Tanne im Innenhof zusätzlich mit Erinnerungen aus der Vergangenheit aufzuwerten. Die freudige Erwartung auf ein besinnliches Fest schien wie ein Funke auf die alten Menschen überzuspringen. Die Körbe an den Gehwagen waren ebenso gefüllt mit weihnachtlichem Dekor wie die Schöße derer, die im Rollstuhl saßen. Lily schwebte mit geröteten Wangen durch den Raum wie eine Gräfin inmitten ihres Hofstaats und hatte für jeden ein paar freundliche Worte auf den Lippen. Eine Szene wie aus der Zeit gefallen.

Falk zog sich auf die imposante Außenterrasse zurück, um eine Zigarre zu rauchen. Die Strahlen der winterlichen

Sonne reflektierten zu seiner Rechten in den staubblinden Fenstern des Hauptbahnhofs. Der Vorplatz war nur noch ein Überbleibsel dessen, worauf früher militärische Paraden im großen Aufwand abgehalten worden waren. Nun kreuzten fünf Straßenbahnlinien ihre Wege, zwischen denen sich ein unentwegter Strom Autos hindurchschlängelte. Es herrschte reges Treiben auf dem Bahnhofsvorplatz. Vor den gegenüberliegenden Glasfassaden des Multiplex-Kinos hatte sich eine Menschentraube gebildet und harrte unter pinker Neonbeleuchtung aus, um den neuesten Hollywoodstreifen anzusehen. Als Falk das letzte Mal im Kino gewesen war, befand sich dieses in einem gediegenen Altbau auf dem Ostwall. Zurückhaltende Eleganz schien nicht mehr gefragt zu sein, dachte er mit Blick auf den modernen Klotz. In Augenblicken wie diesen kam es ihm vor, als läge nur ein Wimpernschlag zwischen damals und heute.

Hinter ihm öffnete sich die Terrassentür. Kurz darauf trat Herr Brücker neben ihn. »Ihre Frau hält offensichtlich wieder eines ihrer geselligen Adventstreffen ab.«

»Sparen Sie sich Ihre Höflichkeitsfloskeln«, brummte Falk. Wenn Brücker ihn ansprach, bedeutete es selten etwas Gutes.

Dieser ließ auch sogleich die Fassade fallen.

»Wie Sie wünschen, Herr von der Layen. Es gibt eine Veränderung, über die ich mit Ihnen sprechen möchte.«

»Habe ich einen Einfluss darauf?«

Brücker schwieg.

»Dachte ich mir. Also, worum geht es?«

»Die Heimleitung sieht sich gezwungen, einen Beitrag zur allgemeinen Energiesparmaßnahme zu leisten«, erörterte Brücker steif.

»Wollen Sie uns den Strom abschalten, wie es der Bürgermeister neuerdings mit der Straßenbeleuchtung handhabt?«

»Wir sind alle dazu angehalten, zum Wohle unserer Umwelt einen Schritt zurückzutreten, finden Sie nicht?«

Der Mittvierziger war nur halb so alt wie Falk und nichts weiter als ein profitgieriger Schnösel. Ihn interessierte weder die Umwelt noch das Allgemeinwohl. Menschen wie er kamen und gingen. Doch solange sie da waren, neigten sie dazu, eine Menge Porzellan zu zerschlagen. Falk spürte, wie sich sein Herzschlag vor Aufregung beschleunigte, als sich der schmächtige Kerl vor ihm aufbaute und es offensichtlich genoss, auf ihn herabzusehen.

»Was ich meine, wollen Sie wissen? Die meisten dieser Bewohner haben in ihrem Leben genug Entbehrungen erlebt und haben es nicht verdient, Milchreis zu essen, der mit Wasser zubereitet wurde. Die meisten von ihnen haben dieses Land wieder aufgebaut, als es in Schutt und Asche gelegen hat.«

»Ach, hören Sie bloß mit diesen Phrasen auf«, mokierte sich Brücker. »Es kann ja nicht so ein Drama sein, wenn dieses Ungetüm von Tanne wegkommt. Sie überwuchert den kompletten Innenhof und wurzelt so tief, dass sie den Bau einer Tiefgarage behindert.«

Falk starrte den Heimleiter verblüfft an. Eine neue Einnahmequelle schwebte ihm also vor, was Falk in Anbetracht der beinahe legendären Skrupellosigkeit des Heimleiters nicht überraschte. Zuletzt hatte eine seiner Effizienzanordnungen die Strangulation einer Heimbewohnerin zur Folge gehabt, nachdem diese, ohne richterliche Verfügung an ihren Rollstuhl fixiert, von der überforderten Nachtschwester schlicht vergessen worden war. Die Frau war vom Sitz ihres Rollstuhls gerutscht, wodurch der Gurt die Arme nach oben gedrückt und durch das eigene Körpergewicht in tödliche Spannung geraten war. Mit einer Reihe Staranwälten war es Brücker gelungen, sich aus der Verantwortung zu ziehen und den Vorfall als Unfall abzutun. Und nun sollten die Bewohner des Heims auf ihren Tannenbaum verzichten – sollte Lily der einzige Anker zur Realität genommen werden.

Die Motorengeräusche fielen ihm wieder ein. »Sie meinen, Sie sind schon dabei, den Baum zu fällen? Konnten Sie nicht wenigstens bis nach dem Fest warten?«

Brücker zuckte mit den Schultern. »Ist am billigsten zu dieser Jahreszeit. Es geht um Ihre Frau. Wie wir wissen, reagiert sie sensibel auf das Thema Weihnachten. Vielleicht sollten Sie ihr behutsam beibringen, dass es keinen pompös geschmückten Weihnachtsbaum mehr vor ihrem Fenster geben wird.«

Brückers selbstgefällige Miene stand im Widerspruch zu seinen angeblich verständnisvollen Worten. Er sollte Lily behutsam vor vollendete Tatsachen stellen? Das war in etwa so, als würde man zum Feuerlöscher greifen, nachdem das Haus abgebrannt war. Falk sog hörbar den Atem durch die Nase. Dieses stets in ihm brodelnde, unerträgliche Gefühl von Ausgeliefertsein, welches er bislang erfolgreich mit Gleichmut zu verdrängen wusste, bahnte sich plötzlich seinen Weg an die Oberfläche und löste in ihm einen derartigen Ansturm von Wut aus, wie er sie seit Jahren nicht mehr empfunden hatte. Seine Hände krampften sich um die

Lehnen des Rollstuhls, seine Füße bewegten sich ohne sein Zutun von den Trittbrettern auf den Boden. »Sie sind ein verdammter Bastard, Brücker«, stieß Falk hervor.

Brücker trat mit irritierter Miene einen Schritt zurück. »Jetzt mäßigen Sie sich bitte. So können Sie nicht mit mir reden.«

Woher er die Kraft nahm, wusste Falk nicht. Sein Körper reagierte nach eigenen Regeln. Er stand auf und baute sich wie eine Wand vor Brücker auf. »Ich bin über neunzig Jahre alt und kann sagen, was ich will. Und wissen Sie was? Ich kann sogar tun, was ich will. Oder was glauben Sie, hätte ich zu befürchten?«

Der Heimleiter zuckte zusammen, fing sich aber sofort wieder. »Überschätzen Sie sich nicht, von der Layen. Wir werden sehen, wie es mit Ihren Drohungen aussieht, wenn ich erst dafür gesorgt habe, dass Sie entmündigt worden sind. Nach dieser Aktion hier dürfte das ein Leichtes für mich sein.«

Falk wollte gerade auf Brücker losgehen, als ein Schrei ihn ablenkte. Lily stand in der Tür. Ihre Brust hob und senkte sich im schnell aufeinanderfolgenden Takt. Ihre Augen vor Entsetzen geweitet. Ihre Lippen formten Worte, die in einem Stöhnen untergingen. »Meine ... Tanne ...«

Falk sank in den Rollstuhl zurück, als sei der Bann gebrochen, der ihn dazu befähigt hatte, aufzustehen. Lily schrie erneut auf. Sie fuhr herum und hastete durch den Wartesaal Richtung Flur. Die Anwesenden wichen erschrocken zurück, schlugen sich die Hände vor die Münder oder stimmten in Lilys sich zwar entfernendes, aber immer noch deutlich vernehmbares Geschrei ein.

***

Lily von der Layen hatte vergessen, dass sie lebte. Sie schrie und schrie, drei Tage hindurch. Bis Falk zustimmte, sie mit einem starken Psychopharmakon sedieren zu lassen. Doch wenn sie aus dem tumben Schlaf erwachte, blickte sie zum Fenster auf den nun leeren Platz und schrie weiter. Falk redete unentwegt mit ruhiger Stimme auf sie ein, streichelte über ihr wirr vom Kopf abstehendes graues Haar, bis ihn seine Kräfte verließen. Ihre kratziggrelle Stimme hallte durch die Gänge, zog in die Zimmer der anderen Bewohner, zerrte an den Nerven der Pfleger, vertrieb die Besucher und riss Wunden in Falks Verstand. Er fing damit an, Lilys Weihnachtsengel in die Holzkiste zu packen, nur um sich zu beschäftigen. Als er das goldene Drahtgeflecht in Form einer Sternschnuppe anhob, senkte sich hinter ihm plötzlich Lilys Stimme zu einem Wimmern. Die Ruhe glitt wie Balsam über sein Gemüt. Er steckte den Stecker ein. Die angebrachten Lämpchen leuchteten auf und ließen Lilys Augen erstrahlen wie Sterne in einer verregneten Nacht. Dabei schluchzte sie leise und herzzerreißend.

***

»Wohin gehen wir?«, fragte Lily und unterdrückte sichtbar mühevoll einen weiteren Tränenstrom.

Die Schreie hatten aufgehört, nachdem Falk ihr die goldene Sternschnuppe präsentiert hatte.

»Ich zeige dir Weihnachten«, entgegnete Falk.

Henriette schob Falks Rollstuhl, damit er Lilys Hand halten konnte. Sie lief neben ihm her mit durchgestrecktem Rücken und erhobenen Hauptes. Hinter ihnen stapfte die Belegschaft der Seniorenresidenz *Wintersglück* in einem ehrwürdigen Konvoi über den schneebedeckten Grünstreifen des Ostwalls. Auf den Bürgersteigen zu beiden Seiten blieben die Menschen stehen und starrten der hoheitsvoll anmutenden Prozession hinterher.

***

Das lebensgroße Bronzestandbild des Meisters Ponzelar thronte seit 1947 im Herzen der Stadt auf dem Südwall, Ecke Ostwall, und genoss dennoch wenig Aufmerksamkeit im hastig vorbeieilenden Leben. Außer an diesem Tag. Eine beträchtliche Menschenmenge hatte sich um das Weberdenkmal geschart und bestaunte den volkstümlichen Handwerker am Liefertag seiner Ware. Die porträtgenauen Gesichtszüge waren die von Falks Vater nachempfunden, gekleidet im Gehrock aus schwarzem Tuch – *Weberbaas im Laakesrock* mit *Jraduutkapp,* der schwarzen Mütze mit einem flachen, weit vorstehenden Schirm. Die Statue schulterte einen Kettbaum, der auf den ersten Blick durchaus für ein Gewehr gehalten werden konnte. Eingefangen im Moment des Schreitens mit wehendem Rock, versinnbildlichte der Ponzelar kraftvolles Voranstreben. Falk kümmerte weder das Hupen der Autos noch das wilde Klingeln der Straßenbahnen, die zum Stillstand gezwungen waren, weil sich immer mehr Menschen versammelten. Er zog Lily durch das Gewühl hindurch, bis sie unmittelbar vor der Bronzestatue standen. Falk blickte in Lilys Gesicht. Es erstrahlte im Schein der beleuchteten Sternschnuppe. Ihr Lächeln war das pure Glück. Die Welt um sie herum versank in rotgoldenen Nebeln. Zwischen den bronzenen Füßen der Statue hing Herr Brückers verrenkter Körper, um den kunstvoll eine Lichterkette drapiert worden war. Seine gespreizten Beine formten den ausladenden Schweif des Kometen. Die Sternenform bildeten Oberkörper und Arme, wobei einer davon der Belastung offenbar nicht standgehalten hatte und nun ziellos baumelnd aus dem Rahmen fiel. Ein Teil des leuchtenden Drahtgeflechts war eng um Brückers Stirn geschlungen wie eine Dornenkrone. Blut lief über das Antlitz des Gemarterten und hatte den Schnee am Fuße des Ponzelars zu einer roten Lache geschmolzen. Aus der Ferne ertönte ein Martinshorn. Neben Falk sank eine Frau zum Gebet in die Knie. In den Gesichtern der Umstehenden vernahm er eine Mischung aus Entsetzen und schaulustiger Erregung. In Lilys Miene spiegelte sich Seligkeit. Mit Daumen und Zeigefinger massierte sie sachte ihr Ohrläppchen.

»Sieh nur, sein Ärmchen ist abgebrochen.« Sie sprach leise, ohne Falk anzusehen.

»Gesegnete Weihnachten, meine Liebe«, erwiderte Falk. Er griff nach ihrer Hand und schloss die Augen.

Die Sirenen der Streifenwagen kamen näher.

Franz Zeller

8

Dämliches Rentier

Wienerwald

Autorenvita

Franz Zeller, Jahrgang 1966, hat Germanistik und Anglistik in Salzburg und Oxford studiert. Seit 2004 moderiert er beim ORF-Sender Ö1 die Sendereihen »Matrix« und »Digital. Leben«. Wenn er nicht »on-air« ist oder schreibt, kocht er mit seiner Familie, spielt Bass, braut Bier oder erzählt seinen Söhnen vom Wasserkobold »Bubbelmuck«, dessen Geschichten als E-Books bei Knaur veröffentlicht wurden. 2014 ist sein Kriminalroman *Sieben letzte Worte* erschienen.

Mehr Infos über den Autor unter www.franzzeller.at.

Wenn man in ein Rentierfell eingerollt in einem Kofferraum erwacht, dann ist definitiv etwas schiefgelaufen. Ich bin so fest verschnürt, dass ich mich keinen Zentimeter rühren kann. Geschweige denn schreien. Wie auch, mit einer Plastikweihnachtskugel im Mund. Wahrscheinlich ist auch da ein Rentier drauf. Wie garstig. Dazu noch das Gewummer von »Oh Tannenbaum« in der Version der Roten Hosen oder wie die heißen, die mit dem besoffenen Sänger.

Ich bin überzeugt, dass das Ganze mit Christine zu tun hat. Irgendwie glaube ich dumpf ihr aufgeregtes Schnattern zu hören. Aber hier im Kofferraum nehme ich alles nur sehr undeutlich wahr. Die Reifengeräusche sind sehr laut, und ich habe eine dicke Haube über dem schmerzenden Kopf. Nein, natürlich nicht freiwillig. Ich trage nie Hauben.

Christine war meine Frau. Bis sie vor kurzem die Seiten gewechselt hat. Wortwörtlich. Vom Christkind zum Weihnachtsmann nämlich, von der Tradition zu einem dicken, bärtigen Rentierkutscher, von Stille Nacht zu den Toten Rosen. Verräterin.

Wir sind heuer im Frühling in den Speckgürtel von Wien gezogen. Das ist eine relativ begüterte Zone von Gemeinden nahe am Stadtrand, mit dem Vorteil, dass man sich dort ein Haus mit Garten leisten kann. Über die Jahre habe ich mich wieder auf meine Wurzeln besonnen, ich mag das Traditionelle. Und das Landleben ist das einzig echte. Ich bin ja auf dem Land aufgewachsen. Zuletzt habe ich bei vielen Kollegen beobachtet, dass sie nach einer städtischen

Phase ihren Lebensmittelpunkt zurück aufs Land verlagern. Außerdem: Es gibt keine bessere Möglichkeit, zu einem günstigen Haus zu kommen, als ein Scheidungshaus zu kaufen. Wenn Sie mich fragen, ist ein Hausbau der Anfang vom Beziehungsende. Jedes vierte Paar steht den Hausbauwahnsinn nicht durch, grob geschätzt. Das wollte ich definitiv nicht. Damals war ich ja glücklich mit Christine. Und auch unser Geld hätte für einen Neubau nicht gereicht. Christine hat eine lockere Hand beim Geldausgeben. Sie hat immer über Amazon irgendwelche Sachen bestellt. Ich bin da ganz anders. Der Bildschirm kann ein Schaufenster nicht ersetzen.

Ich kaufe in der ersten Welt ein, nicht in dieser künstlichen. Dazu der Kartonmüll. Außerdem muss ich als Briefträger die ganzen Pakete ja zustellen, die da mit einem achtlosen Mausklick bestellt werden. Das nimmt überhand, und nicht mehr nur zu Weihnachten. Das ganze Jahr über ist mein gelber Caddy voll mit den Schachteln von Amazon und Zalando. Die Einkaufsstraßen scheinen nur mehr aus 21-Zoll-Bildschirmen zu bestehen.

Die Sache mit dem Haus habe ich von hinten aufgerollt. Ich habe uns Ende des Vorjahres eine Mietwohnung genommen und mich zuerst in die Wienerwaldgemeinde versetzen lassen. Als Postbote stehen einem alle Türen offen. Wenn du täglich in die Häuser kommst, bist du recht schnell orientiert, wo der Haussegen schief hängt. Briefe über Dampf zu öffnen, um Intimitäten zu erfahren: das ist *old school,* wie Christine gesagt hätte. Sie unterrichtet an einer Neuen Mittelschule. Nein, *social engineering* ist in, wie Christine ... Ach, pfeif auf Christine.

Es heißt einfach zuhören, zuhören und noch mal zuhören, verständnisvoll mit dem Kopf wackeln und ein bisschen nachfragen. Dazu das notorische Schnapserl, das schon viele Briefträger ins Unglück gerissen hat. Ich weiß auch nicht, warum man uns immer einen Schnaps anbietet. Aber glücklicherweise stehen ja oft Zimmerpflanzen in der Nähe. Die halten ein bisschen Branntwein gut aus.

Nach vier Wochen hatte ich mein persönliches Ehezustandsbarometer für meinen Zustellrayon unter großem körperlichem und psychischem Einsatz aufgestellt und wusste ziemlich genau, welches Haus im nächsten halben Jahr unfreiwillig verkauft werden würde. Mit ein bisschen Einfühlungsvermögen und der richtigen Frage zum richtigen Zeitpunkt erfährst du auch in null Komma Josef, wie es um Menschen finanziell bestellt ist. Die Leute sind ja so was von gutgläubig, und als Briefträger hast du für viele eben auch die Funktion einer Vertrauensperson. Da begegnest du schon einigen Frauen, die nicht nur ihre Seele gestreichelt haben wollen. Ich bin sehr traditionell und finde, dass eine Frau ihrem Mann treu sein muss, aber wie andere das halten, da mische ich mich nicht ein.

Wir haben uns dann für eine Doppelhaushälfte unten im Ort entschieden, in der Ebene. Christine hasst Berge und jede Form von Hügel oder Hang, die sie daran erinnern. Das Haus kannte ich schon recht gut. Ich hatte mir dort lange genug die Geschichten der betrogenen Karin angehört und sie, so gut es ging, getröstet.

Mit den Nachbarn haben wir uns relativ schnell angefreundet. Da gab es rechts diesen schrulligen Physiker hinter der Thujenhecke, ein Glatzkopf, der allein in einem

Bungalow wohnt, und links neben uns die Familie Klausner. Mit ihr teilen wir auch das Doppelhaus. Mit denen ging es am Anfang so gut, dass wir sogar den Maschendrahtzaun zwischen unseren Grundstücken abbauten. Nicht dass die Grenze üppig lang wäre, aber unser Garten geht doch fünfzehn Meter in Richtung Wald. Dadurch wurde die Grünfläche für beide größer, obwohl von Anfang an ganz klar war, wo *meines* aufhört und *deines* beginnt – und umgekehrt. Ich bin ja kein Kommunist, sondern sehr traditionell. Am Land hat jeder seine Scholle, wir sind nun mal keine Kolchose.

Und dann kommt man sich näher. Also die Klausners und wir. Und auch den Einstein, den Physiker, haben wir dazugenommen. Der Einstein ist ein bisschen schrullig. Er kniet am Wochenende wie ein Büßer auf seinem Rasen und zupft die Gänseblümchen aus, weil sie seinen englischen Wahnsinn stören. Er würde das so nicht sagen, aber die Nadja, die Frau Klausner. Eine sehr adrette Person im Übrigen. Die Rundungen sind alle an der richtigen Stelle. Ich bin halt traditionell.

Und was macht man auf dem Land, wenn man sich treffen will? Man grillt gemeinsam. Der Klausner, ein Mann mit den Ausmaßen eines Küchenschranks und dem Gehirn einer Panama-Baumstachelratte, hat also seinen Griller aus dem Schuppen gerollt und die Holzkohle angefeuert. Christine hat sich mächtig ins Zeug gelegt und vier oder fünf Salate angerichtet, dazu drei Saucen. Die Küche ist ja nicht so mein Ding, da bin ich eher traditionell, aber der Einstein hat ihr brav dabei geholfen und demütig die Karotten geraspelt und den Salat gewaschen.

Ich glaube, das Akademische verweichlicht die Menschen. Egal, das hilft mir in der momentanen Lage als Rentierroulade auch nichts.

Nett war er, der Abend mit dem gefüllten Schweinebauch. Die Nadja Klausner war mir ja gleich sympathisch. Ich habe mich blendend mit ihr unterhalten, während mich Christine ein paar Mal streng angeschaut hat. Aber kann man mir einen Vorwurf daraus machen, dass ich ein kommunikativer Mensch bin? Das gehört ja zu meinem Berufsbild. Außerdem mag ich es nicht, wenn Christine mich vor anderen heruntermacht, nur weil ich Worcestershire-Sauce nicht so ausspreche, wie sie sich das vorstellt. Wer unterrichtet denn Englisch? Und außerdem bin ich auch international, das muss ich schon wegen der Postkarten sein, die im Sommer aus dem Ausland kommen.

Jedenfalls war's ein sehr netter Abend. Der Klausner stand am Griller und verfiel dort aufgrund seines Bierkonsums langsam in ein Stehkoma. Einstein probierte zaghaft, ein bisschen mit Christine zu kommunizieren, die ihm ausbildungsmäßig ja näherliegt als ich. Er ist ein lieber Kerl, ein bisschen zu zurückhaltend einfach. Wie der jemals eine Frau finden soll, weiß ich wirklich nicht. Aber das ist nicht mein Problem. Und jetzt schon gar nicht.

Wir haben diese Grillabende zu fünft noch zweimal wiederholt. Das Grillen ist ja eine vertrauensbildende Maßnahme. Das half mir dann auch, den übergriffigen Rasenmäherroboter der Klausners besser wegzustecken. Der Klausner kam im August auf die Idee, sich so ein Ding anzuschaffen. Es rollte wie eine irre gewordene Schildkröte durch unsere gemeinsame Grünzone.

»Keine Angst. Der Roboter kann zwischen Gras und Blumen unterscheiden«, beteuerte der Klausner. Hätte er das nur auch dem Rasenmäher gesagt. Der hatte es nämlich auf unseren Lavendel abgesehen und rasierte ihn, wann immer er konnte, kurz und klein. Ich versuchte, das nicht persönlich zu nehmen, aber wahrscheinlich war es ein Vorzeichen. Irgendwann habe ich dann zur Partisanentaktik gegriffen und einen Knäuel Draht in der Wiese liegen gelassen. Das hat sich im Messer gefangen und dem Motor den Rest gegeben. Aber sonst lief es, wie gesagt, gut.

Das war im Sommer. Wie ich jetzt weiß, lernst du die Menschen erst im Winter gut kennen, speziell zu Weihnachten.

Ende November hat sich unsere Gemeinde schlagartig verwandelt. Die Weihnachtsdekoration macht die Menschen hier verrückt. Eine Woche nachdem die Prospekte mit der Weihnachtsbeleuchtung kamen, hatte die Mehrheit der Bürger im Ort lichttechnisch umgerüstet.

Gleich nach der Ortseinfahrt rechts schien es, als hätte man über Nacht einen Kleinflugplatz angelegt. Wenn du dort abends vorbeifährst, leuchtet es dir in allen möglichen Farben entgegen. Eine vierzig Meter lange Treppe strahlt blau wie ein Rollweg für eine Boeing 737, der Giebel ist mit einer weißen Lichtschlange dekoriert, und die Fenster sind rot umrahmt wie ein Weihnachtspuff. Das geht meinem traditionellen Herzen echt gegen den Strich.

Knapp vor der Abzweigung zu unserer Siedlung blinken grüne Sterne und rote Socken um die Wette.

Und dann komme ich heim, und was sehe ich bei den Klausners: Da hängen doch tatsächlich beleuchtete Eiszapfen vom Dach herunter, in einer Lichtfarbe, die nicht das

Herz erwärmt, sondern an einen Operationssaal erinnert. Aber das Schlimmste war der fette Kerl in Rot, der an einer beleuchteten Strickleiter die Klausnerfassade hochkletterte. Eingangsseitig genauso wie im Garten, in doppelter Ausführung. Ich meine, wie kann man sich bei uns auf dem Land einen Weihnachtsmann ans Haus hängen? Das ist doch ein Sakrileg, wie Christine sagen würde. Bei uns auf dem Land wohnt das Christkind. Hier sind Ochs und Esel daheim, und die Heiligen Drei Könige dürfen auf ein Stamperl vorbeischauen, aber letztendlich alles wegen dem Christkind.

Ich stelle den Klausner also zur Rede, ganz in freundlicher Atmosphäre, bei einem Punsch im gemeinsamen Garten. Der Einstein war auch dabei und die Frauen.

»Kennst du die kleine Insel am Bach, wo die vielen rosaroten Stauden wachsen, Klausner?«

Er nickte. Reden ist nicht seine große Stärke.

»Das ist das indische Drüsenkraut. Das schaut vordergründig nett aus, ist aber eine Pest. Eine eingeschleppte Pest. Aus Indien, weil es einige nett fanden. Und jetzt überwuchert es unsere einheimischen Pflanzen.« Ich pausierte und deutete auf den roten Dicken an der Wand. »Weißt du, was ich dir damit sagen will?«

Klausner nippte an seinem Punschhäferl und schüttelte den Kopf. »Ich interessiere mich nicht für Pflanzen.«

»Er bringt mir auch nie Blumen mit«, versuchte sich Nadja Klausner ins Gespräch zu bringen.

»Darum geht's nicht«, sagte ich. »Darum geht es.« Ich streckte meine Hand wieder zum hängenden Weihnachtsmann aus. »Santa Claus ist eine Pest. Den braucht hier keiner. Der gehört nach Amerika. Verstehst du, Klausner?«

»Aber ich finde ihn schön«, brummte der Klausner.

»Na ja«, murmelte Nadja. Dass sie auf meiner Seite war, wusste ich. Sie hatte Engelsflügerl auf ihrer weißen Unterwäsche und Sterne auf der roten.

»Das Christkind ist …« Ich rang nach Worten, um auch dem Klausner begreiflich zu machen, dass er sich mit dem Weihnachtswanst gegen die Tradition verschworen hatte und alles über Bord warf, was uns ausmachte.

»… ist der einzig legitime Repräsentant des weihnachtlichen Gedankens in unseren Breiten«, setzte Christine fast ein bisschen gelangweilt fort. Ich meine, schöner hätte ich es auch nicht sagen können.

»Ah geh«, entdeckte auch Einstein seine Wortgewalt. »Alles Papperlapapp. Die Wissenschaft von Weihnachten zeigt, dass ihr beide unrecht habt. Ungefähr 500 Millionen Kinder feiern weltweit Weihnachten. 360 Millionen davon übernimmt der Weihnachtsmann.«

»Ja«, stieß der Klausner hervor und ballte seine rechte Faust dabei zur Siegergeste. »Der Weihnachtsmann hat schon gewonnen.«

»Warte mal!« Einstein hob zaghaft seinen Arm, als würde er aufzeigen, woraufhin ihm Christine zunickte. »Wenn der Weihnachtsmann am Heiligen Abend um zwölf Uhr mitteleuropäischer Zeit in Asien beginnt und sich dann nach Westen arbeitet, muss er geschätzte 120 Millionen Haushalte abklappern. Er hat dafür zweiundzwanzig Stunden Zeit, weil er am Tag danach gegen zehn Uhr wieder daheim am finnischen Korvatunturi sein muss. Deshalb hat er pro Haushalt nur 0,00066 Sekunden Zeit.«

»Jetzt kannst du dir vorstellen, wie schnell der arbeitet«, grinste der Klausner. »Da kommt ihr Briefträger nicht mit.«

»Ja, aber selbst wenn«, stieß Einstein jetzt wieder seinen Finger in die Höhe. »Sein Schlitten würde den Luftwiderstand bei dieser Geschwindigkeit gar nicht aushalten.«

»Bingo«, sagte ich und klatschte in die Hände.

»Dasselbe gilt im Übrigen für die Flügerl deines Christkindes«, sagte Einstein jetzt schon mit größerer Selbstsicherheit. »Die würde es auch in der Luft zerbröseln.«

»Aber an das Christkind glaubt man ja, das lässt man nicht fliegen«, versuchte ich den Physiker auszuhebeln.

»Ja eh«, sagte er und grinste in seinen Punsch.

Das wollte ich so nicht auf mir sitzenlassen. Eine jahrhundertelange Tradition beschmutzt man nicht so einfach, auch nicht mit physikalischen Spitzfindigkeiten. Ich habe dann mal im Internet gesucht und einen unglaublichen Laden gefunden: *Bronners Christmas Wonderland* in Frankenmuth, Mich. Keine Ahnung, wo dieses *Mich* liegt. Leider brauchte ich dazu die Hilfe von Christine, ich kann nicht so viel Englisch. Oder wissen Sie, wie die Heiligen Drei Könige auf Englisch heißen? Ich hab dort also etwas bestellt, um Klausners fettem Klausi an der Wand Paroli zu bieten.

Im Nachhinein betrachtet, hätte ich mich nicht so einfach provozieren lassen sollen. Aber wenn es zu spät ist, ist man meist klüger.

Wir haben es Anfang Dezember noch einmal mit einem versöhnlichen Wintergrillen probiert. Da haben wir dann aber genau darauf geachtet, dass der Griller auf der Grundstücksseite der Klausners steht und der Tisch mit dem Essen auf unserer. Klare Grenzen müssen sein.

Weil es ohnehin nur Käsekrainer gab, hat Einstein das Grillen übernommen, und Christine hat mit dem Klausner frisch gebackene Kekse fertiggestellt. Ich habe währenddessen mit Nadja sonstige vertrauensbildende Maßnahmen gesetzt, was aber meine Beziehung zum Klausner trotzdem nicht positiv beeinflusst hat.

Als Christine mit dem Klausner die Kekse serviert hat, noch dazu auf unserer Grundstücksseite, da wusste ich: Ich habe sie verloren. Rentiermuffins. Das Geweih aus Salzbrezeln liebevoll in die schokoladeüberzogene Muffinmasse gedrückt, die Nase ein rotes Smartie auf einem kreisrunden Marzipanscheibchen, dazu noch Knopfaugen aus weißem Zuckerguss mit einer Schokoflocke.

Wenn das kein feindseliger Akt war. Wir haben den ganzen Abend nicht mehr miteinander geredet. Und der Klausner hat gegrinst wie der besoffene Santa Claus leibhaftig.

Zwei Tage später stellte ich mir selber drei überdimensionale Pakete zu und trug sie in den Keller, wo ich sie mit Genuss auspackte. Das war mein Triumph, der noch warten musste.

Dann kam der Weihnachtsabend. Und auch der war nicht so, wie ich es mir vorgestellt hatte. Der Weihnachtsbaum sah irgendwie anders aus. Und das lag nicht nur daran, dass Christine meine geliebten Strohsterne vergessen hatte. Sie hatte auch eine Lichtschlange um den Baum gewunden und auf die traditionellen Kerzen verzichtet.

»Weißt du, Schnucki«, sagte sie, »ich hab den Baum heuer nach allen Regeln der Wissenschaft geschmückt. Bei einer Höhe von 175 Zentimetern braucht er genau sechsunddreißig Christbaumkugeln und eine Spitze in der Höhe von achtzehn Zentimetern. Dazu eine Lichtschlange mit fünfeinhalb Metern Länge und 991 Zentimeter Lametta. Das ist der perfekte Weihnachtsbaum.«

»Sagt wer?«, fragte ich verdattert.

»Sagt Peter.«

»Peter?«

Christine seufzte. »Einstein.«

»Ach der ... Und woher weiß er das?«

»Eine Formel von der University of Sheffield.«

»University of was?«, fragte ich wie in einem Weihnachts-Ratespiel.

»Sag nicht ›uniwörsity‹. Das heißt ›junivörsiti‹, mit einem zarten stimmhaften ›v‹ in der Mitte.«

Ich holte mir eine Flasche Bier und setzte mich auf das Eisbärfell vor unserem Kaminofen. Das erste Mal seit acht Monaten, als ich Karin hier überzeugt hatte, ihren untreuen Ehemann zu verlassen und das Haus zu verkaufen. Ich starrte ins Feuer und wusste, dass es aus war mit Christine. Meine Geschenke packte ich nicht mehr aus. Was heißt Geschenke. Es gab ohnehin nur eines für mich, eine längliche Rolle, in der wohl irgendein kränkendes Poster von Santa Claus steckte. Dachte ich mir halt.

Der 25. Dezember. Ich ging noch im Pyjama in den Keller und holte zum Gegenschlag aus. Ich zog meine lebensgroßen Heiligen Drei Könige aus ihren Schachteln und staubte die Plastikfiguren ab. Um halb acht standen sie beleuchtet an der Grundstücksgrenze zu den Klausners und starrten auf die roten Socken, die mein fetter, traditionsloser Nachbar am Balkon aufgehängt hatte statt im Wohnzimmer vor dem Kamin. Klar, wie sollte der feiste Weihnachtsmann auch durch den schmalen Abzug einer Außenwandtherme passen. Der konnte bei den Klausners nur außen anliefern.

Als ich wieder ins Haus kam, war das Eisbärfell verschwunden. Stattdessen lag dort ein braunes Leder.

»Du hast dein Geschenk gar nicht ausgepackt gestern«, lächelte Christine und deutete auf das Fell. »Echtes Rentier.«

»Aber ...«

»Aber was, Schnucki?«

»Was hast du mit dem Eisbärfell gemacht, Christine?«

»Das war Schaf, du Esel«, sagte sie und schüttelte den Kopf.

Langsam verlor ich trotz allem an Territorium. Aber immerhin montierte der Klausner seine Weihnachtssocken ab und starrte zwei Tage lang grimmig auf die Heiligen Drei Könige.

Gestern, am 27. Dezember, fuhr er in der Früh weg und kam erst mittags wieder zurück. Er bat mich, ihm beim Ausladen zu helfen. Auf dem Land hilft man sich auch, wenn man Meinungsverschiedenheiten hat. Wahrscheinlich hat die Waschmaschine ihren Geist aufgegeben, dachte ich zuerst, aber das überdimensionale Paket war ungewöhnlich leicht. Wir schleppten es in den Garten. Dort bat mich der Klausner, ihn allein zu lassen.

Eine halbe Stunde später wusste ich, warum: Ein rotnasiges Rentier starrte dumpf auf meine heiligen Männer. Sie waren einander so nahe, dass sie sich fast angreifen hätten können. Wie wagte er es nur, der Klausner. Wär's Santa Claus gewesen, hätte man immerhin noch sagen können, hier geht's Mann gegen Mann. Aber das da: Ein Irrläufer der Natur, der sich sichtlich nicht hat entscheiden können, ob er ein Hirsch oder ein Elch werden will.

Es war Krieg, keine Frage.

Ich wollte das Ganze aber noch einmal überschlafen. Auch das war wahrscheinlich ein historischer Fehler. Hätte ich die Weihnachtsschlacht sofort ausgetragen, wäre mir vielleicht einiges erspart geblieben.

Heute ist das Match »Christkind gegen Santa Claus« eskaliert. In der Nacht hatte es geschneit, und in der Früh setzte Nieselregen ein. Eigentlich idyllisch, hätte jeder seine Grenzen respektiert. Das dämliche Rentier hat es doch tatsächlich gewagt, einen Fuß auf meinen Grund zu setzen. Es war dabei, sich an meinen erleuchteten drei Weisen vorbei in meinen Garten zu schleichen. Mit einem Huf berührte es bereits die Schneedecke auf meiner Seite. Das schlug dem Fass nun wirklich die Krone aus.

»Was regst du dich denn so auf«, sagte Christine am Morgen nur und zeigte sich ansonsten unbeeindruckt vom Weihnachtskrieg, den der Klausner provoziert hatte.

Ich lief noch vor dem Frühstück in den Garten und rief meinen Nachbarn. Nein, ich schrie nach ihm.

Seelenruhig trabte der mächtige Klausner zu seinem Rentier.

»Was hat dein Vieh auf meinem Grundstück verloren?«

Verwirrt blickte der Klausner auf sein Rentier, das in der Nacht Hausfriedensbruch begangen hatte.

»Das ... muss sich verirrt haben«, sagte mein geistig entschleunigter Nachbar. »Ich war das nicht, ehrlich.«

»Nun stell dich nicht so blöd, Klausner. Seit wann gehen Plastikrentiere über die Grenze?«

»Vielleicht dachte es, die Heiligen Drei Könige wollen es füttern«, murmelte er selbst nicht ganz überzeugt. Vorsichtig zog er am Schwanz des Rentiers, um es in seinen Garten zurückzubringen. Es rührte sich nicht. Das Vieh war am Boden festgefroren.

Ich versuchte, Melchior das Weihrauchfass aus der Hand zu reißen, weil ich es Klausner auf den Kopf schlagen wollte. Aber die Plastikfigur gab das Ding nicht frei. Es war mit ihm verschmolzen. Also trat ich Klausner gegen das Bein. Postwendend erhielt ich eine mächtige Ohrfeige.

Geschlagen und fluchend gingen wir in unsere Häuser zurück.

Das war heute früh. Ich bin den ganzen Tag nicht mehr vors Haus gegangen. Ich habe mich hinter die Terrassentür gesetzt und meine drei Weisen bewacht. Auch noch, als es dämmerte. Der bescheuerte Weihnachtsmann von Klausner strahlte rot in meinen Garten, meine Heiligen Drei Könige leuchteten bunt hinüber, das Rentier blinkte wieder rot aus seiner Nase zurück.

Irgendwann läutete es, ich hörte Schritte. Dann ging bei mir das Licht aus.

Und jetzt hält das Auto an. Mein Kopf tut noch immer weh vom Schlag. Jemand öffnet den Kofferraum.

»Schnucki, bist du schon wieder wach? Hast du dich schon mit Rudi, deinem Rentierfell, angefreundet?«

Ich kann sie nicht sehen, aber ich höre, dass es Christine ist. Jemand richtet mich auf und zieht mir die Haube vom Kopf. Ich muss blinzeln und sehe nicht sofort.

»Du Armer. Was du diese Weihnachten alles mitmachen

musst.« Sie beugt sich aus dem Licht der Rückfahrscheinwerfer in die Nacht. Laut und deutlich küsst Christine den dunklen Umriss vor einem glänzenden Fluss. Die Schattenfigur tritt einen Schritt näher.

Das ist unmöglich!

Es ist Einstein. Einstein kann man doch nicht küssen. Einstein ist ja kein Mann.

Da ist noch jemand. Er tätschelt meinen Kopf.

»Danke für die netten Stunden, du mein Liebesbote. Aber jetzt reicht es mit deinen Versprechungen, Christine zu verlassen und mich von meinem vertrottelten Mann zu erlösen.« Nadja sieht mich liebevoll-mitleidig an.

Eine Weihnachtsverschwörung. Sie wollen mir nur Angst einjagen. Das ist sicherlich ein Plan von Einstein. Oder von Christine.

»Weißt du, Schnucki, es reicht. Ich habe lange genug zugesehen, wie du dein Berufsbild vom Briefträger in Richtung Witwentröster verschoben hast. Jetzt habe ich einen Mann mit Niveau gefunden.« Sie tätschelt dem grinsenden Einstein die Wange. »Und eine Freundin mit Niveau. Die sich Peter genauso anvertraut hat wie ich. Das ist nicht gut für dich. Und nicht gut für den Klausner.«

Nadja klopft auf die Plastikweihnachtskugel in meinem Mund. »Schau, wie schön es hier ist. Wir waren einmal gemeinsam hier auf diesem Parkplatz an der Donau. Aber das hast du sicherlich schon vergessen.«

»Und wenn man dich in ein paar Tagen aus dem Fluss zieht, geht es dem Klausner an den Kragen. Wir haben ihn das Rentier einrollen lassen, damit schön viele Spuren von ihm am Fell sind.«

Ich schüttle den Kopf und schreie. Aber mehr als ein dumpfes Gestöhne ist nicht zu hören.

Nadja blickt mir gerade in die Augen. »Wir haben natürlich alle drei gesehen, wie ihr zwei euch gestritten habt. Und dass du am Abend noch zu meinem Mann gegangen bist. Das Scheit, das wir dir über den Kopf gezogen haben, liegt neben unserem Kamin am Holzstoß.«

»Keine Angst, Schnucki, der Klausner wird das Corpus Delicti nicht verheizen. Er heizt nie ein, weißt du. Um diese Zeit liegt er vom Bier ermattet auf dem Sofa. Und zur Sicherheit haben wir uns sein Auto ausgeborgt. Vielleicht bleiben hier ja doch ein paar Reifenspuren zurück. Wir werden uns auf jeden Fall bemühen.«

»Jetzt reicht's, Mädels«, sagt Einstein. Und er klingt viel männlicher, als ich ihn in Erinnerung habe. Er packt mich unter den Armen und zieht mich vom Auto weg. Ich kann mich in meiner Verpackung kaum einen Zentimeter rühren. Man merkt fast nicht, wie ich mich aufbäume. Meine Schreie bleiben in der Weihnachtskugel im Mund stecken. Der Fluss kommt immer näher.

»Sag, können Rentiere eigentlich schwimmen?«, höre ich Christine fragen.

»Dieses hier sicher nicht«, sagt Nadja.

Eva Maaser

9

Die unabsehbaren Folgen von Glühweingenuss

Münster

Autorenvita

Eva Maaser, geboren 1948, studierte Germanistik und Kunstgeschichte in Münster. Seit 1999 arbeitet sie als freie Schriftstellerin und hat bereits zahlreiche historische Romane, Krimis sowie Jugendbücher veröffentlicht. Seit einigen Jahren sitzt sie, bedingt durch ihre Tätigkeit, im Verband deutscher Schriftsteller im WDR-Rundfunkrat. Eva Maaser ist eine große Gartenliebhaberin und lebt im westfälischen Steinfurt. Ihr Roman *Eine Gurke macht noch keinen Sommer* ist 2014 bei Knaur erschienen.

Sacht schrammte das alte Auto an einem dieser falsch plazierten hässlichen Blumenkübel aus Beton entlang und gab gleich darauf stotternd den Geist auf, während die Kühlernase eine Bank anstupste.

Alles in allem sauber eingeparkt.

Aufatmend spähte Sara durch die Windschutzscheibe und ein Gemisch aus Staub und etwas Taubendreck, das der Scheibenwischer mit Hilfe des üblichen Dezember-Sprühregens ruckelnd mal nach rechts, mal nach links schmierte. Sie vergewisserte sich noch, dass niemand von ihrem Einparkmanöver Notiz genommen hatte, dann stieg sie aus. Den Parkplatz musste sie sich merken, wobei *Parkplatz* im Sinn des Münsteraner Ordnungsamts vielleicht nicht ganz die richtige Bezeichnung war.

Es waren nur fünfzehn Meter bis zum Eingang des Weihnachtsmarkts an der Überwasserkirche, der durch weihnachtliches Klingeling in einer Endlosschleife besinnlich stimmte, während die Gerüche von bratender Wurst, gebrannten Mandeln und Glühwein von einer Zeit reuelosen Genusses kündeten. Sara liebte das.

Eine halbe Stunde später befand sie sich auf dem Rückweg. Es regnete nun heftiger, daher zog sie den Kragen ihrer Jacke höher, während sie zum Auto rannte. Zwei Meter davor traf sie auf ein Hindernis, das sie vorher anscheinend nicht bemerkt hatte. Vor ihr breitete sich mitten auf dem Gehweg eine riesige Pfütze aus. Empört blieb sie stehen.

Dass sich die Stadt im Touristenviertel und dann noch zur Weihnachtszeit so eine Schlamperei erlaubte! Sara nahm Anlauf, um über die Wasserlache zu springen, aber im letzten Moment stockte sie mitten in der Bewegung.

Irgendetwas glitzerte in der trüben Brühe. Vielleicht spielte bei ihrem Wunsch, sich das Ding genauer anzuschauen, der Glühwein, den sie auf dem Markt probiert hatte, auch eine Rolle. Glühwein zur Weihnachtszeit macht bekanntlich philosophisch. Nach ein, zwei Gläsern wollte man den Dingen unbedingt auf den Grund gehen. Das Gras, das sie zum Glühwein geraucht hatte, hätte allein nie diese Wirkung erzielt.

Schwankend beugte sie sich über das schlammige Wasser. Da glitzerte tatsächlich etwas! Und etwas anderes stank mächtig. Am Rand der Pfütze, schon etwas vom Wasser umspült, lag ein großer frischer Hundehaufen. Wie Brei. Und nur wenige Zentimeter entfernt dümpelte friedlich dieses Ding, von dem in der dunkelbraunen Brühe nur ein Stückchen zu sehen war, nicht mal so groß wie ein Daumennagel.

Mit so einem Haufen direkt vor der Nase konnte einem übel werden. Prompt protestierte Saras Magen gegen diese Nähe. Sie rülpste laut, und Säure schoss ihr in den Mund. Sie schluckte panisch, ließ sich aber nicht beirren. Im Gegenteil! Entschlossen streckte sie die Hand aus und tauchte zwei Finger ins Wasser, einigermaßen darauf bedacht, nicht mit dem Hundehaufen in Berührung zu kommen.

Endlich bekamen ihre Finger etwas zu fassen. Langsam, langsam hob sie das Ding heraus und hätte es vor Überraschung beinahe wieder fallen gelassen. Verblüfft kniff sie die Augen halb zu.

Wo hatte sie so etwas schon mal gesehen?

Im Schaufenster von Oeding Erdel auf dem Prinzipalmarkt? Führten die so etwas? Gab's den Juwelierladen überhaupt noch? Und war das echt?

Vor Aufregung wurde ihr der Mund trocken.

Was sie aus dem Dreck gefischt hatte, war ein Halsband. Sagte man Halsband dazu? Oder doch Collier?

»Ach vielen Dank, dass Sie so freundlich sind. Ich hab schon überlegt, wie ich daran komme, ohne mich schmutzig zu machen.« Die Stimme klang höflich und kultiviert.

Saras Blick, noch immer nach unten gerichtet, fiel auf zwei glänzende schwarze Schuhe am Rand der Pfütze. Das waren handgefertigte, erkannte sie augenblicklich, obwohl sie von maßangefertigtem Schuhwerk eigentlich keine Ahnung hatte.

Was hatte der Mann gesagt?

Endlich richtete sie sich auf, während sie das tropfende Halsband ein Stück weit von sich hielt. Ärgerlich betrachtete sie den Mann, der sie seinerseits völlig gelassen musterte.

»Einen Augenblick«, sagte er und zog ein blütenweißes Taschentuch aus der Manteltasche. Mit einem Schlenker entfaltete er es und hielt es ihr auf der flachen Hand hin – ohne den leisesten Anflug von Unsicherheit.

Der Mann mochte Anfang vierzig sein, also wenigstens zwanzig Jahre älter als sie, aber er sah ganz gut aus. Er hatte noch eine Menge Haare auf dem Kopf und war überhaupt nicht fett. Und sein Mantel sah nach Kaschmir aus. Sara stand neuerdings auf Kaschmir. Der Mann und das Halsband passten schon irgendwie zusammen, wurde ihr schmerzlich bewusst. Ihre imitierte Fliegerjacke mit den Flecken vorne und dem fusseligen Webpelz am Hals war dagegen modisch eindeutig überholt. *Vintage* war so *out!* Trotz des kalten Nieselregens wurde ihr mächtig warm in der Jacke, und sie wünschte sich, sie hätte sich am Morgen die Haare gewaschen.

»Das gehört wirklich Ihnen?«, fragte sie mit provokantem Misstrauen. Endlich hatte sie ihre Stimme wiedergefunden.

»Meiner Frau. Ich habe es gerade vom Juwelier abgeholt, der Verschluss war defekt. Würden Sie jetzt so freundlich sein und mir das Halsband aushändigen?«

Also doch Halsband. Es war mindestens vier Zentimeter breit und musste den Hals eng umschließen. In einer flüchtigen Vision sah sich Sara dieses königliche Halsband tragen; die Vorstellung löste ein fürchterliches Gefühl drohenden Verlusts aus. Ihre Hand bewegte sich nicht um einen Zentimeter auf den Mann zu. Aber da kam er ihr zu Hilfe. Mit einer kleinen Handbewegung nahm er ihr das Halsband ab und ließ es in der Manteltasche verschwinden.

Schei…!

Etwas von ihrer Empfindung musste der Mann ihr vom Gesicht abgelesen haben, denn er lächelte verständnisvoll.

»Ich habe den Eindruck, ich schulde Ihnen etwas. Denn ich hätte es nie fertiggebracht, gleich neben diesem Hundehaufen in die Pfütze zu fassen. Tja, da sind Sie wohl unerschrockener.«

Sara hatte den Eindruck, dass sich der Mann ein bisschen über sie lustig machte, außerdem klang er leicht herablassend. Ärger wallte auf.

»Ach nee«, sagte sie scharf.

Wie konnte sie das Halsband zurückbekommen? Es war doch gar nicht erwiesen, dass es ihm gehörte – oder seiner Frau. Sicher hatte sie sich reinlegen lassen.

Der Mann neigte den Kopf leicht zur Seite, sein Lächeln wurde weicher und wärmer.

»Sie sind ein hübsche junge Frau«, sagte er einschmeichelnd, »würden Sie das Halsband gern einmal tragen?«

Ohne nachzudenken, nickte Sara heftig.

»Dann kommen Sie.«

Sara warf einen Blick zu dem alten, mit Rostflecken übersäten Auto, das Philipp, ihrem derzeitigen Freund, gehörte, und zuckte mit den Schultern.

»Wohin?«, fragte sie.

»Wir müssen einen angemessenen Rahmen für Sie und das Halsband suchen. Hier auf der Straße ist nicht der rechte Ort.«

Wie lange würde es dauern, bis Philipp ungeduldig wurde? Sie hatten verabredet, dass sie nur eben zum Weihnachtsmarkt fuhr, Sonntagabend um sieben. Von der Wermelingstraße zum Rosenplatz und sofort zurück. Zwanzig Minuten, vielleicht auch fünfundzwanzig. Na, wennschon!

»Oh Shit!« Da hatte sie doch glatt vergessen, Glühwein zu kaufen! Darauf wartete Philipp doch: dass sie mit zwei Flaschen unter dem Arm nach Hause kam. Es war ja nicht so einfach gewesen, einen Stand zu finden, der Flaschenabfüllung anbot. Immerhin wusste sie nun genau, an welchem der vielen Glühweinstände es den leckersten gab.

»Ist Ihnen nicht gut?« Der Mann fasste sie am Arm. Jedem anderen hätte sie deswegen gleich eine geklebt.

Aber der hier grapschte sie nicht an, der war bloß fürsorglich. Der Mann war ja so süß! Unverhofft befiel sie Herzklopfen.

»Es geht schon. Also wohin jetzt?«, erkundigte sie sich forsch und lachte ihn verschmitzt an. Für ein Alterchen wie diesen Vierzigjährigen war die unverhoffte Begegnung mit ihr sicher das reinste Weihnachtsgeschenk. Sie würde nett zu ihm sein, wenn er nett zu *ihr* war. Nette ältere Männer schenkten jungen hübschen Frauen gern so Wertvolles wie breite Diamanthalsbänder, um ihr eigenes Selbstwertgefühl zu erhöhen. Je größer die Klunker, desto höher ... Das war psychedel..., psycholo... einfach toll!

Erst als ihr der Mann die Tür eines dunklen, schweren Wagens – Bentley? Rolls? Jaguar? – aufhielt, kamen ihr, wenn auch schwach, Bedenken. War sie verrückt geworden? Sie war dabei, in das Auto eines vollkommen Fremden einzusteigen!

»Wer sind Sie überhaupt? Und wie heißen Sie?«

»Clausen.«

»Vor- oder Nachname? Ich heiße übrigens Sara.«

»Sagen Sie ruhig Clausen zu mir, Sara, das genügt vollkommen.«

Entspannt lehnte sie sich in den Ledersitz zurück und sah einige Minuten später zu, wie sie in die Piusallee einbogen.

»Mist, ich hab vergessen, mein Auto abzuschließen.«

»Also darum würde ich mir an Ihrer Stelle keine Gedanken machen«, meinte Clausen ruhig.

Sara dachte, er hätte auch hinzufügen können, dass sich für ihre Rostlaube allenfalls ein städtisches Abschleppunternehmen interessieren würde.

Aber bestimmt nicht am Sonntag!

Sie glitten an ein paar alten prächtigen Villen entlang, die wie Filmkulissen zu »*Rote Rosen*« oder »*Verbotene Liebe*« aussahen.

Auf einmal öffnete sich in einem mannshohen Zaun ein Tor. Sobald sie es passiert hatten und sie tatsächlich neben einer dieser altmodischen Villen hielten, überkam Sara leichte Beklemmung. In dem riesigen Klotz, auf den von der Straßenlaterne kaum Licht fiel, waren alle Fenster dunkel.

»Ihre Frau ist nicht zu Hause?«, fragte sie nervös.

»Wahrscheinlich ist sie hinten im Wintergarten, sie wird uns schon hören, wenn wir hereinkommen.«

Im Haus herrschte Stille, eine Art Grabesstille. Sara dachte an Philipp, der auf dem Sofa vor dem Fernseher lag und Skispringen guckte.

Hier war wirklich kein Laut zu hören.

Clausen streckte die Hände aus, um ihr höflich aus der Jacke zu helfen.

»Darf ich?«

Sara schielte auf seine Manteltasche. Was war das für ein Mann, der ein Diamanthalsband – waren das überhaupt echte Diamanten? – einfach in der Tasche herumtrug? War so jemand gefährlich? Wahrscheinlich konnte er jede Frau haben, schon wegen seines Aussehens. Er sah sogar noch besser aus, als sie anfangs gemeint hatte. Viel besser als George Clooney … früher ausgesehen hatte.

Hatte doch keinen Zweck, jetzt an Philipp und Skispringen zu denken.

Sobald Sara die Jacke abgelegt hatte, schämte sie sich. Dieses Sweatshirt, das sie darunter trug! Das müffelte.

»Scheint doch niemand da zu sein«, nuschelte sie verlegen.

»Sie brauchen keine Angst zu haben«, sagte Clausen väterlich, »kommen Sie, wir gehen erst einmal in die Küche.«

Sie tranken Rotwein. Dieser entfaltete sofort ein angenehmes Gefühl von ganz leichter Beschwipstheit. Genau das Richtige nach dem Gras. Und besser als Glühwein, viel besser! Rotwein aus Kristallgläsern hatte mehr Klasse als Glühwein aus Keramikbechern mit dämlichen Aufschriften wie »Christkindlmarkt«. Christkindlmarkt passte überhaupt nicht nach Münster. Den gab's doch bloß in Chemnitz. Clausen betrachtete sie lächelnd und sagte schließlich:

»Sind Sie bereit?«

Sara schluckte und zupfte vorn an ihrem schmuddeligen Sweatshirt.

»Meinen Sie, das Halsband passt dazu?«

Auf einmal hatte sie eine Vorstellung, wie es sein sollte: sie splitterfasernackt bis auf die Diamanten. Versonnen strich sie sich über die Brüste. Wäre doch eine Idee!

Clausen schien amüsiert. Unablässig beobachtete er sie, als könnte er ihre Gedanken lesen.

»Wir werden sehen«, murmelte er. »Wir gehen nach oben in mein Ankleidezimmer, wegen des Spiegels. Wir brauchen einen Spiegel, verstehen Sie, Sara?«

Natürlich brauchten sie einen Spiegel! Einen großen sogar. Einen großen Spiegel mit breitem Goldrahmen, Kerzen in silbernen Leuchtern und sie nackt bis auf das Glitz..., das Coll..., das Halsband.

Mit einem leichten Schwanken stand sie auf. Glück überfiel sie, ein unwahrscheinliches Glücksgefühl. Sie würde überhaupt keine Hemmungen haben, sich auszuziehen. Auch direkt vor Clausen, wenn er sie dazu aufforderte. Liebend gern würde sie das tun!

Als sie die geschwungene Treppe ins obere Geschoss hinaufgingen, machte sich der Rotwein erst richtig bemerkbar oder vielmehr die viele Flüssigkeit, die sie inzwischen getrunken hatte.

»Sie haben doch bestimmt hier oben ein Badezimmer ...«, begann sie und stockte. Die Frage nach dem Badezimmer klang nach Vorbereitung aufs Flachgelegtwerden. »Eine Toi...– hicks – ein Klo, wollte ich sagen.«

»Sie können das Gästebadezimmer benutzen, es ist da vorn.« Clausen schien belustigt und wies den Gang hinunter auf eine Tür. »Ich erwarte Sie hier.«

Auf dem Weg zum Badezimmer befiel sie ein Schimmer von Schuldbewusstsein wegen Philipp. Wie viele Skisprünge hatte sie schon verpasst?

Sie kam an einer Tür vorbei, die einen Spalt offen stand, geistesabwesend warf sie einen Blick in das dahinterliegende Zimmer. Ein Bett und an dessen Ende ein Paar nackter Füße, die Zehen zeigten nach oben. Bevor Sara sich über die Füße Gedanken machen konnte, hatte sie das Badezimmer erreicht.

Etliche Augenblicke später musterte sie sich im Spiegel und war zufrieden mit dem, was sie sah. Ihr Haar fiel ihr nun als verführerische wilde Lockenmähne auf die Schultern. Mit einem Kajalstift und Wimperntusche, die sie neben dem Volumenspray in einem Spiegelschrank gefunden hatte, schminkte sie sich noch rasch die Augen. Männer reagierten außer auf den Busen einer Frau vor allem auf die Augen. Und sie wollte, dass Clausen auf sie reagierte.

Zuletzt noch einen Spritzer ... wie hieß das Zeug in dem Kristallflakon? Irgendetwas Französisches. Seltsam, dass dieser penible Clausen gar keine Packung mit Kondomen im Badezimmer aufbewahrte. Vielleicht in der Nachttischschublade?

Auf dem Weg zurück dachte sie an die nackten Füße. Es musste doch noch etwas dazugehören? Sicher hatte sie den Rest in der Eile übersehen. Schlief Clausens Frau? Da war wieder die angelehnte Tür, und diesmal bemerkte sie in dem Ausschnitt, den der Spalt freigab, einen weiteren Fuß, ein viel kräftigerer und größerer als die beiden anderen. Leider stand Clausen plötzlich im Flur und sah ihr stirnrunzelnd entgegen. Neugier in fremden Häusern zu zeigen war teuflisch unhöflich, aber vor allem war es blöd, sich dabei ertappen zu lassen. Sara wischte den unangenehmen Gedanken beiseite, denn Clausen hielt eine sehr wirksame Ablenkung in der Hand: das Halsband!

Im Licht der Flurstrahler schimmerte es geradezu überirdisch. Beim Anblick des galaktischen Geglitzers ging Sara wie eine Traumwandlerin auf Clausen zu.

Er lächelte befriedigt, nahm sie an die Hand und zog sie hinter sich her in einen recht kleinen Raum. Das sollte das Ankleidezimmer eines Mannes sein? Unverkennbar hing in der Luft der Hauch eines Parfüms, das sicher nicht für Männer gedacht war. Auf einem breiten Schminktisch vor einem großen Spiegel rückte Clausen einen Stuhl zurecht.

»Wollen wir?« Er lächelte hintergründig, während er auf den Stuhl deutete.

Plötzlich verunsichert, ließ sich Sara auf den Sitz sinken. Er würde ihr das Halsband umlegen, und das sollte schon alles sein?

Aber nein. Er musste die Zeit im Badezimmer für seine eigenen Vorbereitungen genutzt haben. Über ihre Schulter reichte er ihr ein Glas Sekt.

»Oder glauben Sie, das wäre nach dem vielen Glühwein und dem Rotwein zu viel für Sie?«

Woher wusste er von dem Glühwein? Hatte sie ihm unten in der Küche davon erzählt? Sara konnte sich nicht erinnern, und das verwirrte sie. Unsicher betrachtete sie ihr Bild im Spiegel, während sie am Glas nippte. Das Sweatshirt war ein hässlicher Lappen.

Oder hatte er sie auf dem Weihnachtsmarkt beobachtet und war ihr gefolgt? Hatte sie so einen phantastischen Eindruck auf ihn gemacht, dass er ihr nachgegangen war? In Filmen kam so etwas ständig vor. Brad Pitt warf einen Blick auf Angelina Jolie und war hin – und weg von der Alten, mit der er bis dahin noch verheiratet gewesen war.

Hinter ihr klimperte Clausen mit dem Halsband. Wurde er schon ungeduldig? Im Spiegel sah sie, wie sein Blick durch den Raum schweifte.

Entschlossen stellte sie das Glas ab, zog mit einer raschen Bewegung das Shirt über den Kopf und ließ es achtlos auf den Boden fallen.

Augenblicklich kehrte Clausens Blick zu ihr zurück.

Na also!

Bewunderung blitzte in seinen dunklen Augen auf. Eilig

stellte er sein Glas weg. Strich ihr mit einem Finger so sacht und gleichzeitig intensiv über die Schulter, dass ihr ein Schauder über den Rücken rann. Clausen beugte sich zu ihr herab. Sie roch ihn, sie spürte seine Lippen auf ihrer nackten Haut, seine Haare streiften ihre Wange, sie seufzte tief auf vor Verlangen.

Dann zog er sich zurück.

Ja, was denn jetzt? Er musste doch sehen, wie sich ihre Brustwarzen aufgerichtet hatten, wie es sie danach gierte, angefasst zu werden, gestreichelt, geleckt ...

Clausen betrachtete sie in Gedanken versunken, nahm das Halsband in beide Hände und legte es ihr um.

Das Halsband stand ihr großartig.

Wie alt war Clausens Frau wohl?

Waren das ihre Füße gewesen? Der Gedanke verschwamm, als Clausen sie erneut berührte. Tastend strich er ihr wieder über die Schultern. Sie stöhnte vor Ungeduld, und die Haut begann ihr unter seinen Fingern zu kribbeln. Weiter, Mann, weiter, feuerte sie ihn in Gedanken an. Warum streichelte er immer nur ihre Schultern? War er schüchtern? Das war doch zu blöd!

»Gut«, murmelte er, »sehr gut.«

Dann nahm er seine Hände wieder weg.

»Schade!« Er seufzte.

»Schade?«, schrie Sara gepeinigt auf. »Was ist schade?«

Clausen lächelte traurig. »Du hast sie gesehen, nicht wahr? Du hättest nicht durch die Tür schauen sollen. Hat dir nie jemand gesagt, dass man das nicht tut? Ganz recht. Das ist meine Frau, die dort liegt, ich hab sie mit ihrem Liebhaber im Bett überrascht. Eine ganz alltägliche Sache.

Nur eine untreue Ehefrau. Aber du bist ja auch nicht anders. Oder wirst du deinem Freund von mir erzählen? Von dem, was du vorhast? Mit mir?«

Sara wusste nicht mehr, ob sie nur enttäuscht oder ernsthaft besorgt sein sollte. Kam ihr Clausen jetzt moralisch? Was sollte das? Wem gehörte der behaarte Fuß? Wenn sie jetzt an das Gesehene zurückdachte, war da auch ein tomatenroter Fleck gewesen, gleich neben dem Männerfuß. Der ging bestimmt schwer aus dem Bettbezug raus, wenn man da nicht gleich Salz oder …

Ihr fiel das Atmen schwerer, die Übelkeit machte sich stärker bemerkbar, und etwas schnitt ihr in den Hals. Das Halsband saß zu fest.

»Bitte!«, röchelte sie und deutete mit einer Hand auf das Schmuckstück.

Clausen stand jetzt dicht hinter ihr, und sie konnte seine Hände nicht sehen.

»Schau – dich – an!«, zischte er aufgedreht und zwang sie, weiter in den Spiegel zu starren.

Hoffentlich hatte Clausen kein umständliches erotisches Spiel mit einer *Fast* -Strangulation vor, auf solche Sachen stand sie gar nicht, und die dauerten auch viel zu lange.

Die Übelkeit paarte sich mit Atemnot. Ihr Blick verschwamm, aber was sie zuletzt sah, war großartig. So schön hatte sie noch nie ausgesehen, so voller Lebenslust. Spannung strahlte ihr aus ihrem Spiegelbild entgegen und auch Entsetzen.

Jetzt nur noch Entsetzen.

Clausen zog das Halsband enger. Oder war da noch etwas anderes? Eine dünne Seidenschnur?

Sara blieb nicht einmal genug Luft, um zu röcheln oder zu würgen.

Jetzt hieß es wohl Abschied nehmen. Für immer. Von allem.

Clausen sagte noch etwas, was sie nicht mehr verstand.

Ihr Spiegelbild zerplatzte, als sie sich erbrach. Mitten in die Pfütze, neben den Hundehaufen. Nun roch sie ihn wieder, vermischt mit Erbrochenem.

Ekelhaft.

Fettig und strähnig hing ihr das Haar ins Gesicht.

Und da waren die Schuhspitzen und eine Stimme. Eine unangenehm harsche Stimme.

»Schweinerei!«, sagte die Stimme.

Ächzend richtete Sara sich auf.

Am gegenüberliegenden Rand der Pfütze stand ein Mann mit einem Gerät in der Hand, in das er etwas eintippte.

»Sind Sie fertig? Ich beobachte Sie schon seit fünf Minuten.«

»Und warum?«, wisperte Sara verwirrt.

»Ist das Ihr Auto?«

Der Mann deutete auf Philipps Karre.

»Nicht direkt«, nuschelte Sara, »aber …«

»Sie stehen im absoluten Halteverbot. Das kostet Sie was.«

Aus dem Gerät sprang ein Zettel, den er ihr verärgert hinhielt. Sara taumelte mitten durch die Pfütze auf ihn zu. Dabei wirbelte ein zusammengeknülltes Stückchen silbrigen Schokoladenpapiers hoch, auf das sie aber nicht achtete.

»Danke, vielen herzlichen Dank«, nuschelte sie aufrichtig.

Helga Beyersdörfer

10

Wolles Gespür für Befindlichkeiten

Berlin

Autorenvita

Helga Beyersdörfer studierte in Frankfurt a. M., bevor sie eine Ausbildung zur Journalistin absolvierte. Sie arbeitete als Redakteurin bei der »Frankfurter Rundschau«, beim Zeit-Magazin, beim »Stern« und bei Sat.1. Helga Beyersdörfer lebt in Hamburg und Berlin. Bei Knaur veröffentlichte sie u. a. die erfolgreichen Worpswede-Romane *Moornächte* und *Irrlichter*. 2014 ist ihr neuer Roman *Die Nachmittagskinder* erschienen.

Sie hatte schon die Weihnachtskugeln vom Dachboden geholt. Der Karton befand sich im Wohnzimmer, verstaut in einem Regal hinter den Fotoalben. Danach musste sie ihre Weihnachtsvorbereitungen abgebrochen haben. Als man sie fand, kurz nach dem ersten Advent, war die Wohnung ohne jeden Weihnachtsschmuck gewesen. Nicht einmal einen Adventskranz hatte sie aufgestellt. Ein Abschiedsbrief wurde nicht gefunden, auch kein Hinweis auf nahe Angehörige in der Stadt.

Das alles konnten die Berliner am 4. Dezember unter der Überschrift *Lichterfelde: Seniorin tot aufgefunden* in ihrem Regionalblatt nachlesen. Seither bleibt hin und wieder einer vor dem Haus am Hindenburgdamm stehen und schaut hoch.

So wie jetzt Wolle. Es ist mittlerweile Montag, der 8. Dezember, und Wolle ist zum Arbeiten gekommen, nicht zum Glotzen. Seine Leiter hat er unter den linken Arm geklemmt, die Rechte umfasst den Eimer mit Wischer, Leder und Putzmittel. Wie immer trägt er seine Arbeitslatzhose mit der großen Brusttasche, in der er seine Geldbörse, Schreib- und Zettelkram verstauen kann. Weil es eher schmuddelig als kalt ist, hat er seinen grünen Allwetteranorak um den Bauch gebunden. Grün ist seine Lieblingsfarbe, auch sein in Ehren verschlissener Jogginganzug, in dem er es sich gerne zu Hause gemütlich macht, ist grün. Sein alter Golf natürlich auch. Wolle ist eben ein Gewohnheitstier. Deshalb arbeitet er seit über zwanzig Jahren schon in seinem Kiez als Fensterputzer – aus Überzeugung und Neigung.

Und er hat vor, das noch zwanzig weitere Jahre zu tun. Sein Kiez, das ist Steglitz-Lichterfelde, Berlin-West. Hier ist er geboren, hier gehört er hin, hier will er sterben.

Aber nicht so, denkt Wolle jetzt, als er zu den zwei Fenstern hochsieht, die über der Bäckerei liegen und die nackt und tot und leer aussehen. Er fragt sich, was wohl mit der armen Frau passiert sein mag. Fremdeinwirkung, hat er gelesen, schließt die Polizei nicht aus, bestätigt sie aber auch nicht. Man ermittele noch. Wolle kratzt sich am Kopf. Was ist eigentlich los ist in seinem Kiez? Beschaulich ist der jedenfalls nicht mehr. So wie früher, als die Mauer noch stand.

»Sind Sie der Fensterputzer?«

Wolle, aus seinen trüben Gedanken gerissen, sieht überrascht auf ein schwarzes Baseballcap hinab, darunter ein Jungengesicht mit frechen Augen. Er kennt den Jungen nicht.

»Was wird 'n das?«, fragt er deshalb zurück. »Beruferaten?«

»Nee«, der Junge schiebt sich den Rest eines Pfannkuchens in den Mund, »die Frau Schulze hat gesagt, ich soll hier auf Sie warten, weil es noch einen anderen Schulze im Haus gibt«, dabei deutet er auf den Eingang neben der Bäckerei, »und weil sie vergessen hat, Ihnen am Telefon zu sagen, dass sie nicht der M. Schulze im dritten Stock ist, sondern die J. Schulze im zweiten, damit Sie dann nicht falsch landen und ...«

»Schon gut, hab's kapiert«, unterbricht Wolle, »zeig mir einfach die Wohnung von der Frau Jott, die Fenster find ich dann schon selbst. Willste das da alles alleine essen?« Er deutet auf die Bäckereitüte in der Hand des Jungen.

»Nee, das sind Brötchen für die Frau Jott«, antwortet der Junge kichernd.

Wolle grinst. »Wohnst du auch in dem Haus?«

»Ja, mit meiner Mutter, im ersten Stock, auf demselben Flur wie die Gerda, bevor sie umgebracht worden ist.«

»Na hör mal«, jetzt grinst Wolle nicht mehr, »das ist doch noch gar nicht raus. Vielleicht war's ein Herzinfarkt oder so was.«

»Und wenn nicht?«

Der Junge senkt den Blick und schiebt sich das Cap in die Stirn. Wolle mustert ihn. Den drückt doch was. Das spürt er. Wolle hat in all den Jahren als Fensterputzer, in denen er in den Wohnungen und Büros anderer Leute ein und aus ging, ein Gespür entwickelt für Befindlichkeiten. Und diesen Jungen drückt was.

»Komm«, sagt er, »führ mich zur Frau Jott.«

Unterwegs in den zweiten Stock ohne Fahrstuhl erkundet er beiläufig, dass der Junge Anton heißt, zwölf Jahre alt ist, das Steglitzer Heese-Gymnasium besucht, tagsüber alleine auf sich gestellt ist, weil seine Mutter arbeiten geht, dass er die verstorbene Gerda gern hatte und oft für sie Besorgungen erledigte, so wie jetzt für die Frau Jott.

»Mach dir keinen Kopf, Kleener«, sagt Wolle, als sie oben angekommen sind, »das bringt nix.«

Wolle weiß, wovon er redet. Gerade mal ein Jahr ist es her, als er sich wegen seiner damaligen Kundin T. einen Kopp gemacht hat und damit bei der Polizeidienststelle Berlin-Südwest nicht gerade auf Begeisterung gestoßen war. Hinterher hat sich dann herausgestellt, dass die Frau T. nacheinander zwei Kerle verbuddelt hatte.

»Nu guck nicht so«, schiebt er nach, aber Anton hält die Brötchentüte vor den Bauch und sieht auf den Boden.

Wolle drückt den Daumen auf die Klingel neben dem Schild J. Schulze. Es dauert nur Sekunden, bis eine kleine, quirlige Frau um die sechzig die Tür aufreißt, »spät kommt er, aber er kommt« ruft, gleichzeitig Anton die Brottüte mit einem fröhlichen Danke abnimmt, ihm einen Fünfer in die Hand drückt, sich dann zur Seite dreht und mit ausholender Geste Wolle zum Eintreten auffordert.

Nach einem ersten Rundumblick erkennt Wolle sofort, dass in der Wohnung alles sauber ist, nur die Fenster nicht. Bei ihr bleiben immer Streifen, sagt die Frau Jott, als müsste sie sich dafür entschuldigen, und außerdem hätte sie es an der Schulter. Wolle zapft Wasser im Bad (auf Becken und Wanne reichlich Weiberkram, Flaschen, Tuben, Döschen, Pinsel, außerdem eine elektrische Zahnbürste mit Zeitansage), schleppt sein Arbeitsgerät ins Wohnzimmer und nimmt sich als Erstes die Balkontür vor. Da Glas bekanntlich durchsichtig ist und unter Wolles Händen immer durchsichtiger wird, kann er nicht umhin, wahrzunehmen, was er von drinnen nach draußen und von draußen nach drinnen sieht. Auf dem kleinen Balkon stehen zwei schneeweiße Korbsessel, dazwischen ein ebenso weißer Tisch. In der umgekehrten Blickrichtung, ins Zimmer hinein, geht es fast genauso weiß zu. Die Wände, das Sofa, das Bücherregal: alles weiß. Ungemütlich, denkt Wolle, dessen Farbgeschmack mehr ins Grüne geht.

Sieben Fenster später steht er wieder im Treppenhaus. Die Frau Jott hat ihn genauso quirlig verabschiedet, wie sie ihn begrüßt hatte, mit viel Danke und Super und sogar einem großzügigen Trinkgeld. Keine Frage, die Frau hat kein Problem, sich ab und zu einen Fensterputzer zu leisten, und freundlich ist sie auch. Dennoch: da gibt es etwas, das ihn irritiert. Was das ist, wird ihm erst klar, als er mit Leiter und Eimer die zwei Etagen hinunterrumpelt. Es ist etwas, das er eben nicht gesehen hat – hinter und vor den Scheiben. Auf dem Balkon keine Blumenkästen, nicht einmal leere, kein Blättchen, nichts. Und drinnen? In der gesamten Wohnung nicht ein Foto an der Wand oder in den Regalen oder sonst wo, und auch hier keine Blumen oder wenigstens ein paar Tannenzweige. Das passt nicht zu einer derart übersprudelnden Person wie der Jott, findet Wolle, denkt aber nicht weiter darüber nach. Denn als er auf die Straße tritt, entdeckt er durch die Scheibe der Bäckerei den Jungen in Gesellschaft von zwei anderen. Die drei haben sich mit Wurstschrippen versorgt und sind soeben im Begriff, den Laden zu verlassen.

Wolle sieht auf die Uhr: drei viertel vier. Zwei Kunden hat er heute noch. Eine Kaffeepause sollte drin sein. Anton scheint ihn nicht zu bemerken. Er blockiert inzwischen mit den beiden anderen unbekümmert den Bürgersteig, beidseitig teilt sich der Strom der Passanten vor dem Hindernis, um dahinter sofort wieder zusammenzufließen. Bengel, denkt Wolle, holt sich in der Bäckerei einen Kaffee in Pappe, balanciert das heiße Ding nach draußen, und da endlich entdeckt ihn Anton, der alleine zurückgeblieben ist, nachdem sich seine Kumpel mitsamt ihrer Schrippen getrollt haben.

»Heiß?« Er deutet auf den Kaffeebecher und guckt frech. »Wie geht's denn der Julia?«

»Wem?« Wolle nimmt einen Probeschluck, zuckt zusammen und betastet seine Unterlippe. Fühlt sich taub an. »Welche Julia?«

»Na, die Frau Jott«, entgegnet Anton augenrollend, »wie war 'n die drauf heute?«

»Was weiß denn ich, ich kenn die doch kaum. Aufgekratzt war die, munter. Warum willste das wissen?«

»Weil, die Gerda war zum Schluss immer so komisch, ganz anders als vorher, und zum Einkaufen hat die mich irgendwie kaum noch geschickt, schon gar nicht für Räucherlachs und Sahneschnitten, wie sonst. Ich glaube, die hatte kein Geld mehr. Weil, ihre Armbanduhr war dann auch weg, die hatte so einen Kranz mit Steinen drumrum, alle echt, hat die Gerda gesagt. Hatte ihr toter Mann ihr geschenkt, also, als er noch lebte, logisch.« Anton holt Luft und schiebt sein Cap nach hinten. »Und jetzt ist sie plötzlich weg, dabei war die nicht mal krank, nur halt ziemlich fertig. Die Frau Jott konnte da auch nicht mehr helfen. Dabei hat die sich toll gekümmert, von Anfang an, seit sie hier wohnt. Na ja, ich weiß ja nicht, ob bei der nicht auch was abgeht. Besuch hatte sie doch nicht, oder?«

Wolle zieht die Augenbrauen zusammen und nimmt einen weiteren Schluck aus seinem Pappbecher. Die Zeit läuft ihm davon, die Kundschaft wartet nicht gerne. Zum Glück ist es nicht weit bis zum Schlosspark-Theater, direkt gegenüber davon ist sein nächster Termin, ein Stammkunde. Ausgerechnet da, nur ein paar Steinwürfe entfernt von der damaligen Wohnung der unsäglichen Frau T., an die er seither möglichst nicht mehr denken will. Und nun kommt dieser Junge mit seinen Räuberpistolen daher. Gerne tut Wolle das nicht, aber er muss jetzt los und Anton mitsamt seiner überhitzten Phantasie sich selbst überlassen. Deshalb sammelt er sein Arbeitsgerät zusammen, murmelt ein paar beruhigende Worte wie »nö, kein Besuch« und »der Jott geht's prima, wirklich«, nimmt seinen alten Golf auf der gegenüberliegenden Straßenseite ins Visier und sprintet davon.

Noch Stunden später, als er nach getaner Arbeit in seinem grünen Jogginganzug vor seinem Fernseher sitzt, ein Bier in der einen und die Fernbedienung in der anderen Hand, packt Wolle das schlechte Gewissen, wenn er an Anton denkt. Was, wenn der Junge recht hat? Wenn wirklich etwas nicht stimmt mit dem Ableben der alten Gerda? Ach was, beruhigt er sich selbst, sobald die Ermittlungen abgeschlossen sind, wird die Polizei Entwarnung geben, und Antons Hirngespinste haben sich erledigt. Wolle gönnt sich einen Schluck, dann zappt er los auf der Suche nach einem brauchbaren Film.

Am nächsten Morgen allerdings meldet sich sein schlechtes Gewissen schlagartig zurück. Wolle hat, wie immer vor der Arbeit, zwischen der ersten und zweiten Tasse Kaffee seinen Laptop aufgeklappt und den *Tagesspiegel* aufgerufen. Mal eben die neuesten Meldungen überfliegen, besonders die regionalen, mehr nicht. Diesmal aber bleibt er an einer Meldung hängen und liest sie gleich mehrmals. Es geht um die Rentnerin Gerda F. aus Steglitz, die vor einer Woche in ihrer Wohnung am Hindenburgdamm tot aufgefunden wurde. Sie sei, liest er, an einer Überdosis eines handelsüblichen Schmerzmittels gestorben. Fremdeinwirkung konnte nicht nachgewiesen werden. Allerdings habe die Seniorin in den Wochen vor ihrem Ableben ihr gesamtes Erspartes, insgesamt vierzigtausend Euro, von ihrem Sparkonto abgehoben. Wo das Geld geblieben sei, konnte bislang nicht ermittelt werden.

Alter Schwede, denkt Wolle und klappt den Laptop zu, der Kleene hat also recht, da ist was faul. Und ich bin ein Idiot, dass ich ihm nicht zugehört habe. Ich muss noch mal mit ihm reden. Nicht aus Neugier. Mehr wegen der Verantwortung. Na ja, wegen beidem halt. Er trinkt seinen Kaffee aus und nimmt sich den Arbeitsplan für heute vor. Wie üblich wird er sich von Ost nach West quer durch Steglitz durcharbeiten. Beginnend mit einer Arztpraxis am Kranoldplatz über eine Pension am Ostpreußendamm zu einer Buchhandlung in der Albrechtraße, von wo aus er … Moment mal! Albrechtstraße? Ist das Steglitzer Gymnasium nicht um die Ecke? Und hat nicht Anton erzählt, dass er da in die siebte Klasse geht? Hat er. Na dann mal los.

Nachdem er nacheinander die Fenster der Arztpraxis, der Pension und der Buchhandlung auf Hochglanz gebracht hat, parkt Wolle um zehn vor zehn vor dem wuchtigen alten Kasten in der Heesestraße. Offensichtlich hat gerade die große Pause begonnen. In Gruppen drängeln Teenager die Haupttreppe hinunter, um sich bei dem Bäcker gegenüber mit Süßkram einzudecken, während die Möhren und Äpfel in ihren Tupperdosen verdörren. Beim Bäcker bildet sich bereits eine erste lange Schlange. Keine Chance, in diesem Gewühl einen Einzelnen herauszufinden. In der Menge sehen die alle gleich aus.

Dann nicht, denkt Wolle und will schon losfahren, als er Anton doch noch entdeckt. Das unvermeidliche Cap tief in die Stirn gezogen, die Hände in den Taschen, schleicht er die Heesestraße Richtung Albrechtstaße längs, als hätte er sonst nichts vor, schon gar nicht Schule. Wo will der denn hin? An der Kreuzung angekommen, bleibt Anton stehen und wendet sich vermeintlich interessiert einem Schaufenster für Hundezubehör zu, verliert das Interesse aber schnell wieder, beschleunigt seine Schritte, biegt nach rechts in die Albrechtstraße ein und entschwindet so aus Wolles Blickfeld.

Bei dem gehen alle Warnsignale an. Irgendwas stimmt da nicht, das sagt ihm sein Instinkt, und auf seinen Instinkt konnte er sich bisher immer verlassen. Als er den Wagen startet, hört er aus der Schule die Klingel. Pause beendet. Anton ist nicht zurückgekommen. Mit dreißig Sachen schleicht also Wolle nun den gleichen Weg entlang, den Anton genommen hat. Zweimal glaubt er schon, ihn entdeckt zu haben, war aber nichts. Am Ende der Albrechtstraße wendet er. Entweder ist der Junge zur U-Bahn gelaufen, dann kann er ihn sowieso nicht mehr finden, oder er ist in eine der Seitenstraßen abgebogen. Immer noch im Schritttempo, nur jetzt in der entgegengesetzten Richtung, späht Wolle in jede Seitenstraße rein, bei der dritten bremst er abrupt und reißt den Lenker nach rechts. Der Fahrer hinter ihm haut wütend auf die Hupe. Wolle hebt entschuldigend die Hand, lässt aber Anton nicht aus den Augen. Der ist ein ganz schönes Stück weiter weg und läuft hinter einer Frau und einem Mann her. Beide sind, so jedenfalls sieht es von weiter weg aus, nicht mehr die Jüngsten, weshalb sie eher langsam laufen. Und dass Anton Abstand hält und sie nicht überholt, lässt für Wolle nur einen Schluss zu: Der beschattet die.

Geht's noch?, denkt er und ist froh, dass die Polizeidienststelle Berlin-Südwest nicht mitkriegt, dass er gerade hinter einem Jungen herschleicht, der seinerseits ... manno, das würde sein Image bei denen endgültig ruinieren.

Der Mann und die Frau bemerken Anton nicht, und Anton bemerkt den Golf nicht. So landen sie schließlich alle nach weiteren zehn Minuten in der Suchlandstraße, die eine enge, ruhige Wohnstraße ist und somit Gift für jede Tarnung. Zuerst entdeckt Anton den Golf, dann entdeckt die Frau Anton.

»Müsstest du nicht in der Schule sein?«, fragt sie streng.

»War beim Arzt«, gibt der geistesgegenwärtig zurück, »aber mein Onkel wartet schon, der setzt mich gleich an der Schule ab.« Damit humpelt er – Humpeln ist immer ein guter Grund für einen Arztbesuch – direkt auf den Golf zu und klettert auf den Beifahrersitz zu dem verdutzten Wolle. Die Frau scheint zufrieden zu sein, denn nun wendet sie sich wieder ihrem Begleiter zu. Sie stehen vor einem für Berliner Verhältnisse gut erhaltenen Siebziger-Jahre-Wohnhaus. Die Frau hakt den Mann unter, drückt ihm einen Schlüssel in die Hand und deutet auf die Garage neben dem Haus.

»Jetzt gibt sie dem auch noch ihr Auto«, stöhnt Anton.

»Mal langsam mit die jungen Gäule«, raunzt Wolle und lässt beim Anfahren seinen unschuldigen Golf aufjaulen, »die kann mit ihrem Auto machen, was sie will. Das ist nicht verboten. Wie zum Beispiel Schuleschwänzen. Und Lügen. Womit wir bei dir wären. Du warst erstens nicht beim Arzt. Zweitens bin ich nicht dein Onkel. Drittens kostest du mich den letzten Nerv, und viertens fahre ich dich jetzt geradewegs zur Schule. So. Jetzt will ich hören, was hier vorgeht.«

Eine Viertelstunde später läuft Anton die Treppen hoch, um, wenn auch verspätet, seiner Schulpflicht nachzukommen.

Den Rest des Tages würden die Kunden, wenn sie denn darauf achteten, bemerken können, dass ihr Fensterputzer wortkarg und in sich gekehrt ist. Da sie aber alle mit sich und ihren Angelegenheiten beschäftigt sind, bemerken sie nichts, und Wolle kann unbehelligt nachdenken über das, was Anton ihm erzählt hat. Also: Zu Beginn der großen Pause war Anton auf den Schulhof gegangen, wo er Frau König-Filsinger, seine Englischlehrerin und »ziemlich okay«, dabei beobachtete, wie sie sich an einem Nebeneingang mit diesem Mann traf und mit ihm wegging. »Dieser« Mann, und das war der springende Punkt, war Anton nicht unbekannt. Mehrmals in den vergangenen vier oder fünf Wochen hatte er ihn vor dem Haus am Hindenburgdamm gesehen, als wenn er auf wen wartete. Auf die Gerda vielleicht? Gesehen hat Anton die nie zusammen, das nicht. Dafür hat er ihn aber nach Gerdas Tod schon zwei Mal mit der Julia, also der Frau Jott gesehen. Und jetzt macht sich dieser Mann auch noch an die König-Filsinger ran. Dabei ist die Frau Jott noch nicht mal tot. Deshalb ist er den beiden nach, hätte ja sein können, dass er rausfindet, wer der Mann ist. Hat er aber nicht. »Und nun?«, hatte Anton beim Abschied gefragt.

Die gleiche Frage stellt sich Wolle noch immer, als er am Ende des Tages sein Arbeitsgerät samt Leiter in den Kofferraum packt und beschließt, die Antwort zu vertagen. Immerhin ist morgen schon der zehnte Dezember, mithin in zwei Wochen Heiligabend, und er hat noch nichts erledigt, noch keine Geschenke für die Neffen und noch keine Weihnachtskarten geschrieben. Außerdem wird es höchste Zeit, den Weihnachtsbraten zu bestellen, den er alljährlich mit seinem Bruder in Lankwitz verzehrt, weil nämlich Heiligabend auch gleichzeitig sein Geburtstag ist und sie das immer gemütlich und genussvoll zelebrieren. Ein ungeduldiges Hupen reißt ihn aus seinen Gedanken.

»Machste auf Standbild oder fährste heute noch weg«, blökt ihn der Fahrer an. Parkplatz ist rar an der Schlossstraße, Wolle hat Verständnis. Er knallt den Kofferraumdeckel zu, schiebt sich hinters Steuer und fädelt sich in den Feierabendverkehr ein. Inzwischen hüllt die geballte Weihnachtsbeleuchtung die Straße in ein Lichtermeer, das die Dunkelheit an den Rändern noch dunkler erscheinen lässt. Wolle kommt nur schrittweise voran. Sein Blick fällt auf das »Schloss«, das gar kein Schloss ist, sondern eines von vier monumentalen Shopping-Centern. Die Leute kaufen, als gäb's kein Morgen, denkt er gerade und erwägt, ob er nicht auch ..., aber da sitzt er schon kerzengerade hinter dem Steuer und starrt das Paar an, das mit Tüten bepackt aus dem Center kommt und gleich abbiegt nach nebenan in die Sparkasse. Die Jott und »dieser« Mann. Die Sparkasse hat schon geschlossen, das weiß Wolle, aber die Automaten im Vorraum nicht. Wolle dreht sich um, damit er mitkriegt, wer von beiden die Scheckkarte zückt, um durch die Türsperre zu kommen. Gerade da aber bewegt sich die Kolonne wieder, und Wolle muss zwei Hopser nach vorne machen. Ärgerlich. Im Rückspiegel sieht er nur noch, wie die Frau Jott und »dieser« Mann einträglich den Vorraum betreten, während die Frau Jott unentwegt plappert und gestikuliert. Aufgekratzt wie ein Teenager, findet Wolle, die hat's erwischt. So was trübt den Verstand, das hat er immer wieder beobachtet. Er weiß schon, warum er lieber Solist ist. Und nun? Die Frage bleibt. Bis morgen muss ihm dazu was einfallen, für heute ist es schon zu spät. Wahrscheinlich rattern gerade dreihundert Euro aus dem Automaten. Ist nicht zu verhindern. Aber die Sache mit dem Sparbuch von der Gerda, die darf sich bei der Frau Jott nicht wiederholen. Nicht dass die sich auch noch … oh Gott, nee, bloß das nicht.

Nach einem unruhigen Schlaf und einem doppelt starken Kaffee am nächsten Morgen weiß Wolle, was zu tun ist. Noch vor seinem ersten Kunden steuert er den Hindenburgdamm an, springt die zwei Etagen hoch bis zur Wohnung der Frau Jott und läutet. Läutet noch mal. Läutet Sturm. Nichts. Er sieht sich um, keine Menschenseele rührt sich im Haus. Alle bei der Arbeit oder schlafen noch. Anton ist hoffentlich in der Schule. Und die Frau Jott? Noch einmal läutet er, ohne Ergebnis, hastet dann die Stufen wieder hinunter, weiter zu seinem Auto, hält ein paar Minuten später vor dem Gymnasium. Er muss diesen Mann finden, und dabei muss ihm die Lehrerin von Anton helfen, ob sie will oder nicht. Eher nicht, fürchtet er. Eine Sekunde lang schwant ihm, dass er vielleicht gerade dabei ist, sich zum Affen zu machen. Er schüttelt den Gedanken ab, nun ist er schon mal hier, nun zieht er das durch. Im Sekretariat fragt er nach einer Lehrerin mit Doppelnamen. »Irgendwas mit K«, stammelt er und versucht verzweifelt, sich zu erinnern.

»Doppelnamen haben wir hier reichlich«, gibt die Schulsekretärin ungerührt zurück und sieht ihn sonderbar an.

»Englisch«, sagt Wolle, »sie unterrichtet Englisch, braune Haare, um die sechzig. Es geht um eine wichtige Information. Dauert auch nicht lange. Tut mir leid, dass ich Sie aufhalte damit.«

»Wenn Sie wüssten, womit ich den lieben langen Tag aufgehalten werde«, stöhnt die Sekretärin, »Sie entschuldigen sich wenigstens noch. Also lassen Sie mich mal kurz überlegen, mit K, das könnte die Frau König-Filsinger sein, die ist gerade«, hierbei sausen ihre Finger über die Tastatur des Computers, »ja, die ist gerade in der 9a.«

»Danke« ruft Wolle, rennt aus der Tür und wartet wenig später vor der 9a auf das erlösende Klingelzeichen.

Was dann kommt, stellt Wolle vor ein Rätsel. Frau König-Filsinger zeigt sich nämlich keineswegs abweisend und empört, als er sie direkt und ohne Vorrede nach »diesem« Mann fragt, den er auch gleich eingehend beschreibt, damit keine Unklarheiten aufkommen. Vielmehr werden ihre Augen traurig und ihr Mund schmal, erst recht, als er die Frau Jott erwähnt und seine Beobachtungen vom Vorabend in der Sparkasse neben dem *Schloss*.

»Da müssen wir hin, und zwar sofort«, sagt sie und drängt ihn zum Ausgang. Wolle ist sprachlos. Als er den Wagen startet, hat sie bereits über Handy eine Vertretung für die nächste Stunde organisiert. Nun sitzt sie neben ihm und nutzt die wenigen Minuten der Autofahrt dazu, ihm eine präzise Erklärung für ihr Verhalten zu geben. Erstens, erfährt er, sei »dieser« Mann ihr Bruder, zweitens verdiene er keinesfalls die respektlose Bezeichnung »dieser«, vielmehr sei er grundsolide, recht gut situiert, wenngleich als Witwer auch etwas einsam. Drittens kenne er die erwähnte Dame erst seit einigen Wochen, ein Vierteljahr höchstens, was ihm viertens nicht gut bekomme, da er in jüngster Zeit bedrückt scheine, was fünftens gestern Abend darin gipfelte, dass ihm seine Scheckkarte abhandengekommen sei, weshalb er gleich nach neun heute Morgen die Sparkasse aufsuchen wollte, wo er sowieso einen Termin habe.

»Einen Termin?«, grätscht Wolle dazwischen.

»Sie sagen es. Summa summarum und besonders nach Ihren Beobachtungen komme ich zu dem Schluss, dass wir keine Zeit verlieren dürfen. Fahren Sie rechts ran!«

»Da ist Halteverbot.«

»Sehen Sie eine andere Parkmöglichkeit?«

»Nein.«

»Also.«

Widerstand zwecklos, denkt Wolle und parkt scharf am Bordstein. Noch bevor er steht, reißt sie schon die Autotür auf.

»Nun kommen Sie schon, es ist gleich halb zehn.«

Wolle stöhnt, folgt ihr aber. Wie, fragt er sich, wird die arme Frau reagieren, wenn sie feststellen muss, dass ihr Bruder gar nicht so ein Braver ist, wie sie denkt?

Sie haben inzwischen den Vorraum der Sparkasse durchquert und gerade die Schalterhalle betreten, als sie schon ihren Bruder entdeckt. Sie weist mit ausgestrecktem Arm zu dem Tresen, den ein weißes Schild als *Kasse* ausweist, und läuft los. Wolle hinterher, denn da steht die Frau Jott neben diesem Mann, und so wie es aussieht, kann die in letzter Minute noch davor bewahrt werden, ihr letztes Hemd herzugeben.

»Halt«, schreit jetzt die König-Filsinger und legt beide Hände über das Geldbündel, das abgezählt vor diesem Mann liegt und nach ziemlich viel aussieht. Die Kassiererin hält verblüfft inne, in den Händen noch ein weiteres Bündel Scheine. Alle gucken erschrocken, auch die Jott, die jetzt endlich Wolle entdeckt, der ihr wohlwollend zuzwinkert und auf sie zugeht, um sie zu trösten, falls sie der Schock umhaut. In derselben Sekunde, in der er vor ihr steht, muss er allerdings erkennen, dass sie gar nicht getröstet werden will. Die Jott nämlich kriegt einen fiesen Hass in die Augen, das registriert er noch, dann hebt sie etwas hoch, holt aus, er strauchelt, hält sich den Kopf. Was ist passiert? Wieder holt sie aus. Er fällt, hört einen dumpfen Knall, spürt Schmerz, dann nichts mehr.

Am Mittag desselben Tages liegt Wolle eingewickelt in ein gepunktetes Krankenhausnachthemd im Klinikum Steglitz, den Kopf verbunden, im Arm eine Infusion, in der Hüfte einen dumpfen Schmerz und in der Hand sein iPhone. Gerade ist der Abgesandte der Polizeidienststelle Berlin-Südwest da gewesen. Nun also doch. War aber nicht so schlimm. Der junge Beamte kannte ihn nicht, nicht mal vom Hörensagen. Ein Glück. So konnten sie sich gegenseitig unbefangen befragen. Und Wolle ist, sofern es sein Brummschädel zulässt, auf dem aktuellen Stand. Der, wie er zugeben muss, ein bisschen peinlich ist für ihn. Immerhin lag er komplett daneben mit seinem Verdacht. Nicht dieser Mann hat betrogen und gestohlen, sondern die quietschfidele Julia Schulze, alias Jott, alias sonst was. Der Name Schulze war genauso falsch wie die ganze Person. Eigentlich hatte er das gleich gemerkt, dass in der Wohnung was fehlte. Das Persönliche. Das Eigene. War auch so, die Wohnung war möbliert gemietet. Die Jott konnte jederzeit mit zwei Koffern türmen. Hat sie auch gemacht. Nachdem sie ihm den Eisenknauf ihres Stockschirms über den Schädel gezogen hatte, war sie geflüchtet und wurde seitdem nicht wiedergesehen. Das Geld von dem Mann musste sie liegen lassen, das von der Gerda, um die sie sich laut Anton »toll« gekümmert hatte, wird dagegen wohl nie wieder auftauchen.

Im iPhone ploppt es wieder: Anton schickt eine SMS. Die dritte schon. Schlechtes Gewissen? Bis jetzt hat Wolle nicht geantwortet. Der soll ruhig ein bisschen zappeln, schließlich ist er nicht ganz unschuldig an dem ganzen Stress. Wolle legt das Handy auf den Nachttisch neben die Tabletten, die er heute noch nehmen muss. Zum Abschwellen, gegen Entzündung, gegen Schmerzen. Alles nicht so schlimm, hat der Arzt gesagt, wenn Sie vernünftig sind und sich schonen, können Sie in drei Tagen nach Hause. Und Weihnachten sind Sie schon wieder fit.

Weihnachten. Mann. Das ist ja schon übernächste Woche.

Es klopft. Vorsichtig wird die Tür geöffnet. Ein Kopf kommt zum Vorschein, einer mit frechen Augen, dann der ganze Kerl samt Rucksack und einem Weihnachtspäckchen unter dem Arm.

»Tach«, sagt Anton und schrammt einen Stuhl neben das Bett, »schickes Hemd.« Das Päckchen befördert er auf Wolles Bauch. »Das soll ich Ihnen von der Frau König-Filsinger geben, für unter den Baum. Von wegen danke und so. Die Jott muss ja krass zugeschlagen haben. Ich hab im Flur einen Polizisten gesehen. War der bei Ihnen? Wär doof, wenn ich den verpasst hätte.«

»Mir geht es gut, danke der Nachfrage«, knurrt Wolle.

»Weil ich nämlich eine Aussage machen könnte, wohin sich die Jott vielleicht verkrümelt hat«, fährt Anton unbeirrt fort, »ich hab da eine Ahnung, wir müssten das aber noch checken. Wann kommen Sie denn hier raus?«

Wolle rollt mit den Augen. Auch ihn überkommt eine Ahnung.

»Anton. Du wirst in einem Krankenhaushemd nie so gut aussehen wie ich. Also lass es erst gar nicht drauf ankommen. Kapiert?«

Anton zieht eine Schnute. Kapiert hat er schon. Aber einverstanden ist er nicht.

»Gegenvorschlag«, zieht Wolle nach, »du lässt die richtigen Cops ihren Job machen, und ich lad dich dafür in die O2 World ein, in sechs Wochen, Eisbären Berlin gegen Red Bull München. Was sagste?«

Anton sagt nichts, sondern dreht sein Cap von vorne nach hinten. Ein Zeichen konzentrierten Nachdenkens. Wolle hebt mühsam die Hand. »Schlag ein, komm schon.«

»Aber ich ... na gut.« Der Stuhl schrammt zurück, Anton schultert seinen Rucksack und schlägt ein, so schwungvoll, dass Wolle aufstöhnt. Zufrieden ist er trotzdem. Und sehr, sehr müde. Die Augen fallen ihm zu, sobald Anton draußen ist.

Gut, alles gut. Spätestens in einer Woche geht er wieder arbeiten und die Woche drauf feiert er wie geplant Weihnachten bei seinem Bruder. Und die Jott soll der Teufel holen. Hauptsache, die ist weg aus seinem Bezirk.

Braucht kein Mensch hier, so eine. Ob Anton wirklich eine Idee hat, wo die steckt? Er könnte ja mal … nein, müde, zu müde. Im Einschlafen umfassen seine Hände das Weihnachtspäckchen. Gut, alles gut.

Mechtild Borrmann

11

Geben und Nehmen

Bielefeld

Autorenvita

Mechtild Borrmann wurde 1960 geboren und lebt heute in Bielefeld. Bevor sie sich dem Schreiben von Kriminalromanen widmete, war sie u. a. Tanz- und Theaterpädagogin, Groß- und Außenhändlerin und als Gastronomin tätig. Seit 2011 ist Mechtild Borrmann freie Schriftstellerin. 2012 wurde ihr Roman *Wer das Schweigen bricht* mit dem Deutschen Krimi Preis 2012 ausgezeichnet. *Die andere Hälfte der Hoffnung* ist der aktuelle Roman der Autorin bei Droemer Knaur.

Weitere Informationen über die Autorin unter www.mechtild-borrmann.de.

Bastian zieht den Ärmel seines Pullovers hoch und blickt auf die Armbanduhr. 17.45 Uhr. Den Regen ignorierend, hinkt er durch die Bielefelder Altstadt, die Obernstraße hinauf. Er biegt rechts ab, geht durch den schmalen Tunnel an der Judokuskirche vorbei und erreicht den Klosterplatz. Die Rechtsanwaltskanzlei Wagenbach liegt auf der anderen Seite des Platzes, eingezwängt zwischen einem neonhellen Lokal und einem Kosmetikstudio. Wie jeden Abend verlässt Arden Wagenbach sein Büro um achtzehn Uhr. Er bleibt einen Augenblick in der Tür stehen, öffnet seinen Regenschirm und geht dann mit eiligen Schritten über den Platz. Bastian stellt sich in den Schatten der Kirche. Die frühe Winterdunkelheit verschluckt seine Gestalt. Arden ist gut drei Meter entfernt, als er ihn anspricht. »Arden!« Erschrocken fährt der Mann herum, scheint den Regenschirm fester zu umfassen. Dann geht ein Ruck durch seinen Körper, und er trägt die alte, steife Selbstgefälligkeit zur Schau. »Bastian! Sieh an, sieh an.« Windböen treiben den Regen über den menschenleeren Platz. Bastian drückt auf den kleinen Knopf des Springmessers. Die Klinge springt mit einem leisen Zischlaut vor. Arden Wagenbach weicht erschrocken zurück und hebt beschwörend die linke Hand. Die Rechte lässt den Schirm fallen. Der Wind greift danach, lässt ihn über das Kopfsteinpflaster tanzen. Bastian greift nach Ardens Wollschal, zieht ihn zu sich heran und flüstert: »Keine Regeln zu akzeptieren ist auch eine Regel.«

»Nein, Bastian, hör …«

Drei Mal sticht er zu. Arden taumelt gegen die Kirchenmauer und sackt an einem der mächtigen Strebepfeiler zu Boden. Mit einem Taschentuch wischt Bastian die Klinge ab und steckt das Messer in die Jacke. Zwei Frauen verlassen das Lokal neben der Kanzlei. Ihr Lachen hallt über den Platz, folgt Bastian, als er ohne Eile durch den Tunnel zurück in die Fußgängerzone geht. Die Lichter der Geschäfte spiegeln sich auf dem nassen Pflaster. Menschen gehen mit Schirmen an ihm vorbei, andere hasten mit hochgeschlagenem Kragen durch den nasskalten Abend. Das rechte Bein hinter sich herziehend, erreicht er den Alten Markt. Der Platz hat sich verändert.

Im Erdgeschoss des Eckhauses gibt es jetzt einen Coffeeshop. Kleine, runde Tische und Stühle mit hellbraunem Kunststoffgeflecht stehen im Regen. Bastian schluckt. Hier war die Zeit ohne ihn vorangegangen. Sieben Sommer, sieben Winter. Er geht über den Marktplatz mit dem kleinen Theater, der Marktapotheke und dem Bankhaus hinter restaurierten, jahrhundertealten Fassaden. Neben dem Juweliergeschäft gibt es ein neues Lokal. Damals war dort eine Buchhandlung gewesen. Eine alte, überladene Buchhandlung mit einem erlesenen Antiquariat. Wenn man die Tür öffnete, läutete ein feines Glöckchen, und zwischen all den Büchern und dem alten Mann, der seine Schätze hegte und pflegte, hatte er so manche Stunde verbracht.

Er betritt das neue Lokal, findet einen freien Tisch am Fenster, zieht seine durchnässte Jacke aus und bestellt Cappuccino.

Damals wohnten sie auf der anderen Seite des Platzes im dritten Stock, und der Coffeeshop war ein Bekleidungsgeschäft gewesen. Irgendein angesagtes Label für junge Mädchen. An den Namen kann er sich nicht mehr erinnern.

Von ihrem Fenster aus hatten sie einen schönen Blick auf den Platz gehabt. In der Mitte stand damals ein anderer Brunnen. Der fliegende Merkur, Gott der Händler und Diebe, schwebte zwischen Wasserfontänen über einem ovalen Becken.

Sie waren beide aus dem Ruhrgebiet gekommen. Er aus Essen, sie aus Duisburg. Im Studentenwohnheim hatten sie Tür an Tür gewohnt. Mara war eine kleine, zierliche Schönheit gewesen, und er hatte sich nicht getraut, sie anzusprechen. Sie hatte die Initiative ergriffen und eines Morgens mit einem Frühstückstablett vor seiner Tür gestanden.

Er weiß es noch wie gestern. »Wenn du mich nicht leiden magst, dann kannst du es jetzt sagen. Wenn doch, lass mich rein!« Er war so verdattert gewesen, dass ihm sein Glück erst Stunden später klarwurde. Mara, hinter der die halbe Uni her war, wollte ihn, und ein Jahr später waren sie zusammen hierhergezogen.

Er sieht hinauf zu den Fenstern im dritten Stock.

Mara hatte aus Reststoffen Vorhänge genäht. Blauer, leichter Stoff. Der kleinste Luftzug wehte sie sanft ins Zimmer, blähte sie wie Segel auf einem imaginären Schiff.

Diese ersten Tage!

Sie hatten den schweren Holztisch in die Mitte des Zimmers geschoben, unter die nackte Glühbirne, die einzige Lichtquelle im Raum. Milde Abende verabschiedeten warme Maitage und gingen in sternenklare Nächte über.

Sie saß tief gebeugt über ihrer Näharbeit. Er hatte das Fenster geöffnet, lehnte am Rahmen und sah ihr zu. Ihr langes weizenfarbenes Haar war zu einem Zopf zusammengebunden. Eine Strähne hatte sich gelöst. Sie unterbrach in gleichmäßigen Abständen das Sirren der Maschine und schob das lose Haar wieder hinter das linke Ohr zurück. Wie eine kleine Musik war es ihm vorgekommen. Der rasende Takt der Nähmaschine, der bedächtige Rhythmus der zurückschiebenden Hand.

Das Leben auf dem Marktplatz war allgegenwärtig gewesen. Die Stimmen der späten Weinstubengäste, das Rufen und Lachen vorbeiziehender Menschen. Manchmal johlende Fußballfans.

Oft saßen sie am Tag auf der breiten Fensterbank und kommentierten das Treiben. Sie gaben den Menschen, die regelmäßig auftauchten, erfundene Namen und dichteten ihnen Geschichten an. An den »Inspizienten« kann er sich erinnern. Den Namen hatte Mara gewählt. Jeden Morgen ging er, aufs feinste herausgeputzt, über den Platz und stellte sich an den Brunnen. Er beschwerte sich über Werbereiter, die nicht dicht genug an den Geschäften standen, schimpfte mit Lkw-Fahrern, die nicht pünktlich aus der Fußgängerzone verschwanden, und erklärte jungen Müttern, dass der Brunnen kein Planschbecken für ihre Kinder sei.

Wenn es zwölf schlug, nahm er gewichtig seine Taschenuhr hervor und kontrollierte, ob der Glockenschlag korrekt erfolgte. Manchmal schüttelte er resigniert den Kopf. Dann gluckste Mara vor Vergnügen: »Oh Scheiße, die Turmuhr geht wieder falsch. Das wird aber ein Nachspiel haben!«

Abends hatte sie ihm oft vorgelesen.

Die Bücher hat er lange vergessen, aber ihre sanfte Altstimme kann er bis heute hören. Sie schwebte durch das offene Fenster hinaus auf den Marktplatz und vermischte sich mit dem gleichmäßigen Plätschern des Brunnens. Manchmal war er eingeschlafen. Wie töricht! Manchmal war er eingeschlafen, weil er in seinem jugendlichen Übermut geglaubt hatte, er könne ihr noch hundert Jahre zuhören. Die Wohnung war teuer. Sie lebten bescheiden, aber zum Ende des Monats standen sie regelmäßig ohne Geld da.

Bastian nimmt einen Schluck von dem Cappuccino, der nur noch lauwarm ist. Sein Bein schmerzt. Es schmerzt immer, wenn die Tage regnerisch sind. Es schmerzt immer, wenn er an sie denkt.

Begonnen hatte alles an einem Freitag vor neun Jahren. Ein kühler, klarer Herbsttag, an dem das Laub unter einem strahlend blauen Himmel zu lodern schien.

Er hatte mit Mara in der Uni-Cafeteria gegessen. Sie hatte nur eine halbe Stunde Zeit gehabt, war aufgesprungen und eilig in die nächste Vorlesung gelaufen, und er war mit einem Kaffee und der Tageszeitung noch geblieben. Am Nebentisch saß eine Gruppe von Studenten, die sich lautstark amüsierten. Er sah, wie sie Mara bewundernde Blicke nachwarfen, und beugte sich stolz lächelnd über seine Zeitung. Arden stand plötzlich an seinem Tisch. Unter einem braunen Jackett mit Ledereinsätzen an den Ellbogen trug er einen schwarzen Rollkragenpullover. Er wirkte unscheinbar, aber in seinem Blick lag eine Vermessenheit, die Bastian irritiert hatte. Er wollte sich gerade abwenden, als Arden ihn ansprach. Auf eine steife, fast feierliche Art hielt der ihm die Hand hin und stellte sich vor. »Arden«, sagte er. »Arden Wagenbach.« Dabei deutete er eine hölzerne Verbeugung an. Er war sitzen geblieben. »Bastian«, hatte er geantwortet. Die Studenten am Nachbartisch sahen herüber und feixten. Arden sagte: »Es ist mir ein Vergnügen, dich kennenzulernen. Ich studiere Jura. Da ich dich nicht kenne, vermute ich, dass du einer anderen Fakultät angehörst.« Wieder hörte Bastian das Lachen vom Nachbartisch. »Soziologie«, hatte er kurz hingeworfen, in der Hoffnung, ihn dann los zu sein. »Oh, einer, der sich die Welt anhand von Statistiken erklären möchte. Interessant!« Arden setzte sich unaufgefordert an den Tisch und fing einen Diskurs über Sinn und Unsinn solcher »Pseudowissenschaften«, wie er sie nannte, an.

Rede und Gegenrede lösten sich ab. Die Studenten am Nachbartisch waren längst gegangen, als Arden ihn einlud, in der Stadt noch etwas zu trinken. Sie zogen durch einige Kneipen, und nachdem Bastian von seiner finanziellen Situation erzählt hatte, übernahm Arden mit großer Geste die Rechnungen.

Arden nannte das Leben ein großes Spiel. Er beklagte den Glauben an Sitte und Moral, Gesetz und Ordnung. »Von Menschen erfundene Gebote, die unsere wahren Möglichkeiten und Fähigkeiten behindern. Ein freier Geist«, dozierte er, »muss sich über Regeln hinwegsetzen, muss sich nehmen, was er braucht«, und Bastian war von Ardens Hybris gleichermaßen empört und fasziniert gewesen.

Zwei Tage später nahm er Arden auf einen Kaffee mit nach Hause. Arden setzte sich fest, überhörte Bastians Hinweise, dass er jetzt arbeiten müsse, und als Mara am späten Nachmittag nach Hause kam, war er immer noch da. Sie saßen zu dritt in der Küche, tranken Bier und redeten. Draußen pfiff ein kalter Herbststurm über den Platz und rüttelte an den Fenstern.

Wieder sprach Arden vom großen Spiel, von der Pflicht, einengende Regeln zu brechen, nannte die Uni einen Stall voller Lemminge, die nur das Ziel hätten, neue Lemminge zu rekrutieren. Er beendete seinen Vortrag schließlich damit, dass man widerstehen müsse und sich niemals einordnen dürfe.

Bastian hatte auf der Arbeitsfläche hinter ihm gesessen und Ardens Vortrag mit wichtigtuerischen Grimassen untermalt. Mara konnte sich kaum zusammenreißen vor Vergnügen. Sie hatte Arden auf ihre pragmatische Art mit ihrer finanziellen Situation konfrontiert. »Das ist ja in der Theorie ganz nett«, hatte sie gesagt, »aber so kann man nur reden, wenn man sich seinen Lebensunterhalt nicht selber verdienen muss. In der Realität muss man Kompromisse eingehen.«

Arden hatte geantwortet, dass man sich über Geld keine Gedanken machen sollte. Es sei nur Mittel zum Zweck. Mara fand ihn witzig, klatschte in die Hände und rief übermütig: »Na prima, dann könntest du uns von diesem Mittel zum Zweck vielleicht 300 Mark für unsere Stromrechnung zur Verfügung stellen!« Sie hatten alle drei gelacht, und während sie das taten, legte Arden 300 Mark auf den Tisch. Mara war verlegen. Sie sagte: »Komm, das war doch nur ein Scherz«, und schob ihm das Geld wieder zu. Es ging noch eine Zeitlang hin und her, und als Arden ging, lag das Geld immer noch auf dem Tisch. Am nächsten Tag hatten sie ihre Stromrechnung damit bezahlt. Und damit hatten die Dinge ihren Lauf genommen. Arden saß immer häufiger bereits am Küchentisch und plauderte mit Mara, wenn Bastian aus der Uni kam. Arden füllte den Kühlschrank, lud sie in Discos und Kneipen ein, und als die Waschmaschine kaputt war, bezahlte Arden die Reparatur.

Damals schon hatte Bastian ihn manchmal gespürt: den feinen Stachel der Eifersucht. Aber Mara küsste ihm lachend die Sorgenfalten aus der Stirn.

Immer häufiger blieb Arden über Nacht, und bald hatte sein Rasierapparat einen festen Platz im Badezimmer, und in der Schmutzwäsche lagen seine Unterhosen und T-Shirts. Nach zwei Monaten besaß er einen Wohnungsschlüssel, und die Schlafcouch im Arbeitszimmer war sein Bett.

Es kam zum ersten großen Streit zwischen Bastian und Mara. Ardens ständige Anwesenheit wurde ihm zu viel, aber sie nannte ihn einen Spielverderber. »Komm, Basti«, sagte sie, »betrachte ihn doch als zahlenden Mitbewohner auf Zeit. Ich bin so froh, dass wir unsere Geldsorgen los sind.« Und dann lachte sie. »Du bist doch nicht etwa eifersüchtig?« Er dementierte mit wegwerfender Handbewegung, und noch während er das tat, begann sein Herz zu rasen. Die lauernde Angst, sie zu verlieren, die er seit Wochen verleugnete, spürte er wie einen plötzlichen Kälteeinbruch. Er hatte darüber nachgedacht, Arden rauszuschmeißen, aber der beteiligte sich ganz selbstverständlich an Miete und Nebenkosten, und das alleine war eine große Entlastung. Außerdem würde Mara dann vielleicht ... Er hatte den Gedanken nicht zu Ende gebracht. So war sie nicht! Es war seine Eifersucht, seine Schwäche, die ihn so denken ließ. Trotzdem hatte er diesen Schritt nicht gewagt.

Als er mit seiner Diplomarbeit begann und oft bis spätabends arbeitete, zog Mara mit Arden allein durch Discos und Kneipen. Immer öfter trug sie neue, teure Markenkleidung. Als Bastian sie darauf ansprach, nahm sie ihn in den Arm und sagte: »Er sagt, es macht ihm Spaß. Warum bist du immer so misstrauisch?«

Einmal hatte er sie im Bett unter einem Vorwand angesprochen. »Mir wird das zu eng, Mara. Ich brauche das Arbeitszimmer, um in Ruhe an meiner Diplomarbeit zu schreiben. Arden hat doch eine eigene Wohnung und ... ständig bis du abends unterwegs.« Sie drehte sich zu ihm und streichelte sein Gesicht. »Ach komm, Basti, sei nicht so spießig«, sagte sie. »Wenn du mich wirklich liebst, kannst du mir das bisschen Spaß doch wohl gönnen.« Dann schmiegte sie sich an ihn, und sie liebten sich. Er war sich kleinlich vorgekommen. Misstrauisch und kleinlich.

Am Abend des 16. Dezember, er stand am Fenster und beobachtete aus der Vogelperspektive das Gedränge an den Glühweinständen des Weihnachtsmarktes, war Arden in die Küche gekommen.

»Heute ist ein guter Tag, um unsere Beziehung mal abschließend zu klären«, sagte er aus heiterem Himmel. Er wirkte angetrunken. Mara lachte unsicher. »Hey, was ist denn mit dir los?« Arden sah sie mit glasigen Augen an. »Ich will es mal so formulieren«, begann er auf seine dozierende Art. »Seit Monaten lebt ihr auf meine Kosten. Wie soll das weitergehen?«

Bastian rührt in dem kalten Rest seines Cappuccinos, blickt über den regennassen Marktplatz zu dem Fenster im dritten Stock hinauf, erinnert sich an die Stille jenes Augenblicks und dass er dachte: »Jetzt also! Jetzt ist es so weit.« Maras Lächeln gefror. »Was soll das, Arden? Wir haben dich nie gebeten!« Arden lehnte sich lässig an den Türrahmen, verschränkte die Arme, und sein steifes, vornehmes Getue zeigte die Spielart, die sich dahinter verbarg. Er sah Mara mit unverhohlener Verachtung an. »Ich kann mich nicht erinnern, dass du jemals etwas abgelehnt hättest, meine Liebe!« Mara setzte sich ganz langsam auf einen der Stühle und starrte Arden an. Die Panik in ihren Augen hatte Bastian geschmerzt. Sie blickte ihn hilfesuchend an, und für einen Augenblick war er froh gewesen. Für einen Augenblick hatte er gedacht, jetzt würde Arden endlich aus ihrem Leben verschwinden. Er packte ihn am Kragen und schüttelte ihn. »Verpiss dich, hörst du? Nimm alles mit, was dir gehört, aber hau endlich ab!« Mit jedem Wort war er lauter geworden. Mit jedem Wort spürte er, wie lange er das schon hatte tun wollen. Arden machte sich los, stieß ihn weg und ging zum Kühlschrank. Er nahm in aller Ruhe ein Bier heraus. »Du solltest dich entscheiden«, sagte er zu Mara und tat, als wäre Bastian gar nicht anwesend, »ein Leben mit ihm oder mit mir.« Er öffnete das Bier, trank davon und stellte es auf den Tisch. Dann ging er zur Tür, drehte sich noch einmal um und sagte zu Mara: »Überleg es dir gut. Ich erwarte dich in der Brasserie!« Die Tür fiel hinter ihm ins Schloss, und sie waren zurückgeblieben. Mara saß minutenlang zusammengesunken da und starrte auf den Tisch. Sie sagte kein Wort.

Wann hatte er es verstanden? Als sie auf sein »Ich bin froh, dass wir den los sind« nicht reagierte? Als sie seinen Blicken ausgewichen war? Als sie nach Ardens Bier gegriffen und davon getrunken hatte? Als sie aufgestanden war? »Mara!«, hatte er gebrüllt. »Mara, was tust du?«, und er spürte den Verlust augenblicklich. So stechend, dass ihm Tränen in die Augen traten. Ein Hämmern in seinem Kopf erschlug jeden klaren Gedanken.

Die Restbilder jenes Abends liegen im Nebel. Obwohl die Fenster geschlossen waren, hatte er die Glühwein- und Bratgerüche und den süßen Duft von gebrannten Mandeln wahrgenommen. Er hatte Stimmengewirr gehört und in der Ferne einen Straßenmusikanten, der ›Oh Tannenbaum‹ auf einem Saxophon vortrug. Warum erinnerte man sich an derart unwichtige Dinge so genau?

Er hatte sie am Arm festgehalten. Sie schrie: »Es ist alles deine Schuld! Du hast ihn doch hergebracht!«

Er hörte ihre Sätze nicht, er spürte sie. Er spürte sie wie grobe Schläge tief im Unterleib. Ihm war schwindlig geworden.

Bastian winkt der Kellnerin und bestellt einen weiteren Cappuccino, will noch ein wenig Zeit an diesem Fenster. Das Lokal hat sich inzwischen gefüllt. Die Ausdünstungen feuchter Mäntel vermischen sich mit Kaffeeduft. Die Geschäfte sind geschlossen.

Was sie ihm vorwarf, war ihm nicht falsch vorgekommen. Und weil es nicht falsch war, war es ihm unerträglich gewesen. Zornig hatte er gebrüllt: »Das ist billig Mara. Du warst doch ständig mit ihm unterwegs! Du liebst ihn doch nicht, du lässt dich kaufen.«

Sie hatte tief durchgeatmet und leise drohend gesagt: »Woher willst du das wissen? Du weißt schon seit Monaten nichts mehr von mir. Lass mich los!« Es war ihre Stimme.

Diese schwebende Altstimme, mit der sie ihm in einem anderen Leben vorgelesen hatte und die in seinem Kopf diese friedlichen Bilder wachrief. Szenen, und das wusste er in dem Augenblick genau, die nicht wiederkehren würden. Er schüttelte sie und schrie, sie solle aufhören damit. Er liebe sie doch. Sie stieß ihn von sich, kreischte. »Lass mich. Du hast mir nichts zu sagen.« Er schlug ihr ins Gesicht. Erschrocken hielt sie sich ihre Wange, ging auf die Tür zu. Was dann passierte, daran kann er sich nur in Teilstücken erinnern. In seinem Kopf tobte nur ein Gedanke. »Sie verlässt mich!« Arden, so schien es ihm, war Stück für Stück in sein Leben mit Mara eingedrungen und hatte es nach und nach gekauft. Aber das war nicht der Schmerz. Der Schmerz war die plötzliche Gewissheit, dass er es gesehen und hingenommen hatte.

Der Zorn, der in ihm aufwallte, war glutrot gewesen. Er riss Mara von der Tür weg und stieß sie ins Zimmer zurück. Sie schrie und wehrte sich, versuchte, wieder bis zur Tür zu kommen. Als er sie festhielt, griff sie nach der Stehlampe und schlug ihm den schweren Eisenfuß gegen das Schienbein. Er hörte das Brechen des Knochens. Sie drehte sich weg, lief zur anderen Seite und öffnete das Fenster. Über die Köpfe Hunderter Weihnachtsmarktbesucher rief sie um Hilfe.

Sein Anwalt hatte in seinem Plädoyer gesagt, der Schmerz habe seinen Mandanten rasend gemacht.

Aber das stimmte nicht. Er hatte sein Bein überhaupt nicht gespürt.

Die Erinnerung liegt in seinen Händen. Den Wollstoff ihrer Jacke spürt er bis heute. Die Erinnerung liegt in seinen Ohren. An das Aufschlagen ihres Körpers auf dem Pflaster kann er sich erinnern, und für den Bruchteil einer Sekunde an eine Stille, die alles zu besiegeln schien. Dann erst drangen die Schreie der Menschen zu ihm herauf.

Arden war nicht zur Verhandlung gekommen. Seine Eltern hatten hochkarätige Anwälte ins Feld geschickt, die seine Stellungnahmen verlasen.

Er sei häufig in der Wohnung zu Gast gewesen. Mara habe sich in ihn verliebt und sich lange nicht getraut, die Beziehung zu Bastian zu beenden, weil der in seiner Eifersucht unberechenbar gewesen sei.

Sieben Jahre. Sieben Jahre Gefängnis. Sein Anwalt hatte gesagt: »Glück gehabt!«

Und dann hatte Arden ihn besucht. Drei Monate nach dem Prozess hatte er ihn im Gefängnis besucht.

»Eine Wette«, hatte er gesagt. »Die Geschichte hat jetzt tragisch geendet, das lag nicht in meiner Absicht, aber ich habe gewonnen. So oder so!« Er hatte sich über den Tisch gebeugt und geflüstert: »Mara hatte sich für mich entschieden, sonst hättest du sie nicht aus dem Fenster gestoßen. Stimmt's?«

Ob er sich erinnern könne, an ihre erste Begegnung in der Uni? Ob er sich an die Studenten am Nachbartisch erinnern könne? Mit ihnen habe er an jenem Nachmittag gewettet, dass er Mara kriegen könne. Es sei nur eine Laune des Augenblicks gewesen, und die Geschichte habe ihn weitaus mehr gekostet, als er gedacht habe, aber er sei immer fair gewesen. Er habe ihm von Anfang an seine Absichten mitgeteilt. »Das Leben ist ein großes Spiel, und ein freier Geist muss sich über alle Regeln hinwegsetzen.

Das habe ich dir doch gleich am ersten Tag erklärt.« Als er ging, war Bastian im Besucherraum sitzen geblieben. Hatte er damals bereits den Entschluss gefasst?

Bastian winkt der Kellnerin und bezahlt die Rechnung. Das Aufstehen fällt ihm schwer. Ein stechender Schmerz jagt durch sein rechtes Bein, lässt ihn für einen Augenblick taumeln.

Der Regen hat nachgelassen. Gemächlich macht er sich auf den Weg, die Obernstraße hinauf, in Richtung Klosterplatz.

Er sieht es von weitem. Die Polizei hat das Gelände weiträumig abgesperrt, Schaulustige haben sich zwischen Sparkasse und Torbogen versammelt. Für einen Moment sieht er aus der Ferne dem Treiben zu. Dann geht er in Richtung Bahnhof davon.

Linda Conrads

12

Frau Engelmanns gnadenbringende Weihnachtszeit

Emden

Autorenvita

Linda Conrads, Jahrgang 1972, ist gelernte Gärtnerin und Friseurin und schneidet immer noch mit Vorliebe Hecken und Haare. Bestimmt wären weitere Handwerke hinzugekommen, wenn sie nicht irgendwann begonnen hätte zu schreiben. Sie lebt mit ihren Kindern in Ostfriesland. Zusammen mit Alexandra Richter hat sie bei Knaur den Kriminalroman *Dreck muss weg* mit dem ungleichen Ermittlerpaar Kalle Bärwolff und Marga Terbeek geschrieben, der in Hamburg und Ostfriesland spielt.

Der Tannenbaum im trockenen Pflanzcontainer hatte seine persönliche Klagemauer gefunden. Der mit Eisregen bestückte Westwind drückte das ausgedörrte Ding stetig an die vollgerotzte Eingangstür des Supermarktes. Die roten Schleifen im braunen Grün wirkten fast obszön. Frau Engelmann blickte zur Seite. Die Pflanze hatte mit Sicherheit bessere Zeiten erlebt. Genau wie der Sparmarkt, die Hansastraße und eigentlich das ganze Viertel. Und wenn Frau Engelmann an den Schmerz in ihrer Hüfte dachte, musste sie sich eingestehen, dass das auch für sie selbst galt. Sie schob ihren Rollator mit kleinen Schritten in den Laden. Die Obst-und-Gemüse-Abteilung ließ sie links liegen, das Frischeste dort waren die Fruchtfliegen, die sich als braune Dunstwolke aus den Tomaten erhoben. Hier kaufte man am besten nur abgepackte Ware, fest verschweißt in Folie und immer schön das Mindesthaltbarkeitsdatum im Blick. Frau Engelmann war zwar alt, aber nicht senil.

Sie brauchte Eier, Milch und Mehl. Und die frische Hefe nicht vergessen. Im Kühlregal suchte sie vergebens. Ohne den Hefeklotz würde es heute Mittag keinen Mehlpütt geben. Zwanzig Sorten Bier in großen und in kleinen Flaschen, in Dosen und kistenweise. Sogar kleine Fässchen, aber bei den Grundnahrungsmitteln schwächeln. Der windschiefe Kerl an der Kasse vor ihr bestätigte ihre Bedenken. Bei dem brannten alle Lampen, obwohl am Sonntag erst der zweite Advent gewesen war. Seinem Gelalle nach zu urteilen war er schon mindestens bei Silvester. Frau Engelmanns quergefurchte Stirn bekam noch eine lotrechte Falte Richtung Nase dazu. Zustände waren das.

***

Zu Hause in der Gottfried-Gahrten-Straße räumte sie ihre Einkäufe fort. Dann löste sie die Hefe in lauwarmer Milch auf und vermengte sie mit dem Mehl und den übrigen Zutaten.

Der Teig musste tüchtig geschlagen werden. Zum Aufgehen wickelte sie ihn in ein Tuch. Zeit für ein Koppke Tee. Sie war noch ganz durchgefroren von dem Marsch durch den ostfriesischen Winter. Der Eisregen war wie Nadelstiche durch ihre Perlonstrumpfhose gedrungen. Und richtig hell wollte es heute auch nicht werden. Als der Tee zog, zündete sie die Kerzen am Adventskranz an. Noch zwei Wochen bis Weihnachten. *Weihnachten.* Sie hatte gute Feste und weniger gute erlebt. Früher mit Herrn Engelmann, einem gutaussehenden Studienrat, mit Freunden und Bekannten, bei Würstchen mit Kartoffelsalat oder einem Räucheraal. Die letzten Jahre allein. Und Räucheraal vertrug ihr Magen schon lange nicht mehr. Aber Melancholie war ein Gefühl, das Frau Engelmann sich abgewöhnt hatte. *Nütsche nix.*

Auf dem Bürgersteig vor ihrem Küchenfenster kämpfte sich eine Person durch den Eisregen. Den schwarzen Daunenmantel erkannte Frau Engelmann auf Anhieb. Und den energischen Gang erst recht. Die Snittjer. Wohnte zwei Häuser weiter. Wo wollte die denn hin? Doch wohl nicht zu ihr? Nein, sie drehte ab und ging auf das gegenüberliegende Haus zu.

Dort wohnte eine junge Familie. Noch nicht lange, hatten das Haus erst vor zwei Jahren gekauft. Oder waren es drei?

Frau Engelmann wusste es nicht mehr. Kinder hatten sie auch. Zwei Jungen. Nette Leute, die Frau fegte den Bürgersteig für Frau Engelmann mit. Doch im Augenblick wirkte sie nicht mehr ganz so fröhlich. Dünn war sie geworden und rauchte ständig vor der Haustür. Und ein Wagen stand auch nie mehr auf der Auffahrt. Hoffentlich war ihr der Mann nicht abhandengekommen. Heute trennten sich ja die Paare wegen der kleinsten Nichtigkeiten. Das hatte es in Frau Engelmanns jungen Jahren nicht gegeben. Und in ihren Vorstellungen von Anstand erst recht nicht. In guten und in schlechten Zeiten, bis zum bitteren Ende. So! Die Snittjer klingelte drüben, und die Tür wurde geöffnet. Aufdringlich steckte sie ihre Nase in den Türspalt, doch scheinbar wurde sie abgewimmelt. Perplex stand sie noch einige Sekunden vor der wieder verschlossenen Tür, und Frau Engelmann konnte ihren dämlichen Gesichtsausdruck nur erahnen. Geschah ihr ganz recht. Sich am Unglück anderer Menschen zu weiden war keine feine Art. Der Teig für den Mehlpütt war aufgegangen wie ein voller Mond, und das mitten in der Schüssel. Frau Engelmann setzte einen Topf mit Wasser auf und garte den Klumpen im heißen Dampf. Mit knackender Hüfte stapfte sie die Kellertreppe hinunter. Wenn sie sich nicht täuschte, war noch ein Glas Kochbirnen da.

***

Zwei Tage später wurde es amtlich. Frau Engelmann sortierte gerade ihre Weihnachtsputten, die den kleinen Baum schmücken würden. Sie war alt und allein, aber ein

Weihnachtsfest ohne Baum kam nicht in Frage. Auch wenn er mittlerweile aus Plastik war und zum Zusammenstecken. Der 3,5-Tonner einer Spedition hielt vor dem Haus gegenüber, und zwei Männer luden Möbelstücke ein. Ob die ganze Familie auszog? Frau Engelmanns Mundwinkel gingen in die Knie. Das wäre schade. Sie hatten zwar keinen engen Kontakt gepflegt, doch man wusste schließlich nie, was man wieder bekam. Wie sich die Gottfried-Gahrten-Straße im Laufe der Jahre verändert hatte. Anfang der Fünfziger waren die ersten Häuser gebaut worden. Nach und nach war die Straße gewachsen, die alten Baracken und die Behelfsheime waren verschwunden. Alle hatten gebaut, mit Eigenleistung und nachbarschaftlicher Hilfe. Viele erst den Keller, dann wurde im nächsten Jahr aufgestockt, je nachdem, wie viel Geld vorhanden war. Das Engelmannsche Haus war in einem Rutsch gebaut worden. Finanziell war es ihnen immer gutgegangen, sie hatten auch als Erste ein Telefon besessen. Herr Engelmann hatte darauf bestanden, damit er für die Schule erreichbar war. Nur selten rief jemand an. Alle anderen hatten ja noch keines. Aber wenn Not war in der Nachbarschaft, hatten es alle benutzen dürfen. Als die Zwillinge der Krösches zu früh zur Welt kamen, zum Beispiel, oder als die Weets einen Autounfall mit Blechschaden an der Westmole hatten. Herr Weets hatte die teuren Fahrstunden seiner Frau auf ein Minimum reduzieren wollen. Danach hatten sie kein Auto mehr.

Die Männer der Spedition waren fertig und schlossen die Türen des Lkw. Die junge Frau schien zu bleiben, Frau Engelmann konnte ihre Kontur hinter dem Glasausschnitt der Eingangstür erkennen. Zwei Häuser weiter schlich die Snittjer durch ihren Vorgarten, zupfte ein benutztes Tempo aus der Hecke und reckte den Hals, um alles mitzubekommen. Die olle Skebsel musste natürlich ab in die erste Reihe. Frau Engelmann bekam einen spitzen Mund.

***

Es hatte geschneit über Nacht, das ließ sich schon durch die Helligkeit erahnen, die sich durch die Vorhänge des Schlafzimmerfensters drängte wie vergossene Dickmilch. Und an dem schabenden Geräusch der Schneeschieber auf den Gehwegplatten.

Frau Engelmann stand auf und schob ihre Füße in die weichen Lammfellschlappen. In der Küche setzte sie Teewasser auf. Die Gottfried-Gahrten-Straße war wie mit Watte bedeckt. Nasser Watte. Die Temperaturen lagen kurz oberhalb des Gefrierpunktes, das ostfriesische Wetter gab da nicht viel her. Das war früher auch anders gewesen. Als sie aus dem Fenster blickte, sah sie die junge Frau von gegenüber Schnee fegen. Erst ihr eigenes Stück Gehweg, dann überquerte sie die Straße und fegte auch bei Frau Engelmann. Sogar den Weg zum Haus und die Treppe zur Haustür. Eine wirklich freundliche und hilfsbereite Person. Frau Engelmann freute sich. Schneefegen ging mit ihren alten Knochen gar nicht mehr. Genauso wenig wie Gartenarbeit. Für die Gartensaison würde sie sich wieder jemanden kommen lassen müssen. Früher hatten sie alles selber gemacht. Herr Engelmann war ein passionierter Gärtner gewesen, sogar Gemüse hatte er angebaut, in ordentlichen kleinen Beeten. Kartoffeln und hiesige Bohnen, nach dem ersten Frost gab es Blattjekohl. Jetzt erinnerten nur noch die leichten Wölbungen unter dem

Schnee an den einstigen Acker. Zuzugucken, wie der eigene Körper alt wurde und nicht mehr so wollte, war wirklich keine schöne Sache. Dafür war hinter ihrer Stirn noch alles in Ordnung, ihr Verstand war so scharf wie ihr neues Tomatenmesser aus der Fernsehwerbung. Frau Engelmann öffnete die Haustür, um die Zeitung zu holen. Die junge Frau war gerade fertig und stampfte mit den Füßen auf, um den pappigen Schnee von den Schuhen zu bekommen.

»Vielen Dank.«

»Gern geschehen.« Die Frau lächelte. Aber ihre Augen blieben traurig. Tiefe Schatten lagen darunter. Armes Ding.

»Ich habe gerade Tee fertig. Vielleicht möchten Sie eine Tasse zum Aufwärmen?« Frau Engelmann öffnete die Tür weit.

»Danke für das Angebot, aber ich muss die Kinder zur Schule fertig machen und dann zur Arbeit.«

»Dann vielleicht heute Nachmittag?«

Die junge Frau überlegte. Lag da ein leichter Argwohn in ihrem Blick?

»Keine Angst. Ich bin nicht so wie die da.« Frau Engelmann nickte mit dem Kopf in Richtung des Snittjer-Hauses, dass ihre weißen Locken vibrierten.

Die junge Frau lachte. Diesmal bis in die Augen. »Na gut. Dann komme ich gern.«

***

»Als er nicht aufgehört hat, sich mit der anderen Frau zu treffen, habe ich ihn rausgeschmissen.« Dicke Tropfen rollten wie durchsichtige Knicker über die Wangen der Frau und trafen sich unten am Kinn. Antje hieß sie. So eine Hübsche. Und einfach im Stich gelassen. Frau Engelmann räumte die Tassen an die Seite und ging ans Eisfach des Kühlschranks. Bei solchen Fällen wirkte ein Genever Wunder. Einer, verstand sich, höchstens zwei, da war Frau Engelmann eisern. Man musste wissen, wo seine Grenzen waren. Der Ehemann der jungen Frau hatte es nicht gewusst. Männer. Trugen den Verstand manchmal in der Büx. Und wenn das Herz dann noch hinterhersackte, war Holland in Not.

»Das Gerede ist am schlimmsten. Das macht mich völlig fertig. Und die mitleidigen Blicke, von denen man nie weiß, ob sie echt sind oder vielleicht doch gehässig.« Antje putzte sich die Nase. Und Frau Engelmanns Augenbrauen zogen sich zusammen. Sie konnte sich schon denken, wer für das Getratsche verantwortlich war. Der Snittjer-Struchbessen. Mit Sicherheit.

Sie brachte Antje zur Tür. Draußen kam wieder Wind auf. Graupel und Eiskristalle flogen wie weiße Knallerbsen durch die Luft, der Himmel spuckte Gift und Galle.

»Danke für den Tee.« Antje lächelte, und die roten Augen lächelten mit.

»Gern geschehen. Und immer schön den Kopf hoch.«

Frau Engelmann kroch ein Schauder die Arme hinauf und den mageren Rücken wieder hinunter.

Schräg gegenüber wackelte die Gardine. Snittjer-Alarm. Und das mit Goldkante.

***

Es hatte Schnippelbohnen gegeben. Sie waren etwas salzig gewesen, obwohl Frau Engelmann sie ordentlich gewässert hatte. Nun lagen sie ihr schwer im Magen. Oder das Bauchfleisch war schuld. Auch ihre Gallenblase gab den Geist auf. Es wurde schon dunkel, und die Kartoffelschalen mussten noch auf den Kompost, also zog sich Frau Engelmann eine Strickjacke über, rollte die Schalen auf der Zeitung von gestern zusammen und nahm ihren Handstock. Nicht dass sie auf ihn angewiesen war. Nur zur Sicherheit. Die blauen LED-Eiszapfen an der Dachkante des Snittjer-Hauses flackerten wie ein Fegefeuer aus Neon. Dass die dekorative Weihnachtsmannpuppe auf der Strickleiter sich vom Wind in den Seilen verheddert hatte und schaukelte wie am Galgen stranguliert, machte das Ganze nicht besser. Bei Antje standen die Fahrräder der Jungs schon vor der Haustür. Bei Rött und Regen mit dem Rad unterwegs, Frau Engelmann war nicht neidisch. Sie wollte gerade umdrehen, als sie im schummrigen Flackerlicht einen Schemen wahrnahm, der sich bei Antje an der Hauswand platt drückte und ins Küchenfenster spähte. Das war doch die Höhe. Ehe Frau Engelmann sich versah, setzte sie einen Fuß vor den anderen und überquerte die Straße. Und das zügig. Trotz Schlappen und Stock.

»Kann ich Ihnen helfen?« Ihre Stimme zitterte. Aber vor Wut. Frau Engelmann war zornig.

Der Schemen drehte sich abrupt um und bekam ein Gesicht. Es sah dem der Snittjer sehr ähnlich. Nur mit entgleisten Zügen. Ertappt!

Die Snittjer klimperte mit den Augen, versuchte ein Lächeln, doch auch das hing ihr quer den Zähnen.

»Oh, hallo! Ich wollte der Guten und den Kindern nur etwas Gebäck vorbeibringen.« Wie zur Bestätigung hielt sie eine Tüte vom ansässigen Bäcker in die Luft.

»Durchs Fenster?« Frau Engelmann wies mit ihrem Stock auf die Scheibe. Bestimmt war ein Fettfleck von der Olschken drauf.

»Natürlich nicht. Ich bin auf dem Weg zur Haustür. Der Bürgersteig ist nur so glatt. Nicht ordentlich gestreut. Und ganz vereist.« Die Snittjer bekam wieder Oberwasser, Frau Engelmann sah es an ihrem triumphierenden Blick und an dem falschen Lächeln, das ihr wieder richtig im Gesicht saß. »Aber macht nichts. Alles halb so schlimm. Der Armen geht es ja gar nicht gut, seit er sie sitzengelassen hat. Das Haus, die Kinder …« Sie schloss theatralisch die Augen und seufzte. »Man muss sich ein wenig um sie kümmern, nicht wahr?«

Von wegen. Die Snittjer führte nichts Gutes im Schilde, das konnte Frau Engelmann riechen. Da halfen auch die Persipan-Teilchen in der Bäckereitüte nichts. Plunder blieb Plunder.

Vertraulich legte die Snittjer die Hand auf Frau Engelmanns Arm. »Er soll ja auch schon eine Neue haben. Wissen Sie Näheres?«

Die bleiche Kralle auf ihrem Unterarm sah aus wie eine Spinne mit fünf Beinen. Trotz der langen Nägel. Oder wegen? Frau Engelmann war das alles nicht geheuer. Sie machte sich los und ging zurück zu ihrem Haus. Nicht ohne der Snittjer einen, wie sie hoffte, besonders fiesen Blick ins Gesicht zu werfen. Bei der bekam man vom Kümmern Kummer. So viel stand fest.

***

Der Bürgerverein aus dem Viertel veranstaltete in der ehemaligen Pumpstation ein Adventskränzchen. Es gab Plätzchen und Tee und sehr leckeren Pflaumenglühwein. Der Herrenchor schmetterte Weihnachtslieder, und alle sangen mit. Frau Engelmann hatte Antje und die Jungs eingeladen. Sie hatte gezögert, aber dann zugesagt. Recht so. Sie musste unter Leute, fand Frau Engelmann. Die Snittjer hatte gelächelt wie klebriger Honigkuchen. Ungesund und ohne Nährstoffe. Und danach mit ihren Freundinnen getuschelt, Frau Engelmann hatte es genau gesehen. Antje hatte sich nichts anmerken lassen, sich angeregt unterhalten, sogar mit einem jungen Mann, und war vergnügt gewesen. Bis einer von ihren Jungs heulend und mit Schnöttnase zurück in den Saal kam. Der Ältere brachte ihn zum Tisch.

»Er ist hingefallen, beim Glitschen auf dem Eis.«

»Wo hast du dir weh getan?« Antje pustete dem Kleinen in die Handflächen.

»Ich glaub, er heult nicht, weil er sich weh getan hat, sondern weil Frau Snittjer ihn angemeckert hat.«

Wie auf Kommando stöckelte die Snittjer an den Tisch und pikte mit dem Zeigefinger Löcher in die Luft.

»So geht das aber nicht! Die Kinder trampeln auf dem Rasen rum, da wächst bestimmt zum Frühjahr kein Gras mehr. Das ist kein Spielplatz. Sogar mit Schneebällen haben sie geworfen!«

Skandal. Frau Engelmann rümpfte die Nase. Der Rasen war eine moosige Wiese. Außerdem schneebedeckt und gefroren. Der ganze Laway also wegen eines Schneeballs?

»Ich meine das nur gut, das können Sie mir glauben.« Die Snittjer legte eine Spinnenhand auf ihren Busen. »Ich weiß, dass Sie eine schwere Zeit durchmachen, aber Ordnung muss sein. Ist ja nun nicht alles egal.«

Antjes Gesichtsfarbe war ins Aschgraue gewechselt und der Geräuschpegel merklich gesunken. Aller Augen waren auf die Snittjer gerichtet, deren Auftritt noch nicht vorüber war. Und sie gab ihrem Publikum alles.

»Wenn bei Ihnen zu Hause die Außenbeleuchtung die ganze Nacht brennt, ist mir das egal. Wenn die Fahrräder nachts draußen stehen, bitte, jeder nach seiner Fasson. Aber auf Ihre Kinder müssen Sie besser aufpassen. Und die Raucherei vor der Haustür. Wie sieht denn das aus? Sie scheinen doch etwas überfordert zu sein.«

Frau Engelmanns Leber war aus der Altersteilzeit erwacht und legte sich ins Zeug, Galle schoss ihr heiß in den Bauch.

Die Snittjer holte zum tödlichen Stoß aus.

»Wenn Sie mich fragen, ist es kein Wunder, dass ...«

»Es reicht!« Die Teelöffel tanzten auf der Untertasse, als Frau Engelmann mit der Hand auf das weiße Tischtuch schlug.

Auch die letzten Geräusche verstummten. Kreisrunde Augen in fragenden Gesichtern.

»Hören Sie endlich auf zu kaulen. Und bitte stecken Sie ihre aufdringliche Nase nicht immerzu in Sachen, die Sie nichts angehen!« Frau Engelmann erhob sich, und sie und Antje verließen die Teetafel. Am Stock, aber mit Würde.

»Das wird Ihnen noch leidtun«, zischte die Snittjer leise,

aber nicht leise genug. Frau Engelmann spürte ein eiskaltes Kribbeln im Genick. Die Snittjer war gemeingefährlich. Sie würde sich vor ihr in Acht nehmen müssen.

***

Die Haustür war geöffnet, und das Radio dudelte ein seichtes Weihnachtslied von Roger Whittaker bis auf die Straße. Der Wind hatte den Schneeregen bis ins Haus gedrückt, und auf der Fußmatte bildeten die Kristalle einen Teppich, der aussah wie ein Schimmelpilz. Frau Engelmanns umgestürzter Rollator warf im Flur einen verzerrten Schatten an die Wand. Es war kalt und zugig, doch die Kälte konnte Frau Engelmann nichts anhaben. Sie lag in der Küche auf dem Fußboden. Angerichtet wie ein Salat. Blassrote Tomaten waren um sie verteilt und feingehackte Zwiebeln. Ein leichter Geruch von Essig und Öl lag in der Luft, das Schneidebrett neben Frau Engelmann auf dem Fußboden. Dann Schritte und die Stimme der Snittjer. Rotkäppchen und der böse Wolf. Und das zu Weihnachten.

»Ach du meine Güte! Was ist denn hier passiert?« Die Snittjer beugte sich über den leblosen Körper von Frau Engelmann.

Sie brauchte weniger Kraft, als sie erwartet hatte. Es ging sehr schnell, und ihre alten Knochen spielten mit. Wut war eine gute Antriebsfeder, die beste, wie Frau Engelmann aus Erfahrung wusste. Augen auf und die Hand nach oben. Dann ein scharfer Schnitt mit dem Tomatenmesser vom Küchenplaneten. Die Fernsehwerbung hielt ausnahmsweise ihr Versprechen. Ritzt die Haut an und schneidet sauber durch. Es war eine Wonne. Das Blut der Snittjer verteilte sich auf dem Küchenboden wie ein Himbeerspiegel. Bis hierhin und nicht weiter. Wer seine Grenzen nicht kannte, dem musste man sie setzen. Herr Engelmann hatte sie auch nicht gekannt. Seine Weibereskapaden hatten ihr irgendwann genauso zum Hals rausgehangen wie sein dämlicher Blattjekohl. Es war nicht wirklich Absicht gewesen, dass die olle Stoffschere in seinem Rücken gelandet war, aber das Verbuddeln im Garten schon. Die nächsten Jahre war endlich mal *ihm* der Kohl aus den Ohren gekommen. Und aus den Augen- und Nasenhöhlen. *Schkietendidi!* Alle hatten von seinen Weibergeschichten gewusst und alle hatten es akzeptiert, dass er wohl einfach durchgebrannt war. Und sich das Maul über sie, die Verschmähte, zerrissen. Im Nachhinein war Frau Engelmann überrascht gewesen, wie einfach es geklappt hatte.

Bei der Snittjer würde es genauso sein. Ihre Neugierde war eine sichere Bank gewesen, um sie anzulocken. Die offene Tür, das brennende Licht. Ein kleiner Unfall der stötigen Alten, gut in Szene gesetzt, Frau Engelmann war sehr stolz auf sich. Sie würde gleich den Notrufknopf drücken, der an einer Kette um ihren Hals hing, und sagen, sie sei beim Zubereiten eines Salates gewesen, als die Snittjer auf ein Wort vorbeigekommen war, sich in Rage geredet hatte und handgreiflich geworden war. Genug Zeugen für ihre vorangegangene Drohung gab es. Bei Nachbarschaftsstreitigkeiten passierten die wildesten Sachen, das wusste Frau Engelmann. Auch aus dem Fernsehen. Ein Unfall oder Notwehr. Und wenn sie damit nicht durchkam, war es ihr auch recht. Mehr als ein kleines Zimmer, drei Mahlzeiten und ihre Ruhe brauchte sie nicht mehr.

Und vielleicht noch einen Fernseher. Roger im Radio setzte zum Schlussakkord an. *Gnadenbringende Weihnachtszeit …*

Christian Limmer

13

Fest der Liebe

Straubing

Autorenvita

Christian Limmer, 1964 in Straubing geboren und aufgewachsen, hat versucht, Theaterwissenschaft zu studieren, das Studium wegen Trockenheit abgebrochen und im Folgenden u. a. als Cutter bei der Bavaria Film gearbeitet. An der UCLA in Los Angeles absolvierte er einen Drehbuchkurs, bevor er seine Karriere bei Film und Fernsehen begann. Seit 1993 schreibt er Drehbücher für Fernsehproduktionen wie »Polizeiruf 110«, »Tatort« oder »Unter Verdacht«. Sein Niederbayernkrimi *Sau Nr. 4* ist mit dem Bayerischen Fernsehpreis ausgezeichnet worden. Nach *Saubär* ist *Unter aller Sau* der zweite Krimi mit Kommissar Karl Lederer, dem schönsten Polizisten Niederbayerns, bei Knaur. Der Autor lebt mit seiner Familie in München.

Weihnachten war die Einsamkeit am größten. Er spürte sie körperlich. Seine Augen waren gerötet, seine Knochen schmerzten, und er hatte Herzrhythmusstörungen. Jahrelang war das so gegangen, bis er sich bei Facebook angemeldet hatte. Dort gab es unendlich viele Menschen, die ebenfalls einsam waren. Alle sehnten sich nach Zweisamkeit, nach körperlichem Kontakt. Vor vier Jahren hatte er sich das erste Mal über Facebook mit einer ebenso einsamen Userin verabredet und einen wunderbaren Weihnachtsabend verbracht. Nach einem ausgezeichneten Abendessen waren sie noch durch die nächtliche Stadt spaziert und hatten die Menschen hinter den erleuchteten Fenstern beobachtet. Überall waren Christbäume aufgestellt, an denen echte oder künstliche Kerzen brannten. Kinder packten aufgeregt ihre Geschenke aus, Paare küssten sich glücklich und dankbar für die gemeinsame Zeit, und sogar die Haustiere wurden mit kleinen Gaben bedacht. Zuerst erfreute er sich an diesen kleinen Glücksmomenten anderer, bis dann der Schmerz in seinem Herzen einsetzte und ihm verdeutlichte, dass er trotz weiblicher Begleitung niemals seine Einsamkeit überwinden würde. Die Mitternachtsmette verstärkte seine Depression dann noch, und als er seinen Gast um ein Uhr morgens zum Auto begleitete, hatte er das Gefühl, sterben zu müssen, sollte sie jetzt fahren. Er hasste sie, weil sie nicht bei ihm blieb. Sie hatte in den wenigen Stunden ihres Zusammenseins entdeckt, dass er wenig kommunikativ und eher ichbezogen war. In ihren Augen war er nicht der Mann, für den er sich im

Internet ausgegeben hatte. Das hatte sie ihm natürlich nicht so offen gesagt, aber er spürte beim Verabschieden ihren Unwillen, sich noch einmal mit ihm zu treffen. Sie würde lieber nur noch virtuell seine Freundin sein. Dafür hasste er sie. Er erwürgte sie an Ort und Stelle. Danach erfüllte ihn die innere Kälte mit einer Ruhe, die ihn glücklich machte. So also fühlte es sich an, wenn man mit sich selbst im Reinen war und sein seelisches Gleichgewicht gefunden hatte. Ihre Leiche hatte er mit Steinen beschwert in den fünfzig Kilometer entfernten See geworfen. Eine Zeitlang hatte er noch in dem Ruderboot gesessen, auf die schwarze Wasseroberfläche gestarrt und sich gefragt, wann es eigentlich das letzte Mal kalt genug gewesen war, um den See zufrieren zu lassen. Die Erkenntnis, dass er gerade einen Menschen umgebracht hatte, setzte erst ein, als er ans Ufer zurückruderte. Ein Jahr lang hatte er mit sich gerungen, irgendjemandem davon zu erzählen. Dann war das nächste Weihnachten gekommen und mit ihm die erneute Einsamkeit. Vier Tote hatte er jetzt auf seinem Konto, und inzwischen freute er sich auf Weihnachten und seine neue Unbekannte. Diesmal hieß sie Sheila. Sie war achtundzwanzig, arbeitete als Servicekraft in einem Café und liebte Pferde.

***

Sheila hieß nicht Sheila, ihr richtiger Name war Sandra Leinfeld, und sie arbeitete als private Ermittlerin. Die Angehörigen der letzten Toten hatten sie engagiert, den Mörder zu finden, nachdem die Polizei mit den Ermittlungen keinen Schritt weitergekommen war. Lediglich den Zusammenhang mit den anderen drei Frauenleichen hatte man herstellen können. Sandra hatte sich auch mit den Familien und Bekannten der anderen Opfer in Verbindung gesetzt und war nach einigen Recherchen schnell zur der Hypothese gelangt, dass alle vier Frauen ihren Mörder bei Facebook kennengelernt hatten. Tatsächlich fand sie in allen vier Chatprotokollen ein Gespräch mit jungen Männern, die kurz vor Weihnachten mit ihnen in Kontakt getreten waren. Junge Männer mit Allerweltsnamen wie Thomas und Felix. Auf den ersten Blick mit keinerlei Ähnlichkeiten – außer dass sie ihre Profile kurz nach Weihnachten gelöscht hatten. Sandra stellte auch schnell Übereinstimmungen in Sprachmustern und Verhaltensweisen fest. Noch dazu hatten sie alle den gleichen Frauentyp: Dunkelhaarig, herzförmiges Gesicht und eine Ernsthaftigkeit, die zeitweise an Melancholie grenzte. Für sie war klar, dass hinter den vier Profilen ein und dieselbe Person steckte. Die Polizei sah das anders. Frustriert folgte Sandra weiter der Spur und legte einen Köder aus. Sich selbst. Im Netzwerk schaltete sie mehrere Fake-Profile von sich online, die denen der anderen vier Frauen entsprachen. Warten war keine ihrer Stärken, und tatsächlich rückte Weihnachten immer näher, ohne dass etwas geschah. Sie wollte schon aufgeben, als ihr Frederic eine Freundschaftsanfrage schickte. Er hatte nichts mit den anderen gemein, bis auf den Wohnort. Nach den ersten Chats war Sandra klar, Frederic war ihr Mann. Er war der Mörder.

***

Zwei Tage vor Weihnachten hatte es angefangen, in dicken Flocken zu schneien. Es war durchgehend kalt, der öffentliche Nahverkehr war zum Erliegen gekommen, Autos krochen im Schneckentempo über die weißen Straßen, die trotz der Räumfahrzeuge nie ganz frei waren. Für die Kinder war es wunderbar, sie freuten sich über den Ferienbeginn, bauten Schneemänner, lieferten sich Schneeballschlachten und rodelten kleine Hügel in den Parks hinunter. Er beobachtete eine Horde Kinder, die sich schreiend und jubelnd Wettrennen auf ihren Schlitten lieferten. Links und rechts trug er volle Einkaufstüten. Er hatte alles für das Weihnachtsessen besorgt. Es sollte Gans mit Blaukraut geben, dazu einen Rioja und als Nachtisch Feigenkompott. Zusätzlich hatte er ein Nylonseil gekauft, dick und strapazierfähig. Diesmal wollte er seinen Gast nicht mit bloßen Händen erwürgen, er wollte etwas Neues ausprobieren. Seine Mutter hatte oft gesagt, Abwechslung mache das Leben erst lebenswert. Wie recht sie hatte.

***

Die Wohnung befand sich im vierten Stock eines fünfstöckigen Altbaus. Irgendwo war ein Weihnachtslied zu hören, ein Kind sang dazu. Sandra hielt kurz inne, um zuzuhören. Schließlich riss sie sich los und klingelte bei Faber. Zwei Atemzüge, der Türsummer ertönte. Sandra drückte die schwere Eichentür auf, stampfte ein paar Mal fest auf, um den Schnee von ihren Schuhen zu schütteln, und betrat das Haus.

Die polierten Holzstufen waren an den Laufstellen abgewetzt. Sandra erreichte eine halb offene Tür im vierten Stock. Der köstliche Duft von Gänsebraten stieg ihr in die Nase. Sie klopfte, streckte ihren Kopf in die Wohnung.

»Hallo?« Der lange Flur war, bis auf eine Kommode, leer. Ein dunkelblauer Läufer bedeckte den Boden.

»Einen Moment«, erklang eine sanfte Männerstimme. Sandra zog die Tür hinter sich zu. Ein merkwürdiges Zischen ertönte, das Licht ging aus, und aus einem Zimmer kam Frederic, in der Hand eine sprühende Wunderkerze. Er lächelte in ihrem Schein wie ein Engel und begrüßte Sandra mit einem Handkuss. Dieser kleine Scheißer dachte wirklich, sie würde auf diese Masche hereinfallen. Sie wollte ihm den Spaß nicht verderben. Noch nicht. Brav folgte sie ihm in die geräumige Küche, in der auch der Esstisch stand. Er rückte ihr einen Stuhl hin, goss ihr Rotwein ein und servierte den Braten. Sandra schränkte sich mit dem Trinken ein, auch wenn er durch häufiges Zuprosten versuchte, sie betrunken zu machen. Sie spürte, was er vorhatte, er hielt sich für das Raubtier, sie für die Beute. Sandra amüsierte sich königlich.

***

Sie war anders als die anderen Frauen. Er konnte es an ihrem Blick sehen. Wenn sie lachte, lachten ihre Augen nicht mit. So, als wäre das Leben zu ernst, um irgendetwas lustig zu finden. Sie tat ihm leid. Nicht, weil sie einsam schien, sondern weil er sich vorstellte, dass sie als Kind eine Außenseiterin gewesen war. Sie war gehänselt worden, ihre

Eltern hatten sie vernachlässigt, niemand hatte sie ernst genommen. Oder ihre Mutter war früh gestorben, und sie musste schon früh lernen, auf eigenen Beinen zu stehen. Er entkorkte die zweite Flasche Rotwein und fragte sie nach ihrer Kindheit.

***

Sie war schockiert. Damit hatte sie nicht gerechnet. Zuerst wich sie aus, was ihn nur noch neugieriger machte. Er hakte nach, einfühlsam und mit echtem Interesse. Sie spürte seine Aufrichtigkeit. Ohne es zu wollen, trank sie das nächste Glas Rotwein in einem Zug leer. Sie brauchte einen bestimmten Pegel, um über ihre Kindheit reden zu können. In ihrem Kopf drehten sich die Bilder der Vergangenheit langsam wie ein altes Kinderkarussell. Ohne ihn anzuschauen, erzählte sie von ihren Eltern und ihrer Schwester. Die war zwei Jahre älter gewesen und musste immer auf sie aufpassen, wenn die Eltern weg waren. Das hatte sie gehasst und an der Kleinen ausgelassen. Sandra zeigte ihm die Brandnarben an den Armen, die ihr ihre Schwester zugefügt hatte, als sie vier war. Natürlich hatte sie es ihren Eltern erzählt. Ihr Vater war daraufhin derart ausgerastet, dass er Sandras Schwester bis zur Besinnungslosigkeit geprügelt hatte. Sie war dann an inneren Blutungen gestorben. Noch heute träumte Sandra von ihr und dem Blut, das aus den Ohren über das schneeweiße Gesicht lief. Sie konnte nicht weinen, nicht schreien, sich nicht bewegen. Der Schock, ihren Vater nicht als liebevollen Menschen, sondern als Monster gesehen zu haben, hatte sie gelähmt. Ihr Vater wurde zu fünf Jahren wegen Totschlags verurteilt, die Mutter verlor das Sorgerecht, und Sandra wuchs im Heim auf. Sie war sechs gewesen und hatte seitdem keinen unbeschwerten Tag mehr verlebt. Und sie hatte keine Tränen mehr.

***

Ihre Geschichte berührte ihn zutiefst. Er nahm sie in den Arm, sie legte ihren Kopf an seine Schulter. Ihre Haare rochen nach Orange. Sie war ihm wirklich nah. Näher als ein Mensch zuvor. Zum ersten Mal wich die Schwärze der Einsamkeit einem warmen Licht, das alles um ihn herum heller erscheinen ließ. Er bemerkte Details seiner Wohnung, die ihm zuvor entgangen waren. Die Eisblumen am Fenster, das schimmernde Wachs im Licht der Kerzenflamme, die Klaviermusik aus einer der anderen Wohnungen im Haus. Bach. Sie schwieg. Es war ein angenehmes Schweigen, als würden sie einander ohne Worte verstehen. Wenn sie doch nur für immer bei ihm bleiben könnte.

»Wer bist du?«, fragte sie.

***

Sie hob ihren Kopf, um ihm in die Augen schauen zu können. Er hielt ihrem Blick stand. Er schwieg, sein Atem ging schwerer, als würde ihm ein Stahlband den Brustkorb zuschnüren.

»Du kannst mir die Wahrheit sagen«, flüsterte sie und nahm seine Hand. Sie war weich und warm. Wie die eines Katzenjungen. Seine Mundwinkel zuckten kurz nach oben, ein leises Stöhnen drang zwischen seinen Lippen hervor, bevor er zu erzählen begann. Sein Name sei nicht Frederic Faber, er habe den Namen auf dem Klingelschild erst Minuten vor ihrer Ankunft ausgetauscht. Er mache das immer, wenn eine neue Bekanntschaft ihn besucht. Viele waren es nicht gewesen die letzten Jahre, vier, um genau zu sein. Vier junge Frauen, die nicht mehr als Zeitvertreib für ihn gewesen waren. Nie zuvor hatte er so ein starkes Bedürfnis nach Berührung gehabt wie bei ihr. Noch nie in seinem ganzen Leben. Es war, als würde er eine neue Welt betreten.

***

»Ich verstehe, was du meinst«, sagte sie. Ihre Stimme klang brüchig. Sie hatte seine Erzählung kein einziges Mal unterbrochen, nur seine Hand gehalten und ihn angeschaut. Der Satz ließ ihn erschaudern. Ein jähes Angstgefühl schoss durch seinen Magen. Hatte sie ihn durchschaut? Ahnte sie, dass er nur die halbe Wahrheit erzählt hatte? Er konnte ein Zittern nicht unterdrücken und entzog ihr seine Hand.

***

Er hat Angst, war ihr erster Gedanke. Am liebsten hätte sie ihm gesagt, wer sie war und warum sie den Kontakt zu ihm gesucht hatte. Aber es wäre nur die halbe Wahrheit gewesen. Sie genoss seine Nähe, seine Stimme, seinen Duft. Sie verdrängte ihren Auftrag, sie wollte damit nichts zu tun haben. Nicht jetzt.

***

»Lass uns rausgehen«, sagte sie und erhob sich, ohne seine Antwort abzuwarten. Er schlüpfte in seinen dicken Daunenmantel, spürte das Nylonseil in der rechten Tasche. Sie hakte sich bei ihm unter, gemeinsam stapften sie durch den frisch gefallenen Schnee und betrachteten die Weihnachtsszenen hinter den Fenstern. Es war, als würden sie sich schon ewig kennen und diesen Spaziergang jedes Jahr unternehmen. Er empfand eine Vertrautheit, die sich normalerweise erst nach Jahren des Zusammenseins einstellte. Das glaubte er zumindest. Denn erfahren hatte er sie nie. Ein Schwindel erfasste ihn. Er wollte ihr die ganze Wahrheit sagen. Er musste ihr die ganze Wahrheit sagen. Doch dann wäre ihre Beziehung vorbei, bevor sie überhaupt begonnen hatte. Er konnte ihr nicht die Wahrheit sagen. Seine Hand umklammerte das Nylonseil, als würde er daran Halt finden.

***

Schweigend aneinandergeschmiegt spazierten sie durch das Städtchen. Die Zeit verflog. Um kurz vor Mitternacht fanden sie sich vor der Kirche wieder, in der die Mette stattfand. Es war erhebend, obwohl sie nicht gläubig war. Sie fühlte sich federleicht, und nur der Gedanke an ihren Auftrag hielt ihre Füße auf dem Boden. Sie musste ihm die Wahrheit sagen. Sie würde ihm versprechen, ihn zu schützen, ihn nicht an ihre Auftraggeber oder die Polizei auszuliefern. Ihr war es egal, was er in der Vergangenheit getan hatte, sie wollte nur die Gegenwart mit ihm erleben. Kein Blick zurück, kein Blick voraus, nur das Hier und Jetzt war wichtig. Sie drückte seine Hand vor Aufregung.

***

Ihr Lächeln und die glänzenden Augen gingen ihm durch und durch. Er genoss die verschränkten Finger mit einer Traurigkeit, die durch die Orgelmusik in Melancholie verwandelt wurde. Es gab kein Zurück. Beim Verlassen der Kirche wollte sie etwas sagen, aber er legte ihr seinen Zeigefinger an die Lippen.

»Nicht«, sagte er sanft. Sie schwieg, obwohl sie sich kaum beherrschen konnte. Sie folgte ihm zu einem zugefrorenen Bach, der hinter dem kleinen Friedhof vorbeilief. Rutschend überquerten sie ihn, kletterten auf der anderen Seite den leichten Hang hinauf und erreichten ein Wäldchen, das von einem breiten Weg durchzogen wurde. Nur das Knirschen ihrer Schritte auf dem Schnee war zu hören. Er schritt zielstrebig dahin, und Sandra überfiel die Erkenntnis, dass sie sein nächstes Opfer sein würde. Sie erwachte.

***

Es war nur noch eine Biegung bis zu dem Weiher, in dem er die anderen Frauen versenkt hatte, als sie stehen blieb.

»Wo gehen wir hin?«, fragte sie. Ihre Augen waren schmal.

»Ich will dir etwas zeigen«, sagte er. »Wir sind gleich da.«

Er wollte ihr das Boot zeigen, mit dem er in die Mitte des Weihers gerudert war, wo er die mit Steinen beschwerten Leichen über Bord geworfen hatte. Er würde keine Entschuldigung für seine Morde vorbringen, er hoffte nur, sie würde ihn verstehen. Und selbst wenn sie ihn nicht verstand, er würde sie nie vergessen, wenn er seine Haftstrafe absaß. Er war bereit, sich seinem Schicksal zu überlassen.

***

Sie redete sich ein, dass das Zittern von der Kälte kam, aber es war die Angst, die ihren Körper durchschüttelte. Sie versuchte, ihm ihre Hand zu entziehen, aber er hielt sie fest.

»Lass mich«, sagte sie.

Er zog sie näher an sich heran. »Vertrau mir.«

Sie schrie, rief um Hilfe. Er drückte ihr blitzschnell seine Hand auf den Mund. Sie schlug auf ihn ein, biss in seinen Handschuh.

Er verpasste ihr einen brutalen Hieb an die Schläfe.

Ihre Zähne lösten sich von seiner Hand.

Er schlug noch einmal mit voller Kraft zu.

Sie fiel in den Schnee, kroch halb besinnungslos weg von ihm.

Er packte ihre Haare, riss ihren Kopf in den Nacken. Seine rechte Hand fuhr in die Manteltasche, er holte das Nylonseil heraus, wickelte es geschickt um ihren Hals und zog zu.

Sie röchelte, ihre wunderschönen Augen waren weit aufgerissen, ihre vollen Lippen schnappten auf und zu. Kein Laut.

Die Enttäuschung verlieh ihm ungeahnte Kräfte. Er sah, wie das Seil so tief in ihren Hals einschnitt, dass es schien, als würde ihr Kopf jeden Moment vom Rumpf getrennt werden.

Er sah eine Träne, noch eine und noch eine. Sie weinte. Selbst als sie leblos auf dem Boden lag, rannen ihr die Tränen das Gesicht hinunter und tropften in den Schnee.

Mit den Tränen verließ die Kälte ihren Körper. Sie hatte gar nicht gewusst, wie schön es war, weinen zu können. Es war eine Erleichterung. Sie schloss die Augen und träumte von ihrer Schwester, ihrer geliebten toten Schwester.

Tatjana Kruse

14

Wenn Santa zweimal klingelt ...

Schwäbisch Hall

Autorenvita

Tatjana Kruse, Jahrgang 1960, lebt und arbeitet in Schwäbisch Hall. Sie ist überzeugte Krimiautorin und geistige Mutter des stickenden Ex-Kommissars Siegfried Seifferheld.

Mehr Infos zur Autorin unter www.tatjanakruse.de.

Don't worry, be happy. Wenn Sie aus meiner Weihnachtsgeschichte nur eine einzige Erkenntnis mitnehmen, dann die: heiter lebt's sich leichter. Und: Hunde sind etwas Wunderbares und der beste Freund des Menschen.

Der mich an diesem 23. Dezember anknurrte, war auch jemandes bester Freund. Nur nicht meiner. Ein maulkorbloser Kampfhund mit kupierten Gehör- und Wedel-Mechanismen.

Ich zuckte zurück.

»Der beißt nicht, aber ich schieße«, verkündete der bullige Uniformierte des privaten Wach- und Sicherheitsdienstes, der mich an der Gartenpforte abgefangen hatte. Er guckte, als ob es ihm ernst wäre. Sein Hund schaute ebenfalls finster. Aber irgendwie hatte ich das Gefühl, dass dem Hund sein Job keinen Spaß machte. Bestimmt war er tief in seinem Innern ein ganz Verspielter, Süßer.

»Sie würden doch nicht den Weihnachtsmann erschießen ...« Ich lächelte, zugegeben ein wenig mühsam und definitiv schief.

Zu zweieinhalb – zwei Männer und ein Hund – bewachten sie den Eingang zur Villa des Vorstandsvorsitzenden, von dessen Vorzimmer ein »Santa im Vollkostüm« zur Belustigung der privaten Weihnachtspartygäste angeheuert worden war.

Die beiden Uniformierten bestanden darauf, mich und meinen Sack abzutasten. Also meinen Jutesack.

Der Kampfhund schnüffelte an beidem, dem Jutesack und meinem Schritt.

»Da sind nur leere Kartons in Geschenkpapier drin, Requisiten für meinen Auftritt, damit es echter wirkt«, erklärte ich, während der jüngere Wachmann die erste Schachtel herausholte und schüttelte. Weil er mir nicht glaubte, schüttelte er sich verbissen bis zur letzten Schachtel durch. Alle leer. Hatte ich ja gesagt, aber dem Weihnachtsmann glaubt ja keiner. Der Ältere guckte die ganze Zeit finster, der Hund knurrte halbherzig.

Ich nahm es den zweieinhalb nicht übel – die brauchten ja auch ihre Daseinsberechtigung.

»Alles okay«, sagte der Jüngere nach gefühlt hundert Jahren. Er warf die letzte Schachtel in den Sack zurück. Der Ältere winkte mich zur Villa durch. »He, nicht zum Haupteingang«, rief er mir nach. »Zum Personaleingang. Links herum.«

Das war schon okay. Ich nahm es nicht persönlich. Die Gäste sollten nicht sehen, dass ich ohne Rentiere und Schlitten, dafür in einem metallicgrünen Kastenwagen gekommen war.

Ich klingelte an der Hintertür. Zwei Mal.

***

Ich bin eigentlich Guru. Also jemand, zu dem man ging, um sich sagen zu lassen, was man eh schon wusste: Denk positiv, umarme öfter mal einen Baum, nimm's locker. Aber das Gurusein finanziert mir (noch) nicht die Miete, weswegen ich gelegentlich – ich habe viele Talente – Taxi fahre oder, je nach Saison, als Osterhase oder Weihnachtsmann Kinder und Junggebliebene beglücke.

Ein weiterer gedungener Türsteher öffnete mir die Hintertür. »Ho, ho, ho«, rufend betrat ich die Villa im Bauhaus-Stil. In Halbhöhenlage. In allerbester Lage von Schwäbisch Hall. Mit Blick auf die sich ins Kochertal schmiegende Stadt. Wer so wohnte, hatte es weit gebracht.

Die Dame des Hauses – trotz glattgezurrter Gesichtszüge und gepimptem Vorbau sichtlich noch die Erstgattin des Vorstandsmannes – kam angelaufen und begrüßte mich hektisch. »Bitte entschuldigen Sie. Mein Mann wurde bedroht. Ich hätte die Party ja abgesagt, aber es sind unglaublich wichtige Geschäftskontakte hier, und Gottfried ...« Sie sprach nicht weiter, weil eine nicht minder hektische junge Frau im Hausmädchenkostüm auf sie zugeeilt kam und ihr etwas ins Ohr flüsterte. »Ach, herrje ...«, seufzte die Hausherrin, schaute dann mich an und sagte: »Die Geschenke mit den Namen der Gäste liegen im Aufenthaltsraum hinter der Garderobe. Sie bleiben bitte auch dort – man darf Sie vor der Bescherung nicht sehen! Wenn ich Ihnen ein Zeichen gebe, kommen Sie bitte in den Salon. Verstanden?«

Ich nickte.

Im Aufenthaltsraum – der offenbar als Auffanglager für alle Externen an diesem Abend diente: Caterer, Entertainer, Bodyguards – standen und saßen ein paar verstreute Elfen beiderlei Geschlechts und aßen. Ich nickte in die Runde, man nickte zurück. Eine Tür, die nur angelehnt war, führte direkt in den Salon. Ich lugte neugierig durch den Spalt.

Man konnte nicht sagen, dass die Party »tobte« – es ging sehr dezent und stilvoll zu. Die kleine Ansammlung an

Gästen schien elitär. Sie standen im rundum verglasten Hauptraum der Villa, der den Blick auf die mittelalterliche Stadt im Weihnachtslichterglanz perfekt zur Geltung brachte – zwischen einem riesigen Weihnachtsbaum, der einem das Gefühl vermittelte, mitten im Wald zu stehen. Und mit einer ultraschicken Showküche, in der weißbemützte Leasing-Köche irgendwas mit Fisch zauberten. Und Kaviar.

Die Villa war dezent dekoriert. Also mal abgesehen von dem gigantischen Weihnachtsbaum. Weit und breit keine roten Schleifen oder Weihnachtspyramiden mit Honigkerzen oder Plastikkränze oder sonstige Kitsch-Deko. Das saisonale Ambiente lieferte, wenn man so wollte, allein die Stadt draußen vor den Panoramafenstern, die in weihnachtlichem Lichterglanz strahlte.

Ich stellte meinen Sack ab und ging zu den Elfen. Sie gehörten zu einer Musiktruppe, die über eine andere Agentur gebucht worden war. Es musste sich um ein Versehen handeln. In diese Villa passten keine in Rot und Grün gewandeten Elfen, es hätte ein Streichquartett im Frack sein müssen. Aber hey, den Weihnachtsmann hatten sie ja auch gebucht.

Schweigend mampften die musischen Elfen etwas Braunes mit Gemüsebeilage. Keine Fischeier für die Subalternen.

»Braten?«, fragte ich. »Gans?«

»Ja, aber nicht ganz durch«, monierte ein fetter Elf.

»Nicht ganz durch? Nicht ganz durch?«, lästerte ein anderer Elf. »Wenn ich diesem Vogel Mund-zu-Schnabel-Beatmung gebe, wird er wieder lebendig und springt vom Teller.«

Ich bediente mich selbst von der Schüssel auf der Warmhalteplatte und aß, bis ich voller war als die gefüllte Gans. Das Kissen unter meinem Santa-Kostüm hätte ich jetzt nicht mehr gebraucht.

Danach riskierte ich noch einen Blick durch den Türspalt. Zwischen Designermöbeln von Eames, Gehry und Le Corbusier verlustierten sich die Gäste. Sehr elegante Gestalten. Zweifellos die Crème de la Crème der über ihre Grenzen hinaus bekannten Stadt zur Bausparkasse. Die Männer ausnahmslos im Smoking, die Damen in edlen Roben, mit glitzerndem Geschmeide behängt. So schick machte man sich in meinen Kreisen nur, wenn die Queen zu Besuch kam, also nie, aber was wusste ich schon? Womöglich *war* die Queen hier zu Besuch, und ich sah sie nur nicht. Die soll ja extrem klein sein.

»Wer von denen wohl die Drohbriefe geschrieben hat?« Neben mir materialisierte sich eine grazile Elfin. Bestimmt die Harfenistin. Es sind ja immer die Kleinen an den großen Instrumenten.

Das mit den Drohbriefen hatte sich offenbar herumgesprochen.

»Das sind doch alles Säulen der Gesellschaft. Die killen doch keinen der ihren auf einer Party. Die *lassen* killen. Wenn sie wieder zu Hause sind und ein Alibi haben«, erklärte ich. Als regelmäßiger *Tatort* -Zuschauer wusste ich Bescheid.

»Ich glaube ja auch, dass es einer von uns sein muss.« Sie grinste mich von unten an. Bestimmt maß sie nicht mehr als einen Meter sechzig.

Ich lachte auf. »Ein Elf oder der Weihnachtsmann?«

»Oder einer der Caterer oder der Barkeeper oder diese unhöflichen Sicherheitsmänner. Alles Fremde, die für diesen Abend angeheuert wurden.«

Hm, da war was dran. Wer wachte über die Wachmänner?

Der Barkeeper sah aus wie ein mehrfach vorbestrafter Gewalttäter in einem neckisch kurzen Bolero-Jäckchen mit Glitzerpailletten. Ein äußerst verdächtiges Subjekt. Aber es sind ja immer die, bei denen man es nicht für möglich hält. Also die grazile, in ein rotes Wams und rote Leggins gekleidete Harfenistin neben mir.

»Sie haben ja eine erstaunliche kriminelle Phantasie.« Ich musterte sie mit frisch erwachtem Interesse – und einer Spur Misstrauen. Sah so eine Auftragskillerin aus, und wenn ja, wo hatte sie ihre Waffe versteckt? Das Elfenkostüm saß hauteng. Ob sie ihre Opfer mit einer Harfensaite garottierte?

Sie lächelte kokett. Jemand schlug gegen ein Glas. »Oh, schade ... das ist unser Zeichen. Jetzt wird gesungen. Bis nachher.« Sie entfloh auf leisen Elfensohlen.

Der Hausherr, ein distinguierter Endfünfziger im maßgeschneiderten, mitternachtsblauen Smoking, stand vor dem Steinway-Flügel und klopfte an sein leeres Punschglas.

»Liebe Gäste, was wäre eine Weihnachtsparty ohne Weihnachtslieder?« Er breitete die Arme aus. Seine Gattin verteilte unter den Gästen laminierte Notenblätter.

Das Licht wurde gedimmt, ein Scheinwerfer ging an und erhellte die Musiker. Meine kleine Harfenelfe zauberte mit ihren winzigen Händen weihnachtliche Akkorde. Ich schloss die Musiker als Auftragsmörder aus – sie waren zu gut an ihren Instrumenten.

Anders die Gäste. Während die mehr oder weniger notensicher »Oh du fröhliche« anstimmten, rief ich durch den Türschlitz in Richtung Bar: »Pst! Hierher!«

Der Barkeeper sah auf, dann kam er zu mir herüber. Ich war mittlerweile allein im Aufenthaltsraum – alle anderen hatten zu tun oder waren mal austreten oder was auch immer.

»Was ist?«, brummte der Barkeeper. »Ich hab zu tun. Der Champagnerpunsch ist alle.« Das bisschen, was der Mann an Höflichkeit besaß, brachte er offenbar nur den Gästen gegenüber auf, nicht dem Weihnachtsmann. Andererseits trug er – sicher nicht aus freien Stücken – ein Rentiergeweih auf dem Kopf. Das musste sich ja abträglich auf den Charakter darunter auswirken.

Ich setzte meinen Hab-mich-lieb-Dackelblick auf. »Zu blöd. Ich bräuchte dringend Schmierung vor meinem Auftritt.« Mit dem Kopf deutete ich in Richtung der leeren Punschschüssel. »Ich habe früher auch als Barkeeper gejobbt. Kann ich helfen? Und mir dabei ein Glas abzwacken?«

Er lehnte ab, bot mir aber an, ein Haller Löwenbräu Export vorbeizubringen, was ich dankend annahm.

***

Kurz darauf war der Punsch fertig. In einer gigantischen Bowlenschale, die an den Kessel der Macbeth-Hexen erinnerte, wogte eine nicht eindeutig zu identifizierende, urinfarbene Flüssigkeit.

Der Hausherr – trotz Drohbriefen immer noch quicklebendig – strahlte über alle vier Backen. Es gab ja Menschen, denen bedeutet Weihnachten noch etwas. Für die war Heiligabend nicht der Inbegriff von Konsumzwang und Inhaltsleere, sondern ein magisches Lichterfest voller Erinnerungen an eine herrliche Kindheit. Oder so ähnlich, keine Ahnung, ich gehörte nicht dazu. Aber der Hausherr. Sichtlich. Das freute mich für ihn.

Ich ließ schon mal die Schultern rollen und machte meine Stimmübungen. Gleich hatte ich meinen großen Auftritt.

Durch den Türspalt sah ich, wie sich die Gäste ihre nach dem vielen Singen ausgedörrten Kehlen großzügig mit Punsch befeuchteten.

Und dann war es so weit.

»Liebe Gäste«, trillerte die Hausherrin und hickste. »Entschuldigung. Das muss der Punsch sein.«

Die Anwesenden lachten höflich. Manche hicksten ebenfalls. Manche stützten sich schon am edlen Mobiliar ab. Der Punsch ging direkt ins Hirn – ohne Umwege über den Verdauungstrakt.

»Liebe Gäste.« Nächster Versuch. Leicht lallend. »Wir haben jemand ganz Besonderen für Sie eingeladen. Gottfried, wärst du so gut, das Licht zu löschen?«

Gatte Gottfried drückte auf sein iPhone, und im Wohn-Ess-Salon ging das Licht aus. Nun strahlte nur noch der Baum. In LED-Blau. Ein paar Leute entzündeten Wunderkerzen.

Ich räusperte mich. Und klopfte an die Tür.

»Wer da?«, juchzte die Gastgeberin mit ihrer hohen Kleinmädchenstimme. Eine impertinente Person. Wäre ich ihr Mann, ich hätte sie schon längst erschlagen. Mit der

Gipsfigur eines geigenden Clowns, die auf dem Flügel stand, gleich neben dem Hausherrn.

»Ho, ho, ho«, rief ich und riss die Tür auf. »Seid ihr auch alle brav gewesen?«

Schwer stapfte ich in die Raumesmitte.

»Ja«, krähten die Honoratioren, größtenteils angeschickert.

»Na, das wird sich zeigen!«, brummte ich und drohte spielerisch mit dem Zeigefinger in den weißen Samthandschuhen. »Bevor es Geschenke gibt, solltet ihr alle noch etwas trinken. Das kann nämlich dauern.«

Die Gäste defilierten neuerlich an der Punschbowle vorbei, der Hausherr schenkte reichlich aus. Die Stimmung stieg. Überproportional. Starker Stoff, dieser Punsch.

»Fangen wir doch mit dir an, mein Kind«, brummte ich, als alle mehr als versorgt waren, und bedeutete der Gastgeberin mit dem Zeigefinger, zu mir zu kommen.

»Ich? Aber ich doch nicht«, hickste sie.

Sie stolperte auf mich zu, so breit über das Gesicht grinsend, wie es in dem festgezurrten Zustand noch ging. Ich lächelte milde. Sie hickste noch einmal, ging dann in Zeitlupe in die Knie und sackte auf dem Boden zusammen.

»Huch«, rief eine Frauenstimme.

»Gerlind«, rief der Hausherr, ließ das Punschglas fallen und eilte besorgt auf seine Gattin zu.

Gerlind und Gottfried. Das Schicksal musste sie zusammengeführt haben. Oder sie waren Cousin und Cousine.

Er beugte sich besorgt über sie. Die Gäste schienen nicht so besorgt. Jemand schoss ein Handyfoto. Gefühlloses Pack.

Mir dagegen wurde in solchen Momenten immer ganz warm ums Herz. In jenen seltenen Augenblicken, wenn sich im Verhalten zweier Menschen wahre Liebe zeigte. Ich seufzte.

Viel konnte Gatte Gottfried allerdings nicht tun. Er rief noch einmal »Gerlind«, dann sackte er über ihr zusammen.

Ein Gast – männlich, markig und bestimmt der stellvertretende Vorstandsvorsitzende – wollte nun seinerseits helfen. Er lief auf das am Boden liegende Ehepaarknäuel zu. Mittig im Raum stolperte er jedoch, fiel hin und schlitterte über den Boden, leider nicht in Richtung seines Chefs und dessen Frau, die ihn weich abgefedert hätten, sondern auf den riesigen Marmorblock der Showküche zu, gegen den er mit einem deutlich hörbaren *Zong!* knallte.

»Huch«, rief dieselbe Frauenstimme von vorhin.

Mehrere Personen sanken nun plötzlich ihrerseits ohnmächtig zu Boden.

Die »Huch!«-Frau musste unter ihnen sein, denn es erklang kein weiterer Ausruf.

Ich öffnete noch eine Bierflasche und sah zu, wie auch die restlichen Gäste mehr oder weniger in Zeitlupe zu Boden gingen. Als ich die Flasche geleert hatte, befanden sich alle in der Horizontalen. Es konnte also losgehen.

Ich schaltete die Musikanlage ein und drehte die Lautstärke voll auf. Die Weihnachtslieder waren schon einprogrammiert. Zu den wummernden Klängen von McCartneys *Wonderful Christmas Time* und später Bublés *Winter Wonderland* trug ich eine Thermoskanne mit Tee zu dem Wachmann an der Hintertür und den beiden Securityleuten an der Gartenpforte. Der Kampfhund bekam einen Wurstzipfel. Ich blieb noch kurz stehen, bis die Männer zusammengesackt waren, dann stapelte ich sie so hinter der wintergrünen Eibenhecke, dass sie von der Straße aus nicht zu sehen waren. Den Hund nahm ich mit ins Haus.

Zurück in der Villa erleichterte ich die Damen von ihrem edlen Geschmeide und die Herren von ihren sündteuren Uhren und Manschettenknöpfen. Alles Echtgold, Echtsilber und Mehrkaratdiamanten. Höchst lohnend. Hier und da leerte ich noch eine Brieftasche, nahm aber nur das Bargeld, keine Kreditkarten. Ich stopfte alles in die leeren Schachteln in meinem Sack. Ein letzter Blick auf die im Salon verteilten, hingestreckten Menschenleiber ... ja, alles paletti.

Weil man auch Kleinigkeiten nicht verachten soll, nahm ich mir anschließend noch die beiden Gabentische vor. Den Tisch mit den Geschenken, die das Gastgeberehepaar für seine Gäste vorbereitet hatte – sämtlich hochwertige Drogerieartikel für den Herrn und die Dame –, und den Tisch, auf dem die Gäste ihre mitgebrachten Präsente abgelegt hatten. Ich steckte zwei Seifen, einen Rasierschaum und eine bebilderte Kamasutra-Ausgabe ein. Reines Privatvergnügen. Muss ja auch sein.

***

Die Drohbriefe hatte natürlich ich geschrieben. Gute Vorbereitung ist alles. Dazu gehörten auch die K.-o.-Tropfen im Punsch für die Gäste und natürlich in dem großen Wasserspender fürs Personal im Aufenthaltsraum sowie im Tee für die Wachleute. An alles zu denken ist das A und O eines erfolgreichen Weihnachtsmanncoups! Keiner würde – mal abgesehen vom Finanziellen – einen dauerhaften Schaden davontragen. Allenfalls der Barkeeper. Dem hatte ich – weil er sich weigerte, etwas zu trinken – als Einzigem eine geharnischte Kopfnuss verpassen müssen.

Ich warf den Sack mit den geklauten Pretiosen in den Kastenwagen des echten Santa. Natürlich erst, nachdem ich den immer noch schlummernden Mann rüber in den beheizten Eingangsbereich der Villa geschleppt hatte. Ich konnte ihn nicht draußen an der Hecke ablegen – er trug ja nur noch seine Unterwäsche.

Zum Abschied kraulte ich dem Kampfhund die kupierten Öhrchen. »Bist ein Guter«, gurrte ich. Er sah mich aus großen Augen an. Wir waren uns nie vorgestellt worden. Bestimmt hieß er Ajax. Oder Hasso. Ich gab ihm noch einen Wurstzipfel. »Leb wohl«, sagte ich.

Und ich schwöre, dieser Achtzig-Kilo-Monsterhund bekam plötzlich einen Dackelblick, der dem meinen in nichts nachstand ...

***

Während ich mit dem Kastenwagen in Richtung Stuttgart zu meinem Hehler brauste und neben mir der Kampfhund mit der Welpenseele seinen Riesenschädel beglückt hechelnd aus dem Fenster hängen ließ, sagte ich mir mal wieder, wie so oft, dass das Leben glücklich gelebt sein will. Und das Glück liegt in der Reise, nicht im Ankommen. Man muss einfach nur die Balance finden, dann klappt das auch mit dem Glück – das Gleichgewicht zwischen Gut und Böse, Auf und Ab, Gin und Tonic, meins und deins.

Ich kraulte meinen neuen Gefährten. Wir waren definitiv auf dem Weg ins Glück.

Was für fröhliche, *fröhliche* Weihnachten!

Richard Birkefeld

15

Advent, Advent, ein Lichtlein brennt ...

Hannover

Autorenvita

Richard Birkefeld, 1951 in Hannover geboren, Historiker und Politologe. Er veröffentlichte zahlreiche Texte zur hannoverschen Stadthistorie und über ihre kulturgeschichtlichen Phänomene des frühen 20. Jahrhunderts. Gleich sein erster Roman *Wer übrig bleibt, hat recht* wurde mit dem Deutschen Krimi Preis und dem Friedrich-Glauser-Preis fürs beste Debüt ausgezeichnet sowie in Dänemark und Frankreich für nationale Literaturpreise nominiert. Es folgten die Romane *Deutsche Meisterschaft* und *Tod einer Stracke* und zahlreiche Kurzgeschichten. Birkefeld lebt heute als freier Autor und Herausgeber in Hannover.

… erst eins …

»War mein süßes Engelchen denn auch artig?«

Der Weihnachtsmann saß an ihrem Bett und fuchtelte ein wenig mit der Rute. Sie kannte seine Stimme irgendwoher, doch passten die Bilder in ihrem Kopf nicht zu dem buschigen weißen Bart, der Zipfelmütze und dem langen roten Mantel.

Obwohl der Weihnachtsmann leise sprach und nett zu sein schien, kroch ihr doch eine unbestimmte Furcht über den Rücken. Das lag weniger an der Erscheinung des Mannes als an dem Umstand, dass noch gar kein Heiligabend war. Das wusste sie genau, denn heute Morgen hatte sie erst das dritte Fenster ihres Weihnachtskalenders geöffnet, hinter dem sich das Bild von Bambi in einem verschneiten Märchenwald verborgen hatte.

Sie spürte die warme Hand des Weihnachtsmannes auf ihrer Stirn, als er ihr eine Locke aus dem Gesicht strich.

»Ich weiß, du bist ein liebes Mädchen.«

Sie sah die andere Hand in einem roten Sack verschwinden, die gleich darauf wieder mit einem Stofftier auftauchte.

»Deswegen habe ich dir auch was Schönes mitgebracht.«

Vor ihrem Gesicht tanzte ein kleines blaues Pony mit seidiger Mähne. Zaghaft griff sie danach, fühlte den weichen Plüsch und drückte das Tier an ihre Wange. Die Freude über das niedliche Geschenk verdrängte nach und nach ihre Angst.

»Das ist aber noch nicht alles, was der Weihnachtsmann für seinen Liebling hat …«

Jetzt wurde sie neugierig. Da war noch mehr im Sack, schöne Spielsachen vielleicht, Süßigkeiten oder gar eines der kleinen Kätzchen von Oma Ebelings Mieze?

Sie richtete sich ein wenig auf und starrte neugierig auf die geschlossene rechte Faust, die der Weihnachtsmann ihr hinhielt. Während seine andere Hand das Oberbett aufschlug und die kalte Raumluft unter ihr Nachthemd schlich, öffnete er langsam seine Hand.

Sie blickte auf ein zusammengeknülltes winziges rotes Stoffdreieck, das sich in der Handfläche des Weihnachtsmannes ein wenig entfaltete. Es hatte eine gewisse Ähnlichkeit mit der Wäsche, die ihre Mutter trug, nur war dieses hauchdünn, und man konnte wie bei einem Sieb durchgucken.

»… das ist nur für die ganz, ganz lieben Mädchen«, hörte sie die Stimme fortfahren, »für die ganz braven, die alle Geschenke bekommen, die sie sich wünschen …«

Sein Mund war jetzt ganz dicht an ihrem Ohr. Ein Geruch drang ihr in die Nase, der so roch, als schnüffele man an einer leeren Bierflasche.

»… und jetzt sage mir, mein Schatz, gehörst du auch zu diesen lieben …?«

Sie nickte brav, versuchte aber, ihren Kopf ein wenig wegzudrehen. Doch die warme Hand, die sich um ihre rechte Wange legte, hielt sie mit sanftem Druck davon ab. Von Daumen und Zeigefinger gehalten, schaukelte nun das kleine Stoffteil direkt vor ihrer Nase lustig hin und her.

»… dann brauchst du einfach nur mal dieses süße Höschen für den Weihnachtsmann anzuziehen, mein Engelchen …«

... dann zwei ...

»Und, mein Engel, irgendwelche Neuigkeiten?«, Ronnie hatte sich einen Kaffee eingeschenkt; nun zog er sich einen Küchenstuhl heran, fuhr sich über seine quittengelb gefärbten Haare und blickte sie erwartungsvoll an. »Wer hat dir geschrieben?«

Tine blickte ihren Lebensgefährten an, ließ den auseinandergefalteten Brief achtlos auf die Tischplatte fallen und schüttelte den Kopf mit ihren schulterlangen Rastalocken. »Ich fass es nicht – diese alte Bratze! Nach all den Jahren ...« Sie stand auf. »Da krieg ich sofort Herpes. Haben wir noch was zu trinken?«

»Ja, da steht noch diese Flasche Wodka im Kühlschrank.«

Tine nahm ein kleines Wasserglas aus dem Hängeschrank, füllte es randvoll mit Wodka und stürzte den Inhalt in zwei Zügen hinunter. »Sie schreibt, dass der Alte wohl nur noch wenige Monate zu leben hat. Lungenkrebs. Wir möchten doch bitte, bitte, bitte Weihnachten nach Hannover kommen.«

»Na und? Können wir doch ruhig mal machen«, schlug Ronnie vor und kratzte seinen tätowierten Totenkopf auf dem Oberarm, »ich hätte nichts dagegen. Schließlich habe ich deine Eltern noch nie kennengelernt, und wenn's deinem Vater so schlechtgeht ... Außerdem können wir abends ja wieder nach Hause düsen.«

Tine starrte Ronnie fassungslos an. Am liebsten hätte sie ihm eine geknallt, doch das wäre ungerecht gewesen. Sehr sogar, denn er wusste wenig von ihren Eltern, wahrscheinlich nur, dass sie in Hannover lebten. Aber im Grunde hatte er keine Ahnung, nicht die geringste.

Nie war ein klärendes Wort über ihre Lippen gekommen. Seit ihrer Volljährigkeit vor dreißig Jahren war ihr Mund versiegelt, ihre Familienangelegenheiten tabu, auch Ronnie gegenüber, mit dem sie mittlerweile über fünfzehn Jahre zusammen war. Am Anfang hatte er noch versucht, alles über ihre Familie zu erfahren, doch irgendwann hatte er einfach aufgegeben, weiter nachzufragen, und diesen Umstand genauso akzeptiert wie ihren Wunsch nach Ehe- und Kinderlosigkeit.

Sie wusste, dass Ronnie sie liebte, er würde wie immer ihre Probleme zu verstehen versuchen, alles für sie tun, was in seiner Macht läge, um ihr zu helfen. Das hatte er ihr in all den langen Jahren bewiesen, vor allem, als sie ganz unten war. Ihr bisheriges Schweigen war ihm gegenüber ungerecht. Das wurde ihr nach dem zweiten Glas Wodka schlagartig klar, genauso wie das unbestimmte Gefühl, welches ohnehin in den letzten Monaten immer mehr nach Definition und Präzision verlangte, um sich artikulieren zu können. Ein Gefühl, dessen bittersüßer Vorgeschmack einer Erregung glich, mit der man Lust zu befriedigen sucht. Ja – die Zeit war reif für offene Worte!

»Das sind nicht meine Eltern.«

Für einen Augenblick starrte Ronnie sie fassungslos an, dann griff auch er zur Wodkaflasche, füllte seine mittlerweile leer getrunkene Kaffeetasse und nahm einen großen Schluck. »Nicht?«, wiederholte er zweifelnd.

Für einige Sekunden war es ganz ruhig in der Küche, bis Ronnie die Stille unterbrach. »Nun schieß endlich los!«

Tine begann erst stockend, dann immer flüssiger zu erzählen, bis es nur noch so ohne Punkt und Komma aus ihr herausbrach.

Zuerst stellte sie ihren geliebten Vater vor: Georg »Schorse« Beckmann, damals Student der Soziologie, ein fürsorglicher, wenn auch suchtgefährdeter Vater, der aber im Gegensatz zu ihrer Mutter, Röschen Seibold, einer Grafikstudentin an der damaligen Werkkunstschule Hannover, seinen Erziehungsauftrag sehr ernst nahm, wenn auch seine pädagogischen Überzeugungen und Methoden heute exotisch klängen. Aber damals war das Usus unter den 68ern. Verheiratet seien die beiden außerdem nie gewesen.

Tine erzählte sehr erregt von ihrer Kindheit in einer Hippie-WG Ende der Sechziger, die von Kiffern, Säureköpfen und anderen Drogen-Freaks, von Trampern, Polit-Kommunarden, Berufsdemonstranten, Bhagwan-Jüngern, Stadtindianern und jeder Menge Traumtänzern frequentiert wurde. Schimpfte über ihre Zeit in den antiautoritären Kinderläden der Stadt, in der sie sich mit den anderen Kindern nackt in Farben wälzen und den Päderasten unter den Erziehern beim Masturbieren zugucken mussten. Auch zu Hause war es drunter und drüber gegangen mit endlosen alkoholisierten Diskussionsabenden, Drogen-Feten und Sexorgien, immer begleitet von den Hits der Stones, Pink Floyd, Deep Purple, Led Zeppelin und wie die Gruppen noch alle heißen mochten, vor allem aber von der Musik Bob Dylans und Crosby, Stills, Nash and Young, bis ihre Mutter eines Tages unter den Klängen von Lennons »Instant Karma« ihren Rucksack gepackt hatte und auf Nimmerwiedersehen nach Poona abgerauscht war, um bei den Sannyasins ihre Mitte zu finden. Später soll sie angeblich irgendwo im australischen Outback bei einem Opalsucher in dessen Höhle gelebt haben und vor ein paar Jahren dort verstorben sein.

Bis zum Verschwinden ihrer Mutter hatte Tine als Kind in dieser Chaoten-WG bereits Fragen beantwortet bekommen, die sie noch gar nicht gestellt hatte. Rückzugsräume wurden sozialisiert, Privatheit gewissermaßen verboten, selbst die Tür zur Toilette hatte man ausgehängt. Und mittendrin zwei, drei Kinder im Vorschulalter. Aufklärung erfolgte qua Anschauungsunterricht, die Spielarten der Sexualität als öffentliche und schamlose Liebesdemonstrationen. So sah sie ihre Mutter mit zwei Männern vögeln und den Vater mit anderen, ihr völlig wildfremden Frauen.

Sie war davon überzeugt, ihren ersten Trip mit der Muttermilch eingesogen zu haben, genauso wie sie sich sicher war, in der vollgekifften Luft der WG *high* gewesen zu sein, bevor sie überhaupt laufen konnte. »In A Gadda Da Vida« von *Iron Butterfly* geistere noch heute durch ihre Alpträume wie der Soundtrack zu ihrer verlorenen Kindheit auf Dope.

Für einen Moment hatte Tine aus dem Küchenfenster geblickt und leise die Melodie vor sich hin gesummt. Dann fuhr sie mit ihrer Erzählung fort.

Ein paar Monate nach denen ihre Mutter einfach abgehauen sei, hatte ihr Vater eine neue Frau kennengelernt und die WG wenig später verlassen. Mit Tine und seinen wenigen Habseligkeiten war er vom Lister Wedekindplatz zum Nordstädter Schneiderberg gezogen, und zwar in die Wohnung seiner neuen Geliebten, der Boutique-Besitzerin Vera Schöngart. Da wäre dann das Leben für Tine zwar ruhiger, aber nicht gemütlicher geworden. War in der WG alles zwanglos gewesen, herrschte bei ihrer neuen Stiefmutter Biedersinn und Engstirnigkeit. Außerdem musste sie sich dort die Aufmerksamkeit ihres Vaters mit der neuen »Schwester«, Veras Tochter Petra, Petty genannt, teilen.

Petty wäre ein bildhübsches, aber völlig verzogenes Ding gewesen, knapp zwei Jahre jünger als Tine. Die zwei Mädchen hätten sich an und für sich ganz gut verstanden, bis Tines Vater ein paar Jahre später, im Dezember 1975, um genau zu sein, bekifft und sternhagelblau vom Balkon in der vierten Etage gefallen sei und sich dabei tödlich verletzt hatte. Tine, die ihren Vater, wie sie mehrmals betonte, abgöttisch geliebt hatte, war damals völlig am Boden zerstört gewesen und hatte deswegen auch allen familiären Halt verloren. Vera, die schon vor dem Unglück Tines Vater geheiratet hatte, bekam natürlich das Sorgerecht für ihre Stieftochter, und dann begann das, was Tine als ihr Martyrium bezeichnete, nämlich die Jahre der Pubertät bis zu ihrer Volljährigkeit.

»Die Alte hatte schon zwei Monate nach dem Tod meines Vaters einen neuen gehabt. Paul, das ist der alte Sack, der jetzt Krebs hat. Danach wurde ich behandelt wie Aschenputtel. Während Petty, die in der Schule völlig versagte, aber deswegen umhegt und versorgt wurde, Nachhilfe bekam und psychologische Unterstützung, musste ich mir nur Vorhaltungen machen lassen und ständiges Gemecker anhören. Oft erhielt ich grundlos Hausarrest oder Schläge, sogar von Paul, nicht nur für meine Aufmüpfigkeit oder miserablen Schulleistungen, sondern auch wegen meiner Punkklamotten. Die Alte meinte, mein rebellisches Verhalten läge an meinen schlechten Genen, meine Mutter sei schließlich auch so eine Herumtreiberin gewesen, die sich lieber mit Männern vergnügt hätte, als sich einmal um ihr Kind zu kümmern, von meinem Vater ganz zu schweigen.

Jedes Mal, wenn ich wieder schlechte Noten nach Hause brachte, dachten sich Vera und Paul eine grausamere Strafe für mich aus. Am Anfang zerbrachen sie nur meine Sex-Pistols-LPs oder warfen meine zerrissenen Jeans in den Altkleidercontainer. Dann riss mir Paul eines Tages einfach meine Sicherheitsnadel aus dem Nasenflügel. Jetzt weißt du auch, woher ich diese Narbe habe. Doch das Schlimmste war, als sie meine weiße Ratte Sid in der Toilette ertränkten, die bis dato auf meiner Schulter gewohnt hatte. Mein Vater hätte mir so etwas nie angetan, und diese Arschlöcher waren noch nicht einmal mit mir verwandt. Ich habe sie dafür gehasst, fühlte mich damals aber völlig hilflos, missbraucht und ihnen auf Gedeih und Verderb ausgeliefert.«

Tine stöhnte auf, zog sich bei der Erinnerung ihr Magen doch schmerzhaft zusammen. »Während Vera ihrer ›ach, so süßen Petty‹ den Puderzucker in den Arsch blies und aus ihr ein ›Fräulein Menke‹ mit Lackschühchen und weißer gestärkter Bluse formen wollte, trieb mich diese Mischpoke immer mehr in die harte Punk- und Drogenszene.«

Tine schenkte sich den Rest Wodka ein. Schließlich schlug sie mit der Faust auf den Tisch. »Dieses Gesocks ist schuld, dass ich mit sechzehn an der Nadel hing, von der Schule flog und meine Scheiß-Pubertät nur auf Drogen verbrachte, bevor ich mit meinen Siebensachen in die Volljährigkeit stolpern durfte. Ich bin dann sofort raus aus der Folterkammer, ab nach Berlin und dort, wie du ja weißt, völlig am Bahnhof Zoo versumpft, bis ich dich endlich beim Entzug im Klinikum-Mitte kennengelernt habe.«

Ronnie war aufgestanden und hatte sie in den Arm genommen. »Junge, Junge! Das ist aber harter Tobak. Ich hatte schon vermutet, dass bei dir einiges schiefgelaufen sein muss – aber das ist nicht von schlechten Eltern, wenn du mir diese Bemerkung erlaubst.« Er küsste sie auf die Stirn. »Aber der Mist ist jetzt seit Jahren vorbei. Es gibt nur noch uns. Zusammen haben wir es geschafft, unsere Drogenprobleme in den Griff zu bekommen, mein Engel. Ich bin so stolz auf uns. Also lass uns auch diesen Scheiß begraben und einfach ohne Zorn nach vorne blicken. Das ist die beste Art der Bewältigung.« Ronnie kehrte zu seinem Stuhl zurück. »Aber sag mal, was ist aus dieser Petty geworden, deiner Stiefschwester? Hast du von der noch was gehört?«

»Nee, keine Ahnung! Vor zwei, drei Jahren hatte ich hier in Berlin mal einen gemeinsamen Schulkameraden aus Hannover getroffen, der mir erzählte, das Petty damals auch das Abi geschmissen hat und bei der TUI arbeiten soll. Sie lebt wohl immer noch in der hannoverschen Nordstadt, nicht weit von ihrer Mutter und dem Alten entfernt.«

»Käme die denn Weihnachten auch?«

»Höchstwahrscheinlich!« Tine trank den Rest Wodka aus. »Muttis Liebling ist doch ein braves Kind und der ganze Stolz dieser verfickten Familie.«

»Weißt du was?« Ronnie wirkte unternehmungslustig. »Wir fahren Weihnachten einfach frech nach Hannover, und ich guck mir die Truppe mal an. Diese Freaks will ich sehen. Außerdem hindert uns ja niemand daran, denen notfalls das Fest zu vermiesen ...«

Tine wand sich aus seiner Umarmung, stand auf und lief geraume Zeit unschlüssig zwischen Tisch und Küchentür hin und her. Schließlich blieb sie stehen und stützte sich dicht vor Ronnie mit den Armen auf der Tischplatte ab. »Okay! Meinetwegen. Aber dann werde ich realisieren, was ich mir seit damals vorgenommen habe.«

»Na prima! Und das wäre ...?«

»Ich werde mich für all diese Erniedrigungen rächen und hoffe, du hilfst mir dabei.«

»Natürlich! Hast du denn schon einen Plan?«

»Ja, ich werde einen Stollen backen. Du musst mir allerdings noch ein paar Zutaten besorgen ...«

... dann drei ...

Die meisten ihrer Kindergartenfreundinnen hätten sich bei der Vorstellung gefreut, wenn jeder Tag im Weihnachtskalender Heiligabend gewesen wäre, doch sie nicht. Das lag nicht an den vielen Naschereien, sondern an dem Weihnachtsmann, der keine Adventssonntage mehr zu kennen schien, sondern den ganzen Dezember über zu ihr kam und diese roten Sachen trug, wenn Mutti arbeitete. Dann verlangte er seltsame Sachen von ihr, die anfänglich noch lustig waren, Verkleidungen wie beim Fasching, mit Muttis Unterwäsche, Stöckelschuhen, Strümpfen und einer Langhaarperücke. Dann malte der Weihnachtsmann ihr mit einem Stift rote Lippen an, wünschte, dass sie tanzte, sich auf ihr Bett legte oder auf dem Boden turnte, während er sie fotografierte.

Das machte auch manchmal noch Spaß, aber wenn sie keine Lust verspürte, sich zu verkleiden, dann konnte der Weihnachtsmann schon mal streng werden, die Rute schwingen und drohen, den Eltern von ihrer Unartigkeit zu erzählen oder ihr Schlimmes anzutun, wenn sie es jemals wagen würde, der Mutter von ihren lustigen Spielchen zu erzählen.

Das tat sie auch nicht. Aber schlau, wie sie war, erzählte sie es ihrem Vater.

Der meinte allerdings, das sei völlig in Ordnung, der Weihnachtsmann prüfe auf diese Art und Weise lediglich, ob die Kinder das ganze Jahr über auch artig seien, damit er sie am Heiligabend reinen Herzens beschenken könnte. Sie sollte sich keine Sorgen machen, einfach nur tun, was der Weihnachtsmann von ihr wollte, und Mutti nichts sagen.

Das beruhigte sie, und sie vertraute dem Weihnachtsmann, auch dann noch, als er ihr ein paar Wochen später vorschlug, mal ein neues Spielchen auszuprobieren …

… dann vier …

Es war Heiligabend. In der Zimmerecke stand ein geschmückter Tannenbaum, durch die Wohnung zog der Duft der Gans, die im Herd vor sich hin briet, und der Esstisch war zum Nachmittagskaffee liebevoll gedeckt und weihnachtlich dekoriert. Die Alte hatte gerade Tines weißbepuderten Stollen angeschnitten und auf die Teller verteilt. »Was du alles kannst – der sieht ja lecker aus!«

Sie verteilte die fünf Portionen, während sie zum x-ten Mal wiederholte, wie glücklich sie sei, dass Tine mit ihrem Freund zu Besuch wäre, obwohl es ihrem Gesicht anzusehen war – und das freute Tine besonders –, wie sehr die Bratze ihrer beider Haartracht, Tattoos und Outfits missbilligte.

Vera war alt geworden, wirkte eingefallen und zerbrechlich, sah aber »Onkel« Paul gegenüber, bei dem man spürte, dass der Sensenmann bereits hinter ihm stand, wie das blühende Leben aus.

Petty hingegen, die Letzte in der Familienrunde, war eine schöne Frau geworden, wirkte aber in ihrem steifen Habitus und mit den braven Klamotten etwas altjüngferlich und vertrat Ansichten, die Tines Rastalocken zu Berge stehen ließen.

Ansonsten war das bisherige Treffen zwar nicht so gruselig wie erwartet, aber dennoch stinkelangweilig abgelaufen.

Das würde sich aber gleich ändern, das wusste Tine, denn das, was wie Puderzucker auf dem Stollen aussah, war eine Mischung aus zerstampften *Trips, Angel Dust* und ein wenig Schnee, also *Hot Stuff,* den Ronnie vor ein paar Tagen vom Dealer seines Vertrauens besorgt hatte.

Tine vermutete, dass der dazugereichte Kaffee die einsetzende Wirkung beschleunigte, harrte der Dinge und brach zum Verzehr, wie Ronnie auch, nur kleine Stücke aus dem Innenteil des Stollenstücks. Sie wollten die zu erwartende Commedia dell'arte natürlich klaren Kopfes genießen und warteten gespannt auf die ersten Anzeichen untypischen Verhaltens, wie zum Beispiel grundlose Albernheit, weinerliche Melancholie oder ausufernde Aggressivität.

Draußen war es bereits dunkel geworden. Vera knipste die Lichterkette am Weihnachtsbaum an und entzündete auf dem Tisch die Kerzen des Adventskranzes.

»Weihnachten ist doch irgendwie geil«, sagte sie völlig unvermittelt, kicherte ein wenig, hielt sich dann aber die Hand vor den Mund, um das unvermittelt aus ihr herausprustende Lachen zu unterdrücken.

Petty wirkte ebenfalls angeheitert. »Hast du eben *geil* gesagt?«, wandte sie sich an ihre Mutter. »Das sagt man aber nicht!« Dabei streifte sie achtlos die Schuhe von den Füßen und öffnete die oberen Knöpfe ihrer Bluse. »Worte wie *geil* sagen nur die bösen Mädchen!«

Mutter und Tochter bogen sich vor Lachen, während Tine schmunzelnd beobachtete, wie Onkel Paul sich aus dem Stuhl stemmte, zum CD-Regal schlurfte, dort lange suchte, bis seine getroffene Wahl zu hören war. Cindy und Bert. *Immer wieder sonntags kommt die Erinnerung ...*

Der Alte hob die Arme. »Dubidubidup Dupp ...!«

Auch Mutter und Tochter stimmten unisono in den Refrain mit ein. Ja – es kam Stimmung auf! Der Koks schien sich mit dem LSD zu einer selbstsicheren und halluzinösen Albernheit zu verbinden, die ihren Ausdruck im gemeinschaftlichen Nachgrölen deutschen Schlagerschwachsinns fand. Ronnie lachte Tränen über Onkel Paul, weil dieser seine Luftgitarre stimmte und dann den Arm kreisen ließ wie Pete Townshend in »My Generation«. *Hope I die before get old!*

Man konnte seine Knochen bis zum Esstisch knacken hören.

Doch langsam schlug die Stimmung um. Bei jedem der drei Versuchskaninchen zeigte der Drogenmix eine andere Wirkung.

Die Musik war verstummt, denn Paul hatte sich inzwischen Kopfhörer aufgesetzt, die Augen geschlossen und saß mit offenem und sabberndem Mund am Fuß des Wohnzimmerschranks und nickte mit dem Kopf wie der Wackel-Dackel auf der Hutablage seines alten Opel Rekord. Er war in den Orkus der Schlagerwelt abgestiegen und entspannte sich zusehends, wie der sich ausbreitende nasse Fleck auf seiner Hose bewies, bei Roberto Blancos »Ein bisschen Spaß muss sein«.

Vera schien derweil völlig den Faden verloren zu haben, denn sie führte Selbstgespräche über die Geilheit der Frauen im Allgemeinen und über ihre eigene im Speziellen, wobei Tine erfuhr, die das wirre Gestammel einigermaßen entschlüsseln konnte, dass Vera wohl gerne einen gewissen Max, wer immer das auch war, flachgelegt hätte, Paul aber, dieser »impotente Loser«, sie durch seinen »beschissenen Krebs« bisher davon abgehalten hätte. Ihr Geseire schlug schließlich in ein greinendes Gejammer um, bis sie ihren Kopf auf den Kuchenteller fallen ließ und intime Einzelheiten von sich gab, was sie mit besagtem Max alles anstellen würde, sollte Paul endlich den Löffel abgeben. Die drastischen Details, die Vera dabei erwähnte, trieb selbst Tine das Blut in die Ohren.

»Jetzt knallen sie endlich durch. Wie wir uns das vorgestellt haben«, grinste Ronnie und zeigte auf Petty, deren Gesicht völlig versteinert war. Diese sagte gerade einen Kinderreim auf, während sie apathisch auf den Adventskranz zu stieren schien. »Advent, Advent, ein Lichtlein brennt ...«

Tine beobachtete, wie Petty auf die äußerste Stuhlkante rückte und leicht die Beine spreizte. »... erst eins ...«

Ihre Stiefschwester war wie in Trance.

»Komm, wir hauen wieder ab!«, Ronnie stand auf. »Die sind alle fertig. Hier läuft nichts mehr. Ich pack schon mal unsere Sachen.«

»Okay«, antwortete Tine, »wir hatten unseren Spaß, aber entsorg den Rest Stollen. Wenn die noch mehr davon nehmen, gehen alle drei über den Deister. Das könnte verdammten Ärger geben ...«

Ronnie packte den Rest Kuchen in eine Plastiktüte, stieg über Pauls Beine und verschwand im Flur.

»... dann zwei ...«

Tine fuhr mit der Hand zwischen Pettys Blick und dem Kranz hoch und runter, doch sie schien nichts wahrzunehmen, zog lediglich ihren Rocksaum auf die Oberschenkel ihrer Beine.

»... dann drei ...«

Tine beugte sich nach vorn, dicht an Pettys Gesicht. »Weißt du eigentlich, dass ich dich, deine Mutter und Paul zeit meines bisherigen Lebens gehasst habe? Eure Ignoranz mir gegenüber, euer ganzes scheinheiliges Getue, eure Ungerechtigkeiten haben mich dermaßen angekotzt, dass ich wegen euch in der Gosse gelandet bin.«

»... dann vier ...« Petty schien auf Tines Ansprache nicht zu reagieren und zitierte weiterhin völlig unbeteiligt den Kinderreim.

»Meine Kindheit in eurer Scheißfamilie war der nackte Horror!«

Doch plötzlich hob Petty langsam den Kopf, suchte fahrig Tines Blickkontakt und fiel dann in ein abgehacktes Lachen, das eher einem Schluckauf glich.

Tine wurde wütend. »Das war nicht lustig, was ich damals mit euch erleben musste!« Erbost erhob sie sich. »Das ist nicht zum Lachen!«

Doch ihre Stiefschwester griff nach Tines Hand und hielt sie fest umklammert. Ihre Stimme klang nun ganz ruhig, aber ohne jede Betonung. »Ja, glaubst du denn etwa, für mich war das lustig?! Dann hör mal zu, was ich die ganzen Jahre für mich behalten habe. Das wird dich überraschen, du selbstgerechte Punkschlampe. Und danach will ich, dass ihr endlich wieder nach Berlin abhaut und euch hier nicht mehr blicken lasst, ihr tätowierten Yunkies, ihr asoziales Pack …«

… dann steht das Christkind vor der Tür

Das war nicht mehr lustig, was ihr der Weihnachtsmann schon seit Tagen abverlangte.

Wieder einmal trug sie diese Erwachsenenwäsche, die viel zu großen Pumps und feine, dünne Strümpfe, die in Höhe ihrer mageren Oberschenkel an einer Art Gürtel befestigt waren. Der Weihnachtsmann saß breitbeinig auf ihrem Bett und roch stark nach Bier. Er hatte sie an ihren beiden Händen, trotz hartnäckigen Sträubens, herangezogen und befahl ihr auch diesmal wieder mit sanfter Stimme, ihn zu streicheln.

Sie hasste dieses widerliche Tier unter seinem Mantel, das bei Berührungen zuckte, größer wurde und den Weihnachtsmann schwer atmen ließ.

Sie fragte sich, ob ihre große Schwester im Nachbarzimmer ähnliche Spiele mit dem Weihnachtsmann ertragen musste, doch sie hatte sie diesbezüglich nie anzusprechen gewagt, war es ihr doch sowohl vom Weihnachtsmann als auch von ihrem Vater verboten worden.

Als sie sich weigerte, ihre Hand auszustrecken, er aber mit Gewalt versuchte, diese unter seinen Mantel zu führen, erbrach sie sich auf seine Schuhe.

Während er sie losließ und laut losschimpfte, öffnete sich plötzlich die Tür, und ihre Mutter stand mit weit aufgerissenen Augen im Türrahmen.

Dann ging alles schnell. Und zwar so schnell, dass sie die ganzen Abläufe zeitlich nicht mehr einzuordnen verstand. Übertönt wurde die ganze Szenerie vom Schreien ihrer Mutter, vom Gestammel des Weihnachtsmannes, bis sie sich, wieder normal angezogen, in den Armen der Mutter wiederfand, die sich mit ihr im Schlafzimmer der Eltern eingeschlossen hatte. Ihre Mutter schluchzte, bis diese nach unendlich langer Zeit plötzlich aufstand, ihr den Kopf streichelte und riet, im Zimmer zu bleiben, die Tür leise aufschloss und den Raum verließ.

Sie folgte ihrer Mutter trotzdem, beobachtete, wie diese auf Zehenspitzen den Flur querte, vorsichtig in die Küche lugte, dann diese betrat und sich schließlich in Richtung Balkontür bewegte.

Auch sie stand wenige Augenblicke später in der Küche, fast verdeckt vom Tisch, und beobachtete, wie ihre Mutter in der Balkontür stand und von hinten auf ihren Vater starrte, der dort an der Brüstung lehnte, Schnaps aus der Flasche trank und eine Zigarette rauchte. Er hatte die Mutter wohl nicht bemerkt, denn er drehte sich die ganze Zeit nicht um, starrte nur in die Finsternis, umnebelt vom blauen Tabakdunst.

Plötzlich löste sich ihre Mutter aus der Starre, machte zwei Schritte nach vorne und schubste ihren Vater so kräftig, dass dieser über die Balkonbrüstung kippte und mit einem kurzen Aufschrei in die Tiefe stürzte.

Sie hielt vor Entsetzen den Atem an, bis sie von ihrer Mutter entdeckt, an der Hand genommen und schnell in ihr Zimmer gezerrt wurde. Ihre Mutter setzte sie aufs Bett und kniete sich vor sie hin. Sie blickte in ein tränenüberströmtes Gesicht und verstand die Welt nicht mehr, fühlte nur die Aufregung der Mutter, die sie an ihre Brust drückte und immer nur den einen Satz ins Ohr flüsterte: »Versprich mir, dass du niemandem, verstehst du – nie-man-dem – verrätst, was deine Mutti gemacht hat – niemandem, hörst du? Vor allem aber Tine darfst du nicht erzählen, was für ein böser Weihnachtsmann ihr Vater war …«

Romy Fölck

16

Lasst uns froh und böse sein

Leipzig

Autorenvita

Romy Fölck wurde 1974 in Meißen geboren und arbeitete nach ihrem Jurastudium zehn Jahre in einem großen Unternehmen. Mittlerweile lebt sie als freie Autorin in der Elbmarsch bei Hamburg. Sie arbeitet an ihrem vierten Kriminalroman und schreibt regelmäßig Geschichten für Anthologien und Zeitschriften. Romy Fölck ist Mitglied im Syndikat.

Mehr Informationen über die Autorin auf www.romyfoelck.de.

Heilig war er ganz sicher nicht, selbst wenn er sich so schimpfte. Für Georg war er der Tag im Jahr, der sich mit Lametta, Geschenken und fröhlichen Gesichtern behängte, damit alle ihn liebten. Der wie eine Hure gegenüber dem Freier alles tat, nur um zu gefallen. Aber es gab viele andere wie Georg, die sein wahres Gesicht kannten. Die wussten, dass er auch eine andere Seite hatte, eine öde, einsame, tödliche. Genug Verlierer wie er hatten dem Heiligabend in die hässliche Fratze gestarrt und den Finger am Abzug gehalten. Einige hatten durchgedrückt.

Georg zündete sich die letzte Kippe aus der Schachtel an und zog den Rauch tief in die Lunge. Warum hatte ihn diese Scheiße nicht längst umgebracht? Dabei warben sie doch großspurig auf den Schachteln damit: *Rauchen kann Lungenkrebs verursachen* oder *Rauchen kann tödlich sein.* Warum klappte das wieder nur bei den anderen, aber nicht bei ihm? Dabei rauchte er mindestens vier Schachteln am Tag. Mehr als ein gelegentlicher Raucherhusten war dabei nicht herausgekommen.

Letztes Weihnachten hatte er auf Nummer sicher gehen wollen und hatte die Schlaftabletten seiner Ex-Frau mit Alkohol gemischt. Das hätte so ein schöner Abgang werden können. Aber ausgerechnet Ingrid, seine Ex, hatte ihn gefunden und den Notarzt gerufen. Seit der Scheidung war sie noch nicht in seiner kleinen Sozialwohnung in Grünau gewesen. Aber ausgerechnet an Heiligabend hatte sie die Christbaumkugeln ihrer Großmutter holen wollen, die er beim Auszug einfach mitgenommen hatte. Kein Weihnachten ohne diese Kugeln am Baum, hatte sie jedes Weihnachten gejammert. Und echte Kerzen, bloß keine elektrischen Lichterketten! Die hasste sie wie die Pest. Jedes Jahr hatten sie darüber gestritten, und immer hatte sie sich durchgesetzt. Dass ausgerechnet diese kitschigen, rotgoldenen Kugeln sein verfucktes Leben gerettet hatten, machte ihn immer noch wütend!

Georg rauchte stumm und nippte an seinem Bier. Er sah hinaus in die Dunkelheit. Nicht mal Schnee hatte dieser beschissene Heiligabend gebracht, wie so viele Jahre zuvor. Trotzdem waren die Weihnachtskarten und -dekorationen verziert mit weißen Winterlandschaften und Schneemännern. Vom Weihnachtstauwetter sprach niemand, obwohl dieses statistisch in sieben von zehn Jahren auftrat. Diese ewige Weihnachtslüge kotzte ihn an!

In der Wohnung gegenüber spielten sie ebenfalls heile Welt. Die Lichter am Weihnachtsbaum waren angezündet. Er sah die beiden aufgeregten Kinder am Fenster vorbeihuschen und die Erwachsenen sich mit Weingläsern zuprosten. Dabei hatte der Typ seine Frau gestern noch geschlagen, weil sie die Kugeln nicht korrekt aufgehängt hatte. Georg hatte die beiden bis in seine Wohnung schreien gehört. Heute Morgen hatte er die Frau im Supermarkt getroffen, mit Sonnenbrille! Und jetzt turtelten sie, küssten sich und tranken Wein. Verlogenes Pack!

Georg nahm einen tiefen Zug und ließ die Asche auf das Billiglaminat fallen. Sollte der Nachmieter sich an den Brandlöchern freuen. Vielleicht sollte er seinen Namen hier einbrennen, damit überhaupt etwas von ihm blieb.

Denn heute würde er es richtig machen.

Er hatte sich ein Hanfseil besorgt. Das hielt einen Ochsen, wenn es sein musste. Georg musste es nur am Balkongeländer festmachen, sich das Ding um den Hals legen und springen. Ohne Seil aus dem dritten Stock zu springen würde ihn wahrscheinlich nur wieder ins Krankenhaus befördern. Aber auf diese Weise war sofort finito! Ein schneller Genickbruch. Wenn sie ihn morgen fanden, würde er dort kalt und starr wie die Rinderhälften im Kühlhaus hängen.

Er drückte die Kippe aus und setzte die Bierflasche an. Sie war leer. Schwerfällig stand er auf und schlurfte zum Kühlschrank. Ein letztes Bier, dann würde er hinausgehen und für immer den Abgang machen.

Georg griff in den Kühlschrank. Er war gähnend leer. Er hatte gerade das letzte Bier getrunken. Verdammt, nein! Ohne ein letztes Bier konnte er nicht abtreten. Ein Pils musste her! Sein Plan schien schon wieder zum Scheitern verurteilt. Denn alle Läden waren mittlerweile dicht. Georg griff nach seiner Jacke. Die Tanke, drüben an der Ecke! Dort konnte er Evchen wenigstens Tschüs sagen, dem einzig guten Geist in seinem Leben. Und vielleicht war auch Rudi da.

Frierend schlurfte er durch die kalten Plattenbauschluchten von Grünau, die Alten- und Sozialhalde von Leipzig. Keine Menschenseele war auf der Straße. Die Tankstelle war hell erleuchtet. Automatisch öffnete sich die Tür zum Verkaufsraum.

Eva bediente einen letzten Kunden am Tresen. Ein dicker Weihnachtsmann lehnte am Stehtisch vor den Kühltruhen. Fast hätte ihn Georg nicht erkannt. »Rudi, wie siehst du ’n aus?« Er haute seinem Kumpel eine Pranke auf die Schulter und grinste.

Rudi zog seinen Weihnachtsmannbart herunter und schob sich eine Bockwurst in den Mund. Der Senf lief an seinem Kinn hinab und tropfte auf den künstlichen Bart. »Ach Scheiße! Den Job hat mir die Tussi vom Arbeitsamt aufgedrückt«, nuschelte er und kaute. »Sonst hätten die mir die Bezüge gekürzt. Ich bin seit heute Morgen in dieser Kluft unterwegs, die nach Motten stinkt.«

»Was willst ’n haben, Locke?«, rief Eva hinter dem Tresen hervor, nachdem sie den Kunden abkassiert hatte. »Ein Helles?«

»Mach uns mal zwei und auch so einen toten Penis hier.« Er deutete auf die Bockwurst.

Rudi leckte sich den Senf von den Fingern. »Haste kein Zuhause, Evchen? Es ist Heiligabend! Da ist man bei seinen Lieben!«

Eva knallte die Bierflaschen auf den Tisch. »Willst du mich verarschen? Du weißt doch, dass Rolf mir bei der Scheidung die Kinder weggenommen hat.«

Rudi drückte Evas Hand. »Entschuldige, Evchen. Komm, trink ’n Helles mit uns!«

Die kleine Frau sah auf die Uhr über dem Tresen. »Na, ich hab eh gleich Schluss.« Sie holte sich ein Bier und stellte sich zu Georg und Rudi an den Tisch. So hatten sie im letzten Jahr nach Feierabend oft zusammen gestanden.

»Unser Letzter Wille, 4,5 Promille. Prost!« Rudi hob seine Flasche.

Sie tranken. Die Weihnachtsgirlande im Fenster blinkte und ließ ihre Gesichter bunt aufleuchten.

»Wir sind echt ein Trupp Loser«, sagte Rudi und wischte sich den Schaum vom Mund. Sein senfbekleckerter Bart hing schief unter seinem Kinn. Die Knöpfe seines roten Mantels, der ihm mindestens zwei Nummern zu klein war, waren bis zum Platzen gespannt.

Eva brummte zustimmend. Tiefe Sorgenfalten und Augenringe hatten sich in ihrem Gesicht eingegraben. Ein Tribut des Sorgerechtsstreits und der Nachtschichten in der Tankstelle.

Georg sah hinaus auf die leeren Zapfsäulen. »Für mich ist heute Endstation. Ich wollte nur noch ein Bierchen mit euch trinken.«

»Endstation?«, fragte Rudi. »Wo kommste denn her?«

Eva boxte ihm in die Seite. »Der Idiot will sich davonmachen.« Sie sah Georg wütend an. »Feigling! Wir haben alle Probleme, aber wir verpissen uns deshalb nicht einfach.«

»Ist doch egal, ob ich morgen wieder aufwache oder nicht. Den Staat wird's freuen. Ein Hartzer weniger.«

»Du willst in die ewigen Jagdgründe?« Nun war es auch bei Rudi angekommen. »Hast du noch eine Mitfahrgelegenheit?«

»An meinem Balkongeländer ist genug Platz. Da muss der Bestatter nur einmal kommen.«

Evas Gesichtsfarbe bekam rote Flecke. »Ihr Idioten! Hört jetzt auf mit dem Gejammer! Euer Selbstmitleid kotzt mich an. Mensch, tut was, damit es euch bessergeht!«

»So wie du? Du hast deine Kinder auch aufgegeben! Warum kämpfst du nicht um sie?«, konterte Rudi.

Wütend wischte Eva einen Senffleck vom Tisch. »Weil … weil …« eine Tränen rollte über ihr Gesicht.

Rudi sah verlegen auf seinen Bockwurstzipfel. »Evchen, tut mir leid. War nicht so gemeint.«

»Ihr habt doch recht.« Sie schneuzte sich. »Lieber sterben als ohne meine Kinder leben!«

»Wieso sind sie bei deinem Ex-Mann und nicht bei dir?«, fragte Georg.

»Rolf ist der Pressechef vom Bürgermeister. Er hat Macht und Geld. Bei Gericht hat er den liebenden Ehemann und Vater gegeben. Dabei war er fast nie zu Hause! Jedem kurzen Rock ist er hinterhergestiegen. Von wegen Überstunden im Büro! Als ich ihn endlich verlassen habe, hat er alle Register gezogen. Er hat Zeugen bestochen und mich hingestellt, als ob ich eine schlechte Mutter sei. Das Gericht hat Rolf geglaubt und ihm das alleinige Sorgerecht zugesprochen.«

»Kannst du deine Kinder denn sehen?«

»Jedes zweite Wochenende, unter Aufsicht vom Jugendamt.« Sie schluchzte leise.

Rudi tätschelte ihren Arm. Georg reichte ihr eine Serviette vom Bockwurstteller. Sie schneuzte hinein.

»Ich hätte meinen Chef verklagen sollen.« Rudi sah verlegen seine Freunde an. »Ich war in der IT eines großen Unternehmens. Die Kündigung war absolut link. Die hätte jedes Arbeitsgericht aufgehoben. Aber ich habe mich zu Hause verkrochen und habe das Saufen angefangen. Dabei wäre 'ne fette Abfindung drin gewesen.«

»Scheiße!«, Georg nahm einen Schluck Bier.

»Und du?«, fragte Rudi. »Wie hat es dich an unseren Tisch der Verlierer verschlagen? Warst du nicht Architekt?«

»Chefarchitekt in der Firma meiner Frau. Sie hatte die Kohle, ich das Know-how und die Kontakte.« Er seufzte und stellte die Flasche ab. »Ich habe noch ein riesiges Projekt angeschoben, habe mit meinem Entwurf die Ausschreibung für ein neues Stadtteilzentrum in der Südvorstadt gewonnen. Als meine Frau den Zuschlag in der Tasche hatte, hat sie mich zu Hause rausgeschmissen und mir gekündigt. Beim Arbeitsamt haben sie nur mit den Schultern gezuckt. Architekten gibt es in Leipzig wie Sand am Meer. Zum Altenpfleger hätte ich umschulen können. Vom Zeichentisch zur Bettpfanne.«

»Hättest du nicht bei der Scheidung die Hälfte vom Haus und von der Firma bekommen müssen?«, fragte Rudi.

»Ehevertrag«, nuschelte Georg.

Rudi und Eva nickten synchron.

»Schweinebande! Wir müssen es ihnen heimzahlen«, sagte Eva wütend und ballte ihre schmale Hand zur Faust. »So dürfen sie nicht durchkommen!«

Rudi sah sie sprachlos an. Dann stellte er scheppernd die Bierflasche auf den Tisch. »Einen richtigen Denkzettel sollte man ihnen verpassen! Die sollen endlich mal Dreck fressen wie wir!«

Eva streckte ihre Brust raus. Ihre Augen sprühten. »Wir tun uns zusammen! Allein sind wir schwach, aber gemeinsam kriegen wir sie dran!«

»Recht hat sie«, sagte Rudi und schob seinen roten Weihnachtsmannbauch hinter dem Stehtisch hervor. Er hob Eva hoch und drehte sie. »Ein geiler Plan, Evchen! Wir werden ihnen richtig ans Bein pinkeln!«

Georg sah vor seinem inneren Auge den Strick am Balkongeländer baumeln. »Ihr könnt machen, was ihr wollt. Ich habe heute noch einen Termin!«

»Du willst es wirklich durchziehen?«, fragte Rudi und ließ Eva runter.

Eva legte ihren Arm auf den Stehtisch und winkelte ihn an. »Los, du Feigling! Wenn ich gewinne, machst du mit.«

Georg sah sie verständnislos an. »Armdrücken? Das ist Schwachsinn, Eva. Doch nicht mit dir!«

»Kneifst du etwa?«, fragte sie. »Du Schlappschwanz! Keinen Zahn im Hals, aber La Paloma pfeifen.«

Georg legte seinen Arm auf den Tisch und packte Evas Hand. »Rudi, du zählst.«

»Auf drei! Eins, zwei, drei … Los!«, rief Rudi.

Georg und Eva pressten ihre Hände gegeneinander. Aber Eva hielt Georgs Arm stand.

»Los, Eva, du schaffst ihn!«, rief Rudi und klopfte sich begeistert auf die Schenkel.

Evas Gesicht lief rot an, ihr Arm blieb oben. Georg konnte es nicht fassen. Diese kleine Frau entwickelte ungeahnte Kräfte! Er verstärkte den Druck. Eva stöhnte, ihr Arm begann zu zittern. Doch plötzlich wurde ihr Gesichtsausdruck zu Stein. Sie gab einen Schrei von sich und knallte Georgs Arm auf den Tisch.

Rudi sprang in die Luft. Ein Knopf platzte vom Weihnachtsmannmantel ab und gab den Blick auf sein gut gefülltes Unterhemd frei. »Das ist mein Mädchen! Wie hast du das gemacht, Evchen?«

Sie rieb sich den Arm. »Ich habe ihn mit meinem Willen besiegt, nicht mit dem Arm!«

Georg hieb seine Faust auf den Tisch. »Du Teufelsweib! Du hast gewonnen!« Er sah seine Freunde an. »Okay, ich bin dabei!«

Eva holte eine Flasche Wodka und Gläser. Sie kippten einen Doppelten. Eva goss nach. »Wir müssen die Drecksbande an ihrer empfindlichsten Stelle treffen«, sagte sie. »Jeder von ihnen hat eine Schwachstelle, und wir werden sie finden.«

Sie standen die halbe Nacht in der Tankstelle, tranken und schmiedeten Pläne. Sie bemerkten nicht einmal, dass es angefangen hatte zu schneien.

***

In der Nacht zwischen den Weihnachtsfeiertagen wurde Ingrid Berg von der Polizei aus dem Bett geklingelt. »Kommen Sie, Frau Berg, schnell! Ihr Architekturbüro brennt!«

»Oh, mein Gott!« Ingrid zog sich einen Mantel über und lief zu ihrem Wagen. Das Büro befand sich in einer nobel ausgebauten Fabrikhalle in Schleußig. Als sie dort ankam und hinter der Polizeiabsperrung parkte, blieb sie schockiert im Wagen sitzen. Das Feuer schlug bereits aus den Fenstern. Mehrere Löschzüge waren vor Ort und versuchten, den Brand einzudämmen. Schaulustige standen hinter einem Absperrband in der Kälte und beobachteten die Löscharbeiten. Ingrid war nicht fähig, sich zu rühren. Das war eine Katastrophe! Auch wenn die Versicherung den Schaden ersetzte, alle Entwürfe und Modelle, ihr Büro, das gesamte Equipment waren zerstört! Zum Glück hatte sie

Sicherungskopien der wichtigsten Konstruktionspläne, wie den des Stadtteilzentrums in der Südvorstadt, auf ihrem Laptop zu Hause. Wenn sie dieses Millionenprojekt verlor, stand die Firma vor dem Aus. Seit sie Georg gekündigt hatte, waren Kunden und Aufträge weggebrochen. Sie hatte maßlos unterschätzt, wie wichtig er für das Architekturbüro gewesen war.

War das nicht Georg da drüben? Sie kniff die Augen zusammen. Tatsächlich, ihr Ex-Mann lehnte an einer Mauer und sah den Löscharbeiten zu. Als er ihren Blick bemerkte, hob er die Hand und formte einen erhobenen Daumen. Was hatte Georg um diese Zeit hier verloren? Er wohnte doch in einer Sozialplatte in Grünau?

Als Ingrid am nächsten Morgen vergeblich die Dateien mit den Konstruktionsplänen des Stadtteilzentrums auf ihrem Laptop suchte, befiel sie eine bleierne Schwere. Nichts! Als hätte es die Dateien nie gegeben. Ingrid nahm ein Beruhigungsmittel ein und rief ihren Psychologen an.

Wenige Tage später lag das Brandgutachten in ihrer Post. Als Ursache des Brandes bestätigte der Brandexperte einen Kabelbrand, der von einer defekten Weihnachtsbaumbeleuchtung herrührte. Sie stutzte. Las den Satz noch einmal. Sie hatte weder einen Weihnachtsbaum noch eine entsprechende Beleuchtung im Büro gehabt. Georg hatte zwar immer einen Baum mit Lichterkette haben wollen, aber sie war stets dagegen gewesen. Georg! Plötzlich sah sie wieder seinen erhobenen Daumen vor sich. Laut schreiend zerfetzte sie das Brandgutachten.

***

Pressechef Rolf Hecht überließ am Abend des Feiertages seine Kinder dem Au-pair-Mädchen und fuhr in die Leipziger Innenstadt. Er dachte an die schöne Helena und lächelte. Die Studentin hatte ihn auf Facebook kontaktiert, und er war auf ihren Flirt eingestiegen. Sie hatte ihm gleich ein Foto geschickt. Ganzkörper. Ein wenig zu perfekt war dieses Foto. Wie für eine Modezeitschrift gemacht. Aber ihre rehbraunen Augen, die langen blonden Haare und ihre weiblichen Kurven hatten bei ihm sofort Wirkung gezeigt. Nach einem heißen Chat hatte sie ihn ins Marriott-Hotel eingeladen – natürlich auf seine Kosten –, und er hatte zugesagt.

Im Hotelzimmer stand eine geöffnete Flasche Champagner bereit. Er hörte Geräusche im Badezimmer. »Trink etwas«, rief eine Frau durch die Tür. »Ich bin gleich bei dir.« Kam ihm die Stimme nicht irgendwie bekannt vor? Rolf schüttete zwei Gläser Champagner hinunter und sah auf die Uhr. Was machte Helena so lange da drin? Er lockerte seine Krawatte. Ihm war heiß. Kurz darauf wurde ihm schummrig, er musste sich aufs Bett setzen. Zwei Frauen im Bademantel kamen aus dem Bad und beugten sich über ihn. Er kniff seine Augen zusammen. Öffnete sie wieder. Nein, es war nur eine Frau. Seine Ex-Frau ...

»Eva?«, nuschelte er.

»Dass du als Pressechef tatsächlich auf ein falsches Foto hereinfällst«, sagte sie lächelnd.

Er begriff ihre Worte nicht. Sein Kopf fiel aufs Bett.

Als er am Morgen erwachte, dröhnte sein Schädel. Die

Hände waren ans Hotelbett gefesselt. Was war bloß in der letzten Nacht passiert? Er hatte einen kompletten Filmriss.

Rolf sah sich im Zimmer um. Seine Hosen hingen auf der Stehlampe. Drei leere Champagnerflaschen und mehrere aufgerissene Packungen Kondome lagen auf dem Teppich. Die Minibar stand offen, die leeren Fläschchen waren auf dem Boden verstreut. Er entdeckte seine goldene Kreditkarte auf dem Tisch neben einer weißen Substanz, die aussah wie Kokain. Neben ihm, an der Nachttischlampe, hing ein roter Tanga.

»Oh Gott«, stöhnte er, als es klopfte. Kurz darauf stand ein erschrockenes Zimmermädchen im Raum. Hinter ihm drängten mehrere Pressefotografen ins Zimmer. »Herr Hecht. Wir haben einen Tipp bekommen, dass Sie hier im Hotel wilde Sexorgien feiern. Was sagen Sie zu diesen Vorwürfen?«

Sein »Kein Kommentar!« ging in einem Blitzlichtgewitter unter.

Die nächsten Tage waren für Rolf Hecht die Hölle. Die Leipziger Presse prügelte auf ihn ein. Seine Parteikollegen schnitten ihn, der Bürgermeister legte ihm seinen Rücktritt nahe. Rolf schloss sich zu Hause ein. Aber auch hier fanden ihn die Pressegeier. Mitarbeiter des Jugendamts erschienen mit einem amtlichen Schreiben und nahmen die Kinder mit. Man werde angesichts der neuen Situation die Sorgerechtslage noch einmal überprüfen, sagten sie. Es habe – außer den unschönen Fotos in der Zeitung – einen anonymen Hinweis gegeben, dass er im Sorgerechtsprozess Zeugen manipuliert habe. Die Staatsanwaltschaft war schon eingeschaltet. Die Kinder fielen Eva in die Arme, die vor dem Haus gewartet hatte. Sie machte mit der Hand ein Victory-Zeichen. Als die Reporter ihre Kameras auf Rolf hielten, schlug er wütend die Tür zu.

***

Schon beim Öffnen der Tür merkte Jobst Heinemann, dass während der Weihnachtsfeiertage jemand in seiner Wohnung gewesen war. Er ließ den Rollkoffer los und trat vorsichtig ins Wohnzimmer. Bestürzt blieb er in der Tür stehen. Alle Schränke waren durchwühlt worden, Schubladen herausgezogen. Die Weihnachtsdekoration war heruntergerissen, alle Bilder hingen schief an den Wänden. Jobst trat näher und vergewisserte sich, dass er allein war.

Die Einbrecher hatten das Glas der Terrassentür eingeschlagen. So waren sie ins Haus gekommen. Er ging ins Schlafzimmer. Den Safe hatten sie nicht angerührt. Jobst wollte schon hinausgehen, drehte sich jedoch noch einmal um und riss die Kabel aus dem Computer. Er schaffte den PC ins Auto, dann rief er die Polizei.

Auf der anderen Straßenseite stand ein korpulenter Weihnachtsmann und starrte ihn an. Er zog kurz den Bart herunter. Da erkannte ihn Jobst. Er hatte den Typen vor einem Jahr aus seiner Firma geschmissen, weil er seine privaten Bilder auf dem Bürocomputer entdeckt und ihn zur Rede gestellt hatte. Doch dieses Problem hatte er gelöst, wie er alle Probleme löste: schonungslos und endgültig. Jobst hatte die Festplatte im Büro ausgetauscht und den Typen rausgeschmissen. Er grinste. Na, da hatte der ja jetzt den richtigen Job gefunden, der Versager!

Jobst drehte ihm den Rücken zu und telefonierte laut auf dem Bürgersteig, während er auf die Polizei wartete. Dass der Weihnachtsmann einen Computer bei sich hatte, der seinem eigenen äußerst ähnlich sah, bemerkte er nicht.

»Kommen Sie bitte, hier entlang«, sagte er, als die Polizisten aus dem Streifenwagen stiegen. Er führte die Beamten ins Haus. »Ich war über Weihnachten bei meiner Familie in Berlin. Die Einbrecher sind durch die Terrassentür hereingekommen.« Er wies auf die zersplitterte Tür, die offen stand, obwohl sie geschlossen gewesen war, als er hinausging. Auch das bemerkte er nicht.

Ein Polizist ging ins Schlafzimmer, während der andere das Chaos im Wohnzimmer begutachtete.

Jobst folgte dem Beamten ins Schlafzimmer. »Den Safe haben sie nicht ...« Er stockte. Seine Nackenhaare stellten sich auf. Der Computermonitor war eingeschaltet, und auf dem Bildschirm waren Fotos von nackten Kindern in eindeutigen Posen zu sehen. Wie konnte das sein? Er hatte den PC doch vor einigen Minuten in sein Auto gebracht! Wieso stand er jetzt wieder hier an seinem Platz und gab seine geheimsten Phantasien preis?

»Wir nehmen Sie mit auf die Wache, Herr Heinemann«, sagte der Polizist, und sein Blick ließ nichts Gutes vermuten. »Dieser Computer wird als Beweismittel sichergestellt. Sie werden uns einige Fragen beantworten müssen!«

Als die Beamten Jobst in den Streifenwagen setzten, stand der dicke Weihnachtsmann wieder auf der anderen Straßenseite. Er hob die Hand zum Gruß. Jobst fluchte.

***

Eva öffnete eine Flasche Sekt und goss drei Plastikbecher voll. Georg und Rudi leckten sich Senf von den Fingern und schoben die leeren Wurstpappen zur Seite.

»Ich möchte euch beiden danken!« Eva wischte sich eine Träne aus dem Auge. »Meine Kinder sind wieder bei mir. Das Gericht hat mir gestern das alleinige Sorgerecht zugesprochen!«

»Glückwunsch, Evchen!« Rudi prostete ihr mit dem Plastikbecher zu und trank. »Übrigens habe ich einen Job in Aussicht. Als Hausmeister im Kindergarten. Denen hat an Heiligabend mein Weihnachtsmannauftritt gefallen. Es ist noch nicht fest, aber die Chancen stehen gut.«

Georg hieb ihm auf die Schulter. »Na also!« Er hob seinen Becher. »Und ich gehe zurück in meinen Beruf. Ich habe den größten Konkurrenten meiner Frau angerufen, und er hat mich zu einem Gespräch eingeladen. Er hat jetzt eine Menge Arbeit, seit die Firma meiner Frau insolvent ist.«

»Wir haben es ihnen ganz schön gezeigt, was? Mein Ex-Chef ist seinen Job los, habe ich in der LVZ gelesen. Der Prozess gegen ihn beginnt in acht Wochen. Da sitze ich in der ersten Reihe!«

»Geschieht diesem Pädophilen nur recht!« Georg verzog angewidert den Mund. »Ganz ehrlich, ich hätte nicht gedacht, dass wir sie wirklich drankriegen, ohne dass es auf uns zurückfällt.«

»Ich auch nicht«, sagte Eva. »Aber nachdem ich dich im Armdrücken besiegt habe, war ich zu allem bereit!«

Sie lachten und tranken.

Ein Streifenwagen bog in die Tankstelle und hielt. Stocksteif sahen Rudi und Georg zu, wie ein Polizist ausstieg und den Verkaufsraum betrat. Sein Blick verhieß nichts Gutes. Er kam geradewegs zu ihrem Tisch und warf wütend seine Dienstmütze darauf. »Was für ein Scheiß-Tag!«, schimpfte er.

»Das ist Klaus«, sagte Eva. »Der ist in Ordnung!«

Der Streifenwagen fuhr los, und Klaus winkte seinem Kollegen. »Feierabend! Ich brauche ein kaltes Bier.« Er blickte in die verdutzten Gesichter der beiden Männer.

Eva brachte mehrere Flaschen Pils an den Tisch, und der Polizist nahm einen durstigen Schluck. Rudi und Georg tranken mit ihm. Nach einer halben Stunde waren sie mit Klaus per Du.

»Kriminelle gibt es hier in Leipzig, das könnt ihr euch nicht vorstellen! Aber wir haben keine Handhabe gegen sie, weil ihre Anwälte einfach zu schlau sind und sie immer wieder raushauen!«

»Dann tu doch selbst was dagegen!«, sagte Rudi und rülpste leise.

Georg stieß ihn unter dem Tisch an. Rudi zuckte mit den Schultern.

»Wie oft habe ich darüber schon nachgedacht«, sagte Klaus und drehte nachdenklich seine Bierflasche in der Hand. »Aber laut sagen darf man das natürlich nicht. Das ist Selbstjustiz.«

»Und wenn man es ... Gerechtigkeit nennt?«, fragte Eva.

Klaus nickte. »Da ist dieser Typ. Der hat schon mehrfach seine Frau vermöbelt. Immer wieder rücken wir nachts an, weil Nachbarn uns zu Hilfe rufen. Aber wenn wir da sind, wimmelt seine Frau uns ab und will ihren Mann nicht anzeigen. Dem könnte ich eine ...« Er hob die Hände und ballte sie zu Fäusten.

»Vielleicht sollte man dem Schläger einen kleinen Denkzettel verpassen!«, sagte Georg. »... nicht gleich vermöbeln. Aber seine Schwachstelle finden und ihn dort packen!«

Klaus sah ihn an. »Dann bin ich meinen Job los!«

Rudi beugte sich vor und flüsterte. »Muss ja keiner merken, wer es war.«

Klaus sah sich um und beugte sich zu Rudi. »Und wie stelle ich das an?«

Sabine Trinkaus

17

Das Malheur

Bonn

Autorenvita

Sabine Trinkaus, aufgewachsen im hohen Norden, lebt heute mit Familie in Alfter bei Bonn. Seit 2007 schreibt sie kriminelle Kurzgeschichten, für die sie schon diverse Preise gewann. Zuletzt war sie 2013 für den Friedrich-Glauser-Preis in der Sparte Kurzkrimi nominiert. Seit 2012 mordet sie auch in langer Form, im Frühjahr 2014 erschien ihr dritter Kriminalroman, *Der Zorn der Kommissarin.*

Krachen. Klirren. Scheppern.

Ein Klang, der keinen Raum für Zweifel ließ. Bernadette von Schwanenberg erstarrte. Wie in Trance legte sie die Tischdecke, nach der sie eben gegriffen hatte, zurück in die große Schublade. Drehte sich um und stellte sich dem, was sie nicht sehen wollte und doch musste.

Dunkelrote, zerborstene Stücke, brutal gezackt. Bernadette mühte sich, die Assoziation eines Blutbads zu unterdrücken. Hier und da glitzerte höhnisch das, was eben noch zartes goldenes Sternenmuster gewesen war.

»Ups.« Mandy stand da, das Tablett noch in der Hand. »Sorry.« Sie klang nicht, als würde ihr irgendetwas sonderlich leidtun. Dem armen Kind fiel es immer schwer, den richtigen Ton zu treffen.

Bernadette wich ihrem Blick aus, schluckte tapfer. Schluckte die Tränen weg. Das Service war das Geschenk eines saudischen Prinzen gewesen. Ganz zu Anfang von Wilhelms Karriere. Vermutlich unschätzbar wertvoll, aber es ging nicht um Materielles. Was Bernadettes Herz zu zerreißen drohte, waren vielmehr die Erinnerungen, die daran hingen. An so vielen Orten auf der Welt hatten die Teller und Schüsseln ihren Weihnachtstisch geschmückt. Das Service gehörte zum Heiligen Abend wie Spitzbuben und Punsch, wie Tannenduft und Lichterglanz.

Und doch kein Grund für Tränen, zwang sie sich zu denken, nur Porzellan. Bernadette hatte im Laufe ihres Lebens Weltreiche und Staatsmänner untergehen sehen. Sie hatte gelernt, dass es nicht half, Scherben zu beweinen. Ein guter

Diplomat musste gleichsam pragmatisch und optimistisch sein. In der Lage, sich mit dem abzufinden, was sich nun einmal nicht ändern ließ. Dabei offen für Neues, mochte es zuweilen auch schmerzlich sein, vom Alten zu lassen.

Sie würde darüber hinwegkommen. Genau wie Torben-Jasper.

Obwohl auch er das Service wirklich sehr liebte, genau wie Weihnachten, die mit Tannengrün geschmückten Räume der Villa am Beueler Rheinufer, die Bernadette als Witwensitz diente. Er liebte die Plätzchen, Spitzbuben, die sie Jahr um Jahr buk, den Duft nach Zimt und Mandarinen. Seit er seine Eltern verloren hatte, so früh, so tragisch, verbrachte er die Adventszeit und das Weihnachtsfest stets bei ihr, seiner Großtante, der einzig verbliebenen Verwandten. Ja, Torben-Jasper liebte Weihnachten. Und er liebte Bernadette, die wiederum Torben-Jasper liebte. Außerdem liebte Torben-Jasper Mandy. Das war neu, trotzdem natürlich erfreulich, wichtig, ja, er liebte Mandy sehr. Der Gedanke half Bernadette, das, was da in ihrem Kopf raste, zu beruhigen. Sich zu fassen. Sie hob den Blick und zwang sich zu einem Lächeln. »Das macht doch nichts«, sagte sie, ganz, als habe Mandy etwas Derartiges behauptet. »Das kann doch jedem mal passieren.«

Es war wichtig, jetzt keinen Fehler zu machen.

Sie kannte Mandy noch nicht lange, aber doch gut genug, um zu wissen, dass sich hinter der etwas ungeschliffenen Fassade ein durchaus empfindsames Wesen verbarg. Mandy reagierte heftig auf Misserfolg, Ungeschick und Kritik. Und heute, am Heiligen Abend, galt es unbedingt, schlechte Stimmung zu vermeiden. Sich auf das Gute und

Schöne zu konzentrieren. Weihnachten und Torben-Jasper, der ihr bereits jetzt das schönste Geschenk gemacht hatte, das sie sich wünschen konnte. Hatte er ihr doch erzählt, dass er beabsichtige, in Wilhelms Fußstapfen zu treten. Er bereitete sich auf die Aufnahmeprüfung an der Diplomatenschule vor. Es erfüllte Bernadette mit Glück und Stolz, dass er der Familientradition folgen würde. Und auch dass er endlich eine Frau gefunden hatte, mit der er sein Leben zu teilen beabsichtigte, war eine gute Nachricht. Dass er Mandy gleich geheiratet hatte, erschien Bernadette zwar ein wenig überstürzt. Andererseits war es durchaus ehrenhaft. Und außerdem war Torben-Jasper ein erwachsener Mann. Er traf seine eigenen Entscheidungen, lebte sein eigenes Leben. Er liebte Mandy, und darum war es für Bernadette selbstverständlich, ihr Herz und Haus zu öffnen. Auch wenn das Mädchen auf den ersten Blick nicht ganz dem entsprach, was sie sich für Torben-Jasper gewünscht hatte. Aber Bernadette hatte nicht umsonst Jahrzehnte auf dem glatten Parkett der internationalen Diplomatie verbracht. Sie hatte mehr als einmal mit Menschen zu tun gehabt, die erst auf den zweiten oder gar dritten Blick ihren guten Kern offenbarten. Bernadette war keine, die Bildung und Intelligenz verwechselte. Stil und Etikette waren ihr durchaus wichtig, aber eben nun einmal eine Frage der Erziehung. Und dass man Mandy, die sich die Haare in diesem aufdringlichen Rotton färbte, die zu enge und nie ganz saubere Kleidung für vorteilhaft zu halten schien und in der hohen Kunst der gepflegten Konversation ein wenig ungeübt war, nicht allzu viel in die Wiege gelegt hatte, war offensichtlich. Dafür konnte sie nichts, und deshalb verbot sich von selbst, ihr das zum Vorwurf zu machen. Torben-Jasper liebte Mandy. Mandy war Torben-Jaspers Frau. Und nur darauf kam es an.

»Geht es dir nicht gut?« Mandy klang eher interessiert als besorgt. »Kriegst du einen Infarkt?«

Bernadette ließ die Hand, die sie unwillkürlich in Höhe des Herzens an die Brust gepresst hatte, sinken. »Nein, aber nein«, beruhigte sie das Mädchen. »Es geht mir gut.«

Von Anfang an war Mandy sehr um Bernadettes Gesundheit besorgt gewesen. Sie hatte sich ständig nach ihrem Blutdruck erkundigt, nach möglichen Anzeichen für ernste Erkrankungen. Sie war Bernadette damit ein winziges bisschen auf die Nerven gegangen. Irgendwann hatte sie das Thema daher auf gute Diplomatenart beendet. Sie hatte Mandy gebeten, sie zu ihrem Hausarzt zu begleiten. Der natürlich bestätigt hatte, dass sich Bernadette in einem für ihr Alter tadellosen körperlichen Zustand befand. Bernadette hatte die Gelegenheit genutzt, ihre eigene, heimliche Sorge zu zerstreuen, indem sie darauf bestand, dass auch Mandy sich gründlich untersuchen ließ. Glücklicherweise hatte sich dabei herausgestellt, dass die doch auffallende motorische Ungeschicklichkeit des Mädchens keine organischen Ursachen hatte, obwohl sie weit über alles hinausging, was Bernadette je erlebt hatte. Mandy fiel nicht nur ständig etwas um oder hin, nein, sie selbst stürzte und strauchelte unentwegt. Vor allem auf Treppen, immer dann, wenn sie hinter Bernadette ging. Es grenzte an ein Wunder, dass sich Bernadette bei all den resultierenden Stürzen nicht längst das Genick gebrochen hatte.

Der Arzt sah allerdings keinen Grund zur Beunruhigung. Bernadette verstand daher nicht ganz, warum Mandy nach dem Besuch in der Praxis keineswegs froh und erleichtert gewesen war, sondern eher misslaunig und gereizt gewirkt hatte.

Um sie ein wenig aufzumuntern, hatte sie Mandy zu einem Stadtbummel eingeladen. Nicht ganz ohne Hintergedanken, wie sie zugeben musste. Leider erwies sich Mandy sowohl beim gemeinsamen Friseurbesuch als auch beim Bummel durch die Boutiquen, in denen Bernadette sich durchaus großzügig zeigte, als recht beratungsresistent. Zu allem Überfluss hatte der Tag dann fast noch ein böses Ende genommen, als Bernadette, wohl ein wenig erschöpft vom Einkauf, im Getümmel des Weihnachtsmarktes am Friedensplatz vor einem anfahrenden Bus gestrauchelt war. Die Sache war gerade noch einmal gut ausgegangen. Trotzdem war der Vorfall Mandy sehr auf den Magen geschlagen. Den ganzen Abend und die darauffolgenden Tage wirkte sie verstört, fast übellaunig.

Derartige Vorfälle hatten Bernadette gezeigt, wie sensibel und emotional verletzlich das Mädchen war. Und darum musste sie jetzt, in Anbetracht des zerbrochenen Service, alles richtig machen und die Bilder, die an die Oberfläche drängten, ignorieren. Torben-Jasper als kleiner Junge, mit staunenden, leuchtenden Augen an der Weihnachtstafel. Seine zarten Kinderfinger, die ehrfürchtig das goldene Muster auf dem Teller nachzeichneten. Nicht daran denken, mahnte sie sich, dafür war jetzt keine Zeit.

»Mandy, Liebes, wärst du so nett ...«, setzte sie an, sah sich gezwungen, sich zu räuspern. »Würdest du bitte einen Besen holen?« Natürlich hätte sie das selbst tun können.

Möglicherweise hätte sie das selbst tun sollen. Immerhin zeigte die Erfahrung, dass auch einfache Aufgaben Mandy zuweilen überforderten. Aber Bernadette verspürte ein starkes Bedürfnis nach einem Moment allein. Ein paar Minuten nur, um Abschied zu nehmen.

»Ich?« Mandy klang empört. »Die Russenputze kommt doch gleich!«

Bernadette zuckte ein wenig zusammen. Rein inhaltlich war das natürlich korrekt. Ekaterina musste jeden Moment eintreffen. Torben-Jasper hatte sich netterweise bereit erklärt, sie mit dem Auto abzuholen. Es verstand sich von selbst, dass Ekaterina den Weihnachtsabend gemeinsam mit ihnen verleben würde, statt allein in ihrem kleinen, möblierten Zimmer zu sitzen. Es war korrekt, dass die junge Russin Bernadette im Haushalt zur Hand ging. So finanzierte sie ihr Jurastudium. Aber die von Mandy gewählte Begrifflichkeit wirkte dennoch ebenso unpassend wie unzutreffend, dachte man an die goldblonde und zarte Person mit den feinen Gesichtszügen. Eine hochgebildete, fleißige junge Frau, zuverlässig, aufmerksam und wohlerzogen. Außerdem großherzig und hilfsbereit, gab sie doch Torben-Jasper seit dessen Ankunft täglich mehrere Stunden Nachhilfe in Russisch. Als Gattin eines zukünftigen Diplomaten musste Mandy wirklich lernen, sich ein wenig gewählter und vor allem exakter auszudrücken, dachte Bernadette. Aber für derlei fortgeschrittene Feinheiten war nun keine Zeit. Es ging vordringlich darum, Torben-Jasper den Anblick des Scherbenhaufens zu ersparen. »Bitte«, sagte Bernadette daher, so freundlich wie möglich. »Es wäre gut, wenn wir das Malheur jetzt gleich beseitigen.«

Mandy stöhnte, rollte die Augen, setzte sich dann aber tatsächlich in Bewegung.

Als sie den Raum verlassen hatte, ging Bernadette in die Hocke. Vorsichtig griff sie nach einer Scherbe. Strich sanft mit dem Finger über die Oberfläche, bewunderte ein letztes Mal die satte Farbe, die makellose Lasur. Sie dachte an das Glitzern und Glänzen im Schein der Kerzen. Schniefte, suchte nach einem Taschentuch. Und einem Ausweg. Konstruktiv denken, mahnte sie sich, konstruktiv und positiv, optimistisch, realistisch. Zeit für Neues. Veränderung gehörte nun einmal zum Leben.

Zumal es ja nicht so war, als müssten sie nun von Papptellern essen. Gold, fiel es Bernadette ein, da war noch das goldene Service. Das Geschenk eines französischen Attachés zu Wilhelms fünfundzwanzigstem Dienstjubiläum. Genau wie der Franzose selbst war es Bernadette immer ein wenig großspurig und pompös erschienen. Servierplatten aus massivem Edelmetall, die Teller in demonstrativem blattgoldenem Glanz. Aber immerhin war Weihnachten. Und Gold passte, es passte eigentlich sehr gut. Nicht auf die altrosa Tischdecke, auch die cremeweiße kam nicht in Frage. Aber es würde sich schon etwas Passendes finden. Natürlich musste das eine oder andere Detail in der Dekoration angepasst werden, die Kerzenleuchter, die Serviettenringe, aber es würde gehen. Sie erhob sich, eilte zur Anrichte. Sie griff nach einer der Servierplatten. Schwer wog sie in der Hand. Torben-Jasper würde darüber hinwegkommen. Er liebte seine Mandy, kannte sie, er wusste, wie leid ihr die Sache trotz ihrer scheinbar ungerührten Reaktion sicherlich tat.

Aus der Küche tönte ein dumpfes Rumpeln. Es klang, als würde Mandy Schubladen öffnen und wütend schließen. Bernadette unterdrückte ein leises Unbehagen. Hoffte, dass das Mädchen wenigstens die Finger vom Essen lassen würde. Alles war vorbereitet, alles unter Kontrolle. Sobald Ekaterina eintraf, würden sie gemeinsam letzte Hand anlegen. Die Gans in den Ofen schieben, Klöße und Rotkohl kochen. Mandy war diesbezüglich keine Hilfe, sie hatte kein glückliches Händchen mit Lebensmitteln. Das war Bernadette klargeworden, als sie versucht hatte, sie in die Geheimnisse der Backkunst einzuweihen. Geduldig hatte sie ihr erklärt, wie man aus guter Butter, Zucker, Mehl und Marmelade die köstlichen Spitzbuben, die Torben-Jasper so gern aß, bereitete. Sie hatte sich von Mandys eher desinteressiertem Habitus nicht entmutigen lassen. Und gewissermaßen war die Sache auch ein Erfolg gewesen. Stand doch Mandy ein paar Tage später vor ihr, in der Hand einen Teller mit Spitzbuben. Die habe sie, wie sie ein wenig ungelenk erklärte, ganz allein gebacken, nur für sie, für Bernadette. Die war gerührt gewesen. Obwohl sie sich kurz darauf in Erinnerung hatte rufen müssen, dass noch kein Meister vom Himmel gefallen war. Die Plätzchen waren hart wie Stein. Die Marmelade hatte einen sonderbar bitteren Beigeschmack. Einmal mehr war Bernadette die Fähigkeit zugutegekommen, die sie im Laufe ihres Lebens im diplomatischen Corps zur Perfektion gebracht hatte. Sie vermochte es, die ihr nicht zuträglichen Speisen nur scheinbar zu verzehren, während sie sie in Wirklichkeit diskret und völlig unbemerkt in Servietten und Taschen verschwinden ließ. Im Nachhinein war sie froh gewesen, dass höchstens zwei Bissen des Gebäcks den Weg in ihren Magen gefunden hatten. Eine winzige Menge, die trotzdem ausreichte, sie die ganze Nacht kaltschweißig und zitternd ins Bad wanken zu lassen, wo sie so leise wie möglich das von sich gab, was ihrem Körper ganz offensichtlich nicht zuträglich war. Sie hatte gehofft, dass Mandy davon nichts mitbekam. Unglücklicherweise war dem offenbar nicht so, denn in den nächsten Tagen warf sie Bernadette immer wieder fast vorwurfsvolle Blicke zu, aus denen auch eine gewisse Verständnislosigkeit sprach.

Überhaupt war Mandy in jener Zeit zunehmend reizbar. Sie verlor wegen jeder Kleinigkeit die Beherrschung. Ihre Neigung, auf eigene Unzulänglichkeiten mit aggressiver Stimmung zu reagieren, wurde allzu offensichtlich. Heimlich sorgte sich Bernadette um sie. Als zukünftige Diplomatengattin musste sie unbedingt lernen, persönliche Missstimmungen zu beherrschen und vor allem zu überspielen.

Immerhin schien Mandys Wunsch, sich auf irgendeine Weise nützlich zu machen, trotz aller Missgeschicke ungebrochen. Bernadette dachte nur ungern an jene Nacht zurück, in der sie aus dem Schlaf geschreckt war und Mandy vor ihrem Bett gestanden hatte. In den Händen ein großes Kissen, das sie vermutlich gerade hatte aufschütteln wollen, um für optimalen Schlafkomfort von Bernadette zu sorgen. Freundlich und ohne jeden Vorwurf hatte Bernadette versucht, ihr klarzumachen, dass es gewisse Grenzen der Privatsphäre gab. Sichtbare Grenzen, wie zum Beispiel eine geschlossene Schlafzimmertür. Sie hatte bekümmert gesehen, dass auch diese doch sehr dezente Kritik Mandys

Stimmung in noch tiefere Tiefen zu senken schien. Sie sprach kaum noch ein Wort, saß stundenlang dumpf brütend auf dem Sofa, trank dabei etliche Flaschen des teuren Weins, der im Keller lagerte, und verfolgte Bernadette mit wütenden, fast feindseligen Blicken.

Aber jetzt war kein guter Moment, an schlechte Momente zu denken. Immerhin war Weihnachten, der Heilige Abend, es galt zu retten, was zu retten war. Einen Scherbenhaufen zu beseitigen, Platz zu machen für Neues. Das konnte nicht so schwer sein, und Torben-Jasper würde ganz bestimmt darüber hinwegkommen. Er war schließlich kein Kind mehr, sondern ein zukünftiger Diplomat und imstande, den Verlust von ein paar alten Tellern zu verschmerzen. Genau wie sie. Abermals versuchte Bernadette sich vorzustellen, wie er aussehen würde, der goldene Tisch. Erneutes Poltern aus der Küche lenkte sie ab. Sie seufzte leise. Vermutlich war Mandy wieder irgendetwas hinuntergefallen. Aber das war kein Problem, dachte Bernadette, gar kein Problem. Ekaterina würde jeden Moment eintreffen. Ekaterina, die jedes Chaos im Keim zu ersticken vermochte. Tatkräftig und vorausschauend, klug und freundlich und immer gut gelaunt. Ekaterina würde wissen, welche Tischdecke sie nehmen mussten zu dem goldenen Service. Sie würde die richtigen Kerzenleuchter finden, wusste sicher, wo die Serviettenringe lagen. Ekaterina war stilsicher, und sie hatte einen erlesenen Geschmack. Sie würde Bernadette helfen, das, was sie sich im Moment nicht vorzustellen vermochte, zu realisieren. Alles würde gut werden, wenn Ekaterina erst da war. Bis dahin musste sie nur die elenden Scherben beseitigen, deren Anblick in ihr

Herz schnitt. Den Weg frei räumen für Neues, ein schönes Fest, Gans und Klöße auf goldenem Grund, Kerzenschein und Weihnachtsoratorium, danach Punsch und Spitzbuben vor dem Kaminfeuer. Und die Bescherung, ja, sie musste auch noch die Geschenke holen, die sorgfältig eingewickelt in ihrem Schlafzimmer auf dem Schrank lagerten.

Die Zeit drängte, denn eigentlich war es erstaunlich, dass Torben-Jasper und Ekaterina noch nicht da waren. Bernadette hoffte, dass es keine Probleme mit dem Wagen gegeben hatte. Aber das war unwahrscheinlich, denn schließlich war der Porsche Cayenne erst kürzlich in der Werkstatt gewesen. Mandy sei Dank. Bernadette war überrascht gewesen, sie eines Tages in der Garage anzutreffen, gebeugt über die geöffnete Motorhaube, die sie, als sie Bernadette bemerkte, eilig zuschlug. Sie hatte sich die Hände an der Hose abgewischt, etwas von Klopfgeräuschen im Motor gemurmelt. Sie war sogar rot geworden, als Bernadette ihr von Herzen dankte und ihrer Bewunderung ob so viel technischen Sachverstands Ausdruck verlieh. Bewunderung, die ermutigend und wirklich ehrlich gemeint, trotzdem aber ein bisschen voreilig gewesen war. Letztlich war es nur Bernadettes defensivem Fahrstil, der massiven Bauweise des Cayenne und einer großen Portion Glück geschuldet, dass sie bei dem Unfall mit dem Schrecken und einem Blechschaden davongekommen war. Der Mechaniker in der Werkstatt hatte auf ihre vorsichtige Nachfrage versichert, dass es einer großen Portion Talentlosigkeit bedurfte, um versehentlich einen Bremsschlauch zu durchtrennen.

Bernadette schob den Gedanken beiseite. Die Scherben, die sie irgendwie hinderten, die Gedanken auf die neue

Tischdekoration zu konzentrieren, mussten endlich beseitigt werden. Immer wieder musste sie hinsehen, auch jetzt, und auf einmal wirkten sie wieder so wichtig, die Scherben, so zentral und existenziell. So kaputt, so zerstört, so ohne jede Hoffnung und Perspektive. Loslassen, mahnte sie sich, Zeit für Neues. Nicht hadern mit dem, was sich nun einmal nicht ändern ließ.

Glücklicherweise hörte sie nun endlich Mandys Schritte auf dem Flur, endlich öffnete sich die Tür. »Mandy, Liebes«, sagte Bernadette. »Schau, was ich gefunden habe.« Sie griff nach der goldenen Platte, hielt sie ein Stück hoch. »Wir nehmen dieses Service. Das müsste doch gehen, meinst du nicht, Gold, das passt doch gut zu Weihnachten«, sagte sie, während ihr Hirn zu verarbeiten suchte, was die Augen vermeldeten. Eine Welle von Hoffnungslosigkeit und tiefer Resignation drohte, sie davonzutragen. Eine Sekunde nur, dann hatte sie sich so weit unter Kontrolle, dass sie wieder sprechen konnte. Geduldig, sanft und freundlich. »Einen Besen, mein Liebes«, sagte sie. »Kind, wo hast du nur deine Gedanken? Wir brauchen einen Besen. Nicht das Bratenmesser.«

»Schnauze!«, brüllte Mandy. Sie trat einen Schritt näher, hob die Hand mit dem Messer. Bernadette sah die Schweißflecken unter ihren Armen, die fettigen knallroten Haare. »Ich habe keine Angst vor dir, du bist kein Zombie, nicht unsterblich oder so, verdammt, ich bring es jetzt zu Ende, jetzt mach ich dich alle! Es reicht!«, sprudelte es aus dem überschminkten Mund.

Sie hatte recht, begriff Bernadette ein wenig unvermittelt, Mandy hatte ausnahmsweise völlig recht. Es reichte!

Sie hörte das Keifen, sah Mandys Hand mit dem Messer, das in ihre Richtung stach. So ungeschickt, so unbeholfen. Nein, auch zum Morden hatte Mandy keinerlei Talent, dachte Bernadette, während sich ihre Arme wie von selbst hoben, dann eine saubere Schwungbewegung vollzogen. Ein satter Ton erklang, weihnachtsglockengleich, dann sank Mandy zu Boden, und es wurde ganz still. Bernadette starrte auf die Lache, die sich langsam um ihren Kopf ausbreitete und eine prachtvolle Farbbrücke zwischen Haar und Scherben bildete. Dann riss sie ein Geräusch aus ihrer Starre. Die Tür öffnete sich, da stand Torben-Jasper, neben ihm Ekaterina. Bernadette sah in fassungslose Gesichter und sie begriff, was sie da angerichtet hatte.

»Torben-Jasper, ich ... oh Gott, es tut mir leid, ich ...« Ihre Stimme versagte. Kaputt, dachte sie, ich habe es ruiniert. Ich habe Weihnachten ruiniert. Sie schluchzte auf, barg das Gesicht in den Händen. Sie fühlte, wie sich ein Arm sanft um sie legte. Ekaterina führte sie zum Sofa, bettete sie dort. »Ganz ruhig«, sagte sie. »Schön ruhig bleiben, jetzt ...«

Dann war da Torben-Jasper, setzte sich neben sie, griff nach ihrer Hand. Ihr schwanden die Sinne.

Als sie langsam wieder zu sich kam, hatte sie Angst, die Augen zu öffnen. Sie hörte Ekaterinas Stimme. »... ein klarer Fall von Notwehr«, sagte die. »Ich habe die Polizei und ihren Anwalt angerufen.« Ekaterina, die jedes Chaos im Keim zu ersticken vermochte. Tatkräftig und vorausschauend. Bernadette wurde sonderbar warm ums Herz. Sie blinzelte vorsichtig. Sah die beiden, Torben-Jasper und Ekaterina. Ein schönes Bild. Die Art und Weise, wie die beiden sich umschlungen hielten, ging über eine freundschaftlich tröstende, der Situation angemessene Umarmung eindeutig hinaus.

»Keine schmutzige Scheidung«, hörte sie Ekaterina flüstern. »Oh, Liebling, jetzt sind all unsere Probleme gelöst.« Sie lächelte, küsste ihn sanft. »Wir haben es beide gesehen«, sagte sie dann. »Das Messer, zwei Augenzeugen, Notwehr, die Sache ist völlig klar.«

Bernadette krächzte leise, um den beiden Gelegenheit zu geben, sich aus ihrer kompromittierenden Position zu lösen, bevor sie die Augen richtig aufschlug.

»Tantchen!« Torben-Jasper griff wieder nach ihrer Hand. »Mein armes, armes Tantchen!«

Bernadette sah ihn an. »Es tut mir so leid«, sagte sie. »Ich wollte doch nicht ... ich meine ... ich weiß doch, wie du daran gehangen hast. An dem Service, nein, Mandy, meine ich, ich ... Gott, es tut mir so leid!«

»Nicht doch ...«, unterbrach Torben-Jasper sie sanft. Er blickte hinüber zu Mandy, der Blutlache und dem Scherbenhaufen. »Dich trifft keine Schuld«, sagte er. »Du konntest ja nicht anders.« Er sah Bernadette ins Gesicht. »Mach dir keine Sorgen«, sagte er. »Manchmal ist eben Zeit für Neues. Und ehrlich gesagt hatte ich von diesem Rot schon eine ganze Weile die Nase voll.«

In diesem Moment sah Bernadette sie vor sich. Die goldene Weihnachtstafel, glänzend, strahlend, perfekt. Sie sah Tischdecke, Kerzenleuchter und Serviettenringe und begriff, dass es weiterging. Zeit für etwas Neues. Egal, wie schmerzlich es sein mochte, vom Alten zu lassen.

Jan Schröter

18

Weihnachten kann man sich schenken

Hamburg

Autorenvita

Jan Schröter, geboren 1958 in Hamburg, studierte Sonderpädagogik und Germanistik und führte danach einige Jahre eine eigene Buchhandlung. Seit 1995 schreibt er Drehbücher für große Fernsehproduktionen (»Großstadtrevier«, »Alphateam«, »Traumschiff«) sowie Reisebücher, Romane und Kriminalromane. *Rettungsringe* ist sein dritter Roman bei Knaur.

Ein quadratisches Stück grauen Dezemberhimmels. Das war alles, was Georg Hinzmann von seinem Ruhesessel aus durchs Fenster erkennen konnte. Alles, was von Hamburg für ihn zu sehen war. Mehr muss auch nicht sein, versuchte er sich einzureden – ich habe doch schon alles gesehen in dieser Stadt. Mehr, als mir lieb ist. Natürlich die Tage, an denen die Docks von »Blohm & Voss« in roter Abendsonne erstrahlten und die Deerns in leichten Sommerfähnchen über die Pontons der Landungsbrücken flanierten – diese Tage würde Georg gern noch mal erleben. Aber diese Tage waren selten genug gewesen. Meistens war der Himmel grau in dieser Stadt. Ich hätte mal raus müssen, dachte Georg. Mal ganz woandershin. Jetzt ist es zu spät.

Der junge Mann stand plötzlich im Zimmer, ohne zuvor angeklopft zu haben. Vielleicht hat er geklopft, und ich habe es bloß nicht gehört, gestand sich Georg ein. Mit seinem Gehör stand es – wie mit allem anderen – nicht mehr zum Besten. Immerhin erkannte er den Kerl. Ihm fiel sogar der Name ein. David. Einer von den Pflegern. Nicht wirklich ein vollwertiger Pfleger. »Soziales Jahr« oder wie das heute hieß, wenn einem partout nichts Besseres einfiel und man noch ein bisschen perspektivlos vor sich hin gammeln wollte. David trug seine Haarmähne zu einem fettigen Pferdeschwanz gebunden und über der Jeans ein schwarzes T-Shirt mit leuchtend gelber Aufschrift: »Ich bin aufgestanden, ich bin angezogen – was wollt ihr noch?«

Früher hätte Georg so eine Type verhaftet. Einfach so. Allein das T-Shirt wäre dafür Grund genug gewesen.

»So, Herr Hinzmann, Ihr neuer Zimmernachbar kommt gleich«, verkündete David seine Botschaft und rückte dabei gleich ein paar Möbel beiseite, als stünde ein Schwertransport mit Überbreite ins Haus. So ähnlich war es ja wohl auch. Georg verfluchte sich bereits selbst dafür, dass er sich von der Heimleitung dermaßen hatte bequatschen lassen. Aber die hatten ihre stärkste Waffe ins Gefecht geschickt: Lisa, eine warmherzige Wolgadeutsche mit Rehaugen und Körperformen, deren Anblick sogar einen alten Mann wie Georg in Wallung brachte – und das, obwohl ihn nach seinem Schlaganfall bereits simpelste Anstrengungen vor erhebliche Probleme stellten. Von Sex mal ganz zu schweigen.

Es gäbe eine Neuaufnahme, leitete Lisa ihre Attacke ein. Bloß momentan kein freies Zimmer mehr in ihrem schönen Seniorenpflegeheim »Abendrot«. Die meisten Räumlichkeiten wären ohnehin doppelt belegt, nur er wohne noch allein. Dabei hätte es Georg auch gerne belassen, aber Lisa ließ nicht locker. Es sei ja nur vorübergehend, bis wieder etwas frei würde. Und so kurz vor Weihnachten wäre etwas Gesellschaft doch bestimmt auch für Georg sehr nett ...

Gegen Lisas Gesellschaft hätte Georg nichts einzuwenden gehabt, Weihnachten oder nicht. Ansonsten schätzte er Gesellschaft nicht mehr so sehr. Andererseits, es ist nur vorübergehend, beruhigte er sich, als Stimmen und Schritte draußen auf dem Flur die Ankunft seines neuen Wohngenossen ankündigten. Erfahrungsgemäß würde schon sehr bald wieder ein anderes Zimmer frei werden – im Haus »Abendrot« starben die Leute in Serie. Wenn nicht an ihren diversen Krankheiten, dann vor Langeweile.

Der Mann, den die Rettungssanitäter und Lisa in einem Bett hereinrollten und mit Hilfe von David in der freigeräumten Ecke plazierten, sah auch nicht so aus, als würde er es noch lange machen. Fahles Gesicht, die Wangen hohl, Augen geschlossen. Tolle Gesellschaft, dachte Georg, der nippelt doch schon ab, bevor das Christkind vor der Tür steht.

Das Personal wedelte geschäftig um den Neuankömmling herum und ließ endlich von ihm ab. Hilfspfleger David und die Rettungssanitäter verzogen sich grußlos. Als Letzte ging Lisa, deren sonniges Lächeln Georg ein wenig für den ganzen Trubel entschädigte.

»Vielen Dank, lieber Herr Hinzmann! Falls Herr Reinke Hilfe benötigt – einfach klingeln!«

Dann war Georg allein. Abgesehen von seinem neuen Wohngenossen natürlich.

»Hinzmann?«

Eine Stimme, so rauh wie Sandpapier. Georg hätte sie gern ignoriert. Aber als er sah, wie sich Reinke damit abmühte, den Kopf zu heben und in Georgs Richtung zu wenden, stemmte er sich ächzend aus seinem Sessel, griff nach dem Rollator und schob sich die paar Schritte hinüber zum Neuen. Reinke sah immer noch ziemlich tot aus. Allerdings hielt er nun die Augen offen. Wasserblaue Augen, die in Georg vage Erinnerungen anklingen ließen. Diese Augen erfassten Georg nun, fixierten ihn. Dann zeichnete sich auf den kraftlosen Lippen des Kranken tatsächlich so etwas wie ein Lächeln ab.

»Kommissar Georg Hinzmann. Immer noch in Hamburg ...«

Überrascht beugte sich Georg über das Krankenbett. Langsam dämmerte in ihm die Erkenntnis. »Reinke? Benno Reinke?«

»Leibhaftig. Vorerst zumindest. Dieser Leib hält nicht mehr lange.«

Reinkes Humor war schon immer etwas speziell gewesen, entsann sich Georg. Bei seinem letzten großen Ding hatte er eine Clownmaske getragen. Als ihn Georg und seine Leute wenig später verhafteten, beschwor Reinke Stein und Bein, weder der diebische Clown gewesen zu sein noch überhaupt etwas mit der Sache zu tun zu haben. Geglaubt hatte ihm niemand, vor Gericht schon gar nicht. Reinke war notorischer Wiederholungstäter, die Leute von der Kriminaltechnischen Untersuchung sicherten seine Fingerabdrücke im Haus des Überfallenen. Das Opfer, ein begüterter Kaufmann, hatte zwar nur einen kurzen Blick auf den Clown werfen können, bevor der ihm eine kostbare Ming-Vase auf dem Schädel zertrümmerte und so vorübergehend das Bewusstsein trübte. Aber Benno Reinke war verurteilt worden, obwohl man die Beute – ein Vermögen in handelsüblichen Goldmünzen, hauptsächlich südafrikanische Krüger-Rand – nie gefunden hatte.

»Ich komme direkt aus dem Knast«, flüsterte er jetzt, ohne den Blick von Georg abzuwenden. »Alles wegen Ihnen und diesem Kasper mit seinen Goldmünzen. Die haben mich nur begnadigt und entlassen, weil es sowieso zu Ende geht ...«

»Sie haben seit damals gesessen?«, staunte Georg. »Das ist doch mindestens fünfzehn Jahre her!«

»Wiederholte Fluchtversuche«, erklärte Reinke lapidar. »Beim zweiten Mal habe ich einem Schließer zu viel Angst eingejagt. Herzinfarkt, Exitus.« Er hustete angestrengt. Es schien ihm Schmerzen zu bereiten. »Der hatte wenigstens einen leichten Tod ...«

»Sie hätten Ihre Strafe einfach absitzen sollen«, tadelte Georg.

»Strafe für was?«, begehrte Reinke auf. »Ich habe die Münzen nicht geraubt! Sie haben sich geirrt. Der große, unfehlbare Kommissar Georg Hinzmann hat sich geirrt! Aber damit müssen Sie jetzt leben – ich nicht mehr lange ...«

Das traf Georg mehr, als er es zugab. »Sie sind so oft erwischt worden, Ihnen glaubt keiner«, winkte er kühl ab.

Ein feines Lächeln umspielte Reinkes blasse Lippen. »Doch. Sie glauben es. Denn warum sollte ich jetzt noch lügen?«

Tja, warum, dachte Georg und fühlte sich plötzlich noch mieser als gewöhnlich. Reinke beobachtete ihn aufmerksam.

»Sie haben doch immer getönt, Ihren Lebensabend im Süden verbringen zu wollen, weil Ihnen das Hamburger Wetter aufs Gemüt schlägt. Warum sind Sie in dieser Bruchbude gelandet, Hinzmann? Hat man Ihnen die Pension gestrichen?«

»Hab ein bisschen Pech gehabt«, wich Georg aus. Doch als die wasserblauen Augen ihn unbeirrt musterten, schob er schließlich nach: »Drei Scheidungen.«

Reinke enthielt sich jeglichen Kommentars. Keine Häme, auch kein Mitleid. Merkwürdigerweise motivierte genau das Georg zu weiteren Erklärungen.

»Eigentlich war ich mit meinem Beruf verheiratet. Schichtdienst. Nie zu Hause, wenn es darauf ankam. Hab versucht, mit teuren Geschenken alles auszugleichen. Am Ende war immer das Geld weg. Die Frauen sowieso.«

»Konnte mir im Knast nicht passieren«, bemerkte Reinke schlicht. »Kein Geld, keine Frauen. Vielen Dank, Herr Kommissar.«

»Das haben Sie sich selbst eingebrockt, Reinke!«, fuhr Georg auf.

»Das hätten Sie gerne!«, konterte Reinke, überraschend scharf. »Aber es geht auf Ihr Konto! All die Jahre hinter Gittern! Kein Beruf, kein Leben, keine Perspektive! Ihre Schuld, Hinzmann. Aus dieser Verantwortung entlasse ich Sie nicht.«

Reinke bezahlte seinen Ausbruch mit einer erneuten Hustenattacke. Dann schloss er die Augen, wandte sich zur Seite und sagte nichts mehr.

***

»So, Herr Reinke, nun sind Sie wieder frisch!«

Lisa stellte die Waschschüssel auf dem Nachttisch ab und stopfte Reinke fürsorglich die Decke um den abgezehrten Leib. Dafür beugte sie sich weit übers Bett – was zur Folge hatte, dass sich ihre strammen Hinterbacken, sozusagen um Freiheit winselnd, gegen den angespannten Stoff der weißen Pflegerinnenhose drückten. Schwarzer Slip, erkannte Georg fachmännisch. Normalerweise hätte ihm dieser Anblick den Tag gerettet. Aber die vorige – weitgehend schlaflos verbrachte – Nacht hatte ihn derart mitgenommen, dass er wohl nicht mal in Begeisterung verfallen würde, wenn Lisas Hosennaht der immensen Beanspruchung nicht länger standhielte und sie plötzlich rückwärtig im Freien stünde.

Benno Reinkes Anklage war nicht spurlos an ihm vorübergegangen, musste sich Georg eingestehen. Die Vorstellung, sich damals vielleicht tatsächlich getäuscht und mit Reinke den falschen Täter verhaftet zu haben, quälte ihn heftig. Zum einen aus gekränkter Eitelkeit – sein Beruf war Georg immer das Wichtigste im Leben gewesen, und er hatte bislang stolz behaupten können, ihm seien während seiner Dienstzeit keine großen Fehler unterlaufen. Vor allem aber empfand er ein tiefes Schuldgefühl. Natürlich hatte Reinke schon vor dem Goldmünzenraub eine kriminelle Karriere hingelegt. Trotzdem konnte man nicht wissen, ob er vielleicht die letzten Jahre sauber geblieben wäre.

Wenn Reinke wirklich nicht der Täter mit der Clownmaske gewesen war, dann hatte Georg ihn um diese Chance gebracht. Das war nicht wiedergutzumachen. In Anbetracht von Reinkes Gesundheitszustand und Restlebenserwartung schon gar nicht.

Lisa ließ von Reinke ab und strebte emsig zur Zimmertür, im Vorbeigehen noch Georgs verstimmte Miene registrierend. »Lächeln, Herr Hinzmann! Morgen ist Weihnachten!«, rief sie ihm aufmunternd zu, dann war sie weg.

»Weihnachten«, hörte Georg seinen Zimmergenossen murmeln, »steigt dann eine rauschende Party?«

Georg lachte bitter. »Weihnachten kann man sich schenken! Das ist im Haus ›Abendrot‹ trostloser als im Knast! Das diensthabende Personal ist genervt, weil es den Feiertag hier verbringen muss. Die Bewohner sind mit den Nerven fertig, weil Weihnachten ist und sie keinen Besuch bekommen –

jedenfalls die Bewohner, die noch merken, dass sie keinen Besuch bekommen. Abends gibt es ein Gläschen Billigwein zum Essen. Aber nicht, wenn es sich nicht mit den Pillen verträgt, die man schlucken muss …«

»Schade. Weihnachten im Knast war auch immer schlimm.« Reinke seufzte. »Und ein übernächstes Weihnachtsfest erlebe ich sicher nicht mehr.«

Ich würde dir gerne ein rauschendes Fest bieten, dachte Georg. Leider fehlten ihm dafür die Möglichkeiten. Vor allem die finanziellen. Eigentlich verbindet mich mit Reinke mehr, als mir lieb ist, sinnierte Georg weiter. Als Krimineller und als Kommissar waren wir in derselben Branche tätig, wenn auch auf unterschiedlicher Seite. Jetzt verbringen wir vereinsamt unsere letzten Tage im selben Zimmer. Und pleite sind wir ebenfalls beide.

»Sie könnten mir ja sagen, wo Sie die geraubten Goldmünzen versteckt haben, Reinke. Dann besorge ich Ihnen zu Weihnachten ein Festmenü mit Pauken und Trompeten.«

»Ich hätte lieber einen Gospelchor. Mit knackigen Weihnachtsengeln der Sorte Lisa«, schmunzelte Reinke. »Dafür würde ich durchaus gern bezahlen. Leider hatte ich die Goldmünzen nie und kann daher auch nicht sagen, wo sie sich befinden. Plumper Versuch, Hinzmann.«

»Tja. Dann wird Weihnachten wie immer. Keine Feier, kein Besuch, kein Chor. Hier erscheint nicht mal der Pastor.«

»Von uns ist ja auch keine fette Gabe für die Kollekte zu erwarten«, beendete Reinke das Gespräch und schloss erschöpft die Augen. An der Art, wie sein Zimmergenosse angespannt die Atemluft einsog, erkannte Georg, dass Reinke wieder Schmerzen quälten. Und schon plagte ihn wieder das schlechte Gewissen. Wenn er wenigstens etwas von seiner Schuld gutmachen könnte, mit einer Weihnachtsfeier zum Beispiel ... Nur, wie feierte man ein Fest ohne die nötigen Mittel und Gäste? Es kommt niemand, weil niemand mehr etwas von uns erwartet – das sieht Reinke durchaus richtig, fand Georg.

Und dann fiel ihm ein, wie sich genau das ändern ließ. Er stemmte sich aus seinem Sessel und zog den grauen Aktenordner aus dem Regal, in dem er vergilbte Zeitungsartikel über diverse Kriminalfälle aufbewahrte, mit denen er während seiner Laufbahn beschäftigt gewesen war. Leise legte Georg den Ordner ins Einkaufskörbchen seines Rollators und verließ das Zimmer, ohne Reinke zu wecken. Jetzt müsste er nur noch Lisa den Schlüssel fürs Büro entwenden. Zum Glück hatte Georg schon genug Taschendiebe bei der Arbeit erlebt.

***

Das Schulorchester des örtlichen Gymnasiums eröffnete den Weihnachtsreigen bereits kurz nach dem üppigen Frühstück, das vom hiesigen Feinkosthändler ebenso überraschender- wie großzügigerweise als Spende angeliefert worden war. Zur Feier des Tages hatten Lisa und David den kranken Reinke samt Pflegebett in den großen Gemeinschaftsraum geschoben, wo er, zusammen mit sämtlichen Heimbewohnern, dem Spektakel folgen konnte.

Und ein Spektakel wurde es. Dem Gymnasialorchester folgte die Darbietung einer Volkshochschultanzgruppe, danach boten die Zumba-Damen des Sportvereins in knappsten

Catsuits etwas fürs Auge. Das Blasorchester der Freiwilligen Feuerwehr bestach mit einem Medley schmissiger Melodien, eine Theatergruppe führte Loriot-Sketche auf, die komplette Vorschulstufe des Waldorf-Kindergartens mischte sich traulich unter die Senioren und beglückte sie mit putzigen, selbstgemalten Bildern in anthroposophischen Farben. Zumindest die Leiter sämtlicher Gruppen blieben auch nach ihrem jeweiligen Auftritt noch im Hause »Abendrot«, und so füllte sich der Saal immer mehr. Beim mehrgängigen Mittagessen – eine Spende des besten Restaurants am Platze – herrschte bereits Trubel wie beim Schützenfest. Als nach dem Dessert der Pastor mit ein paar launigen Worten eine Überraschung ankündigte und daraufhin der Konfirmandinnen-Gospelchor in Engelskostümchen lautstark »Oh Happy Day« schmetterte, siedete die Stimmung auf dem Höhepunkt. Georg saß unterdessen auf Kopfhöhe neben Reinkes Bett. Seinem Zimmergenossen standen Tränen in den Augen, als der Gospelsong verklang. Und während Lisa, David, die Heimleitung und alle anderen Heimbewohner noch darüber rätselten, was dieses Weihnachtswunder ausgelöst haben mochte, war Reinke durchaus bewusst, wer dahintersteckte. Er streckte seinen mageren Arm unter der Decke hervor und drückte Georgs Hand.

»Danke«, flüsterte er. »Wie haben Sie das bloß angestellt?«

»Werden Sie gleich hören«, antwortete Georg. Er erhob sich von seinem Platz, stützte sich am Tisch ab, ergriff einen Löffel und malträtierte damit so lange ein Weinglas, bis im Raum Stille einkehrte und sich aller Augen erwartungsvoll auf ihn richteten.

»Verehrte Anwesende, zunächst einmal möchte ich allen Verantwortlichen für die Spenden und grandiosen Darbietungen danken. Mein Name ist Georg Hinzmann, ich war mal Kriminalkommissar und bin derjenige, mit dem Sie gestern telefoniert und von dem Sie ein Fax erhalten haben. Darin und im Gespräch habe ich Sie über einen lange zurückliegenden Kriminalfall informiert, begangen von meinem Mitbewohner Benno Reinke, dessen Beute – ein Goldschatz – nie gefunden wurde.«

Georg warf einen Seitenblick zum Krankenbett hinüber. Reinke sah ihn nur mit seinen wasserblauen Augen an und sagte nichts. Im Saal dagegen kam leichte Unruhe auf. Georg schlug noch einmal den Löffel ans Glas und zog so wieder die Aufmerksamkeit auf sich.

»Herr Reinke ist schwer krank. Er möchte, so habe ich es Ihnen erzählt, in aller Stille und Verschwiegenheit seinen Goldschatz gerne einer Organisation oder einem Verein überlassen, deren Mitglieder ihm sein letztes Weihnachtsfest erhellen. Letzteres ist Ihnen allen in bewundernswerter Manier gelungen. Deshalb verzeihe ich Ihnen auch, dass Sie offenbar alle nicht davor zurückschrecken, sich die Taschen mit Diebesgut zu füllen, obwohl die Goldmünzen natürlich dem Beraubten oder dessen Erben zustünden – wenn man denn wüsste, wo sich der Schatz befände ...«

Georg registrierte jede Menge betretener Mienen und einige empörte Zwischenrufe, die er mit gesteigerter Lautstärke übertönte.

»Und deswegen verzeihen Sie mir bitte auch, dass ich Sie leider belogen habe! Denn Benno Reinke hat den Goldraub damals nicht begangen. Benno Reinke ist unschuldig!

Mit seiner Verhaftung habe ich einen furchtbaren Fehler gemacht, für den ich mich bei ihm entschuldigen muss. Aber danke schön, dass Sie mir so bereitwillig dabei geholfen und uns allen ein unvergessliches Fest bereitet haben!«

Während überall Stühle zurückflogen und Menschen aufbrachen, nicht ohne noch dabei die Reste des Festmahls hastig in Taschen und Mündern verschwinden zu lassen, wandte sich Georg seinem Zimmergenossen zu und reichte ihm feierlich die Hand.

»Fröhliche Weihnachten, Benno.«

***

Georg Hinzmann saß auf der großzügig geschnittenen Südterrasse seines nicht minder großzügigen Bungalows und genoss den freien Panoramablick. Sonnenuntergang über dem Mittelmeer. Mallorca hatte wirklich viel zu bieten. Das Klima tat seinen alten Knochen gut. Er dachte sogar schon hin und wieder daran, Lisa noch mehr anzubieten als bloß die Stelle als seine Privatschwester, die sie im Übrigen begeistert und ohne zu zögern angenommen hatte. Nicht nur wegen des Spitzengehalts, das Georg ihr zahlte – auch weil er so ein netter Mann sei, wie Lisa ihm neuerdings immer wieder versicherte. Wobei sie das Wort »Mann« besonders sinnlich zu betonen pflegte. Was bei Georg umgehend Gefühle auslöste, von denen er gar nicht mehr wusste, dass er sie überhaupt noch hatte.

Blinzelnd sah er die rote Sonnenscheibe ins Meer tauchen und dachte an Benno Reinke, der am zweiten Weihnachtstag gestorben war. Ganz friedlich, nachts im Schlaf.

Tags zuvor hatte er Georg noch einen verschlossenen Briefumschlag in die Hand gedrückt und ihm das Versprechen abgenommen, das Kuvert erst nach Bennos Ableben zu öffnen. Georg hatte nicht lange damit warten müssen. Und obwohl er den Brief längst verbrannt hatte, würde er den Inhalt niemals vergessen:

»Lieber Georg,

eigentlich wollte ich Dir mit meiner Behauptung, ich hätte den Raubüberfall damals nicht verübt, nur ein wenig auf die Nerven gehen. So als Ausgleich für die vielen Jahre im Knast, die ich mir – da hattest Du ganz recht – natürlich nur selbst eingebrockt habe. Jetzt denke ich aber, irgendjemand muss etwas davon haben, und damit meine ich nicht die Erben des Kaufmanns, dem ich die Goldmünzen abgenommen habe. Du findest den Lageplan meines Beuteverstecks auf der Rückseite dieses Schreibens. Du hast es verdient. Dass sich ein Kommissar bei einem Knacki öffentlich entschuldigt, ist einzigartig. Dass sich ein Kommissar stillschweigend etwas in die Tasche schafft, kommt dagegen gewiss öfter vor. Danke für das grandiose Fest. Weihnachten kann man sich schenken, hast Du gesagt.

Stimmt.

Benno.«

Sven Koch

19

Ärger im Paradies

Osnabrück

Autorenvita

Sven Koch, geboren 1969, arbeitet als Redakteur bei einer Tageszeitung. Auch als Fotograf und Rockmusiker hat er sich einen Namen gemacht. Im Knaur Verlag ist von ihm die erfolgreiche Thriller-Serie um Polizeipsychologin Alexandra von Stietencron erschienen. Nach *Dünengrab* ist *Dünentod* nun der zweite Band seiner neuen Küstenkrimi-Reihe. Sven Koch lebt mit seiner Familie in Detmold.

Mehr Infos über den Autor unter www.sven-koch.com.

»Ich habe keine Ahnung, was er da treibt.«

Frevert stand am Fenster und schaute ratlos nach gegenüber. Margot hielt die Jacke in der Hand. Sie wollte in die Stadt, um Weihnachtsgeschenke für die Enkelkinder zu besorgen. Sie war nicht mit dem Vorschlag einverstanden gewesen, die Kleinen mit Dauerkarten für das Varusschlacht-Museum im benachbarten Kalkriese zu überraschen. Frevert fand die Idee nach wie vor gut. Bildung hatte noch keinem geschadet.

Nun kam Margot ebenfalls zum Fenster und sagte: »Aber er tut doch irgendetwas.«

Natürlich tat er das. Meistens sogar tief in der Nacht. Gerade schleppte er irgendwelche Dinge in die Garage. Frevert strich nachdenklich über seine Krawatte. Er trug immer eine. So wie früher vor der Rente, als er noch bei der Post beschäftigt war. Mit dem kleinen Finger rückte er das Häkeldeckchen auf der Fensterbank gerade.

»Gestern Nacht bin ich wieder aufgewacht«, ergänzte Margot. »Es war Licht drüben. Morgens um vier! Und wieder dieses dumpfe Hämmern. Ich werde nachts meine Ohropax einsetzen.«

Frevert sagte: »Kein Mensch werkelt um diese Uhrzeit.«

Margot nickte und schlüpfte geistesabwesend in die Jacke. »Komischer Kauz. Weißt du, was Inge erzählt hat? Inge sagt, er habe gestern ein Cuttermesser gekauft, zwei Rollen Klebeband und große schwarze, reißfeste Müllsäcke.«

Frevert sah zu Margot, die besorgt schien.

»Nur das?«

Margot nickte erneut und knöpfte den Daunenmantel zu.

»Das war ja das Merkwürdige. Ich meine, was will man damit?«

Frevert schob die Hände in die Tasche der Cordhose. Er hatte eine Idee, was man mit einem scharfen Messer, Klebeband und Folie wollen könnte. Der Mörder im letzten *Tatort* hatte zum Beispiel eine Verwendung dafür gehabt. Margots Gesichtsausdruck sagte, dass ihr etwas Ähnliches durch den Kopf ging. Frevert fröstelte ein wenig. Margot schlug den Schal um und schien darauf zu warten, dass er noch etwas sagte.

»Der Bus kommt gleich«, flüsterte sie wie zur Entschuldigung, dass sie ihn drängte, einen Kommentar abzugeben.

»Ich rede mit Rudi«, sagte Frevert ernst.

Margot nickte. Ein Lächeln huschte über ihre Lippen. Sie gab Frevert einen Kuss, bevor sie hinauslief und die Tür hinter sich schloss. Der Bus kam bereits um die Ecke.

***

»Wer ist er?«, fragte Frevert.

Rudi hatte darauf keine Antwort und starrte seine Stiefelspitzen an. Sie waren mit einer Mischung aus Schneematsch und Salzrändern verkrustet. Rudi hielt sich am Stiel der Schneeschaufel fest und zuckte mit den Schultern. Sein Gesicht war zerfurcht, das Kinn grau vom Stoppelbart.

Frevert sagte: »Eben. Niemand weiß, wer oder was er ist.«

Frevert nahm eine Packung Zigaretten aus der Tasche seiner Daunenjacke und steckte eine an, wozu er die feinen

Lederhandschuhe ausziehen musste. Draußen war es eiskalt und der Himmel hellgrau. Links und rechts der Fahrbahn lagen schmutzige Schneehaufen. Die Vorgärten waren wie unter einer weißen Decke versteckt. An allen Häusern befand sich weihnachtliche Dekoration. Nur an dem einen nicht, das Frevert und Rudi nun in den Fokus nahmen. Es wirkte wie ein Fremdkörper im Paradies.

Paradies, so nannte sich das Quartier bei den Alteingesessenen wie Frevert. Es war eine saubere Wohngegend mit akkurat zugeschnittenen Grundstücken und dezenten Einfamilienhäusern, in der nette Menschen lebten. Sogar einige junge Familien, und niemand hatte etwas dagegen, wenn deren Kinder im Sommer auf der Straße mit Kreide malten, solange sie das Gekritzel danach wieder wegwischten. Denn eine der vielen Übereinkünfte unter den Nachbarn lautete: *Wenn man auf sich und sein Umfeld achtgibt, geht es allen gut.* Daran hielten sich sogar die Penners, die einzigen Ausländer in der Straße. Wenngleich sie eher als Heimgekehrte zu bewerten waren. Fleißige, gottesfürchtige Menschen aus dem Osten mit sieben artigen Kindern.

Rudi schnaufte und deutete auf das ungeschmückte Haus gegenüber. »Waltraud hat versucht, mit ihm zu reden.«

»Aha?« Frevert paffte nervös und war interessiert.

Rudi nickte mit einem Lächeln, das keinen Zweifel darüber aufkommen ließ, dass er über exklusive Informationen verfügte. Frevert gefiel das nicht. Denn eigentlich erfuhr Frevert immer alles als Erster. Nicht aus Neugierde, nein, es war nützlich und sinnvoll, dass jemand im Paradies den Überblick hatte. Frevert nahm diese Aufgabe sehr ernst. Regelmäßig ging er deswegen die Straße ab und notierte die

Kennzeichen von Falschparkern. Gelegentlich schaute er dabei in die Mülltonnen der Nachbarn, um festzustellen, ob sie den Abfall ordnungsgemäß trennten. Außerdem war es nicht uninteressant, was man dort so sah. Zum Beispiel hatte Rainer Braun von der Hausnummer 16 kürzlich einen SUV von BMW gekauft, und niemand hatte sich erklären können, woher er das Geld dafür nahm. Frevert hatte jedoch eine Mahnung von der Autobank in Brauns Mülleimer gefunden. Demnach war der Wagen bloß ein Jahreswagen und über einen langen Zeitraum hinweg zu minimalen Monatsraten finanziert, und nicht einmal die zahlte Braun pünktlich. Er war folglich ein Schaumschläger, der lediglich die Leute in der Nachbarschaft beeindrucken wollte und ein falsches Spiel trieb. Wahrscheinlich tat das auch der neue Nachbar drüben, der einen teuren Kombi fuhr und seine Mülltonnen hinter dem Haus vor Frevert versteckte.

»Jetzt erzähl schon, Mensch!«, herrschte Frevert Rudi an, der schließlich auspackte.

»Am Wochenende hatte Waltraud sich doch so darüber aufgeregt, dass der Kerl nicht beim Adventsfest gewesen war.«

Frevert erinnerte sich. Alle hatten sich aufgeregt, denn in der Tat war das ein Affront. Ein Schlag ins Gesicht, denn niemand fehlte jemals beim Adventsmarkt. Alle machten mit. Mit Glühweinverkauf, Trödel, Bastelarbeiten, egal.

»Waltraud zieht also gestern ihre Jacke an und sagt, ich habe die Nase voll und gehe da jetzt klingeln. Ich sage, das machst du nicht, und sie sagt: Und ob. Dann nimmt sie Brot und Salz und geht rüber und sagt: Willkommen in der Nachbarschaft.«

Frevert konnte es nicht fassen. Im Ausatmen lachte er gespielt auf und stieß dabei eine weiße Qualmwolke aus.

»Du weißt«, sagte Rudi, »er lebt seit einem Monat hier, und niemand hat ihn wirklich zu Gesicht bekommen. Jedenfalls macht er Waltraud die Tür auf, und sie sagt, willkommen und so und alle wollten ihn mal kennenlernen und ob er sein Haus nicht endlich schmücken wolle. Er hat nur genickt und danke und viel Arbeit und das Schmücken macht er bald, gesagt.«

»Wie?«, fragte Frevert und paffte nervös. »Mehr nicht?«

»Mehr nicht.«

»Viel Arbeit *womit?«*

»Hat er nicht erläutert.«

»Aber er *macht* doch irgendetwas. Mitten in der Nacht?«

»Mhm«, machte Rudi, starrte weiter auf das Haus und fragte: »Hast du das blaue Licht kürzlich gesehen?«

Mist, dachte Frevert, war ihm da schon wieder etwas entgangen? Er fragte: »Blaues Licht?«

»Wie Blitzlicht. Kam aus der Garage. Genau wie die Geräusche.«

»Das Klopfen und Sägen?«

»Ja.«

Frevert bückte sich, drückte die Zigarette im Schnee aus, nahm ein Tempo und wickelte die Kippe darin ein. Rudi schien noch etwas sagen zu wollen, aber es kam nicht über seine Lippen.

»Was denn?«, fragte Frevert.

»Ich weiß nicht«, erwiderte Rudi. »Es gab Vermisstenmeldungen in der Zeitung. Zwei verschwundene Mädchen.«

»Habe ich gelesen«, sagte Frevert wie aus der Pistole geschossen und spürte, wie sein Gesicht zu glühen begann. »Was willst du damit sagen?«

Rudi rieb sich das Kinn. »Ich weiß nicht.«

»Du willst sagen: Vor einem Monat zieht ein Unbekannter hierher, macht allerlei merkwürdige Dinge mitten in der Nacht, sägt und hämmert und schießt mit Blitzlicht, stellt sich keinem vor und benimmt sich höchst dubios? Niemand weiß irgendwas über ihn – und ausgerechnet in diesem Zeitraum verschwinden zwei Mädchen aus der Stadt?«

»Es fällt auf, oder?«

Freverts Gesichtszüge vereisten. »Margot sagt, Inge sagt, er habe Cutter, Folie und Klebeband gekauft.«

Rudi sagte leise: »Du weißt, was sie mit diesen Messern, Folie und Klebeband tun, oder? Genau wie der Kerl im *Tatort* …«

»Wir müssen die Polizei anrufen.«

Rudi lachte spöttelnd. »Die werden dir einen Vogel zeigen.«

»Aber …« Frevert hob den Zeigefinger. »Aber wir haben ein Recht darauf zu erfahren, was drüben vor sich geht.«

Rudi nickte. »Das sehe ich auch so.«

»Und wenn die Polizei nichts macht, dann …« Frevert ließ den Satz offen.

Rudi verstand. Er sagte leise und mit einem bedeutungsvollen Blick: »Wir halten die Augen offen und bleiben in Kontakt.«

***

Frevert schlief unruhig in dieser Nacht. Margot hatte ihm abends die Geschenke für die Enkel präsentiert, und er hatte genickt und zustimmend gebrummt. Sie hatten über die alleinerziehende Mutter von Nummer 56 gesprochen, bei der angeblich Männer ein und aus gingen, weil sie über das Internet nach Bekanntschaften suchte. Wahrscheinlich fühlte sie sich zur Weihnachtszeit einsam. Frevert gefiel das nicht. Es könne nicht sein, dass das Paradies zu einer Herbertstraße verkomme. Außerdem hatte Margot gehört, dass Jürgen Meierjohann seiner Frau zu Weihnachten ein Auto schenken wolle, das er von Irmchen hatte, deren Schwager im VW-Autohaus arbeitete, und nach ihren Informationen sollte es sich um einen Touareg im Wert von über fünfzigtausend Euro handeln. Meierjohann war Zahnarzt. Er hatte das Geld. Dennoch war es ekelhaft, derart damit protzen zu müssen. Schließlich hatten sie noch ein wenig Nachrichten gesehen und waren um 21.30 Uhr ins Bett gegangen, weil sie das immer so taten.

Um 23.43 Uhr schlug Frevert die Augen auf, weil er davon geträumt hatte, Einbrecher seien im Haus und würden mit einer Taschenlampe herumleuchten. Er brauchte einen Moment, um sich zu sammeln und zu verstehen, dass keine Einbrecher da waren und die Geräusche sowie das Licht von draußen kamen. Er warf einen Blick auf Margot, die vor sich hin schnarchte und nichts mitbekam, weil sie mit Ohropax schlief. Frevert ballte die Fäuste und presste die Lippen zusammen, als er aufstand und zum Fenster ging. Und nun sah er es auch. Das Leuchten und Blitzen, von dem Rudi erzählt hatte. Grellblaues Licht flackerte durch die Ritzen des Garagentores gegenüber. Das reichte nun, fand Frevert. Er ging runter, zog die dicke Daunenjacke über den Pyjama und setzte eine Wollmütze auf. Er stieg in die Winterstiefel, griff die Haustürschlüssel, eine Stabtaschenlampe und öffnete die Haustür.

In diesem Moment öffnete sich auch das Garagentor. Frevert verharrte in der Bewegung. Der eiskalte Nachtwind ließ ihn frösteln – und noch mehr die schwarze Silhouette des Mannes, der etwas aus der Garage herauszog und über den vereisten Boden schleifte, während sich hinter ihm das Garagentor schloss. Freverts Herz klopfte bis zum Hals. Die Gestalt öffnete mit der Fernbedienung die Heckklappe des Kombis. Schließlich konnte Frevert im Schein der Innenraumbeleuchtung erkennen, was der Mann schleppte. Es war in schwarze Folie gepackt, mit Klebeband umwickelt und so groß wie ein Körper und schwer, denn der Mann schien einiges an Kraft aufbringen zu müssen, um es in den Wagen zu wuchten. Er schloss die Kofferraumklappe, setzte sich ans Steuer und fuhr weg.

Frevert bewegte sich zunächst keinen Zentimeter. Ihm war gleichzeitig heiß und kalt. Er dachte an Rudis Worte von den verschwundenen Mädchen. Schließlich sog er die kalte Dezemberluft ein und drückte auf den Knopf der Taschenlampe, worauf ein Lichtstrahl die Dunkelheit zerschnitt. Er setzte einen Fuß vor den anderen und ging raus. Zuckte zusammen, als er neben sich eine Bewegung wahrnahm, und riss den Kopf herum. Ein Haus weiter ging ebenfalls jemand mit einer Taschenlampe nach draußen. Es musste Rudi sein. Einen Moment später kreuzten sich die

Strahlen der Taschenlampen und tauchten die Gesichter von Frevert und Rudi in weißes Licht. Frevert senkte den Blick und ging mit raschen Schritten auf den Bürgersteig. Die Schritte knirschten im verharschten Schnee, und als sich beide Männer trafen, erkannte Frevert, dass auch Rudi im Schlafanzug vor die Tür gegangen war, seine Schneeschuhe trug sowie eine dicke Jacke, dazu eine Fellmütze – und sein Gewehr.

»Hast du das gesehen?«, flüsterte Rudi.

»Natürlich«, flüsterte Frevert zurück und starrte auf Rudis Gewehr. »Was willst du mit dem Gewehr?«

»Was will man schon mit einem Gewehr?«, zischte Rudi zurück. Rudi war Mitglied im Schützenverein, wo er außerdem Major war und insofern gewissermaßen über eine militärische Vorbildung verfügte und Waffen besitzen durfte.

Frevert überlegte, dass es zwar besser war, ein Gewehr dabeizuhaben, wenn man es mit einem Mädchenkiller zu tun bekam, sagte dennoch: »Wir müssen die Polizei anrufen.«

»Was willst du denen sagen?« Rudi funkelte Frevert an. »Jemand hat etwas in seinen Kofferraum gepackt. Die Polizei wird antworten: Oh, okay, wir schicken Ihnen sofort Hubschrauber und ein Sondereinsatzkommando vorbei.«

»Aber ...«

»Frevert«, sagte Rudi, »wir müssen erst Beweise sammeln. Wir gehen rüber und sehen uns das an.« Rudi griff in seine Anoraktasche und zog eine kleine Digitalkamera hervor. »Damit halten wir die Beweise fest. Danach rufen wir die Polizei.«

»Aber ...« Frevert deutete mit ausgestrecktem Finger auf das Haus gegenüber. »Das war ein verpackter menschlicher

Körper, den er ins Auto getragen hat. Was soll es denn sonst gewesen sein ...«

Rudi machte eine abschneidende Geste. »Frevert, reiß dich zusammen. Ich will nicht, dass du den Einsatz vermasselst. Schaffst du das? Sonst gehe ich alleine.«

Frevert atmete tief aus. Dann nickte er. Natürlich würde er es schaffen. Außerdem wollte er Rudi das Feld nicht alleine überlassen, und es musste ein für alle Mal geklärt werden, was dort drüben vor sich ging.

***

Die Garage sah aus wie jede andere in der Siedlung. Wie ein weißer Schuhkarton. Eine Auffahrt führte zum Tor hinauf, das sich per Fernbedienung öffnen ließ. Man konnte von allen Seiten um das Gebäude herumgehen. An der Hauswand entlang führte eine Gasse zur Rückseite, wo es einerseits in den kleinen Garten ging, andererseits zu einer Tür, von der aus man die Garage betreten konnte. Etwa auf halber Strecke befand sich ein kleines Fenster. Der Winter hatte Eisblumen darauf gezeichnet, was es verdammt schwer machte, mit den Taschenlampen hineinzuleuchten. Rudi stand rechts neben dem Fenster, das Gewehr in Bereitschaft, die Digitalkamera ebenfalls. Frevert stand links daneben. Er beugte sich vor, um das Glas anzuhauchen und die Eisblumen aufzutauen. Was nicht gelang, weswegen er seine Zigarettenschachtel aus der Jackentasche nahm und sie wie einen Eiskratzer einsetzte. Was keinen Erfolg versprach. Also nahm er das Feuerzeug und drehte die Flamme mit dem Schieberegler voll auf. Er bewegte sie gegen die Scheibe, um das Eis zu schmelzen, und stellte sich dabei auf die Zehenspitzen – in der Hoffnung, irgendetwas im Schein des Feuers erkennen zu können. Aber er erkannte nichts. Das Glas reflektierte zu stark.

»Gehen wir rein.« Rudi machte eine Geste mit dem Gewehrkolben in die Richtung, wo sich die Hintertür zur Garage befand.

»Das wäre Hausfriedensbruch.«

»Pff.« Rudi zischte verächtlich.

Frevert steckte das glühend heiße Feuerzeug wieder ein. Er wischte mit dem Ärmel über das nasse Glas, worauf eine kleine eisfreie Fläche entstand. Er nahm die Taschenlampe und strahlte ins Innere der Garage. Tatsächlich konnte Frevert etwas erkennen. Im ersten Moment war er sich nicht sicher, was er da sah. Im zweiten wollte er es nicht glauben. Im dritten verstand er, dass es keine Illusion war. Und im vierten keuchte er mit heiserer Stimme: »Da ist ein Körper.«

Denn es konnte nur ein Körper sein, der unter einer dunklen Plane auf einem Tisch lag. Zwei bloße Füße ragten darunter hervor. Menschliche Füße. Blass und wächsern.

Nun presste auch Rudi das Gesicht ans Fenster. »Ja«, sagte er.

Rudi hielt die Digitalkamera hoch und drückte auf den Auslöser. Es blitzte. Dann prüfte er die Aufnahme auf dem Display. Wegen der Reflexion des Blitzes auf der Scheibe war nur ein weißer Kreis zu sehen.

»Verdammt«, keuchte Rudi und setzte sich in Bewegung. Er hastete zur Hintertür. Frevert folgte ihm zitternd. Rudi ruckelte am Griff. Die Tür war nicht verschlossen, und so huschten die beiden Männer hinein. Die Garage glich einer Leichenhalle. Frevert sah drei Tische. Auf allen lagen Körper unter Folien. Ein eigenartiger Geruch war in der Luft. Eine Armee von Werkzeugen lag ordentlich nebeneinandergereiht auf einer Bank. Scharfe Stemmeisen. Beitel. Ein Schweißgerät. Es war die Folterkammer eines irren Serienmörders. Frevert schlug das Herz bis zum Hals. Seine Hände waren feucht. Er sagte kein Wort. Rudi hielt die Kamera hoch und machte eine Aufnahme. Er schien mit dem Ergebnis zufrieden zu sein und bewegte sich vorwärts. Er beugte sich vor, um die Folie über dem Körper anzuheben, den Frevert eben durch das Fenster gesehen hatte.

»Nicht«, flüsterte Frevert. Er hatte Angst vor dem, was er zu sehen bekommen würde.

»Doch«, raunte Rudi.

Im nächsten Moment gefror er mitten in der Bewegung. Von draußen war ein sich rasch näherndes Motorengeräusch zu hören. Wenige Augenblicke später fiel unter dem Spalt am Tor der Garage Licht hindurch. Rudi und Frevert standen wie zwei geblendete Rehe da. Wie im Schock am Boden festgenagelt. Frevert zuckte zusammen, als der Motor am Garagentor mit einem Ruck ansprang und es langsam nach oben bewegte. Die Autotür ging auf.

»Raus«, sagte Frevert. »Weg hier!«

»Zu spät«, knurrte Rudi und nahm das Gewehr in Anschlag.

Und es war wirklich zu spät, denn wenn sie jetzt noch verschwinden wollten, würde der Mann sie in jedem Fall sehen. Sie waren geliefert. Frevert griff panisch nach einer

Akkubohrmaschine und riss sie hoch, um wie Rudi auf das Garagentor zu zielen, das nun offen stand.

Und in dem die Silhouette des Mannes erschien. Er trug etwas auf den Armen. Einen Körper. Sein nächstes Opfer, dachte Frevert. Dann hörten sie seine Stimme.

»Guten Abend?«, sagte der Mann in einem fragenden Tonfall.

»Sie haben das Recht zu Schweigen und auf einen Anwalt«, hörte Frevert Rudi neben sich bellen. »Sie sind verhaftet!«

Frevert nickte, griff die Bohrmaschine nun fester und mit beiden Händen. »Ja!«, rief er. »Sie sind verhaftet!«

»Wie bitte?« Der Mann lachte erstaunt. Er bückte sich, legte den steifen Körper vor sich ab. Leichenstarre, dachte Frevert und spürte ein Brennen in der Blase.

»Keine falsche Bewegung!«, schnauzte Rudi. »Hände hoch!«

Der Mann richtete sich langsam auf und hob zögernd die Hände in die Höhe »Das ist doch ... absurd. Was machen Sie in meiner Garage?«

Freverts Stimme bebte, als er antwortete: »Wir haben Sie auf frischer Tat ertappt, damit haben Sie nicht gerechnet, was?«

Frevert sah, dass der Mann den Kopf zur Seite legte. Er sagte: »Ich kenne Sie beide doch? Sie wohnen doch gegenüber?«

»Reden Sie sich nicht raus«, herrschte Rudi ihn an. »Wir haben Sie genau beobachtet und Ihre Opfer gefunden.«

»Opfer?«, keuchte der Mann. Fast klang es wie ein Lachen. »Meine ... *Opfer?*«

Statt zu antworten, riss Rudi mit einem Ruck die Plane von der Leiche.

»Und?«, sagte der Mann und zuckte mit den Schultern.

»Und?«

Nun zwangen sich auch Frevert und Rudi hinzusehen. Sie starrten eine Weile schweigend auf den Körper. Dann machte Rudi einen Ausfallschritt und riss die Plane vom nächsten Körper und vom übernächsten. Er strahlte mit der Taschenlampe auf den Körper, der zu Füßen des Mannes lag. Dann starrte er Frevert an. Frevert starrte zurück.

»Scheiße«, sagte Rudi leise.

»Das ist die Heilige Familie«, sagte der Mann.

Krippenfiguren, dachte Frevert. Lebensgroß und aus Holz.

»Maria, Josef und Jesus«, erklärte der Mann. »Balthasar und Melchior habe ich eben noch weggebracht zu einem Freund, der eine Lackiererei hat und für mich nach seinem Feierabend Nachtschichten einlegt. Caspar habe ich gerade abgeholt.« Er deutete vor sich hin. »Ich bin Restaurator, aber habe meine Werkstatt noch nicht einrichten können. Hat sich mit dem Umzug alles etwas überschlagen. Die Zeit drängt enorm, die Figuren fertigzustellen. Ich musste einiges abbeizen, mir einige Materialien schicken lassen, manches neu zurechthämmern und ein wenig schweißen.«

Das blaue Licht, dachte Frevert. Das nächtliche Hämmern und Klopfen. Die vielen Pakete.

»Sie müssen übermorgen in der Kirche für das Krippenspiel aufgebaut werden. Sollte eine Überraschung für die Gemeinde werden. Leider hatte ich es wegen der Arbeit nicht zum Adventsmarkt geschafft, und ...« Er nahm die Hände wieder runter. »... und was, zum Teufel, machen Sie hier eigentlich mit einem Gewehr? Und reden von Opfern? Was ... Was soll das?«

»Nichts«, sagte Rudi, nahm das Gewehr runter und versteckte es hinter dem Rücken. Frevert ließ die Bohrmaschine sinken und legte sie peinlich berührt zurück. »Wir dachten, hier seien Einbrecher, und wollten nur nach dem Rechten sehen.«

»Aha«, sagte der Mann und klang nicht überzeugt.

»Dann ist ja alles in Ordnung«, meinte Rudi und ging einfach los. Schnell weg. Frevert folgte ihm. Bloß raus hier.

»Schönen Abend noch«, sagte er im Vorbeigehen zu dem Mann.

»Ja«, machte Rudi, »Nacht denn.«

»Gute ... Nacht«, erwiderte der Mann und sah beiden fragend hinterher.

***

Sie liefen stumm über die Straße, stoppten kurz auf dem Bürgersteig. Sahen sich an. Schwiegen. Frevert blickte betreten zu Boden. Sein Blick fiel auf ein Zeitungspaket mit dem Anzeigenblatt, das in der Zwischenzeit ein Bote abgelegt haben musste. Auf der Titelseite wurde vermeldet, dass die vermissten Teenager wieder zu Hause seien. Frevert hustete. Rudi zog die Nase hoch.

»Tja«, machte Frevert. »Wir haben dennoch richtig gehandelt.«

Rudi nickte. »Das Recht war auf unserer Seite.«

»Eindeutig.«

»Stell dir nur vor, unsere Vermutungen ...«

»Nicht auszumalen.«

Sie schwiegen einen Moment, bis Frevert sagte: »Ich gehe dann mal wieder.«

»Mach das«, sagte Rudi betreten.

Er schlich wieder in sein Haus und Frevert zurück in seins. Drinnen zog Frevert die Jacke aus, schlüpfte aus den Schuhen und ging hoch ins Schlafzimmer, wo Margot immer noch schnarchte. Gleich morgen, dachte er, als er sich zurück ins Bett legte, würde er dem Restaurator Hilfe anbieten. Oder ihm eine Pizza kaufen. Glühwein bringen. Margot mit Kuchen schicken. Ganz egal was – Hauptsache, der Mann würde wegen des Vorfalls keinen Stunk machen. Denn eines, dachte Frevert, als er die Augen schloss, konnte man so kurz vor Weihnachten nun wirklich nicht gebrauchen: Ärger im Paradies.

Nicola Förg

20

Holz macht dreimal warm

Oberbayern

Autorenvita

Nicola Förg hat mittlerweile fünfzehn Kriminalromane, viele davon Spiegel-Bestseller, verfasst und an zahlreichen Anthologien mitgewirkt. Ihre zwei Krimiserien spielen im Voralpenland und an alpinen Tatorten. Ihr Buch *Mordsviecher* wurde vom Tierschutzbund Bayern mit einem Tierschutzpreis ausgezeichnet. Die gebürtige Oberallgäuerin, die in München Germanistik und Geographie studiert hat, lebt mit Familie sowie Ponys und diversen Kaninchen und Katzen auf einem Anwesen im südwestlichen Eck Oberbayerns, dort, wo man schon mit dem Ostallgäu flirtet. www.ponyhof-prem.de

Holz macht dreimal warm – beim Schlagen, beim Hacken und beim Heizen. Diese Weisheit war nicht nur alt, sondern auch wahr. In diesem Fall hatte das Holz allerdings kaltgemacht, und zwar einen Mann. In der Stirn des Toten steckten einige Holzspreißel, und neben ihm auf dem Boden lag ein blutiger Prügel, der gerade von der KTU, der kriminaltechnischen Untersuchungsstelle, vorsichtig verpackt wurde.

War das die Mordwaffe? Eigentlich war es kaum anzunehmen, dass der Mörder die Tatwaffe einfach so liegenließ. Es sei denn, er hatte Handschuhe getragen, was bei den herrschenden Temperaturen durchaus naheliegend war. Es winterte sehr, der erste Advent war mit Schneestürmen ins Land gezogen, weswegen allerorts die Kreissägen gekreischt hatten und nun die Holzstapel wuchsen.

»Kennst du den?«, fragte Franz gerade. »›Ein harter Winter steht bevor‹, sagte der alte Indianerhäuptling und hielt das Ohr witternd in den Wind. ›Warum?‹, fragte der Trapper. ›Der weiße Mann macht viel Holz.‹« Franz wollte sich ausschütten vor Lachen, was angesichts des holzspreißelgespickten Toten eher pietätlos anmutete.

»Ein Ohr kann nicht wittern«, wandte Max ein.

»Spaßbremse!«, konterte der Kollege.

Max Brauer und Franz Oberlechner waren vor etwa einer Stunde an den Fundort der Leiche gerufen worden und hatten sich schon ein wenig umgesehen. Der Tote, der neben einem Stapel Brennholz aufgefunden worden war, hatte das Rentenalter schon erreicht. Er trug eine Jogginghose, einen Skianorak, der in den achtziger Jahren modern gewesen sein mochte, leichte Bergstiefel und eine hohe Skimütze, wie sie Ingemar Stenmark zu seinen Erfolgszeiten beim Slalom angehabt hatte. Um den Hals hing ein Feldstecher.

Was gab es hinter der Holzbeige wohl heranzuzoomen? Vielleicht eine Nachbarin, die gerne mal vergaß, die Gardinen zuzuziehen? Was ja auch gleich ein Motiv ergeben hätte: Spanner spannt so lange, bis Ehemann ihm einen Prügel über den Kopf zieht. Ein kleiner Haken an dieser Theorie war nur, dass der Holzstapel keinerlei Einsichten in fremder Leute Schlaf- oder Badezimmer bot, aber momentan wusste man ja auch noch gar nicht, ob der Fundort der Leiche identisch war mit dem Platz, wo man den Mann erschlagen hatte.

Der Holzstapel stand am Beginn eines steilen, vereisten Sträßchens mit blumigem Namen in einem kleinen Dorf am Rande der großen, erhabenen Alpen. Im Sträßchen wohnten vielleicht fünfzehn Parteien – alle in großen, behäbigen Landhäusern mit trutzigen Balkonen. Die Gärten waren groß und im Sommer bestimmt aufwendig gepflegt und üppig bepflanzt. Nun lagen sie unter einer Schneedecke, allüberall standen Weihnachtsbäume herum, die mit üppigen Lichtergirlanden illuminiert waren. Aus den Fenstern leuchteten Weihnachtspyramiden aus dem Erzgebirge. Alles sehr gediegen in seiner Leuchtkraft. Dass man hier so traditionell leuchtete, war wohl auch dem Umstand zuzuschreiben, dass das Gros der Bewohner im Rentenalter war. Wie der Tote.

»In zehn Jahren ist das eine Geisterstraße. Da leuchtet dann nix mehr«, witzelte Franz, der heute besonders aufgeräumt wirkte. Nun, einen aus der wackeren Rentnerschar hatte es nun schon früher erwischt. Bei dem Toten handelte es sich um einen ehemaligen Schauspieler. Pikanterweise wurde er im Dorf meist nur »die Leich« genannt. Götz Habersetzer hieß er mit vollem Namen, und er hatte es einst zu einem gewissen Ruhm gebracht – dank einer Vorabendserie, die alles und alle zu überleben drohte. Er war auch in diversen Krimis zu sehen gewesen, da aber meist nur kurz, denn er hatte stets die Leiche gegeben.

»Na, das liegt ihm eben«, sagte der Franz.

Der Unterschied lag auf der Hand. Damals hatte er sich aus eigener Kraft erheben können, wenn die Klappe fiel. Heute nahm ihn ein Wagen mit, und er würde auch die Gerichtsmedizin deutlich länger belagern als auf seinen früheren Drehs. Aus der TV-Leiche war eine Real-Leiche geworden.

Bisher gab es keinerlei Anhaltspunkte für Tatmotiv oder Täter. Max stöhnte. Sie würden wieder wie die Heiligen Drei Könige von Haus zu Haus ziehen und Leute befragen müssen. Polizeiarbeit war oftmals sehr zäh. Besonders im Winter. Es war saukalt.

Im ersten Haus öffnete niemand. Das sei auch nur ein Ferienhaus, erzählte wenig später jene Nachbarin, die besonders viele Fenster und Leuchtpyramiden hatte. Sie war vom Ableben Götz Habersetzers tief betroffen. Sie wusste allerdings nichts Schlechtes, aber auch nichts Bemerkenswertes über den Mann zu sagen.

Da war das Gespräch mit einer Dame weiter oben in der Straße schon ergiebiger. Bei ihr war der vollbehängte Weihnachtsbaum im Vorgarten höher als das Haus, hier wurde geklotzt, hier konnten sich Flugzeuge wie an einem Leuchtfeuer orientieren ...

»Hatte Herr Habersetzer Feinde?«, fragte Max die Frau.

»Nur indirekt.«

»Was meinen Sie damit?«

»Nicht er hatte Feinde, sondern seine Katzen, denn die haben jedes Beet als Katzenklo angesehen, besonders die frisch geharkten. Kaum hatte man etwas angepflanzt, hatten diese Hurenviecher es auch schon wieder um- und ausgegraben. Das kam nicht überall so gut an.«

»Bei Ihnen auch nicht?«, fragte Franz und betrachtete demonstrativ das verschneite Areal, das die Größe eines botanischen Gartens hatte.

»Bei mir war das weniger ein Problem, meine Beete haben sie weitgehend verschont. Keine Ahnung, warum. Aber sein direkter Nachbar, der Herr Mayr, hat schöne weiche Beete und zwei sehr zwiderne Jack-Russell-Terrier. Einer hat sogar mal so ein Katzentier erlegt.« Sie lächelte.

Aha, das war doch schon mal was!, dachte Max. Das Beet-Umgrabe-Problem war zwar kein winterliches, aber wenn der giftige Terrier sogar eine Katze erlegt hatte, dann waren Habersetzer und Mayr sicher keine dicken Freunde. Und man wusste ja, dass diese ganze Weihnachtszeit die Menschen so dünnhäutig machte, so emotional. Da kam so einiges hoch. Auch der Katzentod. An Katzen schieden sich bekanntlich die Geister, dachte er. Seine Frau liebte die beiden Kater Netzer und Delling abgöttisch. Mehr als ihn, da gab er sich keinen Illusionen hin. Er mochte die Kater nicht sonderlich. Netzer und Delling waren Weicheier, die mit Begeisterung Shopping-TV, *Bauer sucht Frau* und irgendwelche dümmlichen Fernsehkrimis ansahen, die in ihm Brechreiz auslösten. Er hingegen schaute als glühender Bayern-Fan vor allem Fußball. Netzer und Delling verschliefen nicht nur die Sportschau demonstrativ, sie hatten auch immer volles Haar und keinen Bauchansatz und gemahnten Max an seine eigenen Unzulänglichkeiten. Wenn den beiden etwas zustieße – seine Frau liefe Amok. Sie hatte jetzt schon Geschenke für die Kater besorgt; er bezweifelte, dass sie für ihn schon was hatte. Es würde wohl am Ende ein Schlafanzug werden, wie jedes Jahr ... Insofern war der Tod einer Katze ein starkes Mordmotiv, wobei in dem Fall ja eher Habersetzer seinen Nachbarn hätte meucheln müssen und nicht umgekehrt. Aber wer wusste das schon? Vielleicht waren sie in Streit geraten, der Streit war eskaliert – und zack, bumm, Holzprügel, tot!

Herr Egon Mayr, den sie als Nächsten aufsuchten, stammte definitiv nicht aus dem hiesigen Sprachraum. Was er von sich gab, war ein Pfälzisch, das Max in solch einer ungefilterten Form nur selten gehört hatte.

»Die tote Katz war der Leich völlig egal. Die Katzen sind von seiner verstorbenen Frau übrig geblieben. Die hat ihm ein klasse Testament hinterlassen. Neben dem Pflichtteil hat sie ihm die Hälfte des restlichen Vermögens vererbt und dem Tierheim die andere. Seine Hälfte ist allerdings an den Auftrag gebunden, die Viecher zu hegen und zu pflegen. Sie hat sogar eine Person eingesetzt, die sich über das Wohlergehen der lieben Tierchen informiert. Weiber, sag ich. Er muss die Viecher pflegen, bis sie alle im Katzenhimmel sind. Der war doch nur froh um eine weniger! Es waren anfangs acht, nun sind es nur noch fünf. Glauben Sie mir: Der würde sie am liebsten eigenhändig erwürgen, dankbar war der meiner Pamela. Wir waren echt gute Kumpels, die Leich und ich.«

»Wem war er dankbar?«, fragte Max mit einem Stirnrunzeln.

»Pamela. Die Terrierhündin heißt Pamela, nach Pamela Anderson. Die andere heißt Dolly. Nach ...«

»Wunderbar, danke schön«, unterbrach Franz ihn. Ob Dolly Parton, Dolly Buster oder Dolly, das Klonschaf – jedenfalls war das keine heiße Spur.

Eher zufällig trafen sie auf Josephine Bäcker, eine alte Freundin der verstorbenen Gattin von Götz Habersetzer und zugleich die Katzenaufpasserin. Als Max sie ansprach, war sie gerade damit beschäftigt, die nun völlig verwaisten Tiere einzusammeln.

»Sparen Sie sich jeden Witz über meinen Namen«, rief die Dame. Josephine Bäcker redete viel und gern und gab den Polizisten tiefe Einblicke in die Ehe ihrer Freundin mit der Leich. Sie war auch gar nicht so verwundert, dass er erschlagen worden war. Er sei nämlich ein knickriger Sparstrumpf gewesen und extrem spießig. Das sehe man jetzt ja auch an der Zeitung.

»Hä?«, entfuhr es Franz.

Nun, die Dame wusste von einer Freundin, dass Götz Habersetzer seit einiger Zeit seine Zeitung nicht mehr bekam. Daraufhin habe er im Medienhaus Rabatz geschlagen, ihm sei aber versichert worden, dass mit seinem Abo alles in Ordnung sei. Daher habe er in den letzten Wochen mit seinem Feldstecher hinter dem Holzstapel gehockt und zu seiner blauen Zeitungsrolle aus Plastik hinübergestarrt, um den Zeitungsdieb zu stellen.

»Bei der Kälte hockt der Depp im Schnee!«, ereiferte sich die Baker, äh Bäcker.

Das erklärte immerhin schon mal den merkwürdigen Fundort der Leiche. Und auch sonst konnten sich die Polizisten das Szenario gut vorstellen. Die Leich stellt den Dieb, Handgemenge – zack, bumm, Holzprügel, tot. Nur wer war der Dieb? Sollten sie sich nun auch auf die Lauer legen?

Franz und Max wussten, dass blinder Aktionismus gar nichts brachte, und taten nun etwas, was bei der Polizei nicht jeden Tag vorkam: Sie dachten nach. Und zwar intensiv. Wer kam denn noch mit der Zeitung in Berührung? Normalerweise die Ausfahrer oder Austräger, die es hier aber nicht gab. In diesem Dorf kam die Zeitung mit der Post. Das heißt, sie wurde von dem gelb-blauen Postboten ausgeliefert, der ebenfalls von hier stammte. Als Franz und Max ihn in die Mangel nahmen, erwies er sich als wenig heldenhaft. Er gestand.

»Sie geben also zu, dass Sie die Zeitung von der Leich, also die Zeitung von Herrn Götz Habersetzer, erst gar nicht ausgeliefert haben?«, fasste Max zusammen.

»Jaaa«, sagte der Postbote gedehnt. »Ab und zu mal. Für meine Oma. Immer wenn Artikel über 90-jährige Geburtstage, über den Gesangsverein und über den Trachtenverein ›D' Stoabergler‹ drin waren. Und jetzt in der Adventszeit, weil da so schöne Buidln von den Weihnachtsmärkten drin sind. Und Tiere, die vor Weihnachten noch ein Zuhause suchen. Die Oma ist eben sentimental. Die Oma kann sich das Abo aber nicht leisten. Kostet ja ein Vermögen, so ein Zeitungsabo, und dann schreiben die Schmierfinken doch nur Unsinn.«

»Und dann ist Ihnen Habersetzer auf die Schliche gekommen, es gab Zoff, und Sie haben ihn erschlagen?«, triumphierte Franz. »Jetzt geben Sie das halt zu. Das spart uns allen Zeit!«

Aber genau das gab er nicht zu. Er beharrte darauf, zwar ab und zu die Zeitung gemopst zu haben, aber nie bei Habersetzer unter Verdacht gestanden zu haben. Habersetzer hätte einen frühmorgendlichen Jogger verdächtigt, erzählte der Postbote. Einen Zuagroasten, einen aus der Neubürgersiedlung, den hätte er in Verdacht gehabt. Das habe er dem Postboten sogar mal erzählt. Warum also hätte der die Leich zur Leiche machen sollen?

Für Franz und Max war es eine verfahrene Sackgasse ohne gute Wendemöglichkeiten. Wenn sie dem Postboten nicht nachwiesen, wirklich mit Habersetzer wegen der Zeitung in Streit geraten zu sein, dann sah es schlecht aus für eine Verhaftung. Am Holzstapel ließ sich auch keine DNA des Postboten sichern.

An diesem Tag war Franz zum Zahnarzt gegangen, und so saß Max allein in seinem Auto und observierte den Holzstapel, ohne so recht zu wissen, warum eigentlich. Schon bald wurde er von zwei Terriern umkläfft. Aha, der Herr Mayr, dessen Pamela die Katze gefressen hatte, holte sich hier mit der Schubkarre Holz.

Max stieg aus. »Herr Mayr, habe die Ehre. Ihr Holz?«

»Ja, selber gemacht. Gefällt im Wald meines Sohns. Gespalten, geschnitten, aufgeschichtet. Geschwitzt hab ich!

Holz macht dreimal warm. Eine Mordsarbeit. Wenn man die Stunden mal rechnet, lohnt sich das nicht. Aber ich bin ja in Pension.« Scheit um Scheit flog in die Schubkarre.

Eine Mordsarbeit? Und hinter dem Stapel hatte der Habersetzer gehockt, hatte durchs Fernglas gestarrt und sich gegrämt, dass kein Dieb aufgetaucht war. Hatte gefroren.

»Soso, eine Mordsarbeit. Herr Mayr?«

Mayr zwinkerte hektisch. Mayr schien ebenfalls kein Held zu sein.

Max sah den Mann scharf an. »Ihr Nachbar hatte doch unbedingt den Zeitungsdieb zur Strecke bringen wollen?«

»Ja«, kam es gedehnt, und das Zwinkern wurde hektischer.

»Und da hockte der immer hinter Ihrem Holzstapel?«

Schweigen.

»Der hockte da, den müssen Sie doch mal gesehen haben?«, sagte Max etwas schärfer.

»Naa«, kam es sehr gedehnt.

»Tagelang hockt der da, und Sie haben ihn nie gesehen? Herr Mayr, glauben Sie noch an den Weihnachtsmann? Ich nicht!«

Schweigen.

»Das muss doch immer frustrierender geworden sein. Hockt da. Friert sich den Arsch ab. So ein Frust«, sagte Max wie zu sich selber.

»Und dann war der Nachbar ja auch so knickrig, hört man. Ein echter Sparfuchs, oder Herr Mayr?«

»Weiß ich nicht«, stieß Mayr aus.

Ein mordsschlechter Lügner war er dazu, dachte Max. »Also Herr Mayr, jetzt sag ich Ihnen mal was: Der hockte da, er fror, ihm war fad, und da hat er nach jedem Holzstapelhock drei, vier Scheite mitgehen lassen. Von Ihrem wertvollen Holz. Sie haben den Habersetzer Ihrerseits beobachtet. Und das hat Sie ganz fuchsig gemacht. Stundenlang schwitzen Sie für das Holz, und der klaut die Scheite.«

Max machte eine Kunstpause.

»Na ja, waren ja nicht so viele …«

»Kleinvieh macht auch Mist!«, stieß Mayr wütend aus.

Nun hatte er ihn am Krawattl, symbolisch, dachte Max. Der Rest war einfach. Mayr gab zu, dass er den Habersetzer gestellt hatte. Der war wütend geworden und hatte gemeint, der Mayr solle sich wegen ein paar Holzscheiten nicht so aufmandeln.

»Das war ja wohl die Höhe!«, rief Mayr. »Ich hab zur Drohung ein Scheit hochgehoben und damit gewedelt. Ich hab ihm gesagt, er soll sich schleichen. In dem Moment hat der Depp einen Schritt nach vorne gemacht.«

Gewedelt und einen Schritt nach vorne, hmmm. Nun ja, Unfall, Totschlag, Mord – darüber hatten jetzt andere zu befinden. Max und Franz waren zufrieden. Sie waren schon so nahe dran gewesen an Mayr. Bloß das Motiv hatte sich eben geändert.

Es war saukalt. Mordskalt war es geworden, Ein harter Winter stand bevor, aber Mayr würde weniger Holz brauchen als erwartet. In U-Haft war es nämlich erst mal recht gut geheizt. Und einen kleinen Weihnachtsbaum gab es da auch.

Daniel Holbe

21

Ein Auge, ein Daumen, ein Ohr

Mittelhessen

Autorenvita

Daniel Holbe, Jahrgang 1976, lebt mit seiner Familie in der Wetterau nördlich von Frankfurt. Insbesondere Krimis rund um Frankfurt und Hessen faszinieren den lesebegeisterten Daniel Holbe schon seit geraumer Zeit. Er wurde zum Andreas-Franz-Fan – und schließlich selbst Autor. In bislang vier Krimis ließ er Julia Durant und ihr Kommissariat weiterleben. Außerdem veröffentlichte Daniel Holbe mit *Giftspur* seinen ersten eigenständigen Kriminalroman, dem nun der zweite folgt. Ralph Angersbach und Wilhelm »Hackebeil« Hack sind Charaktere daraus.

Es war plötzlich Weihnachten. Der Lavendel blühte. Störche staksten über saftige Wiesen. Nur Menschen flogen noch in den Süden. Rentner, die den Klimawandel kategorisch ignorierten. Im Radio wusste man zwischen *Wham* und *Chris Rea* über nichts Aufregenderes zu berichten, als dass es an Heiligabend milde elf Grad und regnerisch sein würde. Fünf Minuten später sang *Bing Crosby* über weiße Weihnachten. Der blanke Zynismus.

»Die sollen den ganzen Schmonzes um einen Monat verlegen!«, postulierte Wilhelm Hack aufgebracht. Nicht dass es jemand mitbekam. Doch er konnte es nicht mehr länger hören. Alle Jahre wieder. Das unsägliche Gejammer, wenn es im Oktober zu schnell kalt wurde und um den vierundzwanzigsten Dezember wieder viel zu mild war. Einen Monat später, das wusste doch nun wirklich jeder, wenn die große Kälte über den Atlantik kam, war alles weiß. Meteorologie für Anfänger. An der Uhrzeit manipulierte man doch auch, sogar zweimal im Jahr. Warum nicht ein für alle Mal den Dezember in den Januar schieben und – rein statistisch – in vier von fünf Jahren weiße Weihnachten feiern? Doch Professor Hack war ja nur ein unbedeutender Rechtsmediziner. Der Totenflüsterer. Er hatte es aufgegeben, E-Mails und Petitionen zu schreiben. Ihm fehle die wissenschaftliche Perspektive auf diesem Fachgebiet, hieß es in einer formellen Stellungnahme. Der Blick aufs Ganze. Er wertete dies als persönlichen Angriff, denn der Einzige, der Bemerkungen über seine Sehfähigkeit machen durfte, war er selbst. Wilhelm Hack trug ein Glasauge, und er tat das mit Passion. Er feierte

Weihnachten nicht, aber wenn, dann täte er es allein. Von daher schob er Dienst im rechtsmedizinischen Institut der Uni Gießen. Alle Jahre wieder. Und in seinen Kühlkammern herrschten konstante minus vierundzwanzig Grad. Vielleicht sollte er sie an solvente Weiße-Weihnachts-Fanatiker vermieten? Er schob den Gedanken beiseite und widmete sich wieder dem Körperteil auf seinem Obduktionstisch.

Jovial ließ er es fallen. Das glibberige Etwas landete mit einem *Plopp* auf dem leeren Metalltisch, einen Meter vom Abfluss entfernt. Knorpelmasse lugte ihm entgegen. Hack streckte seinen behandschuhten Zeigefinger aus und schnippte die Ohrmuschel herum. Dunkle Härchen quollen aus dem Hörkanal, ein Männerohr. Ein ungepflegtes. Schuppen und Schmalz gaben sich zu erkennen. Erinnerten ihn unwillkürlich an Karpfen oder Gans. Kartoffeln und Rotkohl. Er wurde melancholisch. Nicht, weil irgendwo in Mittelhessen ein unbekannter Schwarzhaariger mittleren Alters das weihnachtliche Gejaule nur noch mit halber Hörkraft ertragen musste. Er hatte Hunger auf ein Festessen. Stattdessen warteten aufgeweichte Käsebrote im Kühlschrank. Kein Bräter im Ofen. Hack hob das Ohr an, dann erkannte er es. Die schwarze Marmorierung. Er strich mit dem Finger darüber.

Erklären konnte er es sich aber nicht.

***

Paul Wittig hätte nicht damit angeben sollen. Er bereute es zutiefst. Man konnte niemandem trauen. Hieß es nicht immer, Weihnachten sei das Fest der Liebe? Am Arsch! Elena hatte ihn verpetzt, oder Luca. Oder diese falsche Schlange Justin. Die Kriminalbeamten hatten wie aus dem Nichts vor der Tür gestanden, zwei Furcht einflößende Riesen. Paul hatte auf den Paketboten gewartet, Papa auf UPS, Mama auf den Schornsteinfeger. Die Carrerabahn für Paul, ein neuer Kühler für Papas Golf. Der Hausfreund, für den Mama sich immer in Schale warf. So zerplatzen Träume. Mama wurde ganz bleich, als die Herren sich vorstellten, und Papa schien sich vor irgendetwas zu fürchten. Doch dann wollten die beiden zu Paul. *Persönlich.* Nur, weil er ein Ohr gefunden hatte. Weil er es aufgehoben hatte. Ja, er fragte sich in diesem Augenblick, ob er es nicht besser hätte liegenlassen sollen. Dem Kater überlassen. Der hätte sich gewiss gefreut. So einen Festschmaus gab es nicht alle Tage. Nein, stattdessen hatte er es aufgehoben und seinen Freunden gezeigt. Gegruselt hatten sie sich und geschworen, es keinem zu verraten. Schöne Freunde. Den Beamten erzählte Paul das alles nicht. Schon die Oma hatte immer gesagt, dass man Fremden nicht trauen darf. Papa schien das gut zu finden, Mama klammerte sich verzweifelt an ihrem Matetee fest. Sie hatte es in jenen Tagen nicht so mit den Nerven. Das Ohr nahmen die beiden Polizisten natürlich mit. Er hatte sich fest vorgenommen, es nicht rauszurücken, aber die wären sonst nie gegangen. Drohten mit Hausdurchsuchung, das hatte dann auch den Papa in die Nervosität getrieben.

»Gib den Beamten dieses verdammte Ohr«, mahnte er. In diesem unmissverständlichen Tonfall, der Paul zu verstehen gab, dass dessen Entscheidung kausalen Einfluss auf die Carrerabahn nehmen würde. Also schlurfte er zum Hühnerstall und rückte die Pappschachtel mit dem Corpus Delicti heraus. Zähneknirschend. Oma hatte ja so recht gehabt. Gut, dass sie das nicht mehr erleben musste.

***

Ralph Angersbach schob seinen Notizblock ins Handschuhfach. Startete den Lada Niva. Eine dunkle Rußwolke stob auf, der Diesel nagelte.

»Was sagst du?«, fragte er seinen Kollegen.

»Dummer kleiner Rotzlöffel«, antwortete dieser. Er fasste das Ohrläppchen mit einem Taschentuch und hob es ins Licht. Wedelte damit. »Total verdreckt, praktisch nutzlos.«

»Na, irgendjemand wird es schon vermissen«, gab Angersbach zurück. »Hackebeil *(so nannte er den Rechtsmediziner)* soll einen DNA-Test machen und eine Altersbestimmung. Sieht nicht nach einem Frauenohr aus, wenn du mich fragst.«

»Kein Ohrring, dunkle Haare«, konstatierte sein Partner zustimmend. »Kannst du unterwegs bei einem Bäcker anhalten?«

Sie kauften sich Donuts und Schweinsöhrchen, Polizisten sind da emotionslos. Angersbach erklärte sich bereit, das Hörorgan alleine nach Gießen zu bringen, denn der andere hatte Frau und Kinder. Attribute, denen Angersbach seit Jahren erfolgreich aus dem Weg ging. Unterwegs telefonierte er noch rasch mit dem Fleischer seines Vertrauens. Schlachter Neifiger, ein derber Eingeborener, in dessen Nachbarschaft der Kommissar einige Jahre seines Lebens verbracht hatte. Fünf Kilo Lammfleisch warteten in den Höhenlagen des Vogelsbergs darauf, in Angersbachs Tiefkühltruhe überführt zu werden.

***

Dass es schief hing, störte keinen. Vincent van Gogh schon gleich gar nicht. Dessen Gemälde zierte den gemauerten Abzug des Kamins. Es zeigte das berühmte, in gelbem Schein liegende Café in Arles. Der Opa hatte mal erzählt, dass dieser Vincent ein ganz Verrückter gewesen sei. Hatte sich ein Ohr abgeschnitten, dieser Idiot. Wegen einer Frau. Für Opa lag der Fall klar. Van Gogh war Holländer. Ein Fremder also. Die Welt war so einfach zu verstehen. Der mit Metallrahmen und Glasscheibe geschützte Schlund des Kamins lag trostlos da. Kein gelber Schein wie auf dem Ölgemälde. Kleine Holzscheite waren darin aufgestellt, so wie Paul es von seinem Opa gelernt hatte. Draußen im Garten. Sommer und Lagerfeuer. Marshmallows und Marschmusik. Doch Mama hatte Angst vor Feuer, und Papa mochte den Kaminkehrer nicht. Ein Fremder, der erst seit einigen Monaten im Ort lebte. Es hieß, er fege zuerst die Schornsteine und dann die Schächte williger Hausfrauen. So vulgär hätte es die Oma wohl nicht ausgedrückt. Aber er war nunmal ein Fremder. Das genügte.

»Du sollst nicht zündeln!«

Papas Worte klangen wie eines von Moses' Geboten.

»Mach ich doch gar nicht.«

»Finger weg vom Kamin. Der zieht nicht, das weißt du doch. Kohlenmonoxid ist eine gefährliche Sache.«

Als wüsste ein Zehnjähriger, was Kohlenmonoxid sei. Papa war manchmal einfach dumm.

»Ich sitz doch nur hier«, rechtfertigte sich Paul kleinlaut. »Justin hat gesagt, sein Dad bringt dieses Jahr die Geschenke durch den Kamin.«

»Justins Vater ist ja auch Amerikaner«, murrte Papa. *Fremde.* Er musste es gar nicht erst sagen, Paul verstand ihn auch so. Er hatte schließlich recht. Justin war doof. Und Omas irren nicht.

»Bist du zufrieden mit deinen Geschenken?« Papa klang plötzlich gütig, legte seinen Arm um seinen Sohn, fuhr ihm durchs Haar.

»Hm«, nickte Paul und lugte auf die Carrerabahn. Der Blick seines Vaters folgte ihm, Paul nutzte die Gelegenheit, die Streichholzschachtel in seiner Hosentasche verschwinden zu lassen.

»Nächstes Jahr wird alles besser«, schloss Papa vielsagend und ließ einen gutturalen Seufzer fahren.

***

Nicht einmal jenseits von sechshundert Höhenmetern gab es Frost. Fast schon spöttisch huschten die blauen und orangefarbenen Wegmarkierungen durch den Lichtkegel des Allradjeeps. Hunderte von ihnen hatte man im Oktober an den Straßenpollern angebracht, um den Schneepflügen den Weg zu weisen. Keines der Fahrzeuge hatte bisher seine Maschinenhalle verlassen.

Angersbach suchte angespannt die Hofeinfahrten ab. Einmal pro Winter fuhr er hier herauf, um Fleisch zu holen.

Einmal pro Winter, wenn das hoch gelegene Dorf im weißen Kleid lag. Wenn der einzige Hinweis auf das Haus des Schlachters daraus bestand, dass der Schnee blutrot leuchtete. Heute tat er sich schwer. Fuhr erst einmal vorbei, war in Gedanken ganz woanders. Bekam das vermaledeite Ohr nicht aus dem Kopf.

»Da biste ja!«, polterte Neifiger. Warum er so hieß, wusste Angersbach nicht. Eigentlich hieß er Göbel. Neifiger war ein Kosename, den der Kommissar weder hätte schreiben noch buchstabieren können. Es klang eben so, wenn andere ihn nannten. Dass sich dahinter eine Eigenschaft verbarg, war dem Kommissar zeit seines Lebens verborgen geblieben. Doch als der Fleischball in seiner blutbesudelten Schürze vor ihm stand, der kondensierte Atem roch nach Obstbrand, traf ihn die Erkenntnis wie ein Schlag. Göbels linker Daumen war ein knorpeliger Stumpf. Ein Opfer der Bandsäge, mit der er seine berühmten Lammkoteletts schnitt. *Neifiger* – Neunfinger. Angersbach sprach keinen Dialekt, aber trotzdem. Rückblickend betrachtet war es eine Schande, dass er nicht eher darauf gekommen war. Und es schien Schicksal, in dieser Nacht andauernd mit Invaliden zu tun zu haben.

Ein-Auge, Ein-Daumen, Ein-Ohr. Ein Stern über Bethlehem. Ein toter Hammel im Zerlegeraum. Er sollte besser sehr aufmerksam auf seine Extremitäten achten.

An der Bandsäge fehlten ein paar Zähne, Knochensplitter und Fleischfetzen sprenkelten die Kacheln. Während er die Koteletts zur Seite zog und in eine rote Plastikwanne platschen ließ, gewann das Ohr wieder die Oberhand.

Was hatte es damit wohl auf sich? Niemand hatte eine Leiche gemeldet. Niemand einen Ohrverlust. Es konnte praktisch alles sein.

***

Paul öffnete dem gertenschlanken Ermittler. Ein Naturbursche. Er wunderte sich, dass der Mann diesmal allein kam.

»Sind deine Eltern zu Hause?«

»Nö.«

»Und da öffnest du die Tür?«

»Sie sind doch Polizist.«

Bestechende Logik, das musste man ihm lassen.

»Na gut, dann unterhalten wir uns.«

»Was krieg ich dafür?«

»Du musst mit mir sprechen, auch ohne etwas dafür zu bekommen.«

»Will ich aber nicht.«

»Hast du Angst, etwas zu verraten?«

»Nö.«

»Dann können wir doch noch mal über dieses Ohr reden.«

»Weiß nicht.«

»Irgendjemand wird es vermissen. Es würde helfen, wenn du mir verrätst, wo genau du es gefunden hast.«

»Irgendwo«, Paul zuckte mit den Schultern. »Vielleicht hat's ja vorher schon jemand bewegt.«

»Das würde ich gern selbst herausfinden.« Der Beamte wurde ungeduldig, wie Paul zufrieden feststellte. Er neigte seinen Kopf und feixte den Fremden wortlos an. Er sah genau, wie es hinter Angersbachs Stirn ratterte. Es war ein Männerohr. Mama schied also aus. Papa hatte beide Ohren noch. Wenn sie keine Opfer waren, welche Rolle spielten sie dann? Spielten sie überhaupt eine?

»Wenn du etwas gesehen hast«, versuchte der Beamte es anders, »oder wenn du von jemandem weißt …«

»Ich weiß nichts. Nur, dass mich einer meiner Freunde verraten hat. Nur wegen eines Ohres.«

Und er wusste, dass Justin damit angab, den coolsten Heiligabend von allen zu bekommen.

»Nun gut«, schloss Angersbach sichtlich gereizt. »Aber ich komme bei Gelegenheit wieder. Ich muss noch mit deinem Vater sprechen.«

Seine Worte klangen wie eine Drohung.

***

Er hatte sich in die Herzen der Kinder gemogelt. Typisch Fremde – es war genau so, wie Paul es sich immer vorgestellt hatte. Sämtliche Vierjährigen der Kindertagesstätte hatte er auf seinem Knie geschaukelt. Bei manchen von ihnen todsicher an deren Mütter gedacht.

»Fragen wir doch mal den neuen Schornsteinfeger«, hatte Pauls Mutter vorgeschlagen. Sie zwinkerte ihrem Mann zu. »Vielleicht bringt er zu Neujahr ja Glück.«

Danach hatten sie den ganzen Abend gestritten. Zwischen Nikolaus und Heiligabend, da, wo man doch eigentlich friedlich sein sollte.

»Wir brauchen kein Kaminfeuer«, war das Resultat

des Abends. In diesem milden Winter sowieso nicht. Hauptsache, dieser Kaminkehrer blieb ihrem Haus fern.

Es musste daran gelegen haben, dass Bauer Koch der Schlag getroffen hatte. Dieser Vorzeige-Nikolaus, mit naturgewachsenem Rauschebart und alkoholroter Knollennase. Sein Gewand viel zu weit für den Hänfling eines Schornsteinfegers, aber *der* hatte sich förmlich um diese Rolle gerissen. Der Vorteil für die naiven Kleinkinder: Niemand kannte ihn. Die Mütter mal außen vor gelassen. Bauer Koch hinterließ große Fußstapfen, doch der Neue füllte diese mit Geschick. Paul wusste genau, dass, wenn er seine Karten gut spielte, ihm ein doppelt lukratives Weihnachtsgeschäft blühte.

»Du warst gar nicht bei den Kindergartenkindern«, säuselte der schwarze Mann, als er mit seiner Leiter und der Kaminbürste vor der Haustür stand.

»Ich bin schon in der Schule«, empörte sich Paul. So einfach würde er es ihm nicht machen. Der Weg zum Schlafgemach einer Mutter führte über das Herz ihres Kindes. Er sollte dafür zahlen.

»Was hast du dir denn vom Weihnachtsmann gewünscht?«

Christkind, du Ignorant! Den Weihnachtsmann gibt's nur für Justin. Und der heilige Nikolaus ist schon seit über 1600 Jahren tot.

»Eine Carrerabahn. Aber die bekomme ich von meinem Papa.«

Paul säuselte die Worte verträumt. Seinem Gegenüber trat Schweiß auf die Stirn.

»Und sonst?«

»Das reicht doch, oder?«
Du sollst nicht begehren ...
So ging doch auch eines der Gebote.

***

Justin hatte definitiv kein schöneres Weihnachtsfest gehabt als Paul. Sein Vater war mittags schon besoffen und schaffte es nicht einmal, die Leiter an die Hauswand zu stellen. Obwohl das kinderleicht war, wie Paul wusste.

Angersbach kam noch zweimal, einmal zwischen den Jahren und einmal nach Silvester. Hatte seinen Kollegen wieder im Schlepptau. Paul war dabei etwas mulmig geworden, doch außer Tannenbaum und Bratenduft nahmen die beiden nichts wahr.

»Man muss auch nicht jeden Fall lösen«, hatte er den pummeligen Beamten zu Angersbach raunen hören. »Es gibt ja nicht mal eine Leiche.«

»Aber einen Vermissten«, widersprach Angersbach mürrisch. Er meinte den Kaminkehrer. Den Teilzeit-Nikolaus. Den Eintagsglücksbringer. Er war von dem einen auf den anderen Tag verschwunden.

»Versteh einer die Fremden«, sagte Papa gleichgültig, während Mama durchatmete. »Die kommen und gehen. Dabei ist's doch so schön bei uns.«

Wohin er gegangen war, würden die beiden nie herausfinden. Nicht dass er aufs Dach gestiegen war. Um sich den Kamin anzusehen, der nicht richtig zog. Paul hatte sich doch so sehr gewünscht, dass an Heiligabend das Feuer prasselte.

»Kein Wunder«, hatte er gesagt, den Kopf tief in dem schiefgemauerten Ziegelschlot steckend. Seine Stimme klang wie weit entfernt. Er war den Schacht hinabgefahren, bis zur Hälfte, wo er sich verengte. Hatte gezappelt, hatte geschrien. Eine halbe Stunde lang. Dann wurde es ruhig. Ab und an ein asthmatisches Röcheln. Ruß rieselte hinab. Dann machte es Plopp. Er musste sich in seiner Panik das Ohr an einer herausragenden Steinkante abgerissen haben. Verdammte Schwarzarbeit. Zum Glück war niemand zu Hause gewesen. Nur Paul, der mit den letzten beiden Streichhölzern spielte. Unschlüssig, ob er nach oben in den finsteren Schlot leuchten solle. Er tat es nicht.

Es gab da dieses andere Gebot. Paul fürchtete um seine Carrerabahn, doch das Christkind schien ihm nicht gram zu sein.

Und im neuen Jahr wurde alles besser.

Auch ohne Schornsteinfeger.

Oder vielleicht gerade deshalb.

Stefan Haenni

22

Fondue finale

Berner Oberland

Autorenvita

Stefan Haenni wurde 1958 in Thun geboren, wo er als promovierter Gymnasiallehrer lebt und arbeitet. Er studierte Pädagogik, Psychologie und Kunstgeschichte in Bern und Fribourg. Als Krimiautor hat er bisher drei Fälle um den Thuner Privatdetektiv Hanspeter Feller im Gmeiner Verlag veröffentlicht: *Narrentod* (2009), *Brahmsrösi* (2010) sowie *Scherbenhaufen* (2011). Stefan Haenni findet auch als bildnerischer Künstler mit Schwerpunkt auf zeitgenössischer Orientalistik Anerkennung. Seine Werke sind in namhaften Museen und Privatsammlungen vertreten.

Feliz navidad! Frohe Weihnacht!

Das verstehen alle vier. Sie haben sich letzten Sommer in Barcelona anlässlich eines Spanischkurses kennengelernt. Dort ist die Idee eines gemeinsamen Skiurlaubs in der Schweiz entstanden. Aus terminlichen Gründen ist das ursprüngliche Vorhaben allerdings auf ein Wochenende geschrumpft. Gitte und Bernd leben in Bremen, wo beide im Gesundheitswesen beschäftigt sind. Toni belegt an der pädagogischen Hochschule in Bern Sportwissenschaften. Ursula arbeitet als Katechetin in einer Kirchengemeinde. Die beiden haben sich vor einem Jahr verlobt.

Am dritten Advent soll das Treffen nun definitiv über die Bühne gehen, Toni sei Dank. Er hat die Initiative ergriffen, eine Hütte am Hasliberg ob Meiringen gebucht und für Speis und Trank gesorgt. Die Fressalien sind an der Talstation in die vier Rucksäcke der Teilnehmer gleichmäßig verteilt worden. Die Schindelhütte ist im Winter nur per Skier erreichbar. Oder per Raupenfahrzeug, falls man sich ein solches leisten kann.

Die entlegene Alphütte steht neben drei uralten Wettertannen am Rande der schwarz ausgeschilderten Piste. Der halsbrecherischen Abfahrt der Gipfelbahn sind in der Regel eher geübte Wintersportler gewachsen. Die vier Freunde lassen sich dennoch mit Sack und Pack per Bahn zum Gipfel hochbaggern, um anschließend die Schussfahrt zur Unterkunft zu riskieren. Mit schwerem Gepäck auf dem Rücken erweist sich die als doppelt schwierig. Stürze sind unvermeidbar. Gitte erwischt es schon nach wenigen Metern. Auf einer vereisten Stelle macht sie einen Kantenfehler, überschlägt sich und kommt erst nach einer rasanten Rutschpartie zum Stillstand. Ihr Rucksack reißt sich dabei los und landet mit entsicherter Verschlusshaube in Richtung Pistenrand.

»Anhalten!«, ruft Bernd mit durchdringender Stimme. Er ist hinter seiner zierlichen Gitte hergekurvt. Bernd bevorzugt normalerweise ein Snowboard. Dank seiner sportlichen Figur und seinem Talent für koordinierte Bewegungsabläufe ist ihm die Umstellung auf Skier nicht allzu schwergefallen. Gitte hingegen hat sich seit Jahren nicht mehr auf die Bretter gewagt.

Das Schweizer Paar wedelt bereits gut zehn Meter unterhalb der Sturzstelle in gekonnten Parallelschwüngen. Speziell für dieses Wochenende hat sich Ursula ein neues Ski-Outfit angeschafft. Unnötigerweise, nach Meinung ihres Verlobten.

Sie stoppen ihre stiebende Abfahrt.

»Bist du verletzt?«, sorgt sich Ursula mit Blick nach oben.

»Nein, alles in Ordnung«, antwortet Gitte. Aber ihre Stimme klingt weinerlich.

Ursula lässt darauf kurzentschlossen ihren Rucksack in den Schnee sinken und steigt ihr hilfsbereit entgegen. In steilen Lagen schlägt sie ihre Skier V-förmig in den vereisten Hang. Sie »tännelt« bergwärts und zeichnet so die Spur einer schematischen Tanne in den Schnee. Gitte hat sich bei ihrem Taucher Schürfungen im Gesicht zugezogen und das Fonduepfännchen abgeworfen.

Toni flucht: »Hätten wir doch gescheiter das Raupenfahrzeug gebucht.« Erst als Gitte die Hiobsbotschaft des vermissten Küchengeräts verkündet hat, steigt auch er die Piste hoch. »Auf die Pfanne kann keinesfalls verzichtet werden«, entscheidet er grollend, bläht die Nasenflügel und stößt schnaubend eine Wolke weißer Atemluft aus. Die Ausführung seines hinterhältigen Plans würde ohne Fondue-Caquelon unmöglich sein. Die minutiösen Vorbereitungen und das ganze Wochenende wären damit vergeblich. Darum muss das Gerät unbedingt wieder her. Wie sonst sollte am dritten Advent aus ihrem Quartett ein Trio werden?

Bernd hat Gitte inzwischen auf ihre spindeldürren Beinchen geholfen, ihre Skibindung neu eingestellt und sicher verschlossen. Nun graben alle gemeinsam im Tiefschnee der Pistenränder. Dann endlich.

»Ich habe sie!«, frohlockt Ursula. Dank knallroter Glasur hat sie das Tongefäß in einer Schneeverwehung lokalisiert und mit bloßen Händen ausgebuddelt.

Eine geschlagene Stunde später umlagert die Gruppe den rustikalen Holztisch in der tiefverschneiten Hütte. Für Toni und Ursula ist es auf den Hasliberg ein Katzensprung. Das Schweizer Pärchen lebt in einer gemeinsamen Wohnung am Thuner See. So erreicht Toni in zwanzig Bahnminuten die Hochschule, und Ursula kann mit dem Bike zur Arbeit radeln. Beide sind gut trainierte routinierte Wintersportler, die von November bis März fast jedes Wochenende in die Berge fahren.

Draußen ist die Temperatur inzwischen auf eisige Minuswerte gesunken. Drinnen knistert im gusseisernen Holzofen ein gemütliches Feuerchen. Allmählich erwärmt es nicht nur den Raum, sondern schmilzt auf der runden

Herdplatte auch die würzige Käsemischung. Toni hat auf die Zubereitung *seiner* Fonduemischung bestanden.

Bernd nennt sie augenzwinkernd *Fondue Sennentoni.*

Tatsächlich verwendet Toni eine simple Fertigmischung aus dem Großverteiler. Immerhin reibt er zuvor das Caquelon großzügig mit einer Knoblauchzehe aus. Zudem hat er an Maisstärke, Muskatnuss und weißen Pfeffer gedacht, mit denen er die Fertigmischung zum persönlichen Geheimrezept zu verfeinern verspricht. Kirsch- und Weißwein gibt er nach Gutdünken bei. Nur der Zitronensaft ist im Kühlschrank vergessen worden.

***

Aus dem Kamin steigt dichter Rauch. Ihm schweben seit Einbruch der Nacht große Schneeflocken entgegen. Vier rabenschwarze Bergdohlen fliegen aus den verzuckerten Tannen hoch und umkreisen krächzend die Skihütte.

»Also, ich weiß ja nicht«, meckert Bernd, nachdem er zweimal demonstrativ am Topf geschnuppert hat. »Toni, bist du dir ganz sicher, dass du das richtige Rezept erwischt hast? Das Zeug stinkt nach Schweißfüßen.«

Was für eine Beleidigung für den selbsternannten Chefkoch. Er trägt sie jedoch mit Fassung und beschwichtigt: »Darum ziehst du dir den Käse nicht durch die Nase, du Depp.«

Alle lachen. Nur Gitte bleibt ihr helles, nervöses Gekicher im Hals stecken, doch niemand achtet darauf. An der Oberfläche der Käsesuppe bilden sich kleine Blasen. Toni hebelt das Pfännchen vom Ofen und schwenkt es auf den

Kocher, der mitten auf dem Esstisch bereitsteht. Ursula entzündet den Brennspiritus unter dem Pfännchen und regelt mit wenigen Handgriffen geschickt die Höhe der Flamme. Währenddessen schenkt Bernd Weißwein aus. Der *Fendant* aus dem Oberwallis ist noch immer eiskalt vom Transport. Für das Quartett kein Grund, nicht umgehend auf das gemeinsame Wochenende anzustoßen.

»Auf den dritten Advent«, prostet Bernd rechtshändig und rückt sich mit der anderen Hand die schwarz umrandete Brille zurecht.

»Auf gutes Gelingen«, flötet Gitte. Meint sie das Fondue?

»Auf die Zukunft«, schwadroniert Toni zweideutig und hebt sein Glas Richtung Gitte.

Ursula predigt: »Auf unser täglich Brot!«

Gemeinsam wird ein großer Laib Weißbrot in mundgerechte Brocken gewürfelt und auf die vier kleinen Brotkörbchen verteilt. Währenddessen wird die Hütte weiter eingepudert. Plötzlich kracht es gewaltig.

»Was ist das?«, haucht Gitte verängstigt.

Toni beruhigt. »Ist wohl etwas Schnee von den Tannen gerutscht.«

»Quatsch«, korrigiert Ursula. »Das muss eine Dachlawine sein.«

»Auch möglich«, brummt Toni, dem die Besserwisserei seiner Verlobten auf den Keks geht.

»Umso besser«, beschwichtigt Bernd. »Dann wird uns die weiße Pracht wenigstens das Schindeldach nicht eindrücken.«

»Ich schaue trotzdem mal nach«, entscheidet Ursula, erhebt sich und öffnet das Fenster. Als sie auch noch den

Fensterladen aufzustoßen versucht, ist für sie der Fall klar. »Leute, wir sind gefangen.« Die Hütte muss inzwischen mindestens bis auf Höhe der Dachrinnen eingeschneit sein.

Gitte wendet erschrocken den Blick zu ihrem Bernd.

Der lächelt. »Halb so schlimm. So sind wir halt gezwungen, den Urlaub bis zur Schneeschmelze zu verlängern.«

Gitte quittiert die Bemerkung ihres Freundes mit eingerollten Lippen und hochgezogenen Augenbrauen.

Toni hat sich inzwischen zur Tür begeben. Mit einem Ruck wuchtet er sie auf. »Voilà!«, frohlockt er. »Hätte mich auch gewundert. Der Schnee ist nur seitlich abgerutscht. Der Ausgang liegt einigermaßen frei. Ach ja, und der Weg zum Plumpsklo somit auch. Es befindet sich rechts. Nur so für alle Fälle.«

Bernd wirft ebenfalls einen Blick nach draußen. »Was für prächtige Eiszapfen! Die müsst ihr gesehen haben.«

Die beiden Frauen nähern sich der offenen Tür. Ein eisiger Wind bläst ihnen entgegen.

»Ich teste gleich mal die sanitäre Anlage«, entschließt sich Ursula. Sie fischt eine pralle Plastiktüte aus ihrem Gepäck und verschwindet im Weiß.

»Setz dich bloß nicht hin, sonst frierst du fest«, scherzt Bernd hinterher. »Oder es wachsen dir Eiszapfen untenrum«.

Nur Toni lacht.

»Los, kommt endlich umrühren, das Fondue beginnt bereits anzubrennen«, mahnt Gitte.

Man begibt sich zurück an den Tisch, um Brot auf zweizackige Gabeln zu spießen. Nach der Anstrengung der Anreise, der klirrenden Kälte während der Abfahrt, der trockenen Hitze in der Stube und dem geselligen Alkoholgenuss leuchten die Gesichter wie reife Tomaten. Auf Tonis Stirn glänzen Schweißtropfen, und Bernd schiebt mit dem Zeigefinger alle paar Augenblicke die Brille über den glitschigen Nasenrücken hoch.

Noch bevor jemand im Käse rührt, unterbricht Toni: »Halt! Wir müssen uns erst eine Strafe ausdenken.«

»Strafe?«, wiederholt Gitte irritiert. Zwar ist sie in den Plan eingeweiht, doch wohl dabei ist ihr nicht. Und seit ihr Ursula nach dem Sturz hilfsbereit entgegengeeilt ist, melden sich Gewissensbisse. »Eine Strafe gehört dazu«, zementiert Toni. »Wer sein Brot im Käse verliert, hat zu büßen.« Dass er absichtlich ein besonders frisches, weiches Weißbrot besorgt hat, verschweigt er tunlichst. Die luftigen Brotwürfel würden im zähen Käseteig leicht von der Gabel rutschen. Besonders jene Stücke ohne feste Brotkruste.

»Vorschläge«, fordert Toni nun erwartungsvoll.

Bernd meldet sich umgehend. »Wer einen Brotbrocken verliert, muss einen Witz erzählen.«

»Quatsch! Du kannst ja selbst keine Witze erzählen, ohne die Pointen vorwegzunehmen«, wendet Gitte ein. »Ich finde, die Strafe sollte in einer Lieddarbietung bestehen. Wir spielen Supertalent.«

Toni interveniert: »Bei deinem Singsang würden in erster Linie die Zuhörer bestraft. Nein. Es sollte schon etwas Krasseres sein.«

»Wie wär's mit einem Strip-Fondue?«, schlägt Bernd mit verschlagenem Grinsen vor.

Gitte passt der Vorschlag nicht. »Dazu bin ich heute nicht aufgelegt.« Sie wirft einen unruhigen Blick zur geschlossenen Tür. »Wir wissen doch alle drei nur zu gut, dass …«

In dem Moment wird die Tür aufgerissen, und Ursula tritt herein. »*Was* wisst ihr alle drei?«, wiederholt sie gutgelaunt. Hat sie gelauscht?

»Du wirst am Vorschlag unserer Männer keinen Gefallen finden«, nimmt Gitte vorweg.

»Wovon sprecht ihr?«

Bernd erklärt. »Wir haben in deiner Abwesenheit über Strafen für verlorene Brötchen diskutiert.«

»Och, muss das sein?«, fragt Ursula wenig begeistert.

»Unbedingt«, meint ihr Verlobter. »Und wir sind uns schon einig, worin sie zu bestehen hat.«

»Halt dich fest«, warnt Gitte. Sie erinnert sich nur allzu gut an Ursulas Prüderie im gemeinsamen Spanienurlaub. Die brave Katechetin hatte sich auch nach der dritten Runde Sangria noch einem spontanen Partnertausch verweigert.

»Na, dann lasst hören.«

»Typisch Männer«, meint Gitte. »Sie wollen ein Strip-Fondue veranstalten.«

Toni wirft seiner Verlobten einen lauernden Blick zu. Wie wird sie auf den Vorschlag reagieren? Es geht in diesem Augenblick um alles oder nichts. Wenn Ursula ablehnt, ist der ganze Plan futsch.

Ursula überlegt kurz und überrascht dann die Runde mit ihrem Statement: »Ich bin dabei. Unter einer Bedingung: Wer friert, kriegt den Platz am Ofen.«

Die anderen sind erleichtert.

»Bedingung akzeptiert«, verkündet ihr Verlobter. Es stehen ihm Schweißperlen auf der Stirn. Der Leichenschmaus kann beginnen.

Gitte verliert als Erste ein Weißbrotwürfelchen. Sie zickt etwas rum. »Oh nein, muss ich jetzt wirklich ...«

Die anderen grölen und ermutigen das Opfer zum Strip. Vorerst geht es ja erst um den gestrickten Pullover. Also halb so schlimm.

Dasselbe Missgeschick widerfährt kurz darauf dem Chefkoch.

Wobei ihn Ursula misstrauisch beäugt. »Das hast du doch absichtlich gemacht.«

Toni zieht den schwarzen Rollkragenpulli über den Kopf. Es ist inzwischen richtig heiß und stickig geworden. Das wird der Grund sein, dass sich auch Bernd und Ursula einen Vorwand verschaffen, um Haut zu zeigen. Leichtfertig lassen sie je einen Brotwürfel entgleiten. Gleich danach verliert Ursula drei Brocken in Folge. Nun sitzt sie verdutzt in der Unterwäsche vor dem Feuer. So schnell kann das gehen.

»Eigentlich ist Ausziehen bei dieser Hitze gar keine richtige Strafe mehr«, meint Toni und nimmt einen kräftigen Schluck *Fendant.*

Die anderen stimmen ihm zu. Erneut pikt jeder reihum einen Brotwürfel auf die Gabel und taucht ihn ins Pfännchen.

»Wir müssen die Strafe durch eine Zusatzklausel ergänzen«, schlägt Bernd wie abgesprochen vor.

»Richtig«, bekräftigt Toni und streicht sich die schwarzen Fransen aus der feuchten Stirn.

Die Frauen gucken eher skeptisch aus der verbliebenen Wäsche.

»Und wie lautet die?«, erkundigt sich Gitte.

Toni verkündet das Verdikt: »Wer zuerst nichts mehr trägt, flitzt einmal ums Haus herum.«

»Im Tiefschnee?«, fragt Gitte mit Verwunderung.

»Bei fünfzehn Grad unter Null?«, gibt Bernd glaubhaft zu bedenken. Er kennt Tonis Absichten seit der gemeinsamen Fahrt in der Gipfelbahn.

Ursula macht ein langes Gesicht. Schließlich trägt sie am wenigsten am Leib.

Ihr Verlobter relativiert: »Keine Bange, Schatz. Das ist fast wie beim Saunieren. Bevor der überhitzte Körper unterkühlt, ist das Luftbad auch schon beendet. Das stärkt die Abwehrkräfte.«

Unvorsichtigerweise entschlüpft Bernd die Bemerkung: »Es wird sich schon keiner den Tod holen.«

Toni erstarrt. Ursula und Gitte scheinen Bernds falsche Prognose aber nicht misstrauisch zu machen.

»Dann gleich richtig«, sucht Toni die Situation zu überspielen. »Wer flitzt, tut's splitternackt. Also auch ohne Schuhe!«

Die Frauen protestieren. Die Männer stimmen zu. Das fällt ihnen umso leichter, als sie selbst in gutem Tuch und Schuhwerk auf der sicheren Seite sitzen.

Danach verliert Ursula erneut Brot und somit auch ihr letztes Kleidungsstück, das Höschen der Thermowäsche.

Die pummelige Schweizerin macht gute Miene zum bösen Spiel. »Ihr hinterhältigen Lustmolche«, schilt sie scherzhaft. »Bereitet mir wenigstens einen Glühwein vor.«

»Wie du weißt, haben wir nur Weißwein dabei«, meint Toni.

»Egal. Einfach etwas, das mich nach dem Run erwärmt.«

»Wird erledigt«, verspricht Gitte und erhebt sich. »Und eine kuschelige Wolldecke wärme ich dir auch noch vor.«

»Na dann, ihr Lieben. Tür auf und los.« Mit lautem Gekreische hechtet Ursula in die weiße Pracht. Sie versinkt gleich bis zu den Hüften. Hinter ihr schallendes Gelächter. Mit allen Extremitäten pflügt sich Ursula tapfer durch den Schnee, während sie von den drei Hüttenbewohnern angefeuert wird: »UR-SU-LA, UR-SU-LA, UR-SU-LA ...!«

Als sie aus dem Blickfeld gerät, schließt Toni leise die Tür und verriegelt sie von innen. Wie lange wird es wohl dauern, bis Ursulas Kernkörpertemperatur auf das lebensbedrohliche Minimum von 22 Grad Celsius abgesunken sein wird? Toni hat im Sportwissenschaftlichen Institut nach Antworten gesucht. Demnach wird Ursula in einer ersten Abwehrphase Gänsehaut kriegen und zittern. Zusätzlich werden sich ihre Atem- und Pulsfrequenzen erhöhen. Unter der Kerntemperatur von 34 Grad wird eine Erschöpfungsphase eintreten, die von Puls- und Blutdruckabfall, Müdigkeit, Apathie, Muskelstarre, Gliederschmerzen, Herzrhythmusstörungen sowie Angstzuständen gekennzeichnet ist. Zwischen 31 und 22 Grad wird Ursula allmählich in eine Lähmungsphase hinüberdämmern. Die Schmerzen werden nachlassen. Zum Tod wird schlussendlich der Atem- und Herzstillsand führen.

Noch ist aufgedrehtes Gekreische zu vernehmen. Nach ein paar Minuten klopft es erwartungsgemäß an der Pforte. »He, ihr Spinner, lasst mich rein!«

Das mörderische Trio verharrt wie angenagelt. Diese Situation gilt es auszusitzen. Natürlich kein Vergleich damit, was Ursula währenddessen auszustehen hat. Dennoch darf Mitleid so lange kein Herz erwärmen, bis die Nackte vor der Hütte erfroren ist.

»Bitte, macht auf! Das ist nicht lustig«, bettelt die Ausgesperrte.

Gitte kommen die Tränen. Sie ist drauf und dran, sich zu erheben, den großen Bartschlüssel im Schloss umzudrehen und die Geplagte zu retten. Die bedrohlichen Blicke der Männer halten Gitte davon ab.

»Um Gottes willen, habt Erbarmen!«, fleht Ursula vor der Tür, bereits deutlich kraftloser. Offenbar kann sie vor Kälte kaum noch den Mund bewegen. Auch ihr Klopfen ist schwächer geworden. Gebannt warten die Täter in der stickigen Stube. Dann endlich herrscht draußen Totenstille. Drinnen knistert das rauchende Feuer. Auf dem Dach knackt Schindelholz. Gitte tränen wieder die Augen. Bernd hustet verlegen, und Toni schwitzt, obschon er doch nur noch Hose und Unterhemd trägt.

Ob Ursula bereits tot ist? Soll nachgeschaut werden? Oder geht man auf Nummer sicher und wartet noch ein paar Minuten?

Da glaubt Gitte ein letztes, leises Kratzen an der Tür zu vernehmen. Wieder will sie sich instinktiv erheben. Wieder halten sie die grimmigen Mienen der beiden Begleiter davon ab.

***

Bergdohlen ziehen ihre Kreise und landen auf dem Kaminhut. Es hat aufgehört zu schneien. Der Mond ist aus den Wolken getaucht und übergießt die winterliche Nacht mit fahlem Licht.

Ursula schließt den Reißverschluss ihres alten Skianzugs. Sie blickt sich über die Schulter zur Hütte um. Die Bergdohlen flattern wieder vom Schornstein hoch. Ihm entsteigt inzwischen kein Rauch mehr. Den leeren Plastiksack, in dem Ursula zuvor warme Ersatzkleidung im Klohäuschen deponiert hatte, hat sie zusammengeballt in den Kamin gestopft. Dies ist die Rache der Ausgeschlossenen. Im Stübchen darunter verdichtet sich eine gefährliche Rauchgaskonzentration. Die mit armdicken Eiszapfen von außen verbarrikadierte Hüttentür wird ebenso wenig aufzubrechen sein wie die durch die Dachlawine blockierten Fensterläden. Doch davon ahnen die Eingesperrten nichts, denn sie können das tödliche Kohlenmonoxid bis zum Schluss nicht riechen. Und dann ist es bereits zu spät. In wenigen Lungenfüllungen werden sie tot sein. Abgeschlossen hat Ursula mit ihrem Toni, der ihre Verlobung in Barcelona entheiligt, mit Bernd, der ihren Verlobten auf den Pfad der Sünde geführt, und mit Gitte, die gegen das zehnte Gebot verstoßen und gleich beide Männer begehrt hat.

Entschlossen stößt Ursula ihre Skistöcke in den Schnee, gleitet in Hanglage und flitzt in die weiße Tiefe der schwarzen Piste.

Gisa Pauly

23

Der dümmste Weihnachtskarpfen von Sylt

Sylt

Autorenvita

Gisa Pauly, geboren 1947 in Gronau, stieg nach zwanzig Jahren aus dem Lehrerberuf aus und veröffentlichte 1994 das Buch *Mir langt's – eine Lehrerin steigt aus.* Seitdem lebt sie als freie Schriftstellerin, Journalistin und Drehbuchautorin in Münster und auf Sylt. In ihren turbulenten Sylt-Krimis prallt das Temperament Mamma Carlottas auf die Mentalität der Inselbewohner, vor allem aber mischt sich die Italienerin immer wieder in die polizeilichen Ermittlungen ihres friesisch-wortkargen Schwiegersohns ein. Gisa Pauly wurde mehrfach ausgezeichnet, darunter mit dem Satirepreis der Stadt Boppard und der Goldenen Kamera des SWR für das Drehbuch »Déjàvu«. Eine Verfilmung ihrer Mamma-Carlotta-Reihe ist derzeit in Vorbereitung.

Über Weihnachten redet keiner von uns gern. Weihnachten, das ist wie Weltuntergang, ein scheußliches Ende, dem schwer zu entkommen ist, vermutlich gar nicht. Irgendwann ist man eben fällig, sagt Cyprinus, das lässt sich auf die Dauer nicht vermeiden.

Karpfen blau, Borschtsch mit Karpfenklößchen, Karpfen in Mandelkruste, in Rieslingsoße oder im Bierteig, das sind Verhängnisse, die ganz plötzlich und meist unerwartet über einen hereinbrechen. So wie ein tödlicher Autounfall oder eine missglückte Routine-Operation, das passiert eben. Aber sobald einer von uns *Weihnachtskarpfen* genannt wird, geht es allen so wie diesem Jesus von Nazareth. »Am 24. wirst du ans Kreuz geschlagen.« Oder wie einem Kandidaten in der Todeszelle. »Am 24. ist deine Hinrichtung.« Wenn Hein, der Sylter Fischhändler, mit seinem riesigen Kescher kommt und nicht nur einen von uns rausholt, sondern einen nach dem anderen, dann ist immer jemand dabei, der das Wort *Weihnachten* ins zitternde Maul nimmt.

»Scheiß-Weihnachten«, blubbert es prompt neben mir, und ich muss zusehen, wie mein Kumpel, mit dem ich schon lange Seite an Seite im Bassin des Fischhändlers herumschwimme, im Einwickelpapier landet. Es ist mit goldenen Engeln und Tannengrün bedruckt, deswegen denke ich erst noch, es wäre vielleicht hübsch, so etwas an den Kiemen zu spüren, aber Cyprinus, der Älteste und Klügste von uns, sagt: »Du bist wirklich der dümmste Karpfen von Sylt.« Und dann behauptet er wieder, ich wäre so dämlich, dass ich nicht einmal zur Karpfensuppe tauge, weil Dummheit salzig sei und ich die Suppe verderben würde. »Am Stück bist du erst recht nicht genießbar. Für *Karpfen blau* braucht man schon eine gewisse Eleganz.«

Cyprinus scheint zu vergessen, dass auch Hein oft blau und dann immer besonders fröhlich, aber gewiss kein bisschen elegant ist. Jedenfalls ist er so lange gut gelaunt, bis seine Frau ihm androht, ihn das nächste Mal in eines der Aquariumbecken zu werfen, wenn er es wieder wagen sollte, blau im Laden zu erscheinen.

Aber noch ehe ich den Vergleich zwischen *Karpfen blau* und *Hein blau* zur Sprache bringen kann, schwimmt eine böse Ahnung an mich heran. In dem Einwickelpapier mit den Engelchen und dem Tannengrün ist es nämlich verdammt still geworden. Und ich höre Hein zu dem Kunden sagen: »Besser wär's gewesen, Sie hätten ihn noch bis zum Heiligen Abend schwimmen lassen. Dann wäre er so richtig frisch auf den Tisch gekommen.«

Aber die Sylter Touristen erklären, dass sie keine Badewanne haben, in der ein Karpfen bis zum Fest schwimmen könnte, dass sie aber mit dem Einkauf des Weihnachtsessens nicht warten wollen, weil sie Sorge haben, dass sie dann nichts mehr bekommen oder sich mit schlechter Qualität begnügen müssen. »*Karpfen blau* gehört für uns zum Heiligabend dazu!«

Cyprinus neben mir wird jetzt schon blau, als er das hört, aber vor Angst. Er schwankt sogar ein bisschen, genau wie Hein, wenn er blau ist. Der hat dann auch immer Angst, nämlich vor seiner Frau. Aber nicht so viel Angst wie Cyprinus. Dabei behauptet er schon seit Oktober, er habe es durch besondere Cleverness bis ins hohe Alter geschafft, was für einen Karpfen außergewöhnlich sei, besonders im Monat Dezember. Und wenn man erst mal in seinem Alter sei, sagt er, dann tauge man nicht mehr zum Weihnachtskarpfen. »Dann hat man es geschafft!« Und nun trotzdem diese Angst?

Ich bin froh, dass er mich immer einen Idioten genannt hat. Da ich nicht besonders helle bin, fürchte ich mich auch nicht so sehr. Denn ganz ehrlich, so richtig verstehe ich nicht, was Weihnachten abgeht. Und irgendwie habe ich das Gefühl, dass es auch Vorteile hat, wenn man nicht alles kapiert ...

Ich find's gar nicht so schlimm, dass ich in einem kleineren Behälter mit klarem Wasser lande, der in der Nähe einer Schaufensterscheibe steht. Dass ich eigentlich zur Überwinterung im tiefen Bereich eines Teiches hocken müsste, habe ich sowieso verdrängt. Und was Cyprinus mit dem Vorhof zur Hölle meint, verstehe ich zum Glück nicht. Auch dass Hein zu mir sagt: »Guck ruhig traurig! Dann denken die Kunden, du bist lebensmüde«, kapiere ich nicht. Genauso wenig wie das, was er zu seiner Frau sagt: »Die Leute haben ja immer Skrupel, wenn sie was Lebendes kaufen. Zwölf Schnitzel suchen sie sich aus, ohne mit der Wimper zu zucken, aber so ein Fisch, der noch zappelt und glitscht ... da kommen sie sich vor wie Karpfenmörder, denen zur Strafe eine Fischvergiftung droht.«

Das mit dem Trauriggucken klappt nicht so richtig. Dazu ist das, was vor dem Schaufenster passiert, zu spannend. Es scheint stürmisch zu sein, da draußen. Die Leute binden sich die Schals fester um den Hals, ziehen die Kapuzen ihrer Friesennerze tief ins Gesicht und stemmen sich dem Wind entgegen. Regen platscht manchmal an die Scheibe, was in mir ein heimeliges Gefühl erzeugt. Regen! Wie schön! Als ich noch in dem Teich in der Nähe von Rantum lebte, habe ich ihn kennengelernt, den Regen. Hinter mir hatte noch jemand geblubbert, ich solle das Maul nicht in den Regen halten, sondern lieber unter der Wasseroberfläche bleiben ... aber da war es schon zu spät. Ich hatte einen Haken im Maul. Seitdem lebe ich in der Westerländer Fischhandlung und lasse mich mästen. Was daran schlecht sein soll, verstehe ich nicht, obwohl Cyprinus es mir tausendmal erklärt hat. Ich bleibe dabei: Es ist angenehm, sich nicht selbst um Insektenlarven, Schnecken und Würmer kümmern zu müssen. Aber Cyprinus behauptet, mit dieser Einstellung bewiese ich nur, wie unterbelichtet ich sei.

Heilige Afterflosse, was da draußen los ist! Leute ziehen ihre Koffer vorbei und sehen dabei ziemlich genervt aus, andere bummeln Hand in Hand vorüber, einige betrachten mich, teils mitleidig, teils amüsiert. Was mir besser gefällt, weiß ich nicht so genau. Irgendwie finde ich beides nicht angemessen. Respektvoll, das wäre angebracht, oder zumindest ehrlich interessiert. Stattdessen dringt schon wieder das schreckliche Wort *Weihnachten* durchs geschlossene Fenster. Und als der nächste Kunde Heins Fischgeschäft betritt, sogar das Wort, das für zitternde Kiemen und bebende Barteln sorgt: »Weihnachtskarpfen«.

Die Sache wird nun ungemütlich, das kapiere sogar ich. Obwohl ich angeblich der größte Idiot unter den Karpfen bin. Dass ausgerechnet Cyprinus noch an diesem Tag dran glauben muss, macht mich echt stutzig. Cyprinus, der doch so stolz darauf war, ein ums andere Weihnachtsfest lebend überstanden zu haben, und der mittlerweile sogar fest damit rechnete, als Weihnachtskarpfen gar nicht mehr zu taugen! Ausgerechnet er! Das gibt mir zu denken. Mit hässlichem Grinsen hat er uns anderen oft erzählt, was angeblich auf uns zukommt: Aufschlitzen mit einem spitzen Messer, schuppen, ausnehmen, entgräten. Er hat immer erst aufgehört, wenn jedem von uns schlecht wurde, sogar mir, obwohl ich gar nicht so richtig verstanden habe, was er meinte.

Und nun das! Ich sehe, wie Cyprinus noch versucht, auf seine blassen Kiemen hinzuweisen und sogar ein paar Schuppen abstreift, um darauf aufmerksam zu machen, dass er für einen schmackhaften Weihnachtskarpfen viel zu alt ist, aber Hein macht ihm einen Strich durch die Rechnung. Die jungen Leute, die sich für Cyprinus entscheiden, kennen sich nicht gut aus. Sie glauben Hein, als er behauptet, Cyprinus gehöre zu den Spiegelkarpfen, die weniger Schuppen hätten als alle anderen.

Das hat er nun von seiner Intelligenz, der schlaue Cyprinus! Als Schuppenkarpfen geboren, angeblich sogar mit einem Koi in der Verwandtschaft, und als Spiegelkarpfen verkauft! Da kann er noch so verzweifelt nach Luft schnappen! Und dass er vermutlich nicht gut schmecken wird, ist ein Triumph, der ihm das Schicksal als Weihnachtskarpfen auch nicht leichter macht.

Ich winke mit der Schwanzflosse, als er an mir vorbeigetragen wird, aber Cyprinus ist derart in Panik, dass er es nicht bemerkt. Irgendwie beruhigt es mich, dass Klugheit in so einem Fall nicht weiterhilft. Scheinbar gehört mehr dazu, wenn man als Karpfen bis Neujahr durchhalten will. Eine Erkenntnis, die mir guttut, nachdem ich so lange glauben musste, dass mein fehlender Intellekt mir irgendwann zum Verhängnis werden würde.

Ich bin also hochzufrieden, jedenfalls für eine Weile. Das Bassin mit dem klaren Wasser, in dem ich allein herumschwimme, gefällt mir aber bald nicht mehr. Keine Insekten auf der Wasseroberfläche, und Hein scheint nicht mehr daran zu denken, mir ein bisschen Futter ins Wasser zu streuen. Ob das ein schlechtes Zeichen ist? Meint er etwa, das lohnt sich nicht mehr?

Dieser erschreckend weitsichtige Gedanke ist mir gerade in die Flossen gefahren, da öffnet sich die Tür, und eine Frau erscheint, die das hässliche Wort *Weihnachtskarpfen* ausspricht. Kein Wunder, dass sie mir auf Anhieb unsympathisch ist! Das ändert sich nicht, als sie mich wohlgefällig betrachtet. Hein, den ich im Gegensatz zu Cyprinus immer für einen Freund gehalten habe, da er uns stets anständig gefüttert hat, führt mich vor wie ein Prachtexemplar. Das bin ich nicht gewohnt, nachdem Cyprinus mein Selbstbewusstsein ständig untergraben hat, indem er mir vorhielt, ich sei zu dämlich zum Überleben. Aber da Cyprinus nun selber auf dem besten Wege zum Weihnachtskarpfen ist, muss ich ihm nicht mehr glauben. Allerdings ... dass ich mir etwas darauf einbilde, von dieser Tussi ausgewählt zu werden, spricht wohl eher dafür, dass Cyprinus recht gehabt hat. Das fällt mir aber erst auf, als ich schon in einem riesigen Plastikbeutel stecke, in dem ich zwar genug Wasser, aber nicht genug Platz zum Schwimmen habe. Genau genommen kann ich meine Flossen kaum bewegen und muss mir Sorgen machen, dass die Frau stolpert, stürzt und den Plastikbeutel zum Platzen bringt oder ihn mit demselben Ergebnis in der Autotür einklemmt.

Aber zum Glück passiert nichts dergleichen, ich kann mich sogar an der ersten Autofahrt meines Lebens erfreuen. Cyprinus würde jetzt wahrscheinlich wieder sagen, ich sei der blödeste Karpfen, der ihm jemals untergekommen wäre, aber ich genieße die Fahrt trotzdem. So ungewiss das Ziel auch sein mag. Nur Heins Frage, ob die Frau denn auch ein gutes Fischmesser habe, klingt mir noch in den Ohren. Und als er ihr sogar eins verkauft hat, musste ich darüber nachdenken, ob ich ihm das übelnehmen sollte. Doch dann wurde ich ja abgelenkt und fand diese Frage auch viel zu anstrengend.

Wir fahren aus Westerland hinaus, Richtung Wenningstedt, und ich hoffe schon darauf, das Meer zu sehen, von dem ich gelegentlich gehört habe und in dem es von Fischen nur so wimmeln soll. Ich habe sogar einmal davon geträumt, dass Hein mich in der Nordsee aussetzt. Aber Cyprinus belehrte mich prompt, dass Karpfen im Salzwasser nichts zu suchen hätten und nur ein ausgemachter Idiot wie ich sich ein Leben im Meer wünschte.

Als wir dann am Wenningstedter Dorfteich aussteigen, werde ich prompt von Heimatgefühlen übermannt. Das ist zwar nicht der Teich meiner Kindheit, aber er sieht ihm verdammt ähnlich. Vor lauter Heimweh muss ich ausgiebig nach Luft schnappen, und ich habe den Anfall von Sehnsucht noch nicht überwunden, als die Frau mich in eine Ferienwohnung trägt und dort auf direktem Wege ins Badezimmer. So unsympathisch sie auch ist, sie weiß, worauf es ankommt. Sie legt mich mitsamt dem Plastikbeutel in die Badewanne, lässt Wasser ein und öffnet den Beutel erst, als genug eingelaufen ist, damit ich ungehindert die Flossen bewegen kann. Soweit ist also alles in Ordnung. Ich bin einigermaßen beruhigt und könnte mich sogar mit meinem Schicksal abfinden, wenn jemand ein bisschen Fischfutter ins Badewasser streuen würde. Aber stattdessen bekomme ich schon wieder das schreckliche Wort zu hören.

»Hast du einen Weihnachtskarpfen bekommen?«, höre ich einen Mann fragen.

Kurz darauf wird die Badezimmertür aufgerissen, und ich werde ausgiebig betrachtet. Ich bin nicht ganz sicher, ob ich nun wieder traurig gucken soll, wie Hein es mir geraten hatte, oder ob es klüger ist, mich von meiner heiteren Seite zu zeigen und aufgeweckt zu glotzen. Schließlich mache ich es so wie Cyprinus und gebe mich alt, fade und geschmacklos. Ob das was nützt? Cyprinus hat es nicht geholfen, und der hat nicht nur so getan, der war wirklich alt und tranig.

Der Mann, der mir übrigens genauso unsympathisch ist wie die Frau, geht im Badezimmer einer Verrichtung nach, die ihn mir nicht angenehmer macht. Aber Cyprinus hat mir schon von merkwürdigen menschlichen Gewohnheiten erzählt, weil er eine Weile im Gartenteich einer Kampener Villa gelebt hat, wo er Einblicke in das Leben von Menschen gewonnen hat. Ich versuche einfach, nicht hinzugucken, hätte aber gern um frische Luft gebeten, als der Mann das Bad verlässt. Doch er versteht das Rümpfen meiner Oberlippe nicht. Egal! Im Teich meiner Kindheit hat's auch nicht immer gut gerochen. In so einem Fall bleibt man einfach unter der Wasseroberfläche und wartet, bis sich die Geruchslage ändert.

Das ist so weit, als die Frau eine Weile vor dem Spiegel gestanden hat und sich zum Schluss mit einem Duft besprüht, der mir noch nie in die Kiemen gekommen ist. Bei Hein jedenfalls habe ich so was nie erlebt und bei seiner Frau auch nicht. Die rochen beide so ähnlich wie ich. Aber bevor mir die Frau durch ihren Duft ein wenig angenehmer wird, nimmt sie schon wieder das Wort in den Mund, das auch dem stärksten Karpfen in die Rückenflosse fährt. »Wir müssen morgen in die Sylter Welle zum Duschen gehen. In die Badewanne können wir ja nicht, solange der Weihnachtskarpfen da rumschwimmt.«

Der Mann kommt dazu, und gemeinsam betrachten sie mich auf eine sehr fiese Art. »Es hilft nichts«, antwortet der Mann. »Meine Mutter hat immer gesagt, ein Weihnachtskarpfen muss für ein paar Tage im klaren Wasser schwimmen, damit er nicht nach Schlamm und Dreck schmeckt.«

Die Frau bestätigt seine schrecklichen Worte. »In meinem Rezept steht, man müsse ihm die Kiemen entfernen. Da lagert sich am meisten Schlamm ab.«

»Hast du schon Semmelbrösel besorgt? Der Karpfen muss paniert werden.«

»Ja, und Zitrone auch. Die stecken wir ihm ins Maul, wenn er auf den Tisch kommt. Das sieht putzig aus.«

Ich bin fix und fertig. Allmählich begreife ich, was mir blüht, wenn ich *Weihnachtskarpfen* genannt werde. Ich soll mir die Kiemen abschneiden, mich panieren und mir am Ende eine Zitrone ins Maul stecken lassen? Nur über meine

Leiche! Obwohl … für diesen Spruch würde Cyprinus mich vermutlich wieder dusselig nennen, wenn er könnte.

Als sich der Heiligabend nähert, bin ich nicht nur verrückt vor Angst, sondern auch ziemlich ausgehungert. Der Mann und die Frau halten sich häufig im Badezimmer auf, aber keiner der beiden denkt daran, mir was zu fressen ins Wasser zu streuen. Von meinem Hunger lenken mich nur die seltsamen Beobachtungen ab, die ich mache. Was Menschen, vor allem Frauen, in der Nähe der Badewanne so alles erledigen, ist schon sehr befremdlich!

Schließlich senkt sich, in der letzten Nacht vor Heiligabend, Stille über die Insel. Der Straßenlärm klingt nur noch gedämpft durchs Badezimmerfenster, und eine ganz neue Helligkeit spiegelt sich an der Decke. Von Schnee ist am Morgen die Rede, ein Wort, das ich von Cyprinus kenne, der in dem Gartenteich der Kampener Villa mal eine Weile unter einer zugeschneiten Eisdecke zubringen musste. Wenn er davon redete, tat er immer so, als hätte er eine gefährliche Expedition nur mit Mühe lebend überstanden. Irgendwie wird mir ganz friedlich zumute, wenn ich die leisen Schritte vor dem Haus höre, die sonst resolut vorbeitrampeln, die vorsichtigen Geräusche der Autos und das feierliche Glockengeläut. Aber nicht lange! Die Besitzer der Badewanne kommen von ihren Einkäufen nach Hause und sind alles andere als friedlich gestimmt.

»Blödes Weibsstück«, höre ich den Mann schreien. »So dämlich kannst auch nur du sein.«

Dämlich! Das Wort kenne ich. Ich weiß auch, wie demütigend es ist, sich so nennen lassen zu müssen. Deswegen schlage ich mich prompt auf die Seite der Frau.

»Ich habe früh genug gebremst«, kreischt sie zurück. »Aber der Schnee war so rutschig.«

»Hast du wirklich noch nie gehört«, brüllt er zurück, »dass ein Auto auf Schnee ins Rutschen kommen kann?«

»Klar! Dir wäre das natürlich nicht passiert«, höhnt sie. »Du bist ja immer der Superkluge, der den Überblick hat, der alles besser weiß.«

Sie wird mir immer sympathischer, denn sie sagt genau das, was ich Cyprinus gerne um die Kiemen gehauen hätte, mich aber nie getraut habe.

»Klugscheißer!«, höre ich nun. Ein interessantes Wort, nachdem ich mehrfach Zeuge sein durfte, wie sich der Mann auf diesem merkwürdigen Porzellanbottich niederließ, der neben der Badewanne steht.

»Blöde Gans!«

Moment mal, Gänse sehen aber anders aus! Am Ufer meines Heimatteiches hat sich mal eine niedergelassen ...

»Hornochse!«

Jetzt komme ich gar nicht mehr mit. Habe ich schon mal einen Hornochsen gesehen?

»Dich sollte man behandeln wie den blöden Weihnachtskarpfen! *Tussi blau!* Dafür taugst du vielleicht noch!«

Ich bin völlig durcheinander. Was soll jetzt das? Nun hätte ich doch gerne Cyprinus an meiner Seite, der mir diese Wortspiele vielleicht erklären könnte. Ich blubbere erleichtert ins Badewasser, als die Frau wortlos den Raum verlässt und in der Küche rumort, Schubladen aufzieht und wieder schließt und am Ende etwas Beifälliges murmelt, als hätte sie das Richtige gefunden.

Der Mann betrachtet währenddessen sein Gesicht im Spiegel, das ihm zu gefallen scheint, und brummt vor sich hin: »Warum nur habe ich geglaubt, dass sich meine Ehe während eines Sylt-Urlaubs retten lässt? Warum habe ich mir eingebildet, das Fest der Liebe mit *Karpfen blau* mache alles wieder gut? Stattdessen hätte ich meine Koffer packen und zu Delia ziehen sollen.«

Die Frau kommt herein, mit einem ganz merkwürdigen Ausdruck im Gesicht. Feierlich, könnte man sagen, vielleicht auch finster und entschlossen oder irgendwie ... zu allem bereit, egal, was kommt. Als ich sehe, was sie hinter dem Rücken verbirgt, verschlucke ich mich vor Schreck. Geht's mir jetzt an die Schuppen? Werden mir nun die Kiemen abgeschnitten, werde ich geschuppt, ausgenommen, entgrätet? Ich weiß nicht, was Schreckliches folgen wird, will es auch gar nicht wissen. Aber dass es etwas mit dem Messer zu tun haben könnte, das die Frau hinter ihrem Rücken verbirgt, wird mir derart schlagartig klar, dass meine Rückenflosse ganz starr wird vor Angst.

Der Mann knurrt die Frau an: »Kannst du nicht anklopfen, wenn du ins Bad kommst? Kann man nicht mal in Ruhe aufs Klo gehen?«

Aber gerade als er an den Knöpfen seines Hosenschlitzes herumnestelt, passiert es. Die Frau zückt das Messer, holt aus und sticht zu. Die Erleichterung fährt mir in die Kiemen. Das ist es also, was Weihnachten geschieht! Cyprinus hatte keine Ahnung! Der hat nur so schlau getan, und meine Dämlichkeit bestand darin, ihm zu glauben! In Wirklichkeit wird der Ehemann aufgeschlitzt, nicht der Weihnachtskarpfen. Ich bin stolz auf die Geistesgegenwart, die ich in dieser spannungsgeladenen Situation aufbringe, und auf das Tempo, mit der ich sie durchschaue. Von wegen dämlich! Mir schießt sogar auf der Stelle die Frage durch den Kopf, wie so ein Kerl geschuppt, ausgenommen und entgrätet wird. Zu einer Antwort finde ich allerdings nicht. Und welche Rolle unsereins als Weihnachtskarpfen bei der ganzen Sache spielt, ist mir ebenfalls nicht klar. Aber es bleibt mir keine Zeit, darüber nachzudenken, denn jetzt habe ich damit zu tun, mich in Sicherheit zu bringen. Wie Cyprinus mir erklären würde, dass der Kerl zu mir in die Badewanne fällt und sich das Wasser rot färbt, weiß ich wirklich nicht. Ich habe meine liebe Mühe, zwischen seine Beine zu flutschen, wo ein bisschen Platz und genug Wasser ist. Was bin ich doch für ein reaktionsschneller Karpfen, dass ich mich davor geschützt habe, von einem unsympathischen Kerl erschlagen oder erdrückt zu werden! Wirklich schade, dass ich Cyprinus nicht mehr davon erzählen kann!

Nach einer Weile finde ich es allerdings nicht mehr gemütlich zwischen den Beinen des Mannes, die anfänglich noch gezuckt haben, nun aber ganz ruhig geworden sind. Der ganze Kerl ist ruhig und still. Nur die Frau stimmt mit einem Mal ein fürchterliches Geheul an. Eigentlich liebe sie ihn doch so sehr, aber seine Affäre mit dieser blonden Delia könne sie ihm einfach nicht verzeihen ... und so weiter.

Also ehrlich, nach »Stille Nacht, heilige Nacht«, das Cyprinus mir mal vorgeblubbert hat, hört sich das nicht an. Vielleicht ein typisches Sylter Weihnachtslied? Auf Sylt ist ja alles ein bisschen anders. Da wird Ende Februar mit riesigen Biikefeuern der Winter vertrieben, das habe ich

Hein mal erzählen hören! Warum soll da nicht mit diesem Gejaule die Weihnachtszeit begrüßt werden? Sylter sind so, das weiß ich von Cyprinus, und die Sylter Touristen sind alle ziemlich abgedreht, das hat er mir auch mal erzählt, der kluge Cyprinus. Nur vom Abstechen, Entgräten und Ausnehmen ihrer Ehemänner hat er nie was gesagt. Und mir wird ganz flau im Magen, wenn ich mir vorstelle, dass das in dieser Badewanne stattfinden soll, in der ich mich mühsam zwischen den Beinen eines verdächtig ruhigen Mannes am Leben erhalte. Widerlich, diese rote Färbung! Schmeckt überhaupt nicht! Wie soll aus dem Kerl *Ehemann blau* werden, wenn er in dieser roten Brühe schwimmt? Nur gut, dass ich noch nie von *Karpfen rot* gehört habe, das beruhigt mich. Obwohl ... so recht traue ich dem Braten immer noch nicht. Solange der Heiligabend nicht vorbei ist und solange der Kerl mit mir in der Badewanne liegt, bin ich auf weitere böse Überraschungen gefasst. Und Überraschungen in der Weihnachtszeit bedeuten für einen Karpfen selten was Gutes.

Ein paar Stunden später geht es dann auch los mit den Überraschungen, und zwar in Form eines Blaulichts, das durchs Fenster flackert. Es klingelt an der Tür, und strenge Stimmen sind zu hören. Als sich die Badezimmertür öffnet, höre ich jemanden sagen: »Ach, du Schreck!« Und zu meiner Freude wird der Mann, der mir inzwischen echt lästig geworden ist, endlich aus der Badewanne gehoben. Aber meine Erleichterung weicht schnell purer Panik, als ich sehe, dass eine Hand nach dem Stöpsel greift. Entsetzt winke ich mit den Flossen, strecke das Maul aus dem roten, trüben Wasser und schnappe nach Luft.

»Da ist noch einer drin«, höre ich jemanden sagen. »Das hätte vielleicht der Weihnachtskarpfen werden sollen.«

Dass dieses bedenkliche Wort im Konjunktiv verwendet wird, ist mir nicht entgangen. Spätestens jetzt würde Cyprinus nicht mehr davon reden, dass ich der dümmste Karpfen von Sylt bin. Mir wird sogar im Eiltempo klar, dass sich die Sache mit den abgeschnittenen Kiemen und der Zitrone im Maul erledigt haben könnte. Die Frage ist nur, welche Alternative mich erwartet. Hoffentlich komme ich so schnell wie möglich aus dieser roten Brühe heraus. So hungrig ich auch bin, was der Mann in den letzten Stunden abgesondert hat, regt meinen Appetit wirklich nicht an.

Draußen bricht gerade die Dämmerung herein, die Frau wird aus der Wohnung geführt, als jemand sagt: »Das war's für heute. Wir können die Tatortarbeit morgen fortsetzen. Der Tathergang ist ja sonnenklar und die Täterin geständig.«

Ich horche auf, werde ganz still und aufmerksam, denn eine andere Stimme fragt: »Und was ist mit dem Karpfen?«

Meine Flossen beginnen zu vibrieren, ich spüre, dass mein Leben von der nun folgenden Antwort abhängt.

»Wenn jemand noch kein Weihnachtsessen für den Heiligen Abend hat ... bedient euch!«

Heilige Afterflosse! Dieses Angebot wird doch wohl niemand annehmen?

»Bist du verrückt? Der Karpfen ist stundenlang im Blut herumgeschwommen. Den kannst du bis Neujahr in klarem Wasser zappeln lassen, ehe der wieder genießbar ist. Außerdem fahre ich Silvester zum Skilaufen.«

Puh, Glück gehabt! Da könnte ich allen Karpfen von Sylt eine kluge Empfehlung geben: Suhlt euch vor den Feiertagen im Blut, und ihr könnt das nächste Jahr lebend begrüßen!

»Dann machen wir's anders.«

Diese Stimme klingt so energisch und tatkräftig, dass mich gleich wieder Angst bestürmt.

Entsetzt spüre ich, dass jemand versucht, mich in eine Plastikschüssel zu bugsieren. Ich zapple wie verrückt, aber es hilft nichts. Gegen brutale Gewalt kommt man nicht an, wenn man lange nichts zu fressen bekommen hat.

Mein Hilfe-Geblubber wird gar nicht zur Kenntnis genommen, aber immerhin gibt jemand ein bisschen Wasser in die Plastikschüssel. Viel zu wenig natürlich! Und nun trägt mich jemand aus dem Haus. Hilfe! Ich brauche Wasser! Ganz viel Wasser!

Dann aber die erlösenden Worte: »Wozu haben wir in Wenningstedt den Dorfteich? Und dann noch direkt vorm Tatort?«

Der Mann, der diese wunderbaren Fragen stellt, auf die sich die Antworten ganz von selbst ergeben, trägt mich in eine Richtung, die gleich eine himmlische Ruhe in mir erzeugt. Ich rieche mit einem Mal das dunkle, stehende Gewässer, auf dessen Oberfläche es von Getier nur so wimmelt, an dessen Ufer kein Angler sitzt und in dem es einen tiefen Grund zum Überwintern gibt. Wie in meinem Heimatteich!

Es gibt einen riesigen Platsch, dann habe ich leider keine Zeit mehr, mich angemessen zu bedanken. Ich muss sehen, dass ich mir ein Plätzchen am tiefsten Punkt des

Teiches suche, wo mich niemand von den anderen Fischen sieht, die mich für einen Eindringling halten könnten, der ihnen die Beute wegfrisst. Dort sitze ich noch, als die Weihnachtsglocken über die Insel tönen. Hunger habe ich nach wie vor, denn es schwimmt nur gelegentlich mal was vorbei, nach dem ich schnappen kann. Aber ansonsten bin ich zufrieden mit der Entwicklung. Wenn mich auch immer noch die Frage quält, was nun eigentlich *Karpfen blau* bedeutet und was es mit dem Gerede übers Ausnehmen, Entgräten und der Zitrone im Maul auf sich hat. Das verstehe, wer will! Ich nicht! Obwohl ich unmöglich so dumm sein kann, wie Cyprinus behauptet hat. Ich glaube, ich bin in Wirklichkeit sogar schlauer als er. Säße ich sonst auf dem Grund eines gemütlichen Teiches? Weit weg von Heins Fischhandlung, wo jemand nach einem Weihnachtskarpfen fragen könnte!

Gert Anhalt

24

Der Grollwichtel

Frankfurt am Main

Autorenvita

Gert Anhalt, Jahrgang 1963, ist Fernsehreporter beim ZDF und war viele Jahre Korrespondent in China und Japan. Seit 1995 hat er zahlreiche Spannungsromane und Krimis veröffentlicht, deren Handlung oft in Fernost angesiedelt ist.

Wenn es etwas gibt, das ich noch mehr hasse als Besuch, dann ist das Besuch zu Weihnachten. Ich habe meine Jenny ohnehin viel zu selten für mich allein. Meist sehen wir uns nur kurz morgens im Bad und beim Frühstück – aber da ist sie gestresst und unaufmerksam. Und dann erst wieder abends, wenn wir beide müde sind und eigentlich zu nichts mehr zu gebrauchen. Und weil sie als Assistenzärztin im Universitätsklinikum Schichtdienst schieben muss, geht uns auch jedes zweite Wochenende verloren. Das ist nicht gerade leicht für Menschen, die so gerne zusammen sind und so sehr aneinander hängen wie wir beide. Aus diesem Grund hatte ich mich schon seit Wochen – wirklich seit Wochen! – auf dieses Weihnachtsfest gefreut. Heiligabend fällt dieses Jahr auf einen Mittwoch und beschert uns danach vier herrliche Tage zusammen. Nichts tun, außer Plätzchen essen, Tee trinken, die Wohnung nicht verlassen. Vielleicht nicht mal das Bett verlassen. Und die Geschenke ... die GESCHENKE!

Und jetzt das!

»Sei mir nicht böse, Torben, Liebling«, flüstert Jenny kleinlaut aus der Dunkelheit. Sie hebt sich solche Nachrichten gerne für den Moment vor dem Einschlafen auf. Sie denkt vielleicht, dann täte es nicht so weh. Sie irrt. »Sei mir nicht böse. Almut ist doch schließlich meine älteste Freundin. Wir sind damals schon zusammen zur Schule gegangen. Und sie macht grade mit ihrem Jakob eine ziemlich schwere Zeit durch. Jakob ist ein feiner Kerl. Wirklich. Vielleicht könnt ihr sogar Freunde werden ...«

»Aber ich will keinen neuen Freund!«, protestiere ich. »Ich will einfach nur dieses Weihnachten ganz allein mit dir verbringen.«

»Ich weiß, mein Schatz«, sie drückt mir einen Kuss auf die Stirn. Als ob mich das trösten könnte. »Es kommen doch noch so viele Weihnachten ...«

Natürlich. So ist das hier. So war es schon immer. Jenny trifft die Entscheidungen, und ich kann mal wieder sehen, wo ich mit meinem Weihnachten bleibe.

***

Nichts ist wie sonst. Alles wird plötzlich über Bord geworfen. Die heiße Phase, der finale Countdown, die letzte Etappe beginnt sonst immer zwei Tage vor Heiligabend – mit einem Besuch auf dem wunderschönen Weihnachtsmarkt am Römer. Eine prachtvolle, warme Kulisse. Tannenbaum, Lichterketten, Leuchtsterne. Es riecht nach Glühwein und Bratwurst. Man schubst sich zwischen den gemütlichen Buden dick gepolstert durch die Menge, alle sind gut aufgelegt und voller freudiger Erwartung. Langsam kriecht die Dunkelheit heran, und aus jeder Ecke erklingen Glöckchen und Gesang, es ist die perfekte Einstimmung für das Fest.

Fällt diesmal aus.

Alles dreht sich ausschließlich um die Gäste, die noch nicht einmal da sind und doch schon alles auf den Kopf stellen.

Weihnachtsmarkt wird auf nächstes Jahr verschoben, weil Jenny unbedingt noch die Wohnung auf Vordermann bringen muss. Ich möchte ihr gerne helfen, damit wir vielleicht doch noch zusammen über den Römerberg bummeln können.

»Ach, lass mal«, sagt sie geistesabwesend. »Was du sauber machst, muss ich sowieso noch mal nachwischen …«

Sie hat die Ärmel hochgekrempelt, trägt Gummihandschuhe, und eine Haarsträhne fällt ihr ins Gesicht, wo sich an manchen Stellen leuchtend rote Stresspickel ausbreiten. Weihnachtsengel sehen anders aus.

Wenigstens verbringen wir ein bisschen Zeit zusammen, als wir die Weihnachtskiste aus dem Keller holen und die Wohnung festlich herrichten. Die Engelchen kommen auf die Anrichte, Sternchen an die Fensterscheiben. Die blinkende Tannengirlande aus Plastik bringen wir rund um die Fensterrahmen an. Der Christbaum, eine zünftige Taunus-Tanne, die wir letzte Woche schon gekauft haben, steht noch auf dem Balkon. Die kommt dann wie immer erst an Heiligabend ins Wohnzimmer und wird auch dann erst geschmückt. Irgendwann während unserer gemeinsamen Schmückerei hält Jenny inne und streichelt meinen Kopf.

»Du bist ein Schatz«, sagt sie.

Ich lächle versöhnlich, weil ich da noch nicht weiß, dass dies der schönste Moment unseres diesjährigen Weihnachten sein wird. Der absolute Höhepunkt. Denn ab da geht es steil bergab.

***

Einen Tag vor Heiligabend klingelt es viel zu früh an der Wohnungstür, und der Besuch ist da. Sie sollten doch eigentlich erst zum Abendessen kommen. Jetzt stehen sie schon um halb fünf auf der Matte! Sie hätten eigentlich mit Stau gerechnet, aber die A5 wäre seltsamerweise wie leergefegt gewesen.

Natürlich, denke ich. Weil alle netten, anständigen Leute eben zu Hause bleiben, statt in der Gegend herumzufahren und anderen Menschen das schöne Fest zu versauen. Die eigentliche Hiobsbotschaft kommt allerdings noch und wird noch an der Türschwelle verkündet. Eigentlich hätten sie ja nur bis Freitag bleiben wollen, deutet die nervende Almut mit verschwörerischem Unterton an. Es sei aber vielleicht doch viel schöner, wenn man gleich bis Sonntag verlängern könnte ...

Na toll.

Almut und Jakob, so erfahre ich schon beim Begrüßungsplausch, machen sich eigentlich nichts aus Weihnachten.

»Religiös sind wir nicht, und im Grunde geht es doch auch nur um Konsumterror«, schwadroniert Almut. »Das macht die großen Handelsketten reich, und in Bangladesch müssen kleine Kinder dafür schuften.«

»Aber es ist doch schön ...«, wende ich ein und ernte ein mitleidiges Lächeln. Jenny sagt nichts. Sie will sich offenbar vor ihrer alten Freundin nicht blamieren und verschweigt, dass sie eine heimliche Anhängerin von Almuts »Konsumterrorfest« ist. Oder vielleicht hat sie mir das immer nur vorgespielt.

Abendessen. Es gibt was mit Fisch. Nicht gerade meine Leibspeise. Aber den Gästen scheint es zu schmecken, und das ist ja schließlich das Wichtigste. Immerhin brennen überall Kerzen. Das Wohnzimmer sieht sehr festlich aus.

Ich sitze die ganze Zeit diesem Jakob gegenüber. Ein hochnäsiger Klugscheißer, den ich vom ersten Augenblick an nicht leiden kann. Geschniegelt, gepudert und nett frisiert. Man nennt so was wohl einen Frauentyp. Er besitzt einen roten Porsche und tut so, als sei es ganz normal, dass ich ihn darum beneide. Was ich gar nicht tue.

Arschloch.

Er kann von mir aus so viele Porsches haben, wie er will.

»Und wennschon ...«, sage ich mit gelangweiltem Gesichtsausdruck. »Ich hatte mal einen roten Bobby Car«, und handele mir einen tadelnden Blick aus Jennys Richtung ein. Gut, denke ich, dann sage ich eben nichts mehr. Der verkackte Jakob quatscht ohnehin für zwei. Er erzählt hirnverbrannte Geschichten, die Jenny und Almut natürlich entzückend finden. Ich beteilige mich nicht an der Konversation. Aber das fällt sowieso keinem auf. Ich bin wie abgemeldet. Ein taubstummer, unsichtbarer Fremdling im eigenen Haus. Jenny und Almut haben viel zu bequatschen und zu erinnern und zu tratschen. Sinnlose alte Geschichten von Leuten, die ich nicht kenne. Alles, was heute Abend wichtig und interessant ist, war vor meiner Zeit und hat mit mir nichts zu tun.

»Hast du von Henrik gehört? Der ist nach Australien ausgewandert!«

»Nein, das gibt's doch nicht.«

»Doch!«

»Aber es passt, ein bisschen was von einem Beuteltier hatte er ja schon immer.«

Hahaha.

»Und dass Erika und Stefan geheiratet haben, das hast du gehört?«

»Was? Nein! Diese beiden? Erika Stein und Stefan Reich?«

»Ja, aber sicher doch!«

»Dann kann sie sich ja jetzt Erika Stein-Reich nennen.«

Hihihi.

Sie gackern herum wie Gänse. Jakob, der geborene Schleimer, tut so, als interessierten ihn diese angestaubten Storys. Er hängt an ihren Lippen und lächelt wie ein Idiot und macht sich ab und zu mit einer dämlichen Bemerkung wichtig. Ich stochere lustlos in meinem Nachtisch herum. Noch eine Enttäuschung. Obstsalat mit Ananas, die ich nicht mag. ANANAS. Im Obstsalat. Gab's noch nie. Hat sich wahrscheinlich dieser verwöhnte Saftsack gewünscht. Er verschlingt sie regelrecht und schaut mich dabei an, als suche er Zustimmung und Sympathie. Er ist so ein Typ, der das braucht. Da kann er bei mir aber lange warten. Ich kann ihn wirklich immer weniger leiden. Solche hinterlistigen Klugscheißer wie ihn, die kenne ich schon aus dem Kindergarten. Sie verfolgen einen durchs ganze Leben. Und wenn man nicht aufpasst, machen sie eben alles kaputt. Nicht mal Weihnachten ist vor ihnen sicher.

Als wir endlich allein sind, ist Jenny kühl und abweisend. »Morgen ist Heiligabend. Da wirst du dir schon ein bisschen Mühe geben, ja? Es sind auch deine Gäste.«

Sie löscht das Licht, bevor ich antworten kann.

***

Weihnachten ist schön, weil es seine geregelten Abläufe hat. Schöne, feierliche Abläufe und freundliche Rituale. Dinge, die immer so gemacht werden. Bewährte, vertraute Dinge. Deswegen liebe ich dieses Fest so sehr. Das Leben ist hektisch und verrückt genug. Wenigstens an Weihnachten ist alles ruhig, gemütlich und vorhersehbar: Heiligabend werden morgens Pellkartoffeln gekocht, geschält und geschnippelt, daraus wird dann später Kartoffelsalat gemacht. Während der Salat zieht, wird der Baum reingeholt und geschmückt. Dann fahren wir hoch in den Taunus und machen einen kleinen Spaziergang, es könnte ja ein bisschen Schnee gefallen sein. Wenn wir zurückkommen, wird es schon langsam dämmrig. Dann kommt das größte Weihnachtsabend-Abenteuer. Wir laufen geschwind hinüber auf den Römerberg, wo der Weihnachtsmarkt wie weggezaubert ist. Stattdessen warten Tausende Menschen still und andächtig auf das traditionelle Große Stadtgeläute. Alle fünfzig Glocken der umliegenden zehn Kirchen stimmen ein unglaubliches Konzert an. Als sei der ganze Himmel erfüllt von friedlichem Klang, von Freude, Frohlocken und Glück. Um kurz nach halb sechs sind wir wieder zu Hause, und dann geht es richtig los. Dann kommen die Kerzen, Tee und Plätzchen und dann Bescherung. Alles ist warm und gemütlich und riecht gut. So muss Weihnachten sein. So kenne ich das und so will ich das.

Aber jetzt gerät alles aus den Fugen. Mein geliebter Kartoffelsalat mit Frankfurter Würstchen fällt aus, weil Almut sich weitgehend fleischlos und möglichst *Low Carb* ernährt. Sie hat deshalb das Weihnachtsessen vorsichtshalber selbst zubereitet und mitgebracht. Nudelsalat mit Vollkornnudeln.

Würg. Sieht aus wie ein Eimer mit Gartenabfällen und riecht auch so.

Dann stellt sich plötzlich auch noch heraus, dass Scheiß-Jakob unter einer Tannenharzallergie leidet. *Tannenharzallergie?* Was soll das denn? Wieso nicht gleich Lebkuchenallergie? Oder Kerzenduftallergie oder gleich Geschenkeunverträglichkeit! Was will sich der Mistkerl eigentlich noch alles einfallen lassen, um mir den schönsten Tag des Jahres zu vermiesen?

Jetzt bleibt der Baum auf dem Balkon.

Weil es ein bisschen nieselt, fällt schließlich auch noch der traditionelle Spaziergang ins Wasser. Weil Scheiß-Jakob sowieso schon ein bisschen erkältet ist und sich schonen muss. Zum Großen Stadtgeläute hätte man ja vielleicht einen Regenschirm auf den Römerberg mitnehmen können. Aber nein. Almutchen bekommt seit ihrer traumatischen letzten Trennung in großen Menschenansammlungen leicht Panikattacken. Dieser Programmpunkt wird also auch kurzerhand gestrichen. Ich verbringe den Nachmittag in mieser Stimmung vor dem Fernseher auf dem Sofa. Immer wieder wirft mir Jenny vorwurfsvolle Blicke zu. Mein Verhalten ist ihr offensichtlich peinlich. Sie überspielt das mit leutseligem Humor.

»Oh weh – ich glaube, wir haben dieses Weihnachten einen Grollwichtel im Haus«, seufzt sie, nur halb im Scherz.

»Was ist das denn?«, will Almut mit schlecht gespielter Neugierde wissen. Jenny antwortet ihr, ohne mich dabei aus dem Blick zu lassen:

»So nennt man der Legende nach missmutige Wesen, die beim schönsten Weihnachtsfest einfach nicht mitmachen wollen und andere schlecht behandeln.«

»Ach, wirklich ...?«, sage ich sarkastisch. »Ich dachte, Weihnachten wäre sowieso nicht schön ...«

»Und die bekommen dann zur Bescherung auch genau das, was sie verdienen«, fährt Jenny unbeirrt fort.

»Das ist ja wirklich interessant!«, heuchelt Almut.

Als die Gäste kurz mal draußen sind, zischt Jenny mir zu, ich solle mich jetzt gefälligst ein wenig um Jakob kümmern. Ich fange ein Gespräch an, das sich innerhalb von zwei Minuten wieder um seinen roten Porsche dreht.

Hoffnungslos.

***

Endlich Bescherung. Ohne unseren Baum. Was für eine traurige Farce! Die fröhlichen, friedlichen Weihnachtslieder von der CD stehen im krassen Widerspruch zu meiner Laune. Die anderen lassen sich dadurch nicht beeindrucken. Kerzen werden angezündet und auch der Adventskranz, der inzwischen so vertrocknet ist, dass er nicht einmal mehr Scheiß-Jakobs beschissene Tannenharzunverträglichkeit auf den Plan ruft. Jenny schenkt Almut ein vegetarisches Kochbuch, mit noch mehr Rezepten für noch mehr Kompost-Nudelsalate. »Ganz tolle Sachen sind da drin«, kichert sie. »Und guck mal, da ist ein Extra-Kapitel über Dinkel und tolle Ideen für Quinoa.«

Großartig. Da kann ich mich im neuen Jahr sicherlich noch auf die eine oder andere Attraktion gefasst machen.

Almut schenkt Jenny einen selbstgestrickten Pullover. Ich bekomme selbstgestrickte Socken, Mütze und Handschuhe.

Hurra. Sie kratzen und haben eine Farbe wie Spucke.

Almut und Jakob schenken sich nichts, verkünden sie, sondern spenden das Geld an die Opfer des Erdbebens in Kolumbien.

Rührend. Ich kann es kaum noch aushalten. Jenny findet das natürlich ganz vorbildlich. Sie und ich tauschen nun, wie jedes Jahr, auch unsere Wichtelsäckchen aus. Säckchen sind praktisch. Sie ersparen uns das lästige Einpacken, das wir beide nicht besonders gut beherrschen. Trotz allen heruntergeschluckten Ärgers über dieses verkorkste Fest genieße ich unseren kleinen, intimen Weihnachtsmoment.

Aber dann kommt der krönende Abschluss. In meinem Säckchen finde ich nichts als einen verschrumpelten alten Apfel und ein giftgrünes, rundes Smiley-Gesicht mit nach unten gezogenen Mundwinkeln.

»Frohe Weihnachten, mein kleiner Grollwichtel«, sagt Jenny mit einem aufgesetzten Lächeln. Ich kenne sie lange genug, um zu wissen, dass sie stinksauer auf mich ist. Ich gebe ihr trotzdem mein Wichtelsäckchen – sie legt es achtlos beiseite und setzt sich demonstrativ zu Jakob, den sie anstrahlt wie den Stern von Bethlehem. »Ich freue mich schon auf den leckeren Nudelsalat«, sagt sie, um mir den finalen Stoß zu versetzen.

»Frohe Weihnachten«, sage ich, und wenn sich in diesem Moment mein Blick nicht zufällig in die dämliche Visage von Scheiß-Jakob verirrt hätte, wo dieses selbstzufriedene, höhnische Grinsen nistete, dann wäre er vielleicht doch mit dem Leben davongekommen. Aber als er mich so ansieht, so ölig triumphierend, wie er dann auch noch die Frechheit besitzt, meiner Jenny »Frohe Weihnachten« zu wünschen und ihr einen Kuss auf die Wange zu drücken – da beschließe ich, dass er sterben muss. Noch heute Nacht. Stille Nacht, heilige Nacht hin oder her. Die Weihnachtsstimmung haben sie mir eh gründlichst zerstört. Ich lächle den elenden Volltrottel schräg an und denke: Wenn ihr verdammten Idioten mir nur mein Weihnachten gelassen hättet ... mitsamt dem Besuch auf dem Römerberg, mit meinem Kartoffelsalat und Frankfurter Würstchen, mit dem besinnlichen Spaziergang und dem herrlichen Tannenbaum. Dann hätte ich nicht so viel Zeit gehabt, den perfekten Mord zu planen. Aber ihr habt es ja nicht anders gewollt.

***

Es ist spät. Kurz nach Mitternacht. Ich bin leise wie ein Schatten und schnell wie eine Raubkatze. Ich brauche kein Licht, denn ich kenne jeden Zentimeter des Weges vom Schlafzimmer zum Wohnraum, wo Jakob und Almut auf der ausgezogenen Couch liegen. Sie schnarchen beide. Es riecht noch ein bisschen nach Kerzen und Kompost.

Meine Hand schließt sich in einem Krampf der Entschlossenheit ganz fest um das Mordwerkzeug, das ich mit viel Sinn für Ironie gewählt habe.

Ich hebe es über seinen Kopf, lege meine ganze, nicht unerhebliche Kraft in diesen Schlag und hämmere es hart und erbarmungslos auf seinen Schädel.

Volltreffer!

Er zuckt, windet sich und will schreien. Aber er verschluckt sich und bringt nur ein Gurgeln heraus. Und da saust das Ding schon wieder wie ein Fallbeil hinab, fester noch als beim ersten Mal. Zack. Zack. Und wieder. Zack. Das wird ganz schöne Flecken geben, denke ich. Aber der Gedanke kann mich nicht bremsen. Ich will nur noch zerstören, beschmutzen und zerhacken. Irgendwas knackst in Jakobs Kopf, ein Knochen bricht, irgendwas birst, zerreißt, splittert und suppt. Das Geräusch spornt mich immer weiter an. Als er sich nicht mehr rührt, fährt Almut aus ihren Träumen hoch.

»Was ist denn ...?«, nuschelt sie schlaftrunken. »Jakob ...? Liebling ...?«

Ich höre, wie sie panisch in der Dunkelheit herumfingert und eine Vase vom Tischchen herunterwirft. Eine Suppe aus Scherben und Blumenwasser ergießt sich auf den Teppichboden. Das gibt noch mehr Flecken. Da wird Jenny aber was wegzuwischen haben. Geschieht ihr ganz recht. Waren ja schließlich auch ihre Gäste. Bis Almut endlich den Lichtschalter findet, habe ich noch zweimal machtvoll auf den leblosen Körper eingedroschen. Almut schreit, als sie die Sauerei in Rot und Grau neben sich erblickt. Die besudelte Bettwäsche, das verschmierte Kissen und ... na ja ... das, was von Jakobs dämlichem Gesicht und seinem Kopf noch übrig ist. Almut schreit weiter wie von allen guten Geistern verlassen. Sie versetzt mir unversehens einen brutalen Stoß. Ich taumele nach hinten und stürze, lande unsanft an der Wand neben dem Schlafsofa. Glück gehabt, beinahe hätte ich den scharfkantigen Glastisch erwischt. Dann hätten sie jetzt womöglich zwei Todesopfer zu beklagen.

Schöne Bescherung.

Almut brüllt, jammert und heult. Ihr Haar steht wirr

vom Kopfe ab, ihr Gesicht ist verzerrt von Schmerz und Schock, eine abscheuliche Grimasse.

»Ein Arzt, Hilfe, Hilfe, ein Arzt! Jakob, mein armer Jakob.«

Ich weine nun ebenfalls. Das Geschrei und der ganze Stress schlagen mir doch plötzlich aufs Gemüt. Ich spüre sogar ein bisschen Mitleid in mir aufsteigen. Und Reue. Vielleicht habe ich es doch ein wenig übertrieben. Eigentlich hat er mir ja nichts getan. Außer meine Weihnachten kaputt zu machen.

Endlich stürzt auch Jenny, aufgeweckt durch den Höllenlärm, ins Zimmer und fängt ebenfalls hemmungslos an zu kreischen wie einer von diesen tropischen Vögeln im Zoo.

Ein großes, allgemeines weihnachtliches Schreikonzert.

Einzig Jakob, der nun ganz bestimmt nicht mehr mein Freund werden will, ist ganz still und kann nicht mehr schreien.

Sein beschissener roter Porsche mit meinen Fingerabdrücken drauf liegt neben dem Nachtlager auf dem Teppich und ist jetzt versehen mit zweierlei Rot. Ein helles, metallisches vom Hersteller. Dazu nun ein frisches, dunkles, blutiges von seinem Besitzer.

»Torben – um Himmels willen!«, jault Jenny in höchster Verzweiflung auf, als sie vor mir auf die Knie sinkt.

Ich schluchze bitterlich. Tränen brennen auf meinen puterroten Wangen. Ich glühe. Vielleicht habe ich Fieber bekommen.

Sie reißt mich an sich, drückt mich ganz fest, dass ich das Blut durch meinen Kopf rauschen höre. Mir wird ganz anders, so fest drückt sie mich.

»Ach Torben, Torben, was hast du nur getan?«, wimmert sie. Obwohl sie furchtbar traurig ist, spüre ich endlich, dass sie mich wieder liebhat.

Trotz allem.

»Mama …«, flüstere ich sanft, um sie zu trösten. »Ich bin es doch. Dein kleiner Grollwichtel …«

Das besondere Rezept

Mörderisch guter Weihnachtspunsch

Zutaten:

- 800 ml schwarzer Tee
- 350 ml Rum
- 100 g brauner Zucker
- 4 EL Honig
- 1 unbehandelte Orange
- 1 unbehandelte Zitrone
- 1 kleines Stück Ingwer
- 1 Vanilleschote
- 2 Zimtstangen
- 3 Sternanis
- 4 Nelken

Zubereitung:

Den frisch gebrühten Tee mit Honig, braunem Zucker und Rum in einem Topf erhitzen. Den Ingwer schälen, in Scheiben schneiden und mit den Zimtstangen, den Nelken und dem Sternanis hinzugeben. Dann die Schale der Orange und der Zitrone reiben und zusammen mit dem Saft der Früchte hinzufügen. Die Vanilleschote aufschlitzen, das Mark herauskratzen und beides ebenfalls in den Topf geben.

Den Punsch etwa eine halbe Stunde zugedeckt köcheln lassen. Danach die Gewürze heraussieben. Den Punsch noch einige Minuten ziehen lassen und dann heiß genießen.

Mörderisch guter Weihnachtsstollen

Zutaten:
- 1 kg Mehl
- 300 g Butterschmalz
- 250 g Zucker
- 250 g Sultaninen
- 250 g Korinthen
- 500 ml Milch
- 150 g Hefe
- 75 g Zitronat
- 75 g Orangeat
- Schale einer unbehandelten Zitrone
- 1 Schuss Rum
- 2 TL Salz
- 1 Pck. Vanillinzucker
- 125 g Butter
- 100 g Puderzucker

Zubereitung:
Sultaninen, Korinthen, Zitronat und Orangeat mit einem Schuss Rum in einer großen Schüssel vermengen und warm stellen.

Mehl und Hefe mit etwa der Hälfte der Milch und ein bisschen Zucker zu einem glatten Teig verrühren. Teig etwa eine halbe Stunde gehen lassen. Sultaninen, Korinthen, Zitronat und Orangeat dazugeben und verrühren. Milch, Zucker, Vanillinzucker und Salz dazugeben und vermengen.

Butterschmalz dazugeben. Den Teig nochmals warm stellen und zwei Stunden gehen lassen.

Aus dem aufgegangenen Teig einen Stollen formen und diesen nochmals zwei Stunden gehen lassen.

Den Backofen auf 250 °C vorheizen. Dann auf 200 °C den Stollen etwa 45 bis 50 Minuten ausbacken. Danach Butter schmelzen lassen, über den fertigen, noch heißen Stollen gießen und den Puderzucker darüberstreuen.

Am besten schmeckt der Stollen, wenn man ihn etwa zwei Wochen in Alufolie oder einem Tuch eingewickelt ruhen lässt.

Mörderisch guter Weihnachtsschinken

Zutaten:

- 2 kg westfälischer Schinken
- 1 Bund Suppengrün
- 1 Lorbeerblatt
- 250 ml Madeira
- 250 ml trockener Rotwein
- 1 EL Speisestärke
- Pfefferkörner
- Zucker

Zubereitung:

Schinken über Nacht in reichlich Wasser einlegen. Morgens abgießen und das Fleisch mit frischem Wasser, Suppengrün, Lorbeerblatt und einer halben Hand voll Pfefferkörner aufsetzen. Bei niedriger Hitze etwa zwei bis drei Stunden garziehen lassen.

Dann den Schinken herausnehmen und kalt werden lassen. Die obere Schwarte abschneiden. Das Fleisch auf der anderen Seiten rautenförmig einschneiden.

Die abgeschnittene Schwarte mit der Fettseite nach unten in eine Bratenform legen, den Schinken mit der abgeschnittenen Seite daraufsetzen. Madeira und Rotwein angießen und den Schinken oben mit reichlich Zucker bestreuen. Zugedeckt im Backofen bei etwa 200 bis 220 °C 90 bis 120 Minuten garen.

Zum Schluss den Deckel entfernen und das Fleisch etwas anbräunen lassen. Zuvor den Fond abgießen und erkalten lassen. Das Fett entfernen. Nach Belieben würzen und mit Speisestärke binden.